가난한 내가

아름다운 나타샤를 사랑해서

오늘 밤은 푹푹 눈이 나린다

나타샤를 사랑은 하고

눈은 푹푹 날리고

나는 혼자 쓸쓸히 앉어 소주를 마신다

소주를 마시며 생각한다

나타샤와 나는

눈이 푹푹 쌓이는 밤 흰 당나귀 타고

산골로 가자 출출히 우는 깊은 산골로 가 마가리에 살자

눈은 푹푹 나리고

나는 나타샤를 생각하고

나타샤가 아니 올 리 없다

언제 벌써 내 속에 고조곤히 와 이야기한다

산골로 가는 것은 세상한테 지는 것이 아니다

세상 같은 건 더러워 버리는 것이다

눈은 푹푹 나리고

아름다운 나타샤는 나를 사랑하고

어데서 흰 당나귀도 오늘밤이 좋아서

응앙응앙 울을 것이다

– 백석, 〈나와 나타샤와 흰 당나귀〉

소설 나와
나타샤와
흰 당나귀

소설
나와 나타샤와 흰 당나귀

초판 1쇄 인쇄 · 2017년 7월 28일
초판 1쇄 발행 · 2017년 8월 05일

지은이 · 이승은
펴낸이 · 이춘원
펴낸곳 · 책이있는마을
기 획 · 강영길
편 집 · 이경미
디자인 · 디자인오투
마케팅 · 강영길

주   소 · 경기도 고양시 일산동구 무궁화로120번길 40-14(정발산동)
전   화 · (031) 911-8017
팩   스 · (031) 911-8018
이메일 · bookvillagekr@hanmail.net
등록일 · 1997년 12월 26일
등록번호 · 제10-1532호

ISBN 978-89-5639-284-4 (03810)

이 도서의 국립중앙도서관 출판예정도서목록(CIP)은 서지정보유통지원시스템 홈페이지(http://
seoji.nl.go.kr)와 국가자료공동목록시스템(http://www.nl.go.kr/kolisnet)에서 이용하실 수 있습니
다.(CIP제어번호: CIP2017017142)

소설 **나와**
나타샤와
흰 당나귀

이승은
장편소설

책이있는마을

| 차 례 |

보랏빛 붓꽃과 하얀 은방울꽃이 도랑가 여기저기 옹기종기 피어 있다. 걸을 때마다 은방울 소리가 청알청알 울리는 듯하다. 여명이 밝아오며 안개가 서서히 걷히는 시간을 나는 좋아한다. 길상사 앞마당 담장 어귀를 돌면 몽실몽실 피어오르는 아침 안개 사이로 작은 연못이 보인다.

연못에서 잠시 발걸음을 멈춘다. 물 밑이 수련 대궁을 밀어 올리느라 분주하다. 나는 물 동심원 속 세계에 집중하며 새벽의 정적을 몸에 담는다. 수련이 문 여는 소리에 나는 몇 년째 귀 기울여왔던가. 저 심연, 빛과 바람을 맘껏 안으며 아침에 피었다 저녁에 지는, 처음이며 끝인 저 아득한 물속으로 흘러들고 싶다는 생각을 한 지.

발걸음을 다시 옮긴다. 안개가 스르르 흩어지는 사이로 연한 햇살이 물 위를 비춘다. 물거품들 중얼거리는 소리가 자잘하다. 새벽을 깨우는 새들의 지저귐이야 늘 상쾌하지만 오늘따라 유난히 별스럽게 들린다.

그녀의 거처는 도랑 위 타원형 다리를 건너 자리하고 있다.

곱게 다져진 흙 마당에는 배롱나무가 두 그루 서 있다. 담장 아래에는 금잔디가 활짝 피어 목백일홍의 슬픔을 감싸주고 있는 듯하다. 나는 꽃봉오리 오종종 맺고 있는 목백일홍을 물끄러미 바라본다. 매끄러운 나뭇가지를 만지면 금방이라도 붉고 서러운 눈물이 왈칵 쏟아질 것만 같다. 나는 아침 햇살이 따사롭게 비추고 있는 툇마루에 걸터앉아 그녀가 상념에 젖어 있었음직한 나무 기둥에 머리를 기대본다.

창호지를 곧게 바른 방문을 조용히 열고 그녀가 내 옆에 고조곤히 와 앉을 것만 같다. 따사로운 아침 햇살을 받은 나무 기둥을 타고 그녀의 아픔들이 겹겹 내 몸속으로 전이된다.

움칫, 그녀의 그리움 파동이 내 몸속에서 일렁인다. 그러자 목백일홍 나뭇가지도 파르르 떨린다. 그녀 영혼의 미세한 떨림이 나무와 내 속의 관을 타고 소롯길을 낸다.

'처음 그대를 봤을 때 당신에게서 맑은 물소리가 났소. 나는 그 물소리를 지금도 잊을 수가 없다오.' 그의 목소리가 잔잔하게 귀에 속삭인다. 나는 깜짝 놀라 눈을 뜬다.

그녀가 방에서 상자 하나를 들고 나와 내 옆에 살며시 내려놓는다. 세월의 흔적이 고스란히 묻어 있는 낡은 상자를 연다. 빛바랜 검정색 노트 한 권과 편지들 그리고 미농지 편지 봉투를 조심스레 꺼낸다. 노트 겉표지와 미농지 봉투에는 '나와 나타샤와 흰 당나귀'라는 글귀가 보인다. 그녀의 남자였던 한 시인의 절절한 마음이 **빽빽**이 쓰여 있는 글과 편지들이다.

그녀는 상자에서 또 무엇인가를 조심스럽게 꺼낸다. 그것을 품에 안고 입을 맞추더니 나에게로 슬며시 내민다. 나는 비로소 그녀의 얼굴을 쳐다본다. 참으로 단아하다. 그녀가 살포시 미소를 짓는다. 그 미소에는 수줍음과 애잔함이 담뿍 담겨 있다. 그녀는 원앙이 수놓인 황금빛 보자기를 푼다. 두루마기다. 낡았지만 정성스레 손질되어 있다. 그녀가 얼마나 소중히 여기는 보물인지 금세 알 수 있다.

갑자기 산들바람과 함께 새 한 마리가 날아온다. 새는 두루마기를 입에 물고 날아오른다. 그녀와 나도 함께 손을 잡고 새가 물고 가는 두루마기 끝자락을 잡고 하늘을 난다. 우리는 서로 바라보며 환한 웃음을 짓는다.

한 여자, 한 남자와의 3년간 뜨거웠던 사랑의 추억에 젖어 평생을 살다 간 여자. 나는 그녀가 내놓은 소롯길로 그녀의 남자를 만나러 간다.

1장

그렁그렁 그리움

초여름, 석양이 대원각 담장을 넘어가고 있다. 햇볕은 오전에는 넓은 대청마루에 머물다가 정오가 지나자 정원의 갖가지 꽃들과 나무들의 얼굴을 쓰다듬기 시작한다. 연못가에 피어 있는 수선화와 붓꽃이 조금씩 시들어가자 목백일홍과 담장의 능소화가 계집아이 젖꼭지만 한 봉오리를 맺어가고 있다. 여름철 대원각을 한층 돋보이게 할 꽃들이 막 준비 중인 것이다.

오후 늦은 시간, 황금빛 잉어들이 느릿느릿 헤엄쳐 다니는 연못의 수련은 어둠을 맞이하려는 듯 서서히 꽃잎을 오므리고 있는 중이다. 저녁노을은 항시 그렇듯 내게 그렁그렁한 그리움과 외로움을 안겨다준다. 그래서 나는 이 시간이면 정원을 하릴없이 거닐며 꽃과 나무와 연못의 잉어들과 수련을 들여다보며 그들과 대화를 나눈다. 오늘도 어김없이 저녁 햇살이 대문가를 서성거린다. 나는 연못의 잉어들에게 먹이를 주며 이야기를 건네고 있었다.

저녁 햇살을 등지고 한 남자가 대문을 들어선다. 나는 얼른 몸을 돌려 그 남자를 바라보았다. 오래전부터 생긴 버릇이다. 낯선 이가 대문을 들어서면 나도 모르게 몸이 반사적으로 그쪽

11

을 향한다. 남자는 성큼성큼 대청마루 가까이 가더니 마루를 닦고 있는 유월이와 몇 마디를 주고받는다.

누구일까? 호리호리하고 마른 몸에 낡은 중절모를 쓰고 검정양복을 입은 모습이 초라해 보였다. 술손님은 아닌 듯싶다. 남자가 손에 든 낡은 가방이 그걸 말해주고 있다. 가방을 들고 술을 마시러 다니는 화객도 없을뿐더러, 예약도 없었거니와, 입은 모양새가 번드르르하지도 않다. 장안의 내로라하는 치들이 드나드는 대원각이다. 해방으로 인해 그간의 권세들이 많이 바뀌었다고는 하지만 해가 지나면서 혼란은 차츰차츰 가라앉았고, 결국은 세도가들이 다시 전처럼 호기를 부리게 되었다.

유월이가 내가 있는 곳을 손가락으로 가리킨다. 남자가 고개를 돌리자 나와 눈길이 마주쳤다. 남자는 중절모를 벗어 들며 나를 향해 공손히 고개를 숙여 보였다. 나는 연못을 지나 소나무를 휘돌아 마당으로 나서며 남자에게 고개를 숙였다. 낯익은 얼굴이었다. 남자는 그의 친구 송지영이었다. 그가 만주로 떠난 후 두루마기를 만들어 만주로 가는 송지영에게 전해달라고 했었다. 나는 그만 그 자리에 얼어붙어버렸다. 광복 이후 그와 연관된 사람을 만나는 것은 처음이었다.

"저 기억하시겠어요? 백석 친구 송지영입니다."

얼마 만에 들어보는 이름인가! 언제나 내 가슴속에 살아 있는 그 이름, 아침에 눈을 뜰 때부터 밤에 잠자리에 들 때까지,

아니 꿈속에서도 한사코 나를 떠나지 않는 그 이름을 나는 지금 듣고 있는 것이다. 갑자기 심장이 쿵, 쿵, 뛴다.

"괜찮으세요?"

송지영은 금방이라도 주저앉을 것 같은 나를 부축이라도 할 듯 내 팔을 잡으려고 손을 뻗치면서 물었다.

"괜찮습니다."

나는 그를 내 방으로 안내하고는 유월이에게 차를 내오라고 하였다.

"앉으세요."

나는 그가 앉도록 방석을 내어놓았다. 송지영은 살짝 예의를 갖춘 후 모자를 벗고 방석 위에 양반다리를 하고 앉았다.

신의주로 그를 찾아 무작정 갔다 온 이후로 그가 곧 나를 찾아올 것이라고 기대하며 하루하루를 보내고 있었다. 그런데 삼 팔선이 그어진 후 그 희망은 조금씩 무뎌지고 있었다.

"백석은 지금 고향 정주에 있습니다."

나는 울컥 울음이 치밀어 오르는 것을 애써 참았다. 수많은 질문들이 가슴속에서 웅얼거리기만 할 뿐 말이 되어 나오지 못했다. 그저 입술을 달싹거리며 그를 바라만 볼 뿐이었다.

송지영은 가지고 온 가방을 열었다. 그가 내게 편지를 써서 보냈구나 생각하니 나도 모르게 손이 불쑥 나갈 것만 같았다. 그러나 흐트러지지 말아야지, 눈물을 보이는 짓 같은 건 하지

13

말아야지, 속으로 냉정을 취하며 호흡을 길게 내쉬었다. 그는 가방에서 원앙이 수놓인 황금빛 보자기를 꺼내어 내게 내밀며 말했다.

"백석이 남한으로 넘어온 오영진 선생 편에 이 보자기를 보냈습니다. 오영진 선생은 내게 이것을 당신에게 좀 전달해달라고 하더군요. 그래서 들른 것입니다."

나는 말없이 보자기를 두 손으로 받아 안았다. 그러고는 떨리는 손으로 묶음새를 조심스레 풀었다. 낡은 검정색 두루마기였다. 한눈에 내가 만들어 보낸 두루마기임을 알아보았다.

"우연찮게도 이 옷을 백석에게 전달할 때도 제가 전달자 역할을 했는데 돌려줄 때도 제가 하게 되는군요. 백석과 만주에 같이 있을 때 그는 내내 이 옷만 입고 다녔습니다."

나는 그의 옷 입는 취향을 잘 알고 있었다. 패션에 까다롭고 민감한 그가 내가 만든 이 두루마기를 입고 자랑스레 여기저기 누비고 걸어다녔을 모습이 눈에 선했다.

"내가 삼팔선을 넘겠다고 하니까 이 두루마기를 꼭 아가씨에게 전해드리라고 해서 가지고 오게 되었습니다."

나는 두루마기를 손에 꼭 쥐었다.

"친구는 항상 표정이 어두웠고 사람 만나는 것을 꺼려했어요. 술이라도 한잔하면서 이야기를 해보려 했지만 도통 말을 하지 않았어요. 그냥 혼자 방문턱에 걸터앉아 멍하니 바깥을 바라보고 있을 때가 잦았습니다. 그런데 이 두루마기 자랑을 할 때만은 미소를 띠기도 했습니다. 자기 여인이 한 땀 한 땀 정성들여 만들어준 옷이라며……."

달리 편지 같은 것은 없는가요? 전해주라는 다른 말은 없나요? 그렇게 묻고 싶었지만, 울음이 터져 나올까 봐 오히려 입술을 꽉 깨물었다. 송지영은 괜한 말을 했나 싶은지 미안해하는 표정으로 잠시 침묵하다가 몸을 일으키며 말했다.

"그럼, 저는 이만 일어나겠습니다."

나는 일어서는 송지영을 멀거니 올려다보았다. 한마디도 하지 못한 채 그가 인사하는 모습을 초점 없는 눈으로 쳐다볼 뿐이었다. 송지영은 일어서다 말고 다시 앉더니 심각한 어투로 말했다.

"해방되고 백석이 고향에 가보니 백석의 아버님이 몹시 위독한 상태였답니다. 그래서 부모님께 인사만 드리고 경성으로 바로 넘어오려고 했던 것이 무산되었죠. 그는 내게 두루마기를 건네고는 경성 쪽을 향해 두 손을 합장하더니 고개를 숙여 인사를 하더군요."

송지영은 마지막 말을 남긴 후 마당을 걸어 나갔다. 나는 두루마기만 내려다보았다. 그의 냄새가 배어 있는 솔기 부분, 그의 손때가 묻어 있는 옷고름을 쓰다듬었다. 두루마기 안쪽에 예쁜 비단실로 그의 이름 '백석'을 수놓은 글씨를 만지고 또 만졌다.

그가 만주로 떠나버린 후 이제나저제나 날 찾아올까 기다린 시간이 장장 5년이었다. 단 한 번도 내 마음속을 떠나지 않았던 나의 영원한 남자 백석. 그가 이 두루마기를 보낸 이유는 무엇일까?

송지영은 어느새 가고 없다. 방금 나에게 그의 소식을 전해 준 그 남자는 그렇게 가버렸다. 오늘 새벽에 유난히 별스럽게 지저귀는 새소리를 기이하게 여겼는데, 한 남자가 떡하니 그에 대한 마른 씨앗 하나 물어다 주고는 가버린 것이다. 나는 송지영의 연락처도 물어보지 못했다.

이제는 내가 어디에 있더라도 끝내 찾아내어 '자야! 자야!' 하며 불러줄 것이라는 막연한 기대감마저 무너지는 느낌에 서러움은 더욱 복받쳤다. 내가 몰래 잠적할 때마다 이글거리는 불꽃같은 눈으로 나를 찾아내곤 하였던 사람이었다. 나는 두루마기 안주머니에 무엇인가 들어 있는 것을 발견했다. 미농지 봉투였다. 나는 떨리는 손으로 그 봉투를 열었다.

어느 주말, 그가 내 무릎을 베고 누워 책을 읽다가 갑자가 벌떡 일어나더니 바다를 보러 가자고 했다. 그는 항상 그런 식이었다. 사전에 여행 계획도 없이 마음이 동할 때면 내 손을 이끌고 버스나 전철을 탔다. 동해 바닷가를 거닐면서 그가 처음으로 내게 시 한 수를 즉석에서 읊어주었다.

바다

바닷가에 왔드니
바다와 같이 당신이 생각만 나는구려
바다와 같이 당신을 사랑하고만 싶구려
구붓하고 모래톱을 오르면
당신이 앞선 것만 같구려
당신이 뒤선 것만 같구려
그리고 지중지중 물가를 거닐면
당신이 이야기를 하는 것만 같구려
당신이 이야기를 끊는 것만 같구려

바닷가는
개지꽃이 아니 나오고
고기비눌에 하이얀 햇볕만 쇠리쇠리하야
어쩐지 슬쓸만 하구려 섧기만 하구려

그의 사랑을 받아들였지만 가끔씩 마음의 혼란과 갈등이 불쑥불쑥 올라와 그의 심경을 건드리곤 했었다. 그러한 나의 마음을 그는 내심 불안해하고 있었다.

"내가 언제 당신 이야기를 끊었다고 그래요?"

"당신은 틈만 나면 나를 떠나려고만 하잖소. 그래서 내가 이리 쓸쓸하고 서러운 게 아니겠소."

"나는요? 나는 당신보다 더 쓸쓸하고 섧기만 하다고요."

그 앙칼진 때를 썼던 것이 가슴을 도려내듯 아려왔다.

붉디붉은 석양이 뚝, 개운산 자락으로 떨어져버리더니 금세 어둑신해진 산 능선들이 참선에 든 듯 사라진다. 지금쯤 어느 곳에서 혼자서 얼마나 외롭고 힘든 생활을 하고 있을까 생각하니 당장 그를 찾아 나서고 싶었다. 그를 만나러 가는 길이 죽음의 거친 바다를 건너야 한다 한들 무엇이 두려울까.

자작나무 숲에서 온 소년

앞마당과 뒷마당에 매화꽃이 피었다 지고 살구꽃, 사과꽃, 배꽃이 앞다투어 피는 4월이었다. 집은 온갖 꽃들로 환했다. 사랑채는 아침부터 햇살이 들어와 따스했다.

"이 집 손자 또 책거리 날이라고요? 축하합니다, 어머니!"

동네 부인네들 대여섯 명이 마당으로 들어서면서 할머니에게 인사를 건넸다.

"어서들 오시게나. 와줘서 고맙네. 이번엔 딱 1년 만에 난 경사이네."

할머니는 마루에 앉아 접시에 떡을 담으면서 손님들을 맞이했다. 훈장님은 엄했지만 오빠가 책 한 권을 떼고 나면 꼭 책거리를 하도록 허락해주었다.

"내 손자가 작년 살구가 익어갈 때 쯤 훈장님께 종아리를 맞았는데 그때는 마음이 미어지더니 이렇게 다시 살구꽃이 필 때가 되어 책을 한 권 다 떼었다네."

할머니는 공부 잘하는 손자를 무척이나 자랑스러워했다. 그때 서양 선교사 부인 두 명과 한국 선교사 부인 한 명이 대문을 열고 들어섰다. 마당은 여러 사람들로 활짝 핀 꽃들만큼이나 환했다.

오빠는 공부를 하지 않아도 되는 날이어서 오래간만에 가벼운 책을 보면서 친구랑 놀고 있다. 여러 사람들이 넓은 사랑채에 모여서 떡과 다과를 먹으며 하하 호호 웃음꽃이 피는 우리 집은 그야말로 천국이었다.

할머니 심부름으로 시루떡이랑 백설기를 훈장님 댁에 갖다

드리고 집으로 돌아왔을 때였다. 낯선 아주머니랑 한 소년이 집 안에 있는 사람들과 인사를 나누고 있었다. 선교사 부인들이라면 몇 번 본 적이 있어서 낯설지 않았지만, 여태 본 적이 없는 부인과 또 그 옆에 오빠 또래의 소년이 서 있었다.

소년은 훤칠한 키에 깔끔하게 다림질한 고쿠라 중학생복을 입고 있었다. 어머니는 내게 자작나무 숲이 우거진 평안도 정주에서 온 백씨(白氏) 모자라며 인사를 시켰다. 나는 자작나무가 어떤 나무인지 몰랐다. 다만 부끄러워 어머니 치마폭 뒤로 숨어 곁눈질로 두 모자를 훔쳐보았다.

부인의 머리카락은 까맣고 윤기가 흘렀다. 뒤로 비틀어서 동그랗게 말아 올린 검은 머리에는 예쁜 비녀가 꽂혀 있었다. 하얀 무명 저고리에 남색 치마를 입고 오른팔에는 당의(唐衣)처럼 긴 연둣빛 곁마기를 걸치고 있었다. 아주머니는 내 키 높이에 맞춰 허리를 굽히고는 내 눈을 바라보며 물었다.

"사과꽃처럼 참 예쁘게 생겼구나. 이름이 뭐니?"

"하늬예요."

집에서 부르는 나의 애명이 하늬였다. 내 이름의 끝 자 '한'을 길게 부른다는 것이 하늬가 된 것이었다.

부인의 두 눈은 맑고 선해 보였다. 소년은 쑥스러운지 부인 옆에 앉아 마룻널 홈의 먼지를 파고 있었다. 그러다가 사과꽃이 어떤 꽃인지 마당에 피어 있는 여러 꽃들을 둘러보는 것 같았다.

소년의 이름은 백기행(白夔行)이라고 했다. 어머니는 뒤뜰에서 친구와 놀고 있는 오빠를 불러 소년도 데리고 가 함께 놀라고 일렀다. 소년은 부인을 한 번 쳐다보더니 오빠를 따라갔다.

나는 사랑채 마루에서 뒤뜰로 난 문을 통해 오빠들이 노는 모습을 훔쳐보았다. 오빠는 친구들과 어울려 노는 것에 익숙해하지 않았다. 또래의 사내아이들처럼 골목을 누비며 놀아보지 않았기 때문이었다. 그래서 또래들과 무엇을 하고 놀아야 할지를 몰랐다.

소년도 오빠만큼 학구파처럼 보였다. 뛰어노는 놀이라고는 모르는 샌님 같은 세 명의 소년은 평상에 앉아 떡이랑 다과를 먹으며 가끔씩 소곤거리는 게 다였다. 그러더니 서로 할 이야기가 없어졌는지 그 소년이 가방에서 책을 꺼내어 읽는다.

살구꽃, 사과꽃, 배꽃에 벌들이 잉잉대는 소리가 들릴 만큼 소년들은 조용했다.

"관자동도 이젠 몰라보게 달라졌네요. 백화점, 극장, 건물들이 여기저기 우뚝우뚝 솟아 있고 새로운 길이 사방팔방으로 나서 찾아오는 데 힘들었어요."

"일본 놈들이 우리 경성을 지네들 땅으로 삼으려 새로 다 만들고 있는 거잖우."

할머니가 못마땅하게 말했다.

"우리 동네는 인왕산, 북한산, 목멱산에서 흘러나오는 세 물

길이 청계천에서 합쳐지는 딱 중간 지점에 자리하고 있어요. 북촌의 중심지다 보니 개화의 물결이 다른 곳보다 빠른 것 같아요."

어머니가 소년의 어머니에게 동네가 빠르게 발전하고 있다고 말했다.

"그래서인지 볼거리도 많고 사람들도 얼마나 붐비는지. 오래간만에 경성에 오니 어리둥절하네요."

"이제는 관자동이 아니라 관철동으로 이름이 바뀌었다우. 옛날에는 저쪽에는 장통교가 있었고 또 저 반대쪽에는 철물교가 있었어요. 저 장통교하고 철물교 아래로 흐르는 개천이 원동천이었는데, 어느 날부터 다리도 원동천도 사라지더니 복개도로가 생겼지 뭐예요. 그때부터 동네 이름을 관자동에서 관철동으로 바꿔 부르게 된 게라우."

"아, 그렇군요."

할머니는 동네 이름을 관자동에서 관철동으로 바꾼 것은 사라진 관자와 철물다리를 추억하려고 그런 것 같다고 말했다.

"포장도로가 쫙 깔려서 좋기는 한데 밤거리도 낮처럼 환해서 밤낮으로 시끄러워요."

"그러게나 말이에요. 이제는 남녀 구분도 없어졌는지 밤이 이슥하도록 쌍쌍이 낯 뜨거운 애정행각을 해대는데 아이들이 볼까 봐 겁나요."

"또 젊은이들은 개천에 비치는 보름달의 운치도 모르는 것 같아요. 밤새도록 켜져 있는 가로등 빛에만 익숙해져 보름달이 떴는지 관심도 없어요."

동네 아주머니들도 한두 마디씩 건넸다. 서양 선교사 부인들도 할머니, 어머니, 아주머니들이 나누는 대화를 귀 기울여 듣고 있었다. 한국인 선교사 부인이 한마디 거들었다.

"아시다시피 이제는 시대가 바뀌고 있어요. 흐름에 맞춰서 받아들일 것은 받아들이고 버릴 것은 버려야 할 때입니다."

"맞아요. 배운 사람들이 먼저 바뀌어야 합니다. 우리가 여기 모인 것도 그것을 일깨우기 위한 것이에요."

"하늬네 집은 할머니와 어머니가 일찍이 개화사상을 받아들여 실천하고 있는 가정입니다. 여러분들도 보시면 아시겠지만 집안 분위기가 얼마나 자유롭고 개방적입니까?"

할머니와 어머니는 시모녀 사이가 친모녀 같다고 소문이 날 정도로 서로 이해하고 아껴주었다. 특히 두 사람 다 교육에 남다른 열정을 가지고 있었다. 돌아가신 아버지도 늘 책을 가까이에 두었다. '배워야 산다. 알아야 한다.'는 말이 집안의 가훈이었다. 그리고 그것이 아버지의 유언이기도 했다.

어머니는 나이 30대 초반에 과부가 되어 시어머니를 모시고 어린 1남 4녀를 키우고 있다. 그런데도 늘 자상했고 사람들에게 무조건 베풀었다. 그래서인지 우리 집에는 사람들의 발길이 끊이지 않았다.

"우리가 신교육에 대해서 좀 더 구체적으로 알아야 할 필요가 있을 것 같아 제가 바쁘신 선교사님들을 초대했어요."

그렇게 관철동에 신교육 개화 바람이 불기 시작했다.

그날 서양 선교사들은 나팔 모양으로 된 유성기를 틀어주었다. 그것은 마당 담벼락을 타고 오르는 분홍 나팔꽃 모양과 똑같았다. 작동법도 신기했다. 서양 선교사 부인 한 명이 태엽을 감는 손잡이를 끝까지 돌렸다. 또 다른 부인이 둥근 레코드를 판에다 올리니 소리가 났다. 노랫소리는 은은하면서도 웅장했다.

노랫소리가 나자 뒤뜰에 있던 오빠들도 사랑채로 쪼르르 달려와서 마루에 걸터앉았다. 나는 하도 신기해 나팔 안에 무엇이 있는지 들여다보았다. 그때 갑자기 유성기 소리가 늘어지는 것이 이상해졌다. 나는 내가 들여다봐서 고장이 난 것이라 생각하고 울상이 되었다. 서양 선교사 부인이 '아니야, 네 잘못이 아니야.' 하며 손잡이를 다시 빠르게 감았다. 그러자 소리가 다시 선명해졌다. 레코드 판 한 장을 다 들으려면 태엽을 몇 번이나 감아야 했다.

"도대체 나팔꽃처럼 생긴 통에서 어찌 사람 소리가 나우?"

동네 아주머니들도 유성기 주위에 모여들어 고개를 갸우뚱거리며 눈을 동그랗게 뜨고 이리저리 살피느라 정신이 없었다. 선교사 부인들이 미소를 띠었다.

"어머니, 배우면 됩니다. 무지하면 아무것도 알 수도 할 수도 없어요. 이제는 교육이 농사를 짓는 것보다 훨씬 중요한 시대가 되었어요. 지금 아이들에게 교육만큼 중요한 것은 없습니다. 그러니 아이들을 학교로 보내세요. 서양문물이든 동양문물이든 배우고 익히면 앞으로 잘사는 나라가 될 것입니다."

"그뿐이겠습니까? 하늘을 나는 비행기도 기차도 조선 사람들의 힘으로 모두 만들 수 있지요."

금발머리를 파마해서 고대를 넣었는지 봉긋한 머리를 한 서양 선교사 부인이 어눌한 우리 말투로 말했다. 그녀는 푸른색 큰 눈을 깜박거리며 동네 사람들의 눈을 한 사람씩 맞춰가며 사근사근 말했다.

동네 부인들은 모두 진지하게 귀 기울여 들었다. 나는 무한정 친절하고 똑똑한 서양 선교사 부인들이 태어나고 자란 먼 나라 서양이라는 곳이 궁금해졌다. 내가 살고 있는 이 나라 말고 과연 다른 나라가 있을까 의문이 들기도 했다.

"지금 자라나는 아이들이 교육을 받지 못하면 문명국이 되지 못합니다. 그렇게 되면 우리 아이들은 지금처럼 일본의 속국으로 종노릇만 하다가 일생을 마치게 될지도 모릅니다. 이 얼마나 끔찍한 일입니까. 그러니 일제 치하에서 벗어나려면 배우고 익히는 방법밖에는 없습니다."

이번에는 한국 선교사 부인이 교육이야말로 제국주의를 이

길 수 있는 최선의 방도라고 힘주어 말했다. 낯선 부인도 또 소년도 선교사 부인들의 말을 진지하게 듣고 있었다. 그래서인지 관철동 부모들의 교육열은 다른 어느 동네보다 활기차서, 교육에 관심이 많은 부모들은 신교육에 관한 정보를 들으러 우리 집에 자주 오곤 했다.

4월의 따사로운 해가 저물어갈 무렵이 되자 모두들 돌아가려고 일어섰다. 동네 부인네들은 할머니와 어머니에게 인사를 하고 대문을 나섰다. 소년도 그의 어머니 옆에서 고개를 숙여 인사를 했다. 집을 나서는 소년의 등이 눈에 들어왔다. 훤칠한 키에 긴 등이 왠지 쓸쓸하고 외로워 보였다. 달려가 그의 손을 붙잡고 가지 말라고 하고 싶었다.

사람들이 우르르 빠져나간 사랑채 마루에 노을이 앉았다가 금세 사라졌다. 긴 하루였다는 생각이 들었다.

뒤뜰 평상에 소년이 두고 간 책이 있었다. 책 표지에는 쌍꺼풀 진 큰 눈을 가진 소녀의 얼굴이 있었다. 그녀의 얼굴은 하얀 피부에 약간 동그란 듯 갸름했고, 눈썹 밑에는 마치 사슴의 눈처럼 크고 푸른 눈이 반짝거리고 있었다. 콧날은 큰 두 눈 사이 미간 아래로 가로질러 오똑하니 서 있었다. 그리고 콧날 아래 작은 입술은 야무지게 닫혀 있었다. 앞가르마를 탄 그녀의 머리칼은 풍부해 보였지만 책 표지가 그녀의 머리 주변부터 모두 검은색이어서 흰 목덜미로 늘어뜨린 몇 올만을 볼 수 있을 뿐이었다.

　나는 소녀의 얼굴을 뚫어지게 쳐다보았다. 그녀도 나를 뚫어지게 바라보고 있었다. 그녀가 낯설지 않았다. 낯선 서양 소녀가 낯설지 않게 느껴지는 동양인인 나는 그녀가 나라는 생각마저 들었다. 아니, 내가 그녀라는 생각이 들었다. 마치 오래전에 그녀였던 내가 지금 나를 바라보고 있는 것 같았다.

　책의 표지에 적힌 글자는 우리나라 말이 아니었다. 아마도 서양 선교사들이 말하는 영어라는 글씨라고 생각하면서 그 소녀의 이야기가 몹시도 궁금해졌다. 나는 가만히 그 책을 가슴에 안았다. 마치 나를 안듯이, 아니 그녀를 안듯이……. 내 작은 가슴이 콩콩 뛰어서 급기야는 주체할 수 없을 지경이었다. 어머니가 뒤뜰을 치우려고 왔다가 울고 있는 나를 보며 깜짝 놀라 물었다.

　"아가, 하늬야. 또 벌에 쏘였어?"

　나는 고개를 절레절레 흔들었다.

　"그럼? 오늘 본 영화가 슬펐니?"

　나는 어머니의 치마폭에 얼굴을 묻고 이유를 알 수 없는 슬픔으로 한참 동안이나 울었다. 어머니는 내 머리를 쓰다듬고 등을 토닥거리면서 내 원인 불명의 울음이 그칠 때까지 기다려 주었다. 나는 어머니에게 가슴에 품고 있던 책을 내밀었다. 어머니가 책장을 펼쳤다. 그러자 사과꽃 한 송이가 바닥에 툭, 떨

27

어졌다.

첫 장 하얀 백지 오른쪽 아래에는 자그마하게 소년의 이름이
적혀 있었다.

'백기행!'

산산이 부서지다

먹구름이 하늘을 뒤덮으며 빠르게 지나갔다. 잠시 햇볕이 보
이다가 또 다른 시꺼먼 구름들이 몰려왔다. 지척에 있는 인왕
산이 검은 장막을 친 구름 때문에 보이지 않았다. 먹구름은 마
치 먹물이 퍼지듯 금세 온 하늘을 덮으면서 점점 빠르게 우리
집으로 다가오고 있었다. 바람 소리가 마치 귀신 울음처럼 들
려왔다. 게다가 천둥은 짐승처럼 으르렁거렸고 번쩍번쩍 번개
가 쳤다. 드디어 시꺼먼 구름이 집을 덮치면서 맹렬한 소나기
가 퍼붓기 시작했다.

기와지붕이 바람에 금방이라도 날아가버릴 것 같았고 온 집
안의 문들이 삐거덕거렸다. 퇴색한 잎사귀를 겨우 몇 개 매달

고 있는 앙상한 나뭇가지는 바람과 폭우에 날카로운 비명을 지르며 흔들리고 있었다.

우리 남매들은 모두 할머니와 어머니 주위에 몰려 앉아 음침한 분위기에 숨을 죽이고 있었다. 할머니는 큰일이 일어날 징조라도 되는 양 불안해했다. 그때 갑자기 대문을 쾅쾅 두드리는 소리가 났다. 그러더니 다시 초인종 소리와 쿵쿵, 쾅쾅 나무 대문 두드리는 소리가 들려왔다. 처음에는 바람이 대문을 치는 소리라고 여겼으나 계속 일정하게 두드리며 누군가를 부르는 소리였다. 어머니는 오빠에게 밖에 누가 왔는지 나가보라고 시켰다. 그 사람은 할아버지 집안의 친척뻘 되는 남자였다.

"형수님, 집문서를 잠시만 빌려주십시오. 그러면 내가 곧 몇 배로 갚아드리겠습니다."

할머니 앞에 무릎을 꿇고 앉은 남자는 비쩍 마른 몸이 비에 홀딱 젖어서 형편없는 몰골이었다. 눈은 퀭하니 해골 같았고 눈빛은 굶주린 짐승처럼 흔들리고 있었다.

"안 됩니다. 형님이 살아 있다고 해도 절대로 찬성하지 않을 거예요. 이 집은 대대로 내려오는 집입니다. 자칫 잘못되기라도 하면 내가 저세상에 가서 그 양반 얼굴을 어찌 본답니까?"

"형님, 금광이 지금 곳곳에서 발견되고 있어요. 지금이 바로 적기라고요. 돈만 있으면 금광 캐는 것은 문제가 없습니다. 최창학과 방응모 이야기 신문에 연신 떠드는 거 보셨지요? 최창학은 지금 황실 일가가 타고 다니는 고급 승용차에다가 또 경성에서 가장 크고 화려한 저택에 살면서 최고의 세력가들과 친분을 나누고 다닌답니다. 방응모도 최창학이 버리고 간 폐광에서 다시 금맥을 발견해 갑부가 되어 단숨에 유명인사가 되지 않았습니까?"

할머니는 남자의 말에도 흔들리지 않고 꼿꼿했다. 바깥에서 듣고 있던 어머니는 불안한 기색으로 가슴에 손을 얹고 조용히 듣고 계셨다. 태풍의 기세는 더욱 거세어졌다. 남자는 다시 일장 연설을 하였다.

"그러니 형수님, 걱정 마시고 집문서를 잠시만 빌려주시면 곧 몇 배로 불려서 돌려드리겠습니다. 저도 꼭 금광을 캘 자신이 있습니다."

황금 병이 단단히 든 남자는 속사포처럼 말을 끊임없이 쏟아부었다. 그렇게 온갖 감언이설로 할머니를 설득하려 했다. 금방이라도 노다지가 뚝 떨어질 것처럼 남자의 얼굴은 탐욕으로 이글거리고 있었다.

"죄송합니다, 서방님."

할머니의 단호한 한마디에 갑자기 남자가 문을 확 열고 빗속으로 뛰쳐나가면서 소리쳤다.

"꼬장꼬장한 늙은이 같으니. 어디 두고 보자고. 내 보란 듯이 금을 캐서 나타날 것이니."

남자가 폭풍처럼 왔다 가고 몇 달 후에 남자의 금광업이 실패해서 알거지가 되었다는 소식이 들려왔다. 할머니는 아무 말도 하지 않았다. 대대로 물려온 이 집과 전답을 후대에 물려줄 사명을 다하였기에 남자의 몰락에도 동요하지 않았다.

그러던 어느 날 까만 양복을 입은 남자 세 명이 집에 들이닥쳤다.

"법원에서 나왔습니다."

그들은 신발도 벗지 않은 채 온 집 안을 돌아다니면서 집에 있는 모든 가구에 빨간 딱지를 붙였다. 심지어 창고에 있는 농기계까지도.

"빨간 딱지 붙은 것은 팔거나 어디로 옮기면 안 됩니다. 그리고 논밭도 가압류되었으니 그리 아세요."

마른하늘에 날벼락이 우리 집에 떨어진 것이었다.

"어머니, 이게 무슨 일이에요?"

"그놈이 내 집문서와 인감도장을 위조해 은행에서 돈을 빌렸다는구나."

탐욕에 눈먼 한 남자가 단란했던 우리 가정을 풍비박산 낸 것이었다. 천국과도 같았던 그 큰 집을 삽시간에 빼앗기고 우리 식구들은 관철동을 떠나 변두리 한 작은 집으로 옮겨야만 했다. 당장 끼니 걱정을 해야만 하는 신세로 전락했고, 우리 남매들은 학교도 중단할 수밖에 없었다.

"어머니, 이러고 당하고만 있으실 거예요? 고소를 하면 집을 찾을 방도가 있지 않을까요?"

아무런 손도 쓰지 않고 그저 당하고만 있는 할머니에게 어머니가 고소를 해보자고 말했다.

"아니다. 친척끼리 그런 흉한 꼴은 보이기 싫구나."

할머니는 친인척 간에 싸우는 꼴은 세상 망신이라며 고소를 거절했다. 하지만 올망졸망한 당신의 손자 손녀들이 학교도 가지 못하고 끼니 걱정을 하는 것이 심장을 내리눌렀다. 할머니는 그 모든 충격을 혼자서 감내하다 못내 시름시름 앓았다. 그러고는 이듬해 아무런 말도 하지 못하고 저세상으로 떠나갔다.

나는 눈을 뜨고도 죽을 수 있다는 것을 처음 알았다. 죽은 할머니의 동공은 초점은 없지만 분통함을 나타내기라도 한 듯 크게 부풀어 있었다.

할머니가 돌아가신 후부터 30대 초반의 미망인인 어머니의 동공도 초점이 사라졌다. 할머니는 어머니의 기둥이자 정신적 지주였다. 그동안의 모든 갑작스런 일들도 할머니가 계셔서 견뎌낼 수 있었다. 그런데 서로를 의지하며 살던 할머니마저 돌아가시자 어머니는 처음 며칠은 일어날 의지조차 없는 사람 같았다. 그래도 어린 막냇동생이 어머니 머리맡에 앉아 칭얼댈 때는 잠시 눈을 떠서 동생을 안아주긴 했다. 그때는 어머니 눈에서 눈물이 힘없이 흘러내렸다.

가까이 사는 친척들이 반찬과 먹을거리를 가지고 가끔 찾아오곤 했다. 언니들은 한 번도 해보지 않았던 밥을 짓고 오빠는 동생을 돌봐야 했다.

열흘쯤 지났을까, 자리를 보존하던 어머니는 제비새끼들처럼 쪼르르 앉아 있는 다섯 자식들을 한 명씩 바라보더니 드디어 자리를 털고 일어났다. 그날부터 어머니는 무슨 작정이라도 한 듯 입술을 굳게 다물고 마치 전투에 나가는 전사처럼 집 안을 청소하고, 우리를 씻기고, 빨래를 하고, 밥을 짓고, 저녁이 되면 바느질을 했다.

몸을 혹사시키는 것이 살아갈 최선의 방도라고 생각한 것인지 어머니는 새벽부터 다음 날 새벽까지 쉬지 않고 일을 했다. 그러나 어머니의 삯바느질로 다섯 자식들을 키우기에는 어림도 없었다. 우리 남매들은 모두 갑자기 가난해진 것과 학교마저 가지 못한다는 것에 기가 죽어 있었고 어머니의 눈치만 살피고 있었다.

나는 그때도 자작나무 숲에서 왔다는 소년이 뒤뜰 툇마루에 두고 간 《테스》를 한시도 손에서 놓지 않은 채 들여다보고 또 들여다보았다. 하지만 오빠에게서 조금씩 배운 알파벳으로는 책을 읽어낼 수가 없었다. 어머니는 무엇이든 금방 따라하고 배우는 것에 호기심을 가지고 있는 내게 입버릇처럼 말했다.

"하늬야, 조금만 기다려라. 엄마가 곧 학교에 보내주마."

그렇지만 삽시간에 알거지가 된 우리 집 형편이 갑자기 좋아
질 희망은 없었다.

어느 날 만주 사는 수경이 이모가 들르러 왔다. 이모는 동경
유학생 출신으로 신여성이었다. 졸업 후 경성의 어느 부잣집
아들과 결혼하여 만주 안동에서 사업을 하고 있다고 했다. 꽤
나 풍족한 생활을 하고 있는 이모는 해마다 1년에 두어 번 서울
에 오게 되면 꼭 우리 집에서 며칠씩 묵었다. 이모는 올 때마다
장난감이랑 과자랑 옷감을 한 아름 안고 택시에서 내렸다. 그
리고 항상 오빠랑 나에게 줄 책도 잊지 않았다.

그러나 부러울 것이 없어 보이는 이모가 가지지 못한 것이
하나 있었다. 결혼한 지 몇 해가 지났지만 슬하에 자식이 없는
것이었다. 그래서인지 우리 남매들을 무척 귀여워했다. 자식이
많은 어머니를 늘 부러워했다.

형편이 어려워진 우리 집을 보고 이모는 나를 데려다 학교도
보내고 딸처럼 키우겠다고 어머니에게 졸랐다.

"언니, 하늬가 총명하고 공부에 관심도 많으니 내가 데려가
학교도 보내고 잘 입히고 먹이고 자식처럼 키울게."

"그런 말도 안 되는 소리 하지도 마라. 내 자식은 내가 책임
진다."

어머니는 단번에 잘라 말했다. 그러고는 이모를 똑바로 쳐다

보며, 다시는 그런 말을 못하도록 단호하게 말했다.

"너, 그런 소리 하려거든 앞으로 우리 집에 다시는 발걸음도 하지 마라. 이제 형편이 어려워져서 너를 며칠씩 묵게 하는 것도 부담스럽구나."

목소리 톤을 높이는 법이 없는 어머니가 그렇게 역정을 내는 것을 나는 처음 보았다. 그러나 나는 이모 말대로 입 하나라도 덜어야 하는 형편이라는 것을 잘 알고 있었다. 그리고 무엇보다도 공부를 하고 싶었다. 빨리 영어를 배워 사슴처럼 큰 눈을 가진 소녀의 꽉 다문 입술을 열게 하고 싶었다.

"엄마, 나 이모 따라 만주 갈 거야."

나는 어머니의 눈을 똑바로 쳐다보고 말했다.

"공부하고 싶어. 공부해서 빨리 이 책을 읽고 싶어."

나는 《테스》를 어머니에게 보여주며 당돌하게 말했다. 어머니도 내가 그 책을 항상 손에 쥐고 다닌다는 것을 잘 알고 있었다. 쫓겨나듯 이사를 나올 때 내가 가장 먼저 챙긴 것이 그 책이라는 것도 어머니는 잘 알고 있었다.

"언니, 들었수? 하늬가 간다고 하잖아. 괜한 고집 부리지 마시우!"

어머니는 바느질하던 손을 멈추고는 한참을 초점 없는 눈으로 멍하니 앉아 있었다. 어머니 얼굴이 굳어졌다. 그러다 울컥 올라오는 눈물을 애써 감추려는 듯 일어나서 밖으로 뛰쳐나갔다. 그날 밤, 나는 컴컴한 부엌 구석 땔감 위에 주저앉아 무명 치마로 눈물을 닦는 어머니의 모습을 보았다.

이모는 어머니에게 약속한 대로 나를 곧바로 만주에 있는 안동고녀에 입학시켰다. 그 학교는 일본인들만 다니는 학교였지만 나는 별 무리 없이 학교에 적응하였고, 좋은 성적을 받아 이모를 기쁘게 해주었다.

내가 가장 좋아하고 잘하는 과목은 영어였다. 어느 날 출장을 다녀온 이모부가 내게 영한사전을 사다 주었다. G.H. 존스가 편찬한 영한사전이었다. 《테스》보다 몇 배는 두꺼웠다. 나는 학과 공부를 하면서 틈틈이 《테스》를 읽을 수 있게 되었다. 사전을 찾아가며 한 페이지 한 페이지 읽어낼 때의 그 기쁨이란 이루 말할 수가 없었다.

테스의 집안도 몰락한 가문으로 가난에 찌들어 살고 있었다. 아버지는 게으른 술주정뱅이였다. 어느 날 동네 목사에게 자신의 가문이 한때는 잘나가던 유명한 더버빌 가문의 후예라는 말을 듣는다.

테스의 아버지는 더 게으름을 피우며 알량한 자부심으로 트랜트리지란 곳에 더버빌 성(姓)을 가진 갑부에게로 테스를 보낸다. 딸의 뛰어난 미모를 이용해 도움을 요청하러 보낸 것이다. 게다가 테스의 어머니는 올해 테스에게 동쪽에서 귀인이 나타난다는 점괘가 나왔다며 테스를 독려했다. 그러나 테스의 불행은 그곳에서 시작되었다.

나는 부엌에서 울던 어머니가 보고 싶어졌다. 나를 만주 안동 이모 집으로 보내는 것조차 못내 마음에 걸려했던 어머니였다. 그러나 시간이 지나면서 경성에 있는 가족들이야 어찌 되었든 나는 하루하루가 행복했다. 이모와 이모부도 나를 귀여워해주었고 맘껏 공부도 할 수 있었다.

하지만 그 행복은 그리 오래가지 못했다. 어느 날 이모가 아들을 출산했다. 결혼한 지 몇 년 만에 낳은 첫 자식이라 이모와 이모부는 아들을 보살피는 데 주력했다. 그때부터 불행의 그림자가 다시 덮쳐왔다. 나는 자연스럽게 이모의 심부름과 아기를 돌봐야 했다. 새벽부터 밤늦게까지 이모는 나를 불렀다.

아기는 잠잘 때만 빼고 매시간 울었다. 아기가 울면 잠을 자다가도 뛰어나가야 했고, 시간 맞춰 우유를 먹여야 했으며, 목욕을 시키고, 기저귀를 갈아주고, 집 안 빨래까지 눈코 뜰 새 없이 일을 해야만 했다. 그렇게 내게 잘해주던 이모는 하루 종일 신경질적이었고 고함을 치고 짜증을 냈다. 학교를 갔다 오면 가방을 던져놓자마자 아기를 돌보고 이모의 잔심부름을 해야 했다.

모든 것이 바뀌었다. 공부는커녕 학교에 지각하기가 일쑤였고 수업시간에는 졸았다. 성적이 떨어지기 시작했다. 학교 선생님은 졸고 있는 나에게 회초리를 가하기도 했다. 반 친구들도 나를 외면했다. 유일한 조선인인 나를 처음부터 탐탁지 않게 여겼지만 나는 아랑곳하지 않고 우수한 성적으로 그들을 제압했던 터였다.

그런데 갑작스럽게 닥친 이 모든 일이 열다섯 살의 나이로 감당하기에는 버거웠다. 나는 참다 못해 어머니에게 편지를 썼다. 어머니는 내 편지를 받자마자 곧바로 그 먼 길을 달려와 내 손을 잡고 다시 경성으로 돌아왔다.

집으로 돌아와 무기력한 나날들이 계속되었다. 하릴없이 《테스》를 읽으면서 나날이 더해지는 테스의 불행에 나도 모르게 점점 몰입되어갔다.

테스는 트랜트리지의 체이스 숲에서 알렉 더버빌에게 순결을 잃은 지 3주일 만에 말로트 마을의 집으로 돌아왔다. 그녀는 처녀가 순결을 잃은 것이 불결하다고 생각했고 그 죄책감에서 빠져나오고 싶었던 것이다. 그녀는 부와 명예를 얻기 위해서 사랑하지도 않는 남자와 결혼할 마음은 추호도 없었다.

그녀의 어머니는 딸이 부잣집 아들과 결혼을 하면 자기 집안 형편도 나아질 거라는 부푼 기대를 하고 있었다. 순결을 잃고 돌아온 딸을 맞이하는 그녀의 어머니는 치맛자락으로 눈물을 훔치며 '기왕지사 이렇게 된 일이니 최선을 다해야지 어떡하겠니? 어쩔 수 없는 일이고 모두가 하느님의 뜻이다.'라고 중얼거렸다.

우리 어머니라면 어떻게 할까? 가난 때문에 돈에 자식을 파는 일을 부추길까?

내가 만주 안동 이모 집에 가 있는 동안 언니 둘은 시집을 갔다. 집에는 오빠와 어린 여동생만 있었다. 그렇다면 어머니도 가난 때문에 자식을 팔듯이 언니들을 시집보낸 것일까?

어느 날 한 보따리장수가 집에 왔다. 여자는 머리에 인 커다란 보따리를 내려놓고는 마루에 앉더니 물을 한 잔 달라고 했다. 어머니는 여자를 춘천댁이라고 불렀다. 춘천댁은 어머니가 물건을 사지 않을 것을 이미 알고 있는 듯, 보따리를 마루 한 귀퉁이에 밀어놓고는 어머니 옆으로 바싹 다가앉았다.

"충청도로 시집간 큰딸은 남편이 얼마나 정을 주는지 깨가 쏟아진다고 하더이다. 그리고 강원도로 시집간 둘째 딸도 시부모 사랑받으며 잘 살고 있다고 하니 걱정일랑 하지 마세요."

어머니는 시집간 언니들의 소식을 춘천댁에게 듣고 있었다. 이번에 춘천댁은 어머니에게 셋째 딸 혼처 자리를 이야기하고 있었다.

"부잣집 외아들이고 공부도 많이 한 젊은이라고 하는데 한번 보시겠어요?"

나는 방에서 반쯤 열린 문으로 춘천댁의 얼굴을 보았다. 춘천댁은 머리에 두른 수건으로 이마와 목에 난 땀을 닦으면서 이

번 혼처 자리는 정말 남 주기 아깝다며 장황한 설명을 늘어놓고 있었다. 어머니는 아무런 말을 하지 않고 바느질에만 열중하고 있었다. 춘천댁은 조선팔도 모르는 게 없는 모양새로 수다스럽게 떠들고 있었다.

"세상은 자본주의 시대예요. 양반 상놈 같은 계급 따지는 시대가 지나갔다는 말이죠. 경제논리인지 뭔 논리로 돌아가는 세상이랍니다. 그러니까 한마디로 말해서 돈이면 무엇이든 할 수 있는 시대가 온 거예요."

어머니가 세상이 어떻게 돌아가는지를 모를 리가 없었다. 누구보다도 앞서 개화사상을 받아들인 사람이었다.

"세상 밖으로 나가보세요. 세상이 천지개벽을 한 것이 틀림없어요."

춘천댁은 자본이니 경제논리니라는 말을 내뱉는 자신이 내심 자랑스러운지 어깨를 들썩이며 세상 돌아가는 이야기를 하고 있었다. 춘천댁은 자본주의 시대이니 돈을 위해서는 영혼까지도 팔 수 있다는 확고한 신념 같은 것을 갖고 있는 듯했다. 춘천댁의 얼굴에 테스 어머니의 모습이 묘하게 겹쳐졌다. 그 수다스러운 입놀림과 주눅 들지 않는, 좀 뻔뻔하다 싶은 행동이 닮은 것 같다고 생각되었다.

가난은 비굴해질 수밖에 없는 것일까? 돈을 위해서는 딸의 인생을 희생시킬 수도 있는 테스의 어머니가 미웠다. 춘천댁은 서울 곳곳을 보따리 장사를 하면서 떠돌다 보니 집집마다의 사정을 훤히 알고 있는 모양새다. 물건을 파는 것은 핑계이고 혼사를 성사시켜서 받는 중매료가 훨씬 짭짤한 것 같았다. 언니둘도 춘천댁의 중매로 시집을 간 것이었다. 그런데 왜 우리 집사정은 조금도 나아진 것이 없는가?

　무료한 나날들 속에서 나는 옛집이 그리워 옛날 살던 집 주위를 자주 배회하다 되돌아오곤 했다. 골목 구석진 집 마당에서는 봄이 되어도 꽃을 보지 못했다.
　지금쯤 매화꽃이 피어 있을 거야. 매화가 지고 나면 내 주먹만 한 목련이 퐁퐁 피어났지. 목련이 꼭 드레스를 입은 천사 같아서 어머니한테 드레스를 입고 싶다고 졸랐던 적이 있었다. 어머니는 우리들 옷을 손수 만들어 입혔다. 그 솜씨가 뛰어나 동네에서도 주문이 들어올 정도였다.
　"우리 셋째 딸 하늬에게 예쁜 드레스를 만들어줄게."
　그날로 어머니는 시장에 가서 하얀 옷감을 사와서 나와 동생의 드레스를 만들어주었다. 동생과 나는 그 옷을 입고 나비처럼 폴폴 온 집 안을 뛰어다녔다. 할머니는 어린 두 손녀가 천사같다고 손뼉을 치며 눈을 떼지 못했다.
　그 목련이 지금쯤 피었을까, 아니면 벌써 져버렸을까? 목련이 지면 살구꽃, 사과꽃, 배꽃 등이 앞다투어 피어나던 집. 뒤뜰 우물가 옆 고목 살구나무에 핀 꽃에는 벌들이 쉴 새 없이 잉잉거릴 것이다. 언젠가 마당에 떨어진 살구꽃에서 꿀을 빨고 있던 벌이 하도 신기해 만지다가 쏘인 적이 있었다. 앙앙 울고 있는 내게 할머니가 약을 발라주시며 말씀하셨다.

"벌은 일본 놈들과 다르단다. 아무나 쏘지 않아. 생존과 번식을 위해 꽃에서 꿀과 꽃가루를 따는 일에만 신경 쓰는 거야. 게다가 벌들이 채취해가는 꽃가루가 또 다른 꽃을 피게 하는 데 도움을 준단다. 그래서 건들지 않으면 절대 쏘는 일이 없어."

난 할머니의 말이 무슨 뜻인지 몰랐지만 그때 이후로 벌이 무섭지 않았다. 바닥에 떨어진 꽃잎에 벌이 달려들어 꿀을 빨고 있는 모습을 오랫동안 들여다보고 있어도 할머니의 말대로 나를 쏘려고 하는 벌들은 없었다. 그 벌들이 분주하게 날갯짓하는 소리가 귓전에서 윙윙대는 것 같았다.

꽃들과 벌들과 나비들이 날아다니는 뒤뜰 평상에서 동생과 낮잠을 자던 어린 여자 아이는 어디로 갔는가. 훈장님의 천자문 외는 소리를 들으러 뒤뜰 살구나무 아래로 달려가 귀를 기울이던 꼬마 아이. 오빠가 가르쳐주는 서양 말을 신기하게도 잘 익히던 아이. 책읽기를 좋아해서 언니와 오빠 책은 모조리 읽어버렸던 아이. 더 이상 읽을 책이 없자 아버지가 읽던 두꺼운 서적을 펼쳐보던 아이. 어느 날 자작나무 숲에서 왔다던 소년이 두고 간 '테스'라는 제목의 서양 책을 이해도 못하면서 펼쳐보던 아이.

그때는 세상이 온통 아름답고 사랑스럽고 즐겁기만 한 줄 알았다. 가끔씩 집에 동냥을 하러 오는 거지들이 있었지만 그들이 불행할 것이라고 생각하지 않았다. 불행이라는 것이 무엇인지 알지 못했다. 단지 꽃 속에서 꿀을 먹다가 떨어져 죽은 벌들을 보면 슬펐다. 어느 날은 죽은 새를 보고 슬퍼서 서럽게 운적이 있었다.

가장 슬펐던 것은 우리랑 매일 뒹굴고 놀던 쫑이가 죽던 날이었다. 그날은 나뿐만 아니라 온 식구들이 슬퍼하면서 뒤뜰 살구나무 아래에다 묻어주었다. 세상의 온갖 모진 풍파라는 것이 담 너머에 있는 것인지도 몰랐다.

한 남자가 대문의 초인종을 누르고 있다. 대문이 열리자 개 짖는 소리와 아이들의 소리가 들려왔다. 남자가 들어가면서 대문이 쿵 하고 닫혔다. 우리 집으로 낯선 남자가 들어가서 문을 닫다니, 내가 살던 내 집 밖에서 내가 이방인으로 서 있다니…….

"밤늦게 어딜 갔다 오니?"

"답답해서 동네 한 바퀴 돌고 왔어요."

어머니는 만주 안동에서 돌아온 이후로 학교도 가지 못하고 무료하게 보내는 딸을 안쓰러워했다.

오빠 방에서 불빛이 새어 나왔다. 공부밖에 모르는 오빠는 후원금이나 장학금을 받아볼 요량으로 밤낮으로 책을 들여다보고 있었다. 그리고 막내 여동생 학비 뒷바라지까지 해야 하는 어머니는 바느질감이라면 무엇이든 받아 와서 밤새도록 바느질을 했다. 그러나 삯바느질로는 오빠의 학교 수업료도 빠듯한 실정이었다. 어머니 혼자서 짊어지고 가기에는 자식들이 너무나 큰 짐이었다. 테스처럼 내가 어머니를 도와야 했다.

"어머니, 나 시집갈게요. 옛 우리 집 찾아줄 수 있는 부잣집이면 어디든 상관없어요."

어머니는 바느질하던 손을 멈추고 나를 쳐다보며 말했다.

"그런 소리 하지 마라. 너는 공부를 해서 훌륭한 남편감을 얻어 결혼해야 한다."

"그럼 언니들은요, 언니들은……."

나는 언니들을 시집보낸 것에 대해서 속으로 어머니를 원망하고 있었다. 어머니도 테스 어머니랑 별반 다를 것이 없다고 생각했다. 어머니는 언니들이 시집을 갔다고만 하고 다른 말은 일절 하지 않았다. 그래서 나도 물어보지 않았었다. 어머니는 언니들을 그렇게 시집보낸 것이 못내 가슴에 박힌 못이 되었던 것이다.

한 달 후 춘천댁이 다시 우리 집을 찾았다. 나는 춘천댁의 논리대로 자본주의 시대에 발맞춰 지주 집 아들에게 시집을 가기로 했다. 어머니의 반대에도 불구하고 나는 고집을 부렸다. 그저 관철동 옛집을 찾아줄 수 있으면 족했다.

　남편의 외모는 준수했다. 충청도 천안의 만석꾼 집안 외아들이었다. 나이는 서른 살이고 홀아비로 지낸 지 2년 정도 되었다고 했다. 관철동 집을 찾아줄 것이라는 약속을 철석같이 믿고 나는 시집을 갔다. 불과 몇 주일 만에 결정을 하고 간 시집이었다.

　첫날밤에 남편은 한마디 말도 없이 내게 등을 보이고 잠을 잤다. 나는 거의 꼬박 밤을 새우다시피 했다. 그 이튿날도 그다음 날도 말 한마디 하지도 않고 잠자리도 하지 않았다. 내가 무엇을 물으면 나를 빤히 쳐다보면서 아주 간단하게 답만 했다. 그런 걸 보면 벙어리는 아니었다. 그가 나를 바라보는 눈빛은 약간 흔들렸다. 이상했다.

　일주일이 지나고 보름이 지나도 마찬가지였다. 무엇인가 잘못되고 있다는 예감이 들었다. 굳게 닫힌 입과 약간 흔들리는 눈빛에서 그가 무엇인가 두려워하고 있다는 것을 느꼈다. 그렇게 시집온 지 한 달이 지나갔다. 나는 천안댁 외에는 대화할 사람이 없었다. 어느 날 천안댁과 저녁을 준비하면서 조심스레 물어보았다.

　"그 사람이 거의 말을 하지 않아요. 아주머니는 무슨 일인지 알고 계세요?"

　천안댁은 난감한 표정으로 머뭇거리며 말을 하지 않았다. 내가 다그쳐 묻자 어쩔 수 없이 낮은 목소리로 대답했다.

"아씨, 서방님이 말을 하지 않을 때는 모든 것이 괜찮다는 거예요. 별일 없다는 것이니 도리어 건들지 마시고 지켜봐주세요."

"그럼, 언제 말을 하나요?"

"본인 스스로 참지 못할 일이 생길 때에는 말을 하세요. 하지만 그것은 말이 아니라 욕설이에요. 화를 참지 못하는데 그럴 때는 집안 어른뿐 아니라 어느 누구도 말리지 못하세요. 그래서 모두들 살얼음판 걷듯이 조심조심 서방님을 대한답니다."

천안댁은 누가 엿듣는 사람이 없는지 고개를 내밀어 부엌 바깥을 둘러보고는 다시 말을 시작했다.

"특히 서방님은 안방마님에게 적의를 품고 있어요. 안방마님만 건들지 않으면 서방님의 병은 거의 발병되지 않아요. 사실은 아씨 이전에 두 명의 며느리가 들어왔다가 못 견디고 도망가다시피 나간 것도 독한 시어머니와 아들의 결투 때문이었지요."

나는 믿을 수가 없었다. 나이가 많은 홀아비라도 유학파 출신에 만석꾼 아들이니 인격이나 건강에 대해서는 심각하게 생각해본 적이 없었기 때문이다. 아버지와 오빠는 늘 자상하고 여자들을 보살펴주는 사람들이었기에.

그러나 남편이 어떠하든 상관하지 않기로 했다. 말은 할 때 되면 하겠지 생각하며 비위를 건드리지 않으려 했다. 시집 생활 한 달이 지나면 시집에서 친정어머니에게 얼마간의 돈을 보내기로 약속을 한 터였다. 그러나 한 달이 지나고 두 달이 지나도 시어머니는 친정에 돈을 보낸다는 약속을 지키지 않았다. 기다리다 못해 시어머니께 말을 해봐야겠다고 마음먹었다. 시어머니는 평상시에도 무척이나 신경질적이었다. 일꾼들을 머슴처럼 부렸고 언제나 잔소리를 해댔다.

"어머니 저…… 저……."

입이 떨어지지 않았다.

"무슨 일이냐?"

나는 시어머니의 매서운 눈초리에 그만 주눅이 들어 아무 말도 하지 못하고 방을 나왔다. 남편에게 이야기해볼까도 생각했지만 도무지 입을 여는 사람이 아니니 답답할 노릇이었다.

봄이 가고 여름도 지나갔다. 관철동을 나온 이후 내게 계절은 무감각했다. 봄에 피는 꽃, 풀, 나무, 벌, 나비들의 향연, 그 푸르른 나날들의 공기가 이제는 존재하지 않았다. 가을 소낙비가 마당에 떨어진 낙엽 더미를 계속해서 때리고 있었다. 벌거벗은 나무는 소낙비를 그대로 맞고 있었다. 가느다란 나뭇가지에 겨우 매달려 있다시피 한 몇 개의 빛바랜 나뭇잎이 바람에 파리하게 떨리고 있었다.

저 나뭇잎이 내 처량한 신세와 같아 보였다. 세차게 쏟아붓는 소낙비를 맞으며 떨고 있는 나를 안아줄 이는 아무도 없었다. 시집온 지 5개월이 지나가고 있지만 남편이란 사람은 여전히 날 안지 않았고, 시어머니는 친정으로 돈을 보낼 생각은 처음부터 없는 사람처럼 굴었다.

친정어머니는 어떻게 보내고 계실까? 결핵 치료는 잘 하고 계시는 걸까?

노랑 빨강으로 물들었던 나뭇잎들은 이제 자신들의 시대를 마감하고 누렇게 색이 바래 비참하게 이리저리 땅바닥에 뒹굴고 있었다. 어머니의 마지막 잎새의 모습도 저러하리라 생각하니 슬퍼졌다. 아무래도 친정에 한번 다녀와야겠다는 생각이 들었다. 나는 용기를 내어 시어머니 방으로 건너갔다.

"어머니, 친정에 좀 다녀와야겠습니다. 친정어머니께서 몸이 많이 편찮으신데 걱정이 되어서……."

"안 된다. 이 집으로 시집을 온 이상 너는 그쪽 집안과의 인연은 끝이다. 그것을 모르고 시집을 온 것은 아니겠지?"

시어머니는 내 말이 끝나기도 전에 다짜고짜 호통을 쳤다.

"네, 알고 있습니다. 단 며칠만 다녀오겠습니다."

"안 된다면 안 되는 줄 알거라. 물러가거라."

나는 심술궂고 차가운 시어머니에게 화가 치밀어 올랐다.

"어머니, 그러면 친정어머니가 돌아가셔도 나를 보내줄 수 없단 말씀이세요?"

"네 어미가 죽었다는 전갈이라도 받았느냐?"

"친정어머니는 지병을 앓고 계셔서 언제 어떻게 될지 모르세요. 돈이 없어 병원을 매번 찾을 수가 없어서 근근이 약으로 버티고 계세요. 어머니께서 약속하신 돈이라도 보내드리면 치료에 도움이 될 것이니 제가 안심을 하겠지만, 어머니는 처음부터 그 약속을 지킬 생각이 없으셨어요."

나는 차분하게 말을 했다. 그러자 시어머니의 눈꼬리가 치켜 올라가더니 바닥을 쾅쾅 치며 날카롭게 소리를 질러댔다.

"아니, 이년이 어디다 대고 눈을 치켜뜨고 또박또박 말대꾸냐. 네가 이 집안에 들어와서 한 일이 뭐냐? 몸은 약골이라 논밭일은 관두더라도 집안일이라도 제대로 하고 있느냐 말이다. 그리고 시집온 지 반년이 다 되어가는데도 너에겐 태기도 없지 않느냐. 하는 일은 밥 축내는 일밖에 없는 년이 무슨 돈 얘기며 친정을 가겠다고 하느냐 말이다."

나는 시어머니가 불같이 화를 내며 쏟아내는 말에 할 말을 다 잃었다. 내 동공은 시어머니의 얼굴에 박혀 움직이질 못했다. 어찌 사람의 입에서 저런 소리를 낼 수 있을까. 분명 사람의 말이 아니었다. 그러나 나 역시도 물러설 수 없었다. 여기서 물러서면 나는 정말 이 집에서 몸종이나 다름없는 신세가 되는 것이었다.

"어머니, 저는 시집와서 나름대로 집안일에 최선을 다하고 있어요. 새벽부터 밤늦게까지 한시도 앉아본 적 없이 집안일을 하고 있는데 그걸 보시고도 그런 말씀을 하세요? 그리고 태기가 없는 것은 ……."

내 말이 끝나기가 무섭게 미닫이문이 요란하게 열리더니 남편이 들어왔다. 온통 비를 맞아 빗물이 옷에서 줄줄 흘러 방바닥을 적셨다. 조금 전까지만 해도 서슬이 퍼렇던 시어머니 얼굴이 하얗게 변했다.

"얘ー야! 여ー봐라! 천안댁, 고 서방……."

시어머니는 소리를 쳐야 하지만 소리가 도리어 입안으로 옥여들어 가는지 말을 하지 못했다. 남편의 손에는 낫이 들려 있었다.

"알겠다. 얘야, 알았대두……."

남편은 낫을 높이 치켜들었다. 나는 갑자기 닥친 일에 생각할 겨를도 없이 밖으로 뛰쳐나왔다. 비는 계속해서 내렸다. 천안댁을 찾았다. 천안댁은 부엌에 없었다. 천안댁의 방 쪽으로 달렸다.

"악!"

비명 소리가 들렸다. 나는 안채 쪽을 돌아보았다. 남편이 시뻘건 피가 묻은 낫을 들고 밖으로 나왔다. 낫에 묻은 피가 비에 씻겨 흘러내렸다. 나를 찾고 있는 것일까? 나는 공포감으로 그 자리에서 한 걸음도 뗄 수 없었다. 남편이 나를 향해 걸어오고 있었다. 이제 모든 것이 끝장이구나. 내 생이 여기까지였어. 이렇게 비참하게 죽다니…….

그런데 남편은 나를 그대로 지나쳤다. 그리고는 우물로 걸어가더니 낫을 우물 속으로 던져버리고 내 쪽을 천천히 돌아보았다. 비가 그의 얼굴을 적시고 있었지만 나는 그의 눈이 울고 있다는 것을 알았다. 아무 말 없이 나를 바라보고 있을 때의 그 눈빛이었다. 그의 눈빛은 살기 어린 눈빛이 아니라 뭔가를 갈구하는 눈빛이었다. 그 눈빛은 내게 연민을 이끌어냈다. 그래서 남편이 나를 안지 않더라도 그 눈빛만으로 고된 시집살이가 견딜 만했다.

천안댁과 고 서방이 행랑채 마당에 나와 우물 쪽을 바라보고 있었다. 시아버지도 안채 마당에서 넋이 나간 채 비를 그대로 맞으며 아들에게 눈이 고정되어 있었다. 한 발짝도 뗄 수 없는 긴박한 상황이었다. 그 순간은 모든 것이 정지해버린 것 같았다.

빗줄기는 더욱 거세어졌다. 남편은 나를 바라보던 눈길을 돌려 집 안을 한번 둘러보더니 우물 안으로 뛰어들었다.

관철동 집 담장 너머, 세상을 덮고 있는 검은 장막은 꿈과 희망으로 가득한 그 달콤하고 아름다웠던 시간들을 질식시켜버렸다. 검은 장막이 시커먼 대형 거미로 변해 여덟 개의 다리를 흔들며 우리 집 식구들을 한 명씩 집어삼키는 악몽에 시달렸다. 세상은 회색빛 회반죽을 발라놓은 것처럼 암담했다.

믿을 수가 없는 세상이야. 왜 사람들은 웃지도 않지? 인상을 쓰고 화를 내고 고함을 치는 거지? 끝없이 펼칠 수 있는 희망과 미지의 세계에 대한 매혹적인 시간들이 어쩌다가 불안에 떨고 있는 거지? 내가 아직도 꿈에서 깨어나지 못하고 있는 것인가? 그렇다면 예전의 행복했던 삶은 꿈이었고 원래 현실은 비극의 연속이란 말인가? 이것이 참 인생이란 말인가?

내 몸이 거미줄에 친친 감겨 거미의 입속으로 점점 삼켜지는 느낌이었다. 내가 할 수 있는 일이라고는 아무것도 없었다. 몸부림을 칠 수도 없었다. 내 몸이 먹히는 것을 내 눈으로 똑똑히 보고 있는 것이었다. 이제는 꿈조차 아무 소용없는 일이라는 것을 깨달았다. 어머니에게 예전 살던 집을 찾아주기는커녕 백화점 가서 예쁜 원피스를 사주마 했던 동생과의 약속도 지키지 못했다.

시집을 갈 때까지만 해도 짙은 구름 속 슬쩍슬쩍 비치는 햇빛을 보며 작은 희망을 가졌다. 그러나 이제는 그 실낱같은 희망마저 사라졌다. 부잣집으로 팔려가서라도 찾고 싶었던 옛집에 대한 희망은 바스라지고, 밤이 되면 잠을 자고 날이 밝아오면 눈을 떴다. 햇살도 바람도 그 무엇도 내게는 무의미했다. 사람들의 수군거림과 동정을 가장한 위로는 어머니나 내게는 더 큰 수치였다. 하루하루가 미물 같은 삶이었다. 내가 할 수 있는 일이라곤 땅속으로 기어들어가거나 무덤에 들어가는 일뿐이라 생각되었다.

산마루에는 석양이 붉게 드리워지고, 어머니는 콜록콜록 기침을 하며 부엌에서 저녁을 준비하고 있었다. 나는 어머니의 심장에 못을 박고도 이리 숨을 쉬고 있다는 것이 가소로웠다. 묵직한 돌이 심장을 내리누르는 것 같았다. 뜨거운 태양이 내 목구멍에 걸려 질식할 것 같아 대문 밖으로 뛰쳐나갔다. 어디로 뛰어가고 있는지 알지 못했다. 한참을 뛰다가 숨이 턱까지 차올라 더 이상 뛸 수가 없었다.

나는 땅바닥에 주저앉아 해가 넘어가고 어스름해진 산을 바라보았다. '또 해가 지네.'라는 말이 내 입에서 나온 말인지, 지나가는 사람들이 한 얘기를 내가 들은 것인지 알 수 없었다. 나는 다시 일어나 걸었다. 누군가가 나를 부르는 것도 같았지만 그냥 걸었다. 누군가가 내 팔을 붙잡고 '하늬야! 하늬야! 어디 가니?' 소리친 것도 같았는데 나는 그래도 멈추지 않고 걸었다. 청계천을 지나면 우리 집이야. 이제 다 왔어. 나는 더 빠른 걸음으로 걸었다. 너무 늦었어. 할머니랑 어머니가 걱정하실 거야. 어머니가 동네 어귀까지 마중 나와 있을지도 모르겠다.

나는 빠른 걸음으로 할머니와 어머니가 기다리는 집으로 걸어갔다.

"어머니, 하늬가 심각해요."

"……."

"집으로 오고 있는데 하늬가 걸어가고 있었어요. 무슨 말인지 중얼거리면서……. 내가 부르니 나를 한번 쳐다보더니 그냥 가는 거예요. 어디 가냐고 물으니 집에 간다고 하면서 계속 걸어갔어요. 그것도 맨발로. 할 수 없이 따라가보니 옛집으로 가더라고요. 대문에 서서 할머니와 어머니를 부르면서 문 열어달라고 소리를 치더니 쓰러졌어요."

어머니는 오빠의 말에 가슴만 쿵쿵 쳤다. 기침이 다시 시작되었다. 한번 기침이 시작되면 몇 시간이고 멈추지 않았다. 그러다 더 심해지면 피를 토해내기도 했다.

2장

진수무향(眞水無香)

"어머! 이게 누구니? 하늬 아니니?"

우연히 길에서 만난 수정 언니는 잃어버린 친동생을 만난 것처럼 반가워했다. 수정 언니는 둘째 언니의 소학교 동창으로 나보다 두 살 위였다. 관철동 우리 집에 자주 놀러와서 언니랑 숙제도 하고 밥도 같이 먹으면서 각별하게 지냈었다.

언니는 다옥동에 위치한 자신의 커다란 집으로 나를 데리고 갔다. 정원은 잘 손질되어 있었고 집 안에는 고급 가구들이 반짝거렸다. 언니는 심부름하는 아이에게 다과를 내오라고 시켰다.

"언니, 기생이 되면 돈 많이 벌 수 있어?"

"하늬 너희 집안 얘기 들었어."

언니는 한숨을 휴 하고 쉬더니 다시 말을 이었다.

"힘들지? 어른들 말씀이, 사는 것이 한 고비 한 고비 넘는 것이라 하더라."

나는 위로의 말은 이제 듣고 싶지 않았다. 친척들이나 사람들의 동정은 나를 더욱 비참하게 만들었다.

"언니, 기생이 되었다는 소문 들었어. 돈 많이 벌어서 부모님도 극진히 모신다고 칭찬이 자자하던데. 효녀 심청이 났다고."

"자식으로서 마땅히 해야 할 일을 하는 것인데, 뭘 그런 말씀들을 하실까?"

"그래도 언니 장해. 나는 요즘 무엇을 해야 할지 암담하기만 해. 명자 언니는 무슨 공장에를 다니면서 돈을 벌어 집으로 보낸다는데, 나도 공장을 갈까 생각도 해보고 있어. 공부를 하고 싶은데 집안 형편이 그러니……."

사실 공부보다 더 급한 것은 하루하루의 끼니 해결이었다. 어머니의 건강은 나날이 나빠지고 있었다. 밤새 하던 바느질도 이제는 힘겨워했다.

"언니, 나도 언니처럼 기생이 될 수 있을까?"

언니는 나를 찬찬히 바라보더니 다시 말문을 열었다.

"너만 한 자질이면 충분해. 기생이라고 몸을 파는 것으로만 생각하지 마. 악기와 춤과 가곡을 배우면 예기(藝妓)가 될 수 있어. 내가 시키는 대로만 하면 평소 너의 소망인 공부도 계속할 수 있고, 너희 집도 바로 일으킬 수 있을 거야."

언니는 우리 집안의 참담한 사정을 잘 알고 있는 터라 내게 적극적으로 권번(券番)에 입문하기를 권했다.

"그렇지만 너희 어머니를 설득할 수 있겠니?"

어머니의 개화사상은 남녀 성(性)에서만큼은 예외였다. 도리어 딸들에게 여성으로서 지켜야 할 몸가짐을 누차 강조했다. 내가 기생이 되겠다고 하면 어머니도 할머니처럼 시름시름 앓다가 돌아가실지도 모를 일이었다. 그러나 지금 상황에서 이 길 외에 다른 길은 없어 보였다. 어머니는 지금 당장은 반대를 하겠지만 돈을 벌어가며 공부를 하는 모습을 보여준다면 이해할 거라 생각했다. 나는 어머니와 상의도 하지 않고 무턱대고 그 길로 언니를 따라나섰다. 언니는 권번으로 걸어가면서 내게 조선권번에 관한 취지를 상세하게 말해주었다.

"조선권번은 고전 궁중아악과 가무 일체를 가르치는 정악전습소야. 일종의 예술학교라고 생각하면 돼. 가정 형편상 진학을 못하는 우리 또래의 인재들을 교육시키는 곳이야. 일부러 딸 입학시키러 데리고 오는 어머니들도 있어."

나는 그 무엇보다 많은 것을 배울 수 있다는 것만으로 대만족이었다.

"권번에 가면 제일 먼저 금하(琴下) 하규일 선생님을 만나 뵙게 될 거야. 그분이 조선권번 설립자이셔. 선생님은 조선이 무너지면서 우리의 아름다운 전통음악이 사라져가는 것을 가만히 눈 뜨고 보고만 있을 수가 없었대. 그래서 안타깝게 사라져가는 우리 전통음악을 다시 살려내는 일을 사명으로 삼고 계셔. 그래서 학교를 설립하셨고, 우리 궁중음악이 겨우 명맥이나마 유지하고 있는 거야."

"언니, 내가 잘할 수 있을까?"

"내가 생각하기로는 너만 하면 아주 훌륭해. 선생님도 널 보면 무척 귀여워하실 거야. 전습은 3년 과정이야. 끝나면 졸업증명서를 받고 그때부터 정식 예기가 되는 거야."

수정 언니는 내가 걱정하지 않도록 꼼꼼히 조선권번의 취지를 알려주었다. 그러는 동안 어느 큰 집에 다다랐다. 권번은 언니 집과 그리 멀지 않은 곳에 있었다. 높은 담벼락 위에는 아치형 무늬 장식이 대문까지 연결되어 있었다. 크고 높다란 나무 대문 위에 조선권번이란 간판이 눈에 띄었다.

나는 크게 심호흡을 했다. 갑자기 나타난 낯선 기로에서 나는 순간 주춤했다. 이 대문을 들어서면 나는 이제 새로운 길로 접어드는 것이다. 언니가 걱정하지 말라며 내 손을 잡았다.

대문을 들어서자 학교 운동장만 한 넓은 마당이 펼쳐졌다. 마당에는 커다란 느티나무가 몇 그루 서 있었다. 그 아래에 흰 무명 저고리에 까만 치마를 입은 견습생들이 삼삼오오 모여 이야기를 나누고 있었다. 그들은 수정 언니를 보자 모두들 공손하게 인사를 했다. 언니는 이곳에서 꽤나 높은 선배 같았다.

금하 선생은 머리는 백발에다 흰 수염이 목 아래까지 닿아 있었다. 게다가 화사한 흰색 한복을 입고 있었다. 그 기품이 너무나 엄숙하여 마치 신선 같아 보였다. 나는 언니가 시키는 대로 선생님께 큰절을 올렸다. 선생님은 내 절을 받고는 인자한 미소를 지으며 잔잔한 목소리로 한 말씀 하셨다.

"잘 왔느니라. 여기서 수정 선배를 본받아 조선의 예술을 잘 익혀두거라."

수정 언니는 4년제 보통학교를 졸업하고 14세 무렵에 권번에 들어와 견습을 받았다. 지금은 금하 선생님이 가장 아끼는 수제자로 이미 가곡명인으로 잘 알려져 있다고 했다.

다음 날 나는 어머니께 백화점에 취직이 되어 기숙 생활을 하게 되었다고 거짓말을 한 후 몇 가지 짐을 싸서 권번으로 들어갔다.

"저 아랫방이 네 방이다. 고단할 터이니 오늘은 일찍 자도록 하고 내일 선생님께 정식으로 인사를 드리도록 해라."

나는 행수어른이 준 옷 보따리를 들고 어두컴컴한 아랫방 문을 열었다. 문지방이 높았다. 문지방을 넘으려는데 발이 떨어지지 않았다. 지금도 늦지 않았다. 집으로 돌아가면 된다. 아니야. 지금은 무엇이라도 해야 해. 순간적인 갈등이 마음속에서 갈팡질팡했다. 그동안의 일들도 잘 겪어왔는데 어떤 일이든 그보다 더한 일은 없을 것이다. 아니야. 그래도 무서워. 언니는 예술가라고 하지만 기생은 기생이야.

나도 모르게 눈물이 걷잡을 수 없을 정도로 흘러내렸다. 저 문지방을 넘으면 내 인생은 새장에 갇힌 새의 신세가 될 것만 같았다. 나는 문을 닫고 신발을 신었다. 넓은 마당 한가운데 옷 보따리 하나를 들고 서 있는 열여섯의 처녀, 아니 벌써 과부가 되어버린 가련한 내 처지가 한없이 초라하고 작게 느껴졌다. 3

월 밤하늘에는 초승달이 차가운 실눈을 뜨고 나를 내려다보고 있었다. 나는 갑자기 온몸에 한기가 돌고 등이 오싹해졌다.

"왜 아직 안 들어가고 있느냐?"

깜짝 놀라 뒤를 돌아보니 행수어른이 마루에 서 있었다. 검은 형체만 보였다. 나는 그 모습이 꼭 저승사자 같아 그 자리에 얼어붙었다. 그때 마침 수정 언니가 대문을 열고 들어섰다. 언니는 활짝 웃으며 내게 다가왔다.

"아직 안 들어가고 왜 이러고 있니?"

언니는 내 옷 보따리를 받아들고 내 손을 잡고 방으로 데리고 들어갔다.

"하늬야, 이제부터 너는 새로운 길로 접어든 거야. 힘들겠지만 가다 보면 또 다른 새로운 길이 열릴 것이니 최선을 다해 가 보자."

"언니, 고마워."

"그런 말은 하지 마. 너희 부모님께서 나에게 얼마나 친절하게 잘 대해주셨는데. 가난한 우리 집에서는 먹어보지도 못했던 맛있고 정갈한 음식을 너희 집에서 많이도 먹어보았지. 너희 할머니와 어머니는 언제나 나를 반기시며 한 번도 귀찮아하지 않으셨어. 놀다가 저녁때가 되면 꼭 밥을 먹여서 보내곤 하셨지."

드디어 아침이 찾아왔다. 밤새 온 집 안을 덮었던 안개가 따스한 3월의 햇살에 서서히 물러나고 있었다. 새소리가 맑고 청량하게 들려왔다.

언니는 내 머리를 참빗으로 곧게 빗어 한 갈래로 땋아 그 땋은 머리를 두 번 비틀어 말아 올려 낭자를 만든 다음 옥비녀로 고정시켰다. 나는 어제저녁에 행수어른이 준 옷으로 갈아입었다. 남색 긴 스란치마와 삼회장저고리에 흰 버선이었다. 치마는 내가 입는 치마보다 두 치나 더 길어서 걷어 올려 오른쪽으로 여며 입고 허리띠를 매어 입어야 했다. 드디어 기생 복색을 입고야 마는 신세가 되었다.

"자, 이제 됐다. 우리 하늬 참 곱네."

언니는 내 주위를 한 바퀴 돌면서 밝게 웃으며 말했다.

"넌 오늘부터 경성에서 최고의 예술인이 될 수업을 받을 거야. 여기서 받는 수업 어느 것 하나 게을리하지 말고 너의 것으로 만들도록 해. 그러면 더 밝은 너의 길을 만나게 될 거야."

언니의 기운찬 말에 나도 힘을 받아 기분이 한결 좋아졌다. 암담했던 지난 시간이 안개가 걷히듯 서서히 사라지고 햇살이 비쳐오는 것 같았다.

선생님께 아침 문안을 드렸다. 어제는 무섭기만 했던 행수어른이 아침에 보니 약간의 엄한 모습은 있지만 어제처럼 무섭지는 않았다.

"오늘부터 네 이름은 진향(眞香)이다. 진수무향(眞水無香), 즉

물 가운데서도 가장 깨끗하고 맑은 물은 일체 잡스러운 내음을 풍기지 않는 법이라는 뜻이니라."

나는 금하 선생이 지어준 이름을 마음속으로 수십 번 읊조려 보았다.

진향!

진수무향, 진향!

해어화(解語花)

버들은 실이 되고

꾀꼬리는 복이 되며

구십삼춘(九十三春)에 짜내느니 나의 시름

누구서

녹음방초를 승화시(膝花時)라 허든고

첫 가곡 수업 시간이었다. 금하 선생님은 신입 문하생인 우리에게 먼저 수정 언니의 가곡을 듣게 했다. 수정 언니는 이미 권번에서 여창가곡으로 꽤나 알려져 있었다. 선생님은 언니의 성음을 두고 천부적이라 했다. 마치 여창가곡을 부르기 위해 태어난 사람이라고 했다.

언니는 타고난 음성이 가늘고 고운 데다 노래를 부를 때 그 선율의 음색이 선명했다. 선생님은 그 어떤 사람도 결코 흉내 낼 수 없는 전무후무한 명인이라고 감탄해 마지않았다. 가곡에 문외한인 내가 들어도 언니의 노래는 실로 소름이 끼칠 정도였다. 어느 대목은 맑고 영롱한 양금 소리와도 같고, 또 어느 대목에서는 가늘고 또롱또롱한 꾀꼬리 소리로 착각할 정도로 기성(奇聲)이 독특하였다.

언니는 오른쪽 무릎을 세우고 앉아 무엇에 도취된 듯 눈을 한곳에 고정한 채, 두 손바닥으로 방바닥을 가볍게 치는 것으로 박자를 맞추며 청아하고 시름없이 그 고운 노래를 이어 나갔다. 나는 언니의 자태와 목소리에 매료되어 숨이 턱 막힐 지경이었다. 동기생들도 모두 압도된 듯 숨죽이며 빠져들었다.

"가곡을 부를 때는 먼저 앉음새가 중요하느니라. 몸 매무시를 단정히 하고 오른쪽 무릎을 세워라. 그리고 세운 무릎 위에 두 손을 포개어 얹고……. 요두전목(搖頭轉目), 즉 머리를 흔들거나 눈을 굴려서도 아니 되느니라. 고개를 다소곳이 하고 눈을 반쯤 내리떠서 일정한 점에다 꽂은 듯이 둔 채, 똑바로 앉아 맑고 청청한 음색으로 불러야 한다. 처음 취한 자세로 한 바탕

이 전부 끝날 때까지 그 자세를 유지해야 한다. 그리고 숨은 길수록 좋다. 단전에 힘을 주어 속목을 뽑아내는데, 속목을 넣을 때 사뿟 베는 듯 가볍고 곱게 목을 사용해야 하느니라. 숨의 길이를 키우는 요령은 그 속목으로 많은 연습을 해야 하느니라. 또한 장단은 두 손으로 짚는데, 무릎을 치는 게 아니라 방바닥에 두 손을 놓고 짚어야 하느니라. 손이 세운 무릎 위까지 올라가도 아니 되고, 한배에 맞지 않게 손이 너무 빨리 올라가거나 너무 빨리 내려와도 아니 된다. 손장단 움직임이 노래의 일정한 한배와 서로 일치하도록 장단을 짚어야 하느니라."

문하생들은 우조(羽調) 이수대엽(貳數大葉)의 '버들은' 한 곡을 배우는 데 일요일만 빼고 하루에 세 시간씩 매일 연습을 했다. 이 한 곡을 배우는 데 3~4개월이 걸렸다. 금하 선생은 이 우조 이수대엽의 가두(歌頭)인 '버들은' 세 글자를 부르는 것이 여창가곡 학습의 관문이자 초점이라고 했다.

이 가두 석자부터 여창가곡 열다섯 곡으로 나아갈 수 있다. 우조 이수대엽부터 우조두거, 반엽, 계면 이수대엽, 계면두거까지 다섯 곡을 배우는 데 1년이 넘게 걸렸다. 그마저도 선생님의 마음에 들기까지는 아무리 우수한 문하생이라도 3~4년은 족히 걸린다 하였다.

금하 선생님은 한 치의 흐트러짐 없는 앉음 자세로 우리들에게 앉음새를 가르쳤다. 그 자세로 한 시간을 유지해야 했다. 30

여 분이 지나면 여기저기서 신음소리가 나기 시작했다. 머리나 몸을 조금만 움직여도 여지없이 곤장이 어깨로 날아왔다.

선생님은 노래 강의를 할 때는 길이가 약 한 자 정도 되고 지름이 약지 두 마디 정도의 박달나무로 만든 작은 곤장을 늘 들고 있었다. 문하생들이 연습을 게을리하면 가차 없이 곤장이 허벅지나 어깨로 날아왔다. 그 곤장을 맞으면 눈물이 찔끔 날 정도로 정신이 번쩍 들었다.

곤장 외에 선생님의 교육도구 중 또 하나는 길게 기른 새끼손톱이었다. 선생님은 그 손톱을 치켜세우고 마치 생선의 배를 따는 듯한 시늉을 하면서 게으름을 피우는 제자의 겨드랑이 안쪽의 연한 살 가운데를 날카롭게 주욱 금을 그었다. 그 벌을 받은 제자는 자신도 모르게 비명을 지르며 엄살을 부리면 선생님은 그 모습을 바라보며 허허허 웃었다. 우리 문하생들은 그것을 일명 '생선 밸따기'라고 불렀다.

선생님은 교육에는 엄격하였지만 일상에서는 아버지처럼 자상하였다. 아버지를 일찍 여읜 나는 선생님을 친아버지처럼 따랐다.

어느 날 가곡을 연습하다가 잠시 게으름을 피우는 사이 선생님의 회초리를 맞았다. 매일 맞는 매이지만 그날은 서러움이 북받쳐 눈물이 줄줄 흘러내렸다. 밤늦게까지 혼자서 연습을 하고 방으로 돌아오다가 하늘을 올려다보았다. 무수히 많은 별들이 반짝이고 있었다.

어렸을 때 저녁상을 물린 후 아버지는 우리 남매들과 평상에 누워 종종 별 이야기를 해주었다. 모깃불 매캐한 연기가 오르는 곳을 따라 하늘을 올려다보면 별들이 총총 빛났다.

"아버지, 별들도 이름이 있어요?"

"그럼 있고말고. 저기 저 별이 바로 북극성이야. 모든 별들이 그 별을 중심으로 움직이고 있단다."

"북극성? 난 아버지별이라고 부를래요."

하늘을 올려다보면 북극성이 가장 먼저 보이고 그 이후에 다른 별들이 하나둘씩 보이기 시작했다. 하늘은 별천지였다. 아버지는 견우성과 직녀별, 거문고자리, 독수리자리, S자 모양의 전갈자리를 손으로 가리키면서 이야기를 해주었다.

나는 별들의 나라가 궁금해졌다. 아버지는 그 별들의 나라를 우주라고 했다. 나는 눈도 깜빡이지 않고 밤하늘의 별들을 바라보았다. 손을 뻗치면 곧 닿을 듯했다. 갑자기 하늘이 나를 쑤욱 빨아들일 것만 같았다. 나는 그 무한한 힘이 무서워 아버지 팔에 꼭 매달렸다. 아버지는 북극성에서 꼭 다섯 발자국을 가면 국자 모양의 북두칠성이 있다고 했다. 우리 남매들은 서로 그 별을 먼저 찾으려고 마루에서 일어나 다섯 발자국을 가서 하늘을 올려다보곤 했다.

할머니는 새벽과 밤에 늘 정화수를 떠놓고 북두칠성님께 두 손을 모아 기도를 드렸다. 그런데 그 북두칠성님은 왜 우리 집안이 풍비박산 나는 것을 보고만 있었을까? 나는 왜 지금 여기에 있는가, 누구를 위해 그리고 무엇을 위해 노래를 하고 춤을 추는가 생각하면 또 서러움이 북받쳐 올랐다.

어느새 오셨는지 금하 선생이 내 어깨를 토닥거렸다.

"진향아, 과거는 떨쳐버려라. 그리고 누구에게도 의지하지 말고 당당한 여성이 되거라. 너에게 주어진 길에 최선을 다하면 가족뿐만 아니라 나라를 위해서도 큰일을 할 수 있는 멋진 여성이 될 것이다."

나는 선생님의 격려에 용기를 얻고 그 말씀을 가슴에 새겼다. 선생님에게서 아버지의 사랑을 느꼈다. 아버지도 우리들에게 훌륭한 사람이 되어 나라를 위해 큰일을 하라고 늘 이르셨다. 그렇게 되려면 더 많이 배우고 익히고 알아야 한다며 교육을 강조했다.

때로는 서럽고 힘들었지만 내게 있어서 배움은 최고의 기쁨이었다. 나는 권번에서 가르치는 모든 것을 빠르게 익혀갔다. 금하 선생님과 다른 선생님들도 모두 놀라워했고, 동기생들 일부는 내게 질투의 눈총을 보내기도 했다. 금하 선생님은 특별히 나를 귀여워했다. 이듬해에 선생님은 나를 넷째 양녀로 삼고 나에게 특별수업을 해주었다. 일종의 개인 교습이었다.

잔 노래인 평롱(平弄)을 배우기 시작하면서부터는 품격 높은 궁중무용도 함께 배웠다. 무용은 춘앵전(春鶯囀)을 비롯하여 쌍검무, 연화대무, 포구락, 가인전목단을 배웠다. 승무는 한성준 선생님에게 따로 배웠다. 그중에서 나는 춘앵전 추는 것을 좋아했다.

"명창 10인이 나와도 명무 한 사람 나오기란 어렵다. 그 까닭은 춤에 있어서는 자태 용모가 뛰어나야 하며 그 기질도 온화하여 그 춤에 맞아야 하니, 몸 움직임이나 춤사위는 배워서 훈련하면 될 수 있으나 그 자태는 타고나지 않고서는 자작(自作)이 불가능하므로 몸태를 갖추기가 우선의 조건이다. 또한 무희는 물찬제비 같은 몸매에 외씨 같은 발 맵시를 가져야 한다. 그 발 맵시에 아름다움이 있는 고로 치마로 발을 가려서는 절대로 아니 된다. 단정한 자태로 반듯이 서서 고개를 약간 다소곳이 눈을 반쯤 떠서 내리깔고, 두 손을 모아 포개어 놓고 섰다가 평조회상 상영산의 긴 첫 장단에 정중히 몸을 반쯤 숙여서 인사를 하고, 첫 박을 치면 장단 한배에 맞추어 오금을 천천히 죽였다가 같은 한배로 오금을 펴는 동시에 오른쪽 발을 무겁게 들어 엇비슷이 띄어 앞으로 한 발자국 사뿐히 내려놓기를 좌우 2회씩 걸어서 화문석 한가운데까지 나가는데, 이때 발끝이 치켜올라가 발바닥이 보이지 않도록 평발로 들어서 사뿐히 놓아야 한다. 이때 발끝을 내밀어 딛지 말고 자신 앞으로 약간 당기듯이 딛는다. 그 발 움직임에 따라 몸도 비스듬히 반쯤 모로 서서

맞바로 정중히 나간다."

　금하 선생님은 항상 온 정열을 쏟아 문하생들을 가르쳤다. 선생님은 정악과 가곡 분야뿐만 아니라 춤 솜씨 또한 천품이었다. 우리들을 가르치기 위해 추는 춤사위 한 동작 한 동작의 자태는 그야말로 아름다웠다. 다른 춤도 그러하지만 춘앵전은 특히 그 자태 용모가 8할은 차지하고, 그중에도 제일 첫 조건이 자태라고 하였다.

　"발과 몸을 비스듬히 약간 틀어서 나가는 것은, 이 춘앵전이 궁중무용으로 임금님 앞에서 추었던 춤인지라 처음부터 어전(御前)을 향할 수 없어서 예절답게 정중히 비껴 나가는 법이다. 이때 발을 무겁게 한배 넉넉히 사뿐히 띄어 옮겨 밟으며 손사위도 여유 있게 정중히 추면, 그 긴 장단에 느린 동작의 굴곡이 없는 듯하지만 실은 긴 장단에 춤추는 동안 어느 한 장단에도 멈추는 곳이 없고, 굴곡은 조용한 가운데 살포시 동(動)하므로 추는 사람이 아주 숙달된 기능에 따라 아련히 요염한 가운데 예술의 멋과 획이 표출된다. 춤도 많이 추어서 무르익은 후 오금이 풀려야만 그 긴 장단에 그 정중한 춤 가운데 묻혀 있는 춘앵전의 신비하고도 깊은 정중동의 멋이 표출되느니라.

　또한 손을 들 때나 내릴 때나 앞뒤로 움직일 때나 양팔을 동시에 들어 올릴 때나 무겁고 여유 있게 팔을 움직여야 한다. 양팔을 든 채로 춤을 추는 가락이 많은데, 양팔을 동시에 일자로 들어 올렸을 때 한삼 속에서 엄지손가락을 손바닥에 접어 붙이고 손목을 뒤로 틀어놓으면 자연히 양팔이 팽팽히 일자로 펴지고 팔에 힘이 생겨 균형 잡힌 저울대 같이 되며 그 자세로 한참 춤을 출 수가 있게 되느니라. 몸도 구부리지 않고 곡지게 접는 듯이 기울이면 그 자세의 굴곡이 매우 아름답다.

이러한 춤 자세를 갖추어서 그 우아하고 긴 장단의 반주에 맞추어 요염하게 한들한들 팔랑이는 손 춤사위와 특히 발 맵시는 땅에 깔아 붙인 듯이 하고 사뿐사뿐히 거니는 모습이 마치 물이 스며드는 듯해야 하느니라. 사뿐사뿐 밀어서 추는 모습은 그 우아한 장단에 묻어 안기어서 몸이 동동 뜬 듯해야 하느니라. 이 경지에 다다르면 춘앵전에만 묻혀 있는 고귀한 멋과 예술성이 비로소 역력히 표출되므로 춤추는 사람이 스스로 도취되어 환상의 세계에서 우화등선(羽化登仙)하는 듯한 경지에 이르게 되느니라."

금하 선생님은 어느 것 하나 허투루 넘기지 않고 엄중하게 가르쳤다. 게다가 제자들의 재질을 보아서 궁체의 국문 서예와 사군자도 가르쳤다.

이렇게 어언 두 해 정도의 수련이 끝나면 배반(杯盤)을 치른다. 그러나 학습이 미달이면 통달할 때까지 학습이 연장된다. 워낙 수련 과정이 어려워서 맨 처음 노래반을 모을 때는 약 20~30명이 넘던 인원이 배반 때가 되면 겨우 전번 배반 때 떨어진 문하생을 합쳐서 10여 명 정도가 남아 있을 뿐이었다.

이 배반이란 일종의 수료식으로서 학습발표회 겸 피로연 행사였다. 배반을 치를 때는 반주를 동반했는데 장고, 거문고, 양금, 해금, 대금 등의 악기 반주를 청하였다. 여창 배반을 치를 때는 여창가곡의 열다섯 곡 중에서 우조 중거 · 평거와 계면 중거 · 평거, 환계락을 제외한 열 곡만을 발표했다. 반주와 더불어 여창가곡의 시작은 향수기생의 수창으로 시작되었다. 향수기생을 뽑을 때는 동기생 중에서 노래를 가장 잘 부르고 용모, 태도, 수신이 특별히 뛰어난 사람으로 정했다.

금하 선생님께서는 직접 장단을 짚어주시곤 하였는데 노래 부르는 사람들은 반주에 앞서 선생님의 손장단을 한 동작도 놓치지 않고 지켜보면서 노래를 불렀다.

이수대엽 '버들은'부터 계면 편수대엽 '모란은'까지 열 곡을 매곡마다 노래의 첫머리에 세 글자, 예를 들면 '버들은'을 향수기생이 수창을 내면 이어서 다음 부분 '실이 되고'부터 동반생들이 끝까지 함께 따라 부른다. 남창이 편락인 '나무도 바위도'를 혼자서 부르고 나면 여창이 계면 편수대엽 '모란은'을 부른 다음 최종으로 남창과 더불어 태평가를 합창한다. 이때 태평가의 첫머리에 '태평성대'부터 남녀 합창으로 시작하여 불러서 끝을 맺은 후 가곡의 배반은 일단 끝을 맺는다.

이 우렁찬 '태평성대'가 나오면 그야말로 풍진세상을 저 멀리

하고 태평성대의 선경으로 날아오르는 듯, 속세에 찌들어 구겨진 마음이 일시에 부챗살처럼 펼쳐져서 심기가 평안해지고 안정감에 젖어드는 것 같았다. 노래의 반주는 장고, 거문고, 대금, 양금 네 가지만 연주해준다.

그 후 약 한 시간 정도의 휴식시간을 가진 후 미리 준비된 주안상이 들어오게 되어 있는데 이 주안상을 일러 '배반상을 차린다'고 한다. 배반상이 들어오면 향수기생이 선창으로 권주가 '불로초로'를 내고 그다음을 합창으로 끝을 맺는다.

불로초로 술을 빚어
만년배에 가득 부어
잡으신 잔마다 비나이다
남산수(南山壽)를 이잔 곧 잡으시면 만수무강하오리다

그다음 향수기생이 '장진주(將進酒)'를 독창으로 부른다.

이 배반의 모든 절차를 치르기란 여간 어려운 일이 아니었다. 2년 혹은 그 이상 공부를 해도 학습이 미달하거나 금하 선생님의 마음에 들지 않으면 절대로 치를 수가 없었다.

1934년, 개인적으로는 운 좋게도 내가 금하 선생님의 배반을 치른 마지막 수석 제자가 되었다. 그 이후로는 일체 배반 치르는 행사가 없었다. 아마도 세태의 변화로 우리 전통 노래는 본

래의 빛이 급격히 퇴색되었기 때문이리라. 이렇게 해서 여창은 완전히 끝이 나고 배반상을 물린 다음에는 춤 배반을 치른다.

춤은 궁중무용인 춘앵전을 비롯하여 연화대무, 포구락, 쌍검무, 승무 등을 추었다. 이 가운데 춘앵전은 한국 고전무용의 한 기본이요, 거기다가 몹시 어려워서 같은 해에 수료한 동기생 중에서 인정받는 사람이 없으면 몇 회라도 먼저 수료한 선배 가운데 인정받은 사람이 대신 추어줄 정도로 그 춤을 출 수 있는 사람이 썩 드물었다. 내가 춘앵전으로 춤 배반을 무사히 치르자 선생님은 나를 무척 기특하게 여겼다.

금하 선생님의 꼼꼼한 가르침으로 나는 3년 과정을 마치기도 전에 이미 예기로서 활동하고 있는 선배들과 함께 박람회, 경성시민대운동회, 관화회 등 여러 곳의 공연을 다니기 시작했다. 요릿집에 큰 행사가 있을 때도 수정 언니와 몇몇 선배들과 함께 연주를 하기도 했다.

언니의 팬들은 나날이 늘어나서 경성뿐 아니라 다른 지역에서도 언니의 가곡을 듣기 위해 오곤 했다. 나도 언니처럼 당당한 예기가 되리라. 언니는 낮에도 여러 곳의 공연을 다니느라 바쁜 나날을 보내고 있었다. 그러면서도 시간이 날 때마다 내게 신경을 써주며 여러 가지 조언을 해주었다. 언니의 인기가 상승할수록 내 인기도 올라갔다. 언니가 시간이 맞지 않아 공연을 갈 수 없는 곳은 나를 보내곤 했다. 나는 선생님과 언니의 기대를 저버리지 않기 위해 가무와 가야금 연주와 가곡을 밤낮으로 연습했다.

그렇게 세상 물정 몰랐던 하늬에서 모진 풍랑을 거쳐 진향이란 새 이름을 가지게 되었고, 나는 그 이름으로 새로운 인생을 살아가게 되었다. 이제 돈도 조금씩 모을 수 있었다. 나는 가무, 가곡, 가야금 연습 외에도 틈틈이 글쓰기를 계속해오고 있었다. 일기뿐만 아니라 시조를 외울 때도 직접 쓰면서 외우곤 했다.

그 무렵부터 《테스》를 필사하기 시작했다. 수십 번이나 읽었던 《테스》를 한 페이지씩 꼼꼼하게 쓰다 보니 새로운 내용들을 발견하기도 했다. 기생이 문학에 남다른 관심을 가지고 있고, 원작으로 된 《테스》를 읽는다는 소문이 삽시간에 퍼졌다. 그러다 보니 조선어학회, 신문사, 잡지사 등 여러 곳에서 나를 인터뷰하거나 취재를 하러 왔다.

어느 날 삼천리잡지사를 운영하는 파인(巴人) 김동환 선생이 나를 찾아왔다.

"우리 삼천리잡지사에 진향 씨의 수필을 한 편 싣고 싶소."

"저는 글 쓰는 재주가 없습니다. 그동안 일기 정도만 틈틈이 써본 것이 전부인데요."

"일기 쓰듯 쓰면 됩니다."

나는 처음에는 거절을 했지만 그의 끈질긴 제안에 어쩔 수 없이 한 편의 수필을 완성했다. 제목은 〈눈 오는 밤〉이었다. 이 수필이 《삼천리》에 발표되자 문단의 여러 사람들에게 많은 칭찬을 받았다. 내 글을 보고 직접 청혼을 해오는 남자도 있었다. 동경 유학생이었는데 나를 기적에서 빼내주겠다고 혼인을 하자고 했다. 그러나 나는 거절했다. '누구에게도 의지하지 말고 당당하게 홀로 서라.'는 선생님의 말씀을 신조로 삼고 살아가던 터였다.

그 이후 김동환 선생은 또 한 편의 수필을 더 청탁해왔다. 처음보다 글을 쓰는 것이 그리 어렵지 않았다. 두 번째 수필을 발표하게 되었고, 나는 '문학기생'으로 소문이 나기 시작했다.

1935년 1월, 겨울이지만 내게는 그리 춥지 않은 나날이었다. 삼천리잡지사에서 보내준 문학잡지를 읽느라 겨울 추위도 잊은 채 지내고 있었다. 그 무렵 조선어학회 해관 신윤국 선생이 내 소문을 듣고 찾아왔다.

"글씨를 아주 잘 쓰는구나. 지금 쓰고 있는 것이 무엇이냐?"

"황진이 시조 중 한 수입니다."

"아주 좋구나."

해관 선생은 조선어학회의 실질적인 후원자였다. 선생은 금하 선생님을 설득하여 나를 일본에 유학 보낼 것을 제안했다. 우리 것을 지키고자 하는 뜻이 같은 금하 선생님은 선뜻 허락을 해주었다.

유학의 길

    스물의 나이, 순결하고 청순한 열여섯의 나이에 과부에서 기생이 되었다가 드디어 내가 그토록 원하던 공부를 하러 떠나게 되었다. 테스도 원치 않았던 남자에게 정조를 잃고 그 남자의 자식마저 땅에 묻은 후, 새로운 일자리를 찾아 고향을 두 번째로 떠날 때의 나이가 나와 같은 스무 살이었다. 나는 일본으로 공부를 하러, 테스는 더버빌가의 옛 영지인 탤보세이즈라는 낙농장에서 젖 짜는 일을 하러 떠났다.

    나는 내 소망이던 공부를 하러 떠나니 테스보다는 훨씬 나은 운명이라 스스로 위안하면서 휙휙 스치는 바깥 풍경을 바라보았다. 공부를 마치고 고향으로 다시 돌아왔을 때, 지금 스치는 저 풍광이 어떤 모습으로 변해 있을까를 생각하면서.

    우수가 한참 지난 2월 말이었다. 아직 겨울의 위세는 누그러지지 않았다. 어둠이 걷히지 않은 주위는 스산했다. 경성역에는 첫차를 타려는 사람들로 붐볐다. 삼등실에는 앉아 있는 사람들 외에도 서 있는 사람들이 통로를 다 차지하고 있어 한번 자리 잡으면 옴짝달싹 못할 만큼 비좁았다. 기차가 차가운 바람을 헤치고 경성역을 출발했다. 희미한 전등 불빛 아래 차창

밖 풍경은 잘 보이지 않았다.

일본 유학이 결정되고 나서부터 나는 공부를 하러 떠나는 오늘만을 손꼽아 기다려왔다. 기생의 신분에서 벗어나 공부하는 학생이 된다는 것만으로 가슴이 부풀어 고국을 떠난다는 것이 전혀 슬프지 않았다. 아니 도리어 감격과 기쁨이었다.

기차가 서서히 움직이기 시작하자 그때서야 정말 고국을 떠난다는 것이 실감 났다. 갑자기 울컥하며 코끝이 아려왔다. 배웅 나온 오빠는 기차가 보이지 않을 때까지 손을 흔들고 서 있었다. 나는 멀어져가는 오빠와 고향의 풍경을 조금이라도 더 보기 위해 창에 이마를 박고 오른손으로 차양을 만들어 밖을 보았다. 하지만 창에는 상기된 여자의 얼굴이 보였다. 낯익은 얼굴의 여자, 이국으로 공부를 하러 떠나는 여자의 눈을 하염없이 바라보았다.

차창에서 얼굴을 떼니 비로소 객실 안의 사람들이 보였다. 같은 기차를 탔지만 각기 다른 사람들의 삶이 차창에 일렁거렸다. 기차가 출발하기도 전에 눈을 감고 잠을 청하는 사람, 좌석 칸막이에 간신히 엉덩이를 걸치고 그나마 다행이라고 안도의 숨을 내쉬는 사람, 고된 여정이어서 깊은 한숨을 내쉬는 사람, 손잡이를 잡고 서서 초점 없는 눈을 껌벅거리는 사람. 저들에 비하면 나는 자리라도 차지하고 앉아 있으니 감사했다.

기차의 경적 소리가 짧게 두 번 울렸다가 다시 길게 울렸다.

날이 점점 밝아왔다. 바깥의 을씨년스런 풍경들이 빠르게 스쳐 갔다. 내 어깨에 매달려서 나의 불행을 조장하며 희롱하던 원숭이를 떨쳐내고 의기양양하게 떠나는 내가 대견스러웠다. 지난 시간들이 기차의 속도만큼 휙휙 지나갔다. 그 고통스러웠던 나날들이 이제는 조각조각 파편들일 뿐이라는 듯.

일본에 도착하면 3월이 될 것이다. 곧 따스한 봄이 오겠지. 봄이면 갖가지 꽃들이 피어나고 그 꽃들을 찾아온 벌들과 새들의 소리가 왁자한 관철동 집, 태풍이 불던 날의 그 음산함, 황금에 환장하여 탐욕으로 이글거리던 남자, 영문도 모르고 쫓겨난 집, 할머니가 돌아가신 날, 학교도 가지 못하고 어머니 눈치만 보고 있던 다섯 남매들, 그 무거운 짐을 주체 못해 점점 기력을 잃어가던 어머니, 한시도 손에서 놓지 않았던 책《테스》, 만주 안동고녀에서 공부를 할 수 있었던 즐거웠던 날들, 다시 침울하게 집으로 돌아와야 했던 날, 부잣집 아들에게 시집가던 날, 합방도 해보지 못한 남편이 우물로 뛰어들던 날, 열여섯도 안 된 나이에 과수댁이 되어 다시 돌아온 집, 끝날 것 같지 않은 가난, 그리고 기생의 길, 어머니의 죽음. 이 모든 일들이 10년, 아니 100년이나 지난 시간 같았다. 나는 이미 인생을 다 살아버린 이제 갓 스무 살 늙은이만 같았다.

드디어 8시간 30분 만에 부산역에 도착했다. 오랜 시간 달려온 열차는 마지막 역에 무사 안착을 알리는 안내 방송과 함께 삐걱거리며 서서히 멈춰 섰다. 기차 문이 열리자 사람들이 썰물처럼 빠져나갔다. 인파에 밀려 나도 역을 빠져나왔다. 역 주변은 수많은 사람들로 붐볐다. 저 많은 사람들이 모두 관부연락선을 타려는 사람들이라니 놀라웠다.

나를 지나쳐 앞서가는 사람들의 모습은 각양각색이었다. 노동자들로 보이는 남자들이 무리를 지어 큰 보폭으로 부두로 향했다. 그들의 목소리는 크고 거칠어 싸움을 하는 것만 같았다.

일본은 조선의 값싼 노동력을 착취하여 일본의 공사판이나 광산으로 사람들을 내몰았다. 그것은 거의 강제징용이나 마찬가지였다.

머리를 짧게 깎고 양복을 빼입은 신사들, 상투머리에 갓을 쓰고 흰 두루마기를 입은 사람들도 보였다. 머리에 짐 보따리를 인 중년의 부인네들도 여기저기 보였고, 한 손에는 대여섯 살쯤 보이는 사내아이 손을 잡고 또 한 손으로는 머리에 인 짐을 잡고 가는 여자가 엉덩이까지 내려온 업은 아이를 추스르느라 잠시 멈추는 모습도 보였다. 나보다 어려 보이는 처녀들도 여럿 걸어가고 있었다. 그들은 무엇을 하러 현해탄을 건너려는 것일까? 유카타를 입은 일본인들과 기모노를 입고 높은 게다를 신은 일본 여인들도 심심찮게 보였다.

거의 모두들 한곳으로 향했다. 저 무리들만 따라가면 부두가 나올 것이니 애써 길을 찾으려 하지 않아도 되었다. 고무신, 게다, 운동화, 구두, 군화들이 무질서하게 걸어가고 있었다. 그들이 하는 말이 뒤죽박죽 섞여 공중으로 올랐다가 바닥으로 내려앉았다. 경상도 말, 전라도 말, 함경도 말, 평안도 말, 경기도 말, 일본 말들이 왁자지껄했다. 말할 상대가 없는 나는 괜스레 주눅이 드는 것 같기도 했다.

구루마꾼들이 큰 짐을 손수레에 싣고 내 옆을 바삐 지나가고 있었다. 그들은 허름한 무명 바지저고리에 수건을 머리나 목에 두르고 힘겹게 손수레를 끌고 가면서 땀을 닦기도 했다. 아마도 배에 실어 보내야 할 짐들인 것 같았다.

"달구지꾼이라도 좋고 홀아비라도 좋으니 짝을 지어 단란한 가정을 이루고 살도록 해라."

어머니는 그 곱던 모습이 몇 년 만에 피골이 상접해졌다. 지병은 계속 악화되었다. 급기야는 후두 결핵으로 번져서 말도 제대로 못하고 가쁜 숨을 몰아쉬기조차 힘든 상황까지 되었다. 어머니의 유일한 낙은 내가 오기를 기다리는 것이었다. 일을 마치고 늦은 밤에 어머니가 좋아하는 과일이랑 먹을 것을 사들고 가면 어머니의 입가에 엷은 미소가 번졌다. 기운 없어 말을 많이 하지는 못하지만 단 몇 마디라도 할 수 있고, 자신의 얘기를 들어주는 딸이 있어 이때가 어머니에게는 유일하게 행복한 시간이었다. 나는 어머니 손을 잡고 누워서 이야기를 듣다가 어느새 잠이 들곤 했다.

어느 날 밤 어머니는 가슴이 답답하다며 당신의 상의를 헤치고는 뼈만 앙상하게 남은 앞가슴을 꽝꽝 쳤다. 어머니는 말할 기운도 울 기운도 숨 쉴 기운도 없는지 앙상하게 드러난 가슴뼈만 약하게 움직였다. 가슴은 시퍼렇게 멍이 들어 있었다. 응어리진 한을 토해낼 수가 없어서 가슴만 칠 수밖에 없었던 것이다. 한참을 몸부림치더니 진정이 되자 내게 작은 소리로 말했다.

"하늬야, 너의 지극한 간호에도 내 병은 날로 깊어만 가는구나. 어린것이, 내 어린, 이쁜 내 딸, 하늬가 무슨 업보를 그리 지었기에……. 아니, 아니다. 내가 죄가 많아서, 내 자식을, 이리 고생을 시키는구나. 이 어미는 이제 더는 버틸 기운이 없구나. 하늬야, 부디, 이 어미가 떠난 후에라도 마음 착한 홀아비라도 만나 가정을 이루도록 해라. 너를 이 꼴로 만들어 놓고 내가 어찌 저세상에 가서 네 아비를 본단 말이냐."

어머니는 내가 기생이 된 것이 돌아가실 때까지 가문의 수치라고 여겼다. 과부이기도 하면서 기생은 총각과는 결혼을 할 수 없다는 관습을 떨치지 못했다. 나는 어머니에게 남녀 간의 사랑이라는 감정이 과연 있을까 하는 의문이 들었다. 틈만 나면 구루마꾼이라도 좋으니, 홀아비라도 좋으니 가정을 이루라고 당부했다. 게다가 어머니는 어느 누구에게든 본관과 아버지 함자를 말하지 말라고 했다. 허울 좋은 가문의 명예를 지키기 위해 수절과부로 평생을 살다가 죽어서 열녀비를 받는 것이 가문의 영광이라고?

그렇게 어머니의 마지막 유언은 내 가슴에 못이 되어 박혔다. 당신의 딸이 기생이 된 것을 죽을 때까지 인정하고 싶지 않았던 것이다. 그런 딸이 이제 신교육을 받기 위해 일본으로 가고 있으니, 하늘에서 내려다보고 계실 어머니 얼굴이 어른거렸다.

청록색 상의와 무릎까지 오는 바지에 지카다비 작업화를 신은 남자들 여럿이 군중들에게 위압적인 말투로 지휘를 하고 있었다. 그들은 왼쪽 팔에 붉은 완장을 차고 있었다. 노동자로 보이는 사람들이 붉은 완장을 찬 이들 앞으로 몰려가서 한 줄로 줄을 서고 있었다. 그 무리들 중에는 시끄럽게 이야기를 나누던 남자들과 나보다 어려 보이는 처녀들도 있었다.

배에 오르는 사다리 앞에서 형사들이 뒷짐을 지고 승선하는 사람들을 일일이 살펴보고 있었다. 그러다 조금이라도 의심이 가는 조선 사람들에게는 가차 없이 신분증 제시를 요구했다. 바로 내 앞에 있던 양복을 입은 남자 두 명이 신분증 제시를 요구받았다. 말이 좀 많아 보이는 남자가 불쾌한 듯이 형사를 한 번 쳐다보곤 주머니에서 신분증을 꺼내 보였다. 형사는 그것을 받아들고 신분증과 남자의 얼굴을 번갈아 훑어보더니 들어가라고 손짓을 했다. 남자 둘은 갑판 밑에 있는 삼등실로 내려갔다.

해관 선생은 젊은 여자가 혼자 여행하는 것은 위험하다며 이등실 표를 끊어주었다. 내가 배정받은 이등실은 작은 방에 이층침대가 양쪽으로 배치되어 있었다. 통로는 한 사람이 겨우 지나갈 수 있을 정도로 좁았다.

드디어 출발을 알리는 뱃고동 소리가 길게 울렸다. 배가 부우웅 진동하기 시작하면서 쇠사슬 부딪치는 소리가 들려왔다. 배가 서서히 움직이기 시작했다.

'엄마! 드디어 당신의 딸 하늬가 기생의 신분에서 벗어나 일본으로 유학을 가고 있어요.'

선창으로 내다보이는 바다 멀리 수평선에 노을이 물들고 있었다. 나는 가방을 선실에 두고 석양을 보러 갑판으로 올라갔다. 석양은 서쪽 바다와 하늘을 온통 붉게 비추더니 금세 수평선 너머로 사라졌다. 석양빛에 어머니의 얼굴이 환하게 웃고 있었다. 어머니 역시도 달구지꾼에게 딸을 시집보낼 생각은 애초부터 없었을지도 모른다. 다만 기생의 신분에서 벗어나기를 바랐을 것이다.

그렇게 부산 항구도 서서히 멀어져갔다. 어느새 검푸른 바다 위에 달빛이 점점 밝아오고 있었다. 드문드문 반짝거리는 하늘의 별들, 바다의 어선, 배가 만들어내는 하얀 물결이 가슴속까지 시원하게 만들어주었다. 심장을 짓눌렀던 가슴속 울분의 덩어리가 파도에 하얗게 부서져 사라지는 느낌이었다. 그 부서진 파편들이 흔적도 없이 사라졌다.

나는 차가운 바닷바람이 얼굴을 세차게 때려도 시원하게만 느껴졌다. 어린 시절 이래로 가장 행복한 시간이었다. 나는 갑판 난간에 팔을 기대고 서서 바다 먼 곳을 바라보았다. 동서남북이 망망대해였다. 하지만 무섭거나 두렵지 않았다. 바다를 보니 이 세상이 얼마나 크고 넓은지 쉽게 상상이 가지 않았다. 이 배를 타고 계속 가면 서양 선교사 부인들의 나라에도 갈 수 있을까? 저 바다와 하늘이 끝없이 펼쳐져 있는데, 저 하늘의 달과 별들의 나라는 어떤 곳일까? 아버지가 말한 우주가 이런 것이라는 생각이 들었다.

아! 얼마 만에 느껴보는 행복인가. 다시는 오지 않을 것 같았던 자유와 행복이다. 갑판 위에는 차가운 바닷바람에도 불구하고 사람들로 북적거렸다. 저들도 모두 각자의 사연을 안고 점점 멀어져가는 고국과 가족들을 그리워하고 있을 것이다.

삼삼오오 모여서 담배를 피우는 사람들, 심각한 얼굴로 조용히 이야기를 주고받는 사람들, 별로 유쾌한 기억을 떠올릴 것도 없는지 눈만 껌벅껌벅하고 있는 사람들, 행색이 초라한 사람들의 지친 모습, 또 한쪽에서는 바다를 바라보다 하늘을 올려다보다 하면서 눈물을 찍어내는 사람들. 육지가 아닌 망망대해 위에 몸을 맡긴 사람들은 저마다 알 수 없는 앞날의 운명에 대한 두려움이 깃들어 있는 것 같았다.

항구에서는 궁궐만큼이나 거대해 보이던 관부연락선이 망망

대해에서는 한 개의 작은 점 정도로밖에 느껴지지 않았다. 다른 사람들도 나처럼 느끼고 있을 것이다. 하나의 점 위에 겨우 매달려 있는 생명의 불안을 애써 외면하고 있을 뿐이겠지. 이렇게 한 배를 타고 가는 사람들 저마다의 운명을 과연 누가 쥐고 있는 것일까?

한기가 느껴져 방으로 가는 도중에 삼등실을 지나쳤다. 삼등실 안에는 발 디딜 틈도 없이 많은 남녀노소로 꽉 차 있지만 묵직한 침묵이 흐르고 있었다. 한쪽에는 뱃길에 익숙해 보이는 젊은 몇 사람이 일본말과 조선말로 이야기를 나누고 있었지만, 무거운 침묵을 깰 정도는 아니었다.

삼등실 승객들 과반수가 조선 노동자 같아 보였다. 그들 대부분은 조그맣고 얇은 담요 조각을 깔고 드러누워 있었다. 배타기 전에 보았던 어린 처녀들도 구석진 곳에 쪼그리고 누워 있거나 무릎에 얼굴을 묻고 앉아 있는 것이 보였다. 그들은 애써 잠을 청해보려고 하지만 잠이 잘 오지 않는지 뒤척거리고 있었다. 흰색 두루마기를 입은 반백의 노인이 허공을 멍하니 바라보고 앉아 있는 모습도 눈에 띄었다. 아기에게 젖을 물리고 있는 여인은 아기가 자꾸만 칭얼대는지 등을 토닥여주고 있었다. 여인 옆에는 어머니 치맛자락을 간신히 붙잡고 종종걸음으로 어머니의 보폭을 견뎌내야 했을 사내아이가 잠들어 있었다. 그 아이는 여전히 어머니의 치맛단을 꼭 잡고 있었다.

저 사람들의 고단한 삶이 내 가슴을 무겁게 했다. 관부연락선을 타고 일본으로 가는 사람들은 매일 이리도 많다는데 돌아오는 사람들은 적은 수라고 했다. 팔다리가 잘려 나가거나 병든 사람들만이 고국으로 다시 돌아온다고 했다.

그들이 가난과 무지의 풍파를 잘 극복하길 바라면서 내 방으로 가려고 돌아서는데 갑자기 한 남자가 앞을 가로막았다. 승선할 때 신분증을 제시하라는 일본 형사에게 투덜거리던 남자였다. 남자는 키가 작고 넓은 얼굴에 눈은 새우 눈처럼 작고 입술이 두툼했다. 그 뒤에는 그 남자와 동행인 남자가 서 있었다. 나는 눈인사를 하고 좁은 통로를 비켜 나가려고 하니 남자가 인사를 했다.

"안녕하십니까? 처음 뵙겠습니다. 저는 이명오이고 이놈은 제 친구 이홍주입니다."

"네, 안녕하세요."

"부산 항구에서부터 눈여겨봤습니다. 혼자 여행하시는 것 같던데."

"……."

"저희는 동경 유학생입니다. 법학 전공입니다. 어쩐 일로 일본을 가십니까? 우리처럼 아가씨도 공부하러 가십니까?"

"네."

"하하, 반갑습니다."

이명오는 호탕하게 웃으며 악수를 건넸다. 나는 잠시 머뭇거리다 손을 내밀었다. 뒤에 있던 남자도 손을 내밀며 '이홍주입니다.'라고 자신을 소개했다. 그 남자는 이명오라는 남자와는 상반되는 외모였다. 훤칠한 키에 눈은 소 눈망울처럼 크고 선한 인상을 풍겼다.

"바닷바람이 좋던데 우리 갑판에 올라가 인생사 이야기나 나누면서 긴 밤을 지새웁시다."

이명오가 제안했다. 나는 피곤하여 쉬어야겠다고 말하고는 가볍게 고개를 숙여 인사를 하고 방으로 돌아왔다. 힘들게 잠을 청해보았지만 가끔씩 울리는 뱃고동 소리에 깨다 잠들다 반복했다. 밤이 길게만 느껴졌다. 가도 가도 바다 위였다. 방은 캄캄하여 몇 시나 되었는지 분간조차 할 수 없었다.

갑자기 배가 심하게 흔들렸다. 아래층 승객들이 모두 뒤죽박죽 쏠리고 몰리며 우왕좌왕하는 소리가 들려왔다. 배가 이리저리 흔들리며 위층으로 올라오는 발자국 소리들과 어린애 우는 소리, 여자들의 비명 소리들로 아수라장이었다. 같은 방에 있는 여자들도 모두 깨어나 침대 난간을 꼭 붙잡고 하나같이 긴장하고 있었다. 모두들 눈을 감고 기도를 할 수밖에 다른 도리가 없었다.

배 흔들림이 계속되자 나는 속이 울렁거리고 정신을 차릴 수가 없었다. 누워 있을 수도 앉아 있을 수도 없었다. 그렇게 비몽사몽인 상태로 몇 시간이 흘렀을까, 아니 몇 분이 몇 시간처럼 느껴졌는지 알 수 없었다. 드디어 시모노세키의 선착을 알리는 뱃고동 소리와 안내 방송이 나왔다. 그러나 안내 방송이 나오고 나서도 배는 육지에 바로 닿지 않았다. 지루하고 고통스러운 시간이었다. 나는 숨 쉬는 것조차 힘들었다. 곧바로 발을 육지에 놓을 수만 있다면 살 수 있을 것 같았다.

드디어 하선 준비를 하라는 안내 방송이 나왔다. 사람들은 지친 모습으로 각자의 짐을 들고 출입구 쪽에 줄지어 서 있었다. 나는 멀미가 계속되어 서 있을 수도 없을 지경이었다. 바닥에 주저앉아 무릎에 얼굴을 박고 있었다. 다 토해서 더 나올 것은 없는지 속은 나아졌다.

"좀 어떠십니까?"

어젯밤 봤던 이홍주였다. 그는 걱정스럽게 나를 바라보며 내 옆에 앉아 물을 건넸다. 나는 이홍주가 준 물을 몇 모금 삼키고는 다시 얼굴을 무릎에 묻었다. 도저히 일어설 기운이 없었다. 이홍주는 그의 오른팔로 조심스럽게 내 어깨를 감싸 기대게 해주었다. 나는 면목도 없이 기댈 수밖에 없었다. 하선 시간이 길게만 느껴졌다. 이홍주는 몇 번이나 물을 먹여주었다. 시간이 좀 지나자 조금 나아지는 것 같았다. 이홍주의 어깨에 기대었던 상체를 떼고 고쳐 앉았다. 그는 남은 물을 다 마시라고 건네주었다. 그가 생명의 은인 같았다.

지친 형색으로 짐 보따리나 가방을 끌고 들고 머리에 인 승객들의 하선이 이어졌다.

"고맙습니다."

나는 얼굴을 들어 이홍주를 올려다보았다. 소처럼 우직하니 믿음직해 보이는 남자였다. 화장실을 다녀온 것인지 옷을 추스르며 이명오가 다가와서 나를 내려다보며 물었다.

"이제 깨어나셨군요. 다행입니다."

이명오는 너스레를 떨며 맨 뒤쪽으로 가서 줄을 섰다. 이명오가 내 가방을 들고 이홍주는 나를 부축했다. 이홍주의 손이 닿은 어깨가 따스했다. 하선은 길고 지루하게 이어졌다.

드디어 육지, 시모노세키 선착장 밖으로 사람들이 썰물처럼 빠져나갔다.

"어디로 가십니까?"

이명오가 물었다.

"동경으로 갑니다."

"아, 그렇습니까? 우리도 동경에 갑니다. 그럼 같이 동행하면 되겠군요. 아가씨는 복도 많습니다. 이렇게 듬직한 보디가드를 두 명이나 앞세우고 가니 말입니다. 하하하!"

"고맙습니다."

"저, 어제 우리 이름은 밝혔는데 아가씨 이름도 알려주시죠."

"네, 저는 집에서 하늬라고 부릅니다."

"하느요? 그 참 귀여운 이름입니다."

나는 이홍주가 믿음직스러워 이명오의 제안에 그렇게 하자고 말했다. 이홍주는 말수가 적었고 진심 어린 배려를 하는 반면에 이명오는 말이 많은 데다가 내내 투덜거리고 눈빛도 약간 음흉스러운 듯했다.

기차 안에서 저녁을 먹고 나니 한결 몸이 회복되었다. 기차는 밤새 달려 드디어 다음 날 아침 동경역에 도착했다. 경성에서 동경까지 꼬박 사흘이 걸린 것이다. 무사히 살아서 도착한 것이 감격스러울 정도였다. 동경역은 경성역과 비교할 수 없을 정도로 넓고 컸다. 그들의 하숙집도 동경대학 근처라고 했다. 우연찮게도 내가 머물 다이타바시 근처라고 했다.

"우리는 큰 인연입니다. 앞으로 잘 지내봅시다."

이명오는 참 기막힌 인연이라며 너스레를 떨었다. 나는 두 사람에게 고맙다는 인사를 하고 헤어졌다. 동경역에는 해관 선생이 미리 연락해둔 사람이 나와 있었다. 안내자는 내가 묵을 하숙집 주인이면서 택시운전사였다. 남자는 아주 친절하고 상냥했다.

동경역에서 시내로 들어가는 길은 무척이나 멀었다. 광활하고 번화한 도로에는 차와 사람들로 붐볐다. 높은 빌딩과 옛 건물들의 조화가 잘 어울린다 생각되었다. 깔끔하고 고풍스런 문화 도시였다. 그러나 우리 조선을 식민지로 만든 일본의 부유

함에 속으로는 화가 치밀어 올랐다.

　멀리서 되돌아 동경역을 보니 경성역과 비슷한 외관이었다. 예전 안동고녀의 일본인 선생이 경성역은 동경역을 본떠 지었고 또 동경역은 베를린 중앙역사를 본떠 지은 것이라고 말했던 기억이 났다. 일본이 경성을 식민 지배의 중심지로 만들어 나가기 위해 가장 우선적으로 한 일이 수많은 사람들이 오고가는 경성역을 일본식 역으로 새로 짓는 일이었다.

　하숙집에 도착하니 여주인이 반갑게 맞아주었다. 남자는 내 짐을 차에서 내려 내가 거처할 방으로 가져다 놓고는 다시 차를 몰고 나갔다. 여주인은 자신을 미치코라고 소개했다. 눈매는 크지 않지만 선량해 보였고 오뚝한 코에 입술은 얇았다. 몸매가 날씬하니 가볍게 걷는 맵시에 눈길이 갔다.

　하숙집은 3층 건물로 내가 거처할 방은 2층이었다. 1층은 부엌 겸 식당으로 사용하고 있었는데 찬장 아래에 싱크대가 설치되어 있었다. 그 옆으로 내 키만 한 냉장고가 있고 그 맞은편에는 긴 테이블에 등받이 없는 동그란 의자가 대여섯 개 놓여 있었다. 저녁을 준비하는 중인지 식욕을 돋우는 냄새가 났다. 나는 갑자기 허기가 느껴졌다. 집 밥을 빨리 먹고 싶었다.

　내가 거처할 방은 한 사람이 겨우 오를 정도의 좁은 계단을 올라가서 왼쪽에 있는 방이었다. 육조다다미 방은 깨끗하게 정리되어 있었지만 외풍이 센지 썰렁하고 습했다. 가구는 작은 옷장 하나와 앉은뱅이책상 하나가 다였다. 작은 창문에는 커튼이 쳐져 있었다. 미치코는 짐은 이따가 풀고 식사를 하러 바로 내려오라고 말하고는 계단을 내려갔다.

일본에서의 첫날밤은 편안했다. 잠자리가 편한 곳이 명당이라는 할머니의 말씀대로라면 나는 이 집에서 기분 좋은 일들을 맞이할 것이라 생각했다. 사실 방이 좀 춥고 습했지만 이보다 더 못한 환경이라고 해도 상관없었다.

3학년에 편입한 문화학원은 하숙집에서 가까웠다. 간절히도 원했던, 온전히 공부만 할 수 있는 날들이 주어진 것이었다. 오전에는 신다이타에 있는 연수학원에서 기초가 부족한 수학과 영어 과목을 배우고, 오후에는 집에서 복습과 예습을 한 후, 저녁에는 야간학교에 수업을 들으러 갔다.

시간이 얼마나 빨리 지나가는지 나는 향수병을 느낄 시간도, 주변을 돌아볼 겨를도 없었다. 공부에만 정신이 팔려 계절이 바뀌는 것조차 느끼지 못하였는데, 어느새 봄이 가고 6월도 중순을 지나고 있었다.

어느 토요일 오후에 느닷없이 이홍주와 이명오가 하숙집으로 찾아왔다. 놀라움과 반가움이 겹쳤다.

"여기는 어떻게 알고……."

"하하하, 우리가 법학도 아닙니까. 귀신이 숨어 있는 곳도 귀신같이 찾아낼 수 있습니다."

이명오가 유쾌하게 말했다.

"공부는 잘 되어갑니까?"

이홍주가 물었다.

"네."

"자, 우리 오늘은 책에서 벗어나 젊음을 발산해봅시다."

이명오의 제안에 나는 잠시 머뭇거리다가 승낙을 했다. 우리는 근처 요요기오야마 공원을 산책했다. 주말이어서인지 공원에는 많은 사람들이 있었다. 삼삼오오 산책을 하는 사람들, 시원하게 물을 뿜어 올리는 분수가 있는 연못 벤치에 앉아 사색을 즐기는 연인들과 노부부, 짙은 초록 잔디 위에 누워 일광욕을 즐기는 사람들, 공원 숲에서 들려오는 새들의 지저귐 소리. 이 모두가 한없이 평화롭게 느껴졌다. 아니, 평화로움을 넘어 천국이 바로 이런 곳이 아닐까 하는 생각이 들었다.

"참 평화롭네요. 내게는 언제 저런 평화가 올까요?"

나도 모르게 신세한탄 같은 말이 튀어나왔다.

"지금 평화롭지 않습니까? 당신은 지금 여기에 있는데요?"

이홍주가 의미심장한 말을 했다.

"저들도 모두 나름대로 삶의 애환을 가지고 있을 겁니다. 당신이 저들의 모습이 평화롭다고 느낀다면 저들 중 지금 해결하지 못하는 어떤 어려움에 봉착해 있는 사람은 우리들이 참으로 부러울 것입니다."

이홍주의 말은 맞는 말이었다. 누구나 삶의 비애를 안고 살아가는 것이 인생이라는 것이니까.

공원을 다 돌아볼 생각이 처음부터 없었던 이명오는 벌써 싫증이 났는지 다른 곳으로 가보자고 했다. 우리는 공원 근처에 있는 메이지신궁을 방문했다.

"저 더러운 곳에 왜 발을 들여놓느냐? 다른 데로 가자."

이명오는 무슨 독립투사라도 되는 양 우리 조선을 침략한 메이지 일왕(日王)을 일부러 찾아와 볼 게 뭐냐고 투덜댔다.

"그렇게 본다면 우리가 일본이라는 열도 자체에 발도 들여놓지 말아야 했지. 기왕 여기까지 온 김에 들어가보자. 무조건 일본에 대한 분노만 가질 것이 아니라 일본을 알아야 이길 수 있다고 생각해. 적을 알면 백전백승이란 말이 그냥 나온 말이 아니야. 우리가 일본을 적대시하고 거부할수록 우리는 일본의 지배에서 벗어나지 못해. 그래서라도 우리는 저들을 더 많이 알아야 한다고. 우리가 일본에 공부를 하러 온 이유도 바로 일본을 더 많이 알기 위해서잖아."

이홍주의 말에 이명오도 공감을 하는지 고개를 끄덕이며 말했다.

"그래, 알았다. 한마디로 말해서 호랑이 굴에 들어가야 호랑이를 잡을 수 있다 이 말씀이지. 일본 쪽발이 놈들 어디 두고 보자."

이명오가 씩씩하게 앞서 걸어갔다. 이홍주와 나는 서로 마주 보며 웃었다. 메이지신궁 안으로 들어가는 길은 울창한 숲에서 불어오는 초록 바람이 신선하였다. 그렇게 정신없이 쏘다니다 보니 저녁이 되었다.

"자, 이제부터 본 게임에 들어갑시다. 나는 아까부터 목젖이 칼칼해서 말도 나오지 않을 지경이야. 시원한 맥주 한잔씩 어때?"

이명오는 하루 종일 입을 다문 적이 없었으니까 그럴 만도 하다고 생각했다. 그 후로 우리 셋은 가끔씩 주말에 어울려 다녔다.

나 역시도 이명오처럼 일본제국주의에 대한 증오의 골이 아주 깊었다. 일본이 우리 조선을 미개국으로 취급하면서 겉으로는 조선을 위하는 척 만든 여러 정책들, 특히 산금 장려정책이나 광업세 면제 같은 것은 모두 자국의 이익을 위한 것이었다. 우리 조선의 뿌리인 조선말 사용 금지나, 조상 대대로 물려온 성과 이름을 바꾸라는 등 온갖 사악한 짓을 우리 조선인은 그저 당하고만 있어야 하다니.

그러나 내가 가진 편견에도 불구하고 일본인들은 모두 친절하고 검소한 생활을 하고 있었다. 어쩌다 술집 같은 곳에서 조센징이라고 싸움을 거는 일본인이 간혹 있긴 했지만 사적인 관계에서는 모두 친절했다. 물론 그것이 가식이라는 느낌을 받을 때도 많았지만.

하숙집 남자는 평소에는 무척이나 친절하고 좋은 사람이었다. 아내에게도 다정했고 하숙생들이 불편을 호소하는 말이 나오면 그 즉시 해결을 해주었다. 그런데 술만 취하면 포악한 군주로 변했다. 아내의 머리채를 움켜잡고 마구 주먹질과 발길질을 해대며 온갖 욕설을 퍼부어댔다. 미치코는 속수무책으로 그저 맞고만 있었다. 남자는 온통 소란을 피우면서 분노를 다 폭발해냈다 싶으면 그제야 잠잠해졌다.

소나기가 오락가락하던 어느 주말이었다. 그날도 주인집 남자가 미쳐 날뛰었다. 이번에는 미치코가 맞는 것을 불구경하듯 그대로 보고만 있을 수 없었다. 기회를 틈타 그녀를 내 방에다 피신시켰다.

남자는 나오지 않으면 죽여버리겠다고 고함을 치면서 온 집 안을 찾아다녔다. 나는 용기를 내서 술 취해 날뛰는 남자에게 다가갔다. 남자는 비틀거리며 게슴츠레한 눈으로 나를 노려보았다. 그러더니 나를 때리려고 손을 치켜들었다. 그 남자에게 여자는 모두 억압해야 할 대상이었다. 그때 위층 하숙생 남자가 그의 손목을 낚아챘다.

"이런 집에서는 하숙을 하지 못하겠습니다. 돈을 내주세요. 다른 곳으로 옮겨야겠어요."

갑자기 나타난 위층 학생 때문에 큰 위안이 된 나도 주인집 남자에게 단호하게 말했다.

"나도 나가겠습니다. 하루 이틀도 아니고 이런 살벌한 집에서 어찌 살겠어요?"

때마침 이홍주와 이명오가 하숙집 마당으로 들어섰다. 주인집 남자는 자기를 막아서는 남자들에게 기가 죽었는지 아무 말도 하지 못하고 무슨 말인지 중얼거리면서 자기 방으로 들어가 버렸다. 다행스러운 것은 주인집 남자는 술이 아무리 취해도 하숙생에게 마구 대하거나 세를 놓은 방문을 열어보는 짓은 하지 않았다.

"왜 그렇게 맞고만 계세요?"

미치코는 이런 일에 이골이 난 듯 헝클어진 머리카락을 두 손으로 몇 번 빗질을 하더니 틀어 올려 핀으로 고정을 시키면서 말했다.

"일본 사내들 대부분이 저런 못난 기질을 가지고 있는걸요. 일단 먼저 싸대기를 한 대 올려붙여 놓고 시작해요. 술 취하면 짐승처럼 포악해지니 도무지 감당할 수가 없어요."

미치코는 입술을 깨물며 피식 웃었다. 그녀의 얼굴이 벌겋게 부어올랐다.

"나뿐만 아니라 일본 여자들 다수가 남편한테 맞고 살고 있는걸요."

참으로 참혹한 일이었다.

"일본인들이 술을 좋아하고 싸움을 즐기는 기질은 에도막부 시대의 사무라이 정신이 그대로 유전되어 내려오고 있는 것이죠."

"선참후계(先斬後啓)! 충, 의리, 명예를 위해서는 목숨도 과감히 버린다."

"그래. 그 잘난 교훈이 이웃 나라를 침범하고 전쟁을 일삼아 자기네들에게 복종시키려는 피의 역사를 만들어오고 있는 것이지."

"그런데 그러한 기질이 가정에까지 이리 깊숙이 침투되어 있다니 참 놀라운 일이네요."

이홍주와 이명오는 술잔을 주고받으며 목소리를 낮춰 말했다. 나는 일본 사내들의 무의식 속에 유전되어오는 그 사무라이 정신이라는 것에 한숨이 나왔다. 약자를 폭력으로 복종시키고 희열을 느끼는 일본 놈들을 생각하니 가슴이 답답해졌다.

방학이 되자 나는 도서관에 틀어박혀 닥치는 대로 책을 읽었다. 《테스》를 통해 눈을 뜬 외국어는 나날이 발전해서 외국 서적만을 골라서 읽기 시작했다. 《여자의 일생》, 《제인 에어》, 《채털리 부인의 사랑》, 《폭풍의 언덕》, 《전쟁과 평화》 등을 원서로 읽었다. 유독 여성에 관한 소설에 관심을 가지게 된 것은 외국 소설로 《테스》를 먼저 접하기도 해서였지만, 어렸을 때 집에서 본 서양 여자들의 삶도 들여다보고 싶어서였다.

일본 여자들은 남자들에게 순종하면서도 억압과 폭력에 시달리며 살아가고 있는데 서양 여자들의 삶은 어떨까 궁금했다. 물론 틈나는 대로 한국 고전, 중국 고전, 일본어로 된 책들도 폭풍처럼 읽었다. 도서관에 앉아 책을 맘껏 읽을 수 있는 것만큼 행복한 시간은 없었다.

겨울방학이라 이홍주와 이명오는 귀국했다. 끈질기게 따라다니며 귀찮게 하는 이명오가 없어서 독서에 전념할 수 있었다. 이명오는 이홍주가 내게 관심을 두고 있는 것을 알면서도 계속 접근해왔다. 귀국을 해서도 이명오는 계속 내게 편지를 보내왔지만 나는 봉투도 뜯지 않은 채 버렸다.

문화학원에서 나는 전 과목 성적이 우수했다. 선생님들은 모두 나를 칭찬해주었다. 담임선생은 내게 졸업 후의 진로에 대해 말해주었다.

"졸업 후에는 여자 의전이나 나라고등사범에 진학할 입시 준비를 하도록 해라."

나는 꿈을 향해 한 걸음 한 걸음 나아가고 있는 것이 더없이 행복했다.

마지막 학기를 몇 개월 남겨둔 어느 날이었다. 경성에서 해관 선생이 보내셨다는 최순주 선생이 학교로 나를 찾아왔다. 그는 연희전문 교수이면서 해관 선생을 도와 조선어학회 일을 하고 있었다.

"일본에 볼일이 있어 오는 차에 해관 선생님이 학생의 학업 현황을 둘러보고 오라고 해서 왔어요. 교무주임이 학생 성적이 아주 우수하고 모범적이라고 하네요. 그래, 공부하기는 힘들지 않소?"

"염려해주시는 여러 선생님들 덕분에 너무 재미있게 공부하고 있습니다."

"학생이 이곳을 졸업하면 하와이로 유학을 보낼 계획을 의논 중입니다. 우리 조선의 미래를 이끌어갈 신여성이 필요하니 열심히 공부하세요."

그는 내게 벅찬 희망을 주고 경성으로 돌아갔다.

3장

낯선 땅, 함흥

일본에서 함흥까지 며칠이 걸렸는지 알 수 없는 길고 지루하고 힘든 여정이었다. 함흥역을 빠져나오니 포드택시 몇 대가 서 있었다. 택시 운전사들은 역을 빠져나가는 사람들에게 '어디까지 가십네까?' 물으며 손님을 태우려 부산했다. 알아들을 수 없는 투박한 함경도 특유의 말들이 여기저기서 들려왔다. 내게는 쌀라쌀라 하는 것으로만 들렸다.

나는 녹초가 된 몸을 택시 뒷좌석에 구겨 넣었다. 이제 다 왔어. 조금만 더 힘내자고 스스로 위로를 했다. 이제 곧 선생님을 만나뵐 수 있을 거라는 생각에 고된 여정에 지친 몸과 마음을 추스를 수 있었다.

하와이로 유학을 갈 수 있다는 희망으로 더욱 열심히 공부를 하고 있었는데, 최 선생이 나에게 다녀간 지 석 달이 채 되지 않았을 때였다. 그에게서 편지가 왔다. 편지 내용은 해관 선생님이 홍원형무소에 투옥되었고 조선어학회가 해체되어 나에 대한 후원을 잠정적으로 중단해야만 하겠다는 소식이었다.

"어디로 모실까요, 손님?"

"홍원형무소로 가주세요."

운전사는 백미러로 나를 힐끔 보더니 먼지를 일으키며 차를 출발시켰다. 가을걷이를 끝낸 함흥평야의 풍경은 황량했다. 하기야 지금이 봄이어서 바깥이 온통 꽃 천지라 하더라도 내게는 아무런 감흥이 없었을 터였다. 며칠 전만 해도 열심히 공부하는 학생으로 일본 땅에 있던 내가 갑자기 이곳에는 웬일이란 말인가. 모든 일이 갑작스럽게 벌어진 터라 정신이 혼미했다. 지치고 놀란 가슴은 아직도 진정되지 않고 앞으로 벌어질 일이 깜깜하니 보이지 않았다.

택시 운전사는 말이 많았다. 아마도 타고난 성품이 말을 하지 않고는 잠시도 못 배기는 성격 같았다. 얼핏 이명오가 생각났다. 그는 달변가였다. 언제 어디서나 상황에 어울리는 말을 재치 있게 하는 재주가 있었다. 하지만 간혹, 아니 아주 자주 그가 입을 좀 다물었으면 할 때가 많았다. 이홍주는 그 수다를 말없이 묵묵하게 다 들어주는 사람이었다.

"나는 김 기사입니다. 그런데 처녀가 그 험한 형무소에는 왜 갑니까?"

김 기사는 톤이 높은 함경도 토박이 사투리를 쓰며 백미러로 나를 슬쩍 보면서 물었다.

"……."

나는 대답할 기운조차 없어 그저 멍하니 창밖을 내다보고 있었다. 김 기사는 조금 멋쩍은지 잠시 입을 다물더니, 택시가 고개 초입 부분에 들어서자 고갯길 이야기를 아주 유쾌하게 설명하기 시작했다.

"이 고개가 함관령입니다. 함흥에서 홍원을 가려면 이 고개를 꼭 넘어야 하지요."

나는 그의 말에 귀를 기울일 수가 없었다. 그저 뒷좌석 등받이에 몸을 깊숙이 박고 멍하니 앉아 있었다. 그는 청취자를 아랑곳하지 않는 안내원이었다.

"아주 험준하고 골짜기는 온통 바위이지요. 바위 골짜기가 어찌나 깊고 험한지 옛날엔 벌건 대낮에도 호랑이한테 물려가는 일들이 간혹 있었답니다."

그야말로 벌건 대낮에 호랑이한테 물려간 것이 바로 우리 집안이 아닌가. 밖을 내다보니 계곡이 끝도 없이 아득하니 보였다. 저 아득한 낭떠러지에 내가 서 있는 느낌이었다. 택시 바퀴에 튕기는 작은 돌들이 계곡 아래로 떨어지는 소리가 왁자하더니 서서히 잦아지고 또 왁자하더니 잦아졌다. 맞은편에서 오는 차라도 있으면 큰일 나겠다 싶은 생각이 들었다.

인력거 두 대와 소달구지를 끌고 몇 사람이 힘겹게 고개를 넘어가는 것이 보였지만 차는 만나지 못했다. 차창을 조금 내리니 차가운 바람이 훅 하니 얼굴을 때렸다. 북쪽이라 겨울이 일찍 오는 것인지 늦가을인데도 고갯마루의 날씨는 매섭게 차가웠다. 고개 정상 부근에 이르자 먹구름이 몰려오더니 비가 내리기 시작했다.

함관령 정상에서 내려다보니 동쪽으로 넓은 평야가 쭉 이어져 있었다. 김 기사는 그것이 홍원평야라고 했다. 홍원평야를 흐르는 서대천이 낭떠러지 아래에 있는 계곡을 따라 흐르고, 서쪽으로는 함흥평야를 흐르는 동성천강의 상류 계곡에 이른다는 것이었다. 고개의 정상 부근은 골이 깊고 급경사가 계속 이어져 있었다. 차가 올라온 길이 구불구불하게 내려다보였다. 내 인생길을 그림으로 그리면 저런 모습일 거라 생각했다. 나는 스물두 살의 나이에 구불구불한 길을 돌고 또 돌았다. 앞으로도 얼마나 많은 길을 돌아갈 것인지 두려웠다.

"이 고개가 함흥, 홍원, 원산을 잇는 관북 중부 해안지방의 중요한 종단 교통로입니다."

김 기사는 아주 훌륭한 함경도 안내자라는 생각이 들었다. 태어난 고향을 사랑할 줄 아는 사람이었다.

구불구불한 고갯길이 어지러워 눈을 감았다. 덜컹거리는 차로 인해 멀미가 났다. 마침내 고갯마루를 넘자 홍원이라고 했다. 바람은 조금 잦아들었지만 비는 계속 내리고 있었다. 나는 눈을 감았다. 일본에서 쉬지 않고 여기까지 온 긴 여정이 파노라마처럼 스쳐갔다.

"여기 홍원은 교통도 통신 시설도 좋지 않은 오지 중에도 오지이지요. 아마도 홍원을 모르는 사람들이 더 많을 겁니다. 형무소 볼일 아니면 이곳에 올 일이 없으니까요."

김 기사의 말에 눈을 떴다. 그의 말대로 주위는 온통 산뿐이고, 길은 비포장에 택시가 겨우 지나갈 정도였다. 형무소로 가는 길 내내 택시가 덜컹거렸다. 나는 다시 눈을 감았다. 얼마나 더 가야 할지 물을 기운조차 없었다.

"형무소 도착했습니다."

김 기사의 말에 나는 화들짝 눈을 떴다.

"면회 마칠 때까지 좀 기다려주세요."

"예, 걱정 말고 다녀오세요."

나는 택시에서 내려 형무소로 걸어갔다. 빗줄기가 점점 더 거세어졌다. 경비가 삼엄한 형무소는 높은 벽돌담과 시커먼 철문이 위압감을 주었다. 형무소 정문에는 헌병 두 명이 총을 차고 차렷 자세로 서 있었다. 면회를 왔다고 하니 신분증을 확인한 후 들여보냈다.

사무실 안에는 포승에 묶인 채 고개를 숙이고 있는 몇 명의 남자들이 앉아 있었다. 한쪽에서는 순사들이 큰 소리로 욕지거리를 하며 책망하는 모습이 보였다. 내가 사무실로 들어서자 순사들 몇 명이 힐끗 나를 쳐다보더니 이내 각자의 일을 계속했다. 나는 한 순사가 앉아 있는 책상으로 가서 면회 신청을 했다.

"저, 신윤국 선생님 면회 왔습니다."

그 순사는 쳐다보지도 않고 무표정으로 냉담하게 말했다.

"그자 면회는 안 되오."

"왜 안 됩니까?"

"안 된다면 안 되는 줄 아시오."

일본인 순사는 한마디로 싸늘하게 거절을 해버렸다.

"선생님을 뵈러 일본에서 여기까지 일주일도 넘게 달려왔습니다. 잠시만 뵙게 해주세요."

"그자는 면회 금지요."

순사는 나를 아래위로 훑어보더니 한마디만 더 지껄이면 나마저 잡아 처넣을 거라는 험상궂은 표정을 지었다. 나는 다른 자리에 앉아 있는 순사에게 다시 간청하다시피 했지만 모두들 면회 금지란 말만 했다. 길고 긴 여정으로 간신히 도착했는데 순사들은 일언지하에 거절했다. 무자비한 놈들.

놈들은 간절함이 담긴 내 눈을 외면한 채 서류를 들춰보더니 앞에 앉아 있는 남자를 쏘아보며 바른대로 말하라고 고함을 쳤다. 나는 한참을 그렇게 서 있다가 할 수 없이 사무실을 나섰다. 그 형사들은 슬픔이나 기쁨을 나타내는 감정조절장치 같은 것은 없는 것 같았다. 다만 위압적인 태도만 고수하라는 훈련을 받은 인간 같았다. 잘 훈련된 충성스런 개처럼, 진리는 없고 의리에 살고 죽는 일본인들 기질이 바로 저 형사들의 눈빛에도 서려 있었다.

이 나약한 여자가 할 수 있는 일이라곤 아무것도 없었다. 빼

앗긴 나라에 대한 서러움과 억울함으로 분통이 터져서 형무소
앞의 길바닥에 털썩 주저앉아버렸다. 어머니가 돌아가신 후부
터 무슨 일이 있어도 울지 않으리라 다짐했건만, 그 다짐은 한
순간에 봇물 터지듯 무너졌다. 땅이 꺼지고 하늘이 무너지는
일이 또다시 내게로 오고야 말았다. 더는 내게 처참한 비극은
오지 않기를 얼마나 바랐던가?

　이제 어찌해야 하는가? 다시 학업을 하러 일본으로 갈 수도
없다. 나는 형무소 마당에 주저앉았다. 한 걸음도 떼지 못할 정
도로 심신의 기력이 다한 것 같았다. 빗줄기는 점점 더 거세지
고 있었다. 나는 비를 맞는지도 느끼지 못했다. 형무소 바깥에
서 기다리고 있던 김 기사가 형무소 안을 기웃거리다 내가 바닥
에 주저앉아 울고 있는 것을 보고 다가왔다. 그는 쓰고 있던 우
산을 내게 씌워주면서 걱정스럽게 말했다.

　"아가씨, 면회를 못했군요. 이제 어쩝니까?"

　김 기사는 특유의 투박한 말은 온데간데없고 아주 나지막한
목소리로 물었다. 보아하니 그는 망연자실한 나를 두고 오지도
가지도 못하는 눈치였다.

　"이곳은 머물 곳이 마땅치 않으니 일단 함흥 읍내로 나가는
게 좋지 않을까요?"

　"안 돼요. 나는 선생님을 꼭 면회해야 해요."

　"오늘만 날이겠습니까? 내일 다시 와 사정해보도록 하세요.

날이 어두워질 텐데 인가도 멀리 떨어진 낯선 곳에서 처자 혼자 어쩌시렵니까?"

김 기사는 나를 태우고 다시 함흥으로 출발했다. 낙담하고 있는 내게 직접적인 위로는 잠시 침묵하는 것이라고 생각했는지 김 기사는 한동안 말없이 운전을 하기만 했다. 해가 뉘엿뉘엿 지는가 싶더니 빠르게 어두워졌다.

김 기사는 함흥 읍내 한 여인숙에 나를 데려다주고는 돌아갔다. 나는 여인숙 작은 방에 쪼그리고 앉았다. 방은 눅눅하고 차가웠다. 긴 여행과 상심으로 온몸과 마음이 녹초가 되었다. 비를 맞아서인지 몸에 한기가 들기 시작했다.

신은 나를 어떻게 할 셈인가? 도대체 신의 의지는 무엇인가? 왜 신은 나를 야멸차게 붙잡고 늘어지는가? 당장 내일 어떻게 해야 할지 알 수도 없었다.

두어 시간이 지나자 썰렁했던 방에 조금씩 온기가 돌기 시작했다. 지친 몸과 마음을 벽에 기대어 앉아 훌쩍이다 새벽녘에야 잠이 들었다. 악몽에 시달리면서 자다 깨다 울다가를 반복했던 것 같다. 시간이 얼마나 지났을까? 지금이 낮일까, 밤일까? 왜 이렇게 졸리기만 하지? 밖에서 남자와 여자의 말소리가 희미하게 들렸던 것도 같다가 다시 들리지 않았다.

방문을 두드리며 부르는 소리가 났다. 나는 대답을 하려고 입을 달싹거렸지만 말이 나오지 않았다. 누군가 내 머리에 손을 대어보고 나가는 듯했다. 눈을 뜰 수도 말을 할 수도 없었다. 조금 전과 같은 남녀의 목소리가 다시 들려왔다. 아닌가? 같은 말을 하고 있는 걸 보니 조금 전이 지금인가? 또다시 문을 두드리는 소리가 났다. 내가 무슨 말을 한 것 같은데……, 무슨 말을 했지?

잠이 와. 선생님이 거꾸로 매달려 있어. 입이 마구 찢겨 벌려져 있어. 물이 코로, 찢어진 입으로 줄줄 새고 있어. 물이 머리통으로 다 들어갔나 봐. 일본 순사들이 히죽거리고 있어. 선생님은 꿈쩍도 안 해. 죽었나 봐. 선생님! 선생님! 저예요. 창문을 아무리 두드리며 불러도 모르시네. 내 목소리가 안 나오는 거구나. 아, 왜 말이 안 나와? 말이 입 밖으로 나오지를 않아. 선생님, 선생님, 선…생…님…. 아… 선…새…니…ㅁ….

나는 계속 비명을 질렀지만 도무지 소리가 입 밖으로 나오지 않았다.

"처자! 처자!"

"아가씨! 아가씨!"

악몽은 계속되었다.

문화학원에서 열심히 공부를 하고 있다. 우리 한글을 신문지에 쓰고 또 쓰고 또 썼다. 내가 조선어로 크게 웅변을 하고 있다. 무서운 일본 순사가 내 머리채를 잡아끌고 간다. 따귀를 맞고 발로 채이고 내 다리를 벌리고 그놈이 들어온다. 나는 있는 힘껏 침을 뱉는다. 놈이 내게 총을 쏜다. 내 몸에서 붉은 피가 콸콸 쏟아진다. 내가 죽어가고 있구나.

"아무래도 의원을 불러야겠어요. 빨리 좀 다녀오세요."

이마에 무언가 차가운 것이 느껴졌다.

"휴! 다행입니다. 열이 많이 내렸어요. 이제 안심해도 되겠습니다."

흰 가운을 입은 남자가 가방을 챙기고 나갔다.

"좀 어떻소, 처자?"

눈을 떴다. 한 남자와 여자가 근심스럽게 날 내려다보고 있었다.

"몸이 불덩이었다오."

"내가 여기 얼마나 있었나요?"

"오늘이 3일째요."

남자의 얼굴을 보니 나를 여기에 데려다준 김 기사였다. 그는 걱정이 이만저만이 아닌 얼굴이었다. 매일 출퇴근 시간에 들러 나의 안부를 묻고 갔다고 했다. 나는 힘없이 싱긋 웃어 보이며 고맙다는 말을 했다. 그는 '얼른 일어나기나 하시오.'라며 걱정스레 말했다. 친절하게 나를 안내해주었던 그에게 고맙다는 인사를 이제야 했다.

"고맙습니다."

"송장 치우는 줄 알았지 뭐요."

주인집 아주머니가 미음을 쑤어다 먹여주었다. 창호지로 비쳐 들어오는 늦가을 햇살이 따스했다. 다음 날은 볕을 쬐며 뜨락에 나와 앉아 있기도 했다.

주인집 아주머니도 우리 어머니처럼 남편을 일찍이 여의고 혼자서 하숙을 치며 생활하고 있다고 했다. 허약한 어머니와는 달리 아주머니는 몸이 굵직하고 이목구비가 뚜렷한 전형적인 북관(北關) 여인이었다. 손발도 큼직한 것이 누구든 먹이고 퍼주는 것을 좋아하는 마음씨 곱고 인정 많은 성격이었다. 아주머니는 유머감각도 있어서 풀 죽어 있는 내게 재미있는 이야기도 함경도 방언으로 해주곤 했다.

"이제부터 나를 아마이라고 부르지비."

아주머니의 사투리가 아마이라고 했다. 나는 장난으로 '아마이, 아마이' 부르면서 농을 걸기도 했다. 며칠이 지나자 나는 기력을 되찾았다. 다시 홍원형무소에 가서 면회를 신청해보았지만 지난번과 똑같이 단번에 거절을 당했다. 무슨 뾰족한 수가 없을까 생각해보았지만 달리 방법이 없었다.

"높은 자리에 있는 사람이 있으면 좀 부탁해볼 수 있을 텐데요."

김 기사가 도와주지 못해 미안하다는 듯이 한마디 던졌다.

높은 사람? 순사들을 좌지우지할 정도의 권력을 가진 사람이 누가 있을까? 류춘기가 생각났다. 경성과 함흥을 오가는 유력 인사 중 한 사람이긴 하지만 그자는 생각조차 하고 싶지 않았다.

금하 선생께 연락을 해보았지만, 선생님도 지금 위험한 상황에 처해 있고 건강마저 좋지 않다는 것이었다. 그래서 수정 언니에게 전화를 넣었다.

"언니! 나 하늬야."

"그래, 선생님께 소식 들었어. 지금 경성은 초긴장 상태가 계속되고 있어. 일본 놈들이 중일전쟁 체제를 조성하기 위해서 양심적 지식인들이나 부르주아 집단을 모조리 잡아들이고 있어. 전국적으로 펼쳐져 있는 수양동우회 관계자들에 대한 소탕 작전으로 경성에서만 55명이나 체포되었대. 조선어학회 일을 하시는 분들도 모조리 다 잡혀갔어."

"그런 큰 사건이 있는 줄도 모르고 난 팔자 좋게 공부만 하고 있었으니."

"하늬야, 공부는 계속해라. 언니가 네 후원자가 되어줄게. 우리 조선은 지금 나라를 이끌어갈 여성 인재가 무엇보다 필요한 시기야."

"언니, 고마워. 하지만 지금 공부보다 더 중요한 것은 선생님 옥바라지야."

"하늬야, 네가 옥바라지 할 방법이 없어. 우리도 여기서 면회 신청을 몇 번 시도해봤는데 놈들이 말하기를 치안유지법 위반 자들은 강력 범죄로 치부해 어느 누구도 면회를 할 수 없대. 만약에 해관 선생님이 친일로 전향한다는 사상전향서를 쓰면 바로 석방이 될 수는 있다는데, 그러실 분이 아니잖니?"

"그렇다고 하더라도 무슨 수를 써봐야지. 정 안 되면 선생님 얼굴만이라도 뵈어야 일본으로 다시 갈 수 있을 것 같아."

해관 선생의 올곧은 성격으로는 죽는다 한들 사상전향서를 쓰실 분이 아니었다. 나는 선생님이 겪을 고문을 생각하니 가슴이 아려왔다. 내가 선생님을 위해 할 수 있는 일은 아무것도 없었다.

함흥장 조우(遭遇)

"여기 시장 아마이들은 무척 억세서 물건 흥정하고 안 사면 봉변을 당하기 일쑤니 조심해야 해."

아마이 말을 듣고 보니 시장 상인들은 아바이들보다 아마이들이 더 많았다. 몸도 말투도 억세고 다부져 보였다. 어물전, 야채전, 정육전, 생활용품전, 곡물전, 농기구전 등등 여러 다양한 전들이 나름 질서 있게 펼쳐져 있었다.

"우리 국수 먹을까?"

아마이는 내 손을 이끌고 국숫집으로 데려갔다.

"아마이가 만든 국수 맛이 일품인데 왜 남의 집에서 먹자고 하세요?"

농기구전 옆 국숫집에는 삿갓을 쓴 영감들 몇몇이 투박한 북관말로 떠들어대고 있었다. 그들은 하나같이 모두 돋보기를 쓰고 있었다.

"이 집 국수 맛하고 내 국수 맛하고 비교를 해보라고."

아마이는 그냥 시장 구경만 하는 것이 아니라 나름의 시장조사를 하고 있었던 것이다. 국숫집 안으로 들어서자 영감들이 피우는 담배 냄새와 수육을 삶는 냄새가 코를 찔렀다. 돋보기를 쓴 영감들이 모두 안경 너머로 우리를 한번 흘낏 쳐다보았다. 아마이는 상관없다는 듯 자리를 잡고 앉았다.

나는 안경 너머에 있는 영감들의 코가 무척 인상적이라고 생각했다. 한 영감은 넓적하니 뭉툭하게 생겼고, 또 한 영감은 안장코처럼 잘록한 코였고, 또 한 영감은 거칠고 투박한 코였다. 다양한 모양의 코에 돋보기를 쓰고 있는 모습을 보니 세월의 끝자락에 있는 영감들의 삶의 무게가 느껴졌다.

그런데 구석진 테이블에 한 젊은 남자가 국수를 먹고 있었다. 그는 주위를 둘러보지는 않지만 영감들의 이야기에 귀를 기울이고 있는 모습이었다. 아마이가 그 남자를 아는지 인사를 했다.

"선생님, 또 시장 풍경 낚으러 나오셨나 봐?"

그는 고개를 들어 답례를 했다.

"아마이, 그동안 잘 계셨지요?"

그는 반갑게 인사를 하고는 나에게 눈길을 돌렸다.

"우리 집 손님이에요. 참 곱지요?"

"안녕하십니까? 처음 뵙겠습니다. 백석이라고 합니다."

백석은 엉거주춤 일어나 나에게 인사를 하고는 다시 무슨 말을 하려다 그만두었다. 나는 백석이라는 이름을 듣고 깜짝 놀랐다. 그러나 놀라움을 애써 감추며 말했다.

"네, 반갑습니다."

인사를 나누는 사이에 국수가 나왔다. 백석은 국수를 먹으며 이따금 무엇인가를 메모하기도 했다. 아마이는 백석에 대해 내게 소곤소곤 말해주었다.

"영생고보에서 영어를 가르치는 선생님이야. 경성에서 무슨 신문사에 근무하다가 일루 왔다는데 참 미남이지? 게다가 시를 쓰는 시인이라네. 시간이 나면 저렇게 글을 쓸 소재를 찾아다닌대. 내가 끓여준 국수를 아주 좋아해서 우리 집에도 간혹 들러."

나는 가슴이 방망이질했다. 올 1월에 겨울방학을 맞아 일본에서 귀국해 집에 머물고 있을 때였다. 오빠의 책상에 백석의 《사슴》 시집이 있었다. 나는 그 시집을 펼쳐보며 말했다.

119

"두꺼운 법 관련 책들만 읽는 오빠가 웬 시집이유?"

"이 시집은 보통 시집과는 달라. 예전에 우리 집을 방문했던 백기행이란 친구 기억나지? 네가 매일 갖고 다니는 《테스》 책의 주인 말이야. 그 친구가 낸 시집이야. 100부 한정판인데 운 좋게 내 손에 들어온 거야."

그때 나는 그 시집을 빼앗다시피 해서 지니고 다녔다. 나는 국수를 먹으면서 백석을 흘깃 보았다. 그는 국수를 옆에 두고 노트에 뭔가를 열심히 적고 있었다. 아마도 노인들이 하는 얘기를 받아 적고 있는 것 같았다. 고개를 숙이고 뭔가에 열중하고 있는 저 모습, 옛집 뒤뜰 들마루에 앉아 책을 읽던 그 모습이었다.

그가 고개를 들다가 나와 눈이 마주쳤다. 그는 살짝 미소를 지어 보였다. 그가 나를 알아보지 못하는구나 생각하니 한편으로는 서운하고 또 한편으로는 다행이다 싶었다. 나는 더 이상 예전의 어여쁜 하늬가 아니니까. 내 가슴은 놀란 토끼처럼 계속 쿵쿵 뛰었다. 국수 맛이 어떤지 알 수가 없었다.

아마이가 국수 맛이 어떠냐고 내게 살짝 물었다. 나는 얼떨결에 뭐라고 말을 해야 할지 몰라 주춤거렸다.

"왜 그리 넋을 잃은 사람처럼 앉아 있어?"

"……."

"국수 맛이 어떠냐고?"

"국수 맛은 역시나 아마이 국수 맛을 따를 수가 없죠. 살얼음 동동 뜬 잘 익은 동치미랑 먹는 아마이 국수 맛은 내가 이제껏 먹은 국수 맛 중에서 일품이었어요."

"호호호, 국수는 쫀득한 질감도 중요하지만 육수에 그 맛이 판가름이 나."

아마이의 시장조사는 계속되었다. 하숙집과 국숫집을 겸하고 있는데 본격적으로 전문 국숫집을 차려볼 계획이라고 했다. 아마이는 국숫집을 나오면서 백석에게 인사를 했다.

"언제 우리 집에도 들러주세요."

나도 그에게 고개를 살짝 숙여 인사를 했다. 그는 아까처럼 또 엉거주춤 엉덩이를 들고 일어나 우리들에게 인사를 하고는 내게 눈길을 멈추었다. 나는 그의 눈길을 의식하지 않은 척 고개를 돌리고 아마이 뒤를 따라 국숫집을 나섰다. 그러나 내 가슴은 요동을 치고 있었다. 아니 내 세포 속속들이 요동을 치듯 그에게로 쏠렸다. 그의 눈길이 내 등 뒤에서 태양처럼 뜨겁게 느껴졌다.

아마이의 시장조사는 계속되었다.

오후가 되니 장 보러 오가는 사람들이 점점 많아졌다. 시장 골목은 어깨를 부딪치면서 걸어야 할 정도였다. 그런데 상인 아마이들의 저고리 고름에 말굽 모양의 굵고 큰 금가락지가 묶여 있는 것이 보였다.

"아마이, 저 아마이들 앞섶에 모두 금가락지를 매달고 있는데 저것이 뭐예요? 너무 크고 굵어서 손가락에 끼지는 못할 것 같은데."

"아! 그건 비상용 패물이야. 북관 여성이라면 누구나 다 차고 다니는 거야."

아마이는 자기 저고리 앞섶을 살짝 들추어 금가락지를 보여주며 말했다.

"비상용 패물이라고요?"

"그래. 상류층 부인네들이 차고 다니는 화려하고 값비싼 패물은 아니지만 큰일이 생길 때 사용하는 것은 같은 용도야. 부모나 자식들에게 갑작스럽게 위급한 상황이 생기면 그것을 팔아 해결하거든."

"자식들이라면 아들에게?"

"여긴 아들딸 구별 없어. 시집간 딸이라도 길거리 나앉으면 어떡해? 도와줄 수밖에. 그게 부모가 아니겠어."

어머니에게도 패물이 있었다. 삼대독자 오빠가 장가가는 날 어머니는 장롱 속에서 번쩍번쩍하는 패물들을 꺼냈다.

"이 패물은 내가 시집왔을 때 네 할머니께서 물려주셨던 것들이다."

집안이 결딴나고 삯바느질로 생계를 이어가면서도 내놓지 않던 패물이었다. 어머니는 대대로 물려받은 패물이라 그 어떤 난관에도 팔거나 쓰지 않았던 것이다. 그렇다고 어머니가 비단 옷을 입거나 패물을 몸에 지니고 다닌 것도 아니었다. 그것은 아버지를 일찍 여읜 과부라는 죄의식 때문이리라. 그래서 그 귀하고 아름다운 패물을 몇 십 년 동안 어두운 장롱 속에 모셔 두었다가 당신 며느리에게 고스란히 물려주었던 것이다.

생각이 여기까지 미치자 그토록 그리웠던 어머니가 갑자기 원망스러워졌다. 그동안 우리 집은 계속해서 비상체제였다. 이곳 아마이들처럼 집이 패망하면 패물을 팔아서라도 살아가야 했다. 우리 남매들이 학교도 다니지 못하던 때 그것을 팔아서라도 학교를 보냈어야 했다. 다른 어떤 것보다 교육에 관한 한 얼마나 앞서가던 분이었던가. 또한 가난 때문에 당신의 딸 셋 모두 원하지도 않는 시집을 가야만 하던 때였다. 그런데도 그 패물을 내어놓지 않다니. 나는 어머니가 참으로 모질다는 생각이 처음으로 들었다.

지난 시간들을 생각하니 가슴을 쥐어뜯고 싶었다. 어머니가 하는 일은 모두 옳은 일인 줄만 알았다. 이곳 함흥에 와서야 앞선 개화사상에도 불구하고 어머니는 조선의 유교적 가부장 제도의 악습을 떨쳐버리지 못한 분이란 것을 알게 되었다. 아니, 오히려 봉건사상에 스스로를 더욱 옭아맨 사람이었다.

어머니도 열녀비를 받고 싶었던 것일까? 나에게 죽기 직전까지도 기생 옷을 벗으라고 한 것도, 기생이 된 것이 부끄럽다고 아버지의 함자를 어디에서도 입 밖에 내지 말라고 한 것도, 교육의 중요성을 아무리 강조하신 분이라도 가세가 기울대로 기울었음에도 불구하고 오빠만 어떡하든 공부를 시킨 것만 봐도 그럴 거라는 생각이 들었다.

어머니에게 패물의 용도는 오로지 아들만을 위한 것이었다. 아니다. 누가 될지도 모르는 당신의 며느리에게 물려주기 위한 것이었다. 그렇다고 어머니가 아플 때 오빠는 병원비나 약값을 지불한 적이 거의 없었다. 그 모든 것이 내 몫이었다. 그 패물의 일부만 팔아서 날 공부시켰다면, 내가 부잣집 아들이란 말만 믿고 정신병을 앓고 있는 사내에게 시집을 갔겠는가? 기생이 되어 결핵으로 몸져누워 있는 당신이 좋아하는 과일을 매일매일 사기 위해 술 취한 사내들 앞에서 춤을 추고 노래를 했겠는가? 어머니의 그 비싼 병원비나 약값을 위해 술을 따르고, 웃음을 팔고, 심지어 술 취한 사내들에게 두 다리를 벌렸겠는가? 연주만 하러 다녀서는 돈을 많이 벌 수가 없었다. 그래서 나는 연회뿐만 아니라 술좌석에도 앉았다.

어머니의 그 봉건적 사상이 내 온몸을 옥죄어왔다. 숨이 막혔다. 기생을 만든 것도 결국엔 어머니였다는 것을 알고나 있을까? 그 숨 막히는 조선의 고루한 악습에 얽매어 있던 어머니, 여성으로서 가야 할 길이 오로지 현모양처가 되는 길뿐이라고? 화가 치밀었다. 여기 억세고 다부진 북관 여성들에게 내 어머니 얘기를 들려주면 무슨 개떡 같은 소리냐고 나보다 더 열을 낼 것이다. 어머니는 저 시장 아마이들과 같은 삶의 투지와 용기가 없었다. 어머니에게 올바른 삶은 단지 고루한 가부장적 틀을 지키는 것이었다.

세상에! 어머니의 그 자랑스러운 개화사상은 도대체 무엇이었단 말인가?

나는 갑자기 현기증이 났다. 어머니가 꼭 움켜쥐고 있던 그 잘못된 사고가 우리 세 자매에게 씻지 못할 상처를 준 것이라는 것을 이제야 깨닫게 된 것이다.

하지만 이제 와서 어쩌겠는가. 테스의 어머니처럼 이것이 신이 주신 운명이라는데.

나도 모르게 도리질을 쳤다. 아니다. 나는 신이 주신 운명을 따르지 않으리라. 금하 선생님의 말씀대로 나는 내 삶을 스스로 개척해 나가리라.

그때 마침 새하얀 사라능단의 저고리에 엷은 남빛 명주 치마를 입고 하늘하늘한 진홍빛 너울을 쓴 여자와 푸른 너울을 쓴 두 명의 여자들이 시장 구경을 하며 지나가는 것이 보였다.

"저년들, 또 저 꼬리치며 다니는 꼴을 좀 봐."

아마이는 눈살을 찌푸리며 중얼거렸다. 그들이 기생이라는 것은 누구나 단번에 알아볼 수 있었다. 조선권번에 있을 때 입었던 삼회장이 들어간 기생 복장이 나는 부끄러웠다. 그래서 그 옷을 입고는 바깥나들이를 하지 않았다. 부득이하게 외출할 일이 있으면 흰색 저고리에 검정색 치마를 입고 흰 운동화나 구두를 신고 다녔다.

여자들은 리어카 잡화상을 둘러보다가 한 도자전 안으로 들어갔다. 그 도자전은 장목으로 네 개의 기둥을 박고 부들로 지붕을 엮어 길가에 나앉은 점포다. 진열대에는 각양각색의 패물들이 진열되어 있었다.

"자, 자, 구경하세요. 노리개 귀주머니 굴레 비녀 은지환 옥지환 용잠 화잠 죽절잠 호두잠 나비잠 조롱 염낭 봉채 은장도 석장도 참빗 얼레빗 민경 인두 가위, 없는 것이 없습니다. 자! 구경들 하고 가세요. 아가씨들! 안에도 많으니 들어가서 구경하세요."

도자전 주인은 그 많은 물건의 이름을 숨도 쉬지 않고 줄줄줄 내뱉으며 손님들의 눈길을 끌었다. 나도 모르게 그곳으로 발걸음을 옮겼다. 여자들은 아름답고 화려한 물건들을 보느라 넋이 나간 모양이었다.

"얘, 이거 어떠니? 이 거울 너무 예쁘지 않니?"

"어머! 언니, 이 노리개는 어때요?"

"와! 이것 좀 봐. 이 나비잠 좀 봐!"

"이 비녀도 너무 예쁘네!"

여자들은 저마다 탄성을 지르며 이것저것 여러 물건들을 살펴보고 달아보고 꽂아보고 있었다. 시장을 오가는 사람들에 비해 옷차림이 눈에 띄게 화려하고 너울까지 쓴 기생들의 자태는 시장 거리를 환하게 만들었다. 그러나 삶에 찌든 아마이 상인들이나 장을 보러 나온 행인들은 그 여자들을 흘깃흘깃 쳐다보고 있었다. 아마이 상인들 중에는 이맛살을 찌푸리며 노려보는 이들도 있었다.

갑자기 머릿속에 섬광이 번쩍였다. 나는 허약한 체질이라 억세고 강인한 북관의 여성이 될 수는 없으니, 내가 한때 배운 기생의 길로 잠시 들어야겠다는 생각이 들었다. 지금으로서는 그 길 외에는 다른 대책이 없다고 생각되었다.

당장 숙박비를 치를 돈도 없었다. 그 무엇보다 어떻게 해서라도 옥중에 계신 선생님을 만나 뵈어야 내 길도 다시 갈 수 있을 것이다. 기생이 되면 함흥의 커다란 연회에 참석할 수도 있을 것이다. 그 연회에는 함흥의 유력한 인사들이 올 것이다. 그러면 선생님의 특별 면회를 부탁할 인사도 만날 수 있을 것이란 생각이 들었다. 나는 아마이에게 잠깐만 기다려달라고 하고 그 여자들에게 다가가서 인사를 건넸다.

"안녕하세요?"

물건을 보느라 정신이 팔려 있던 여자들의 시선이 일제히 내게로 쏠렸다. 둘은 나보다 나이가 어려 보였고 진홍색 너울을 쓴 여자만이 나와 비슷한 연배처럼 보였다. '이게 뭐야.'라는 얕보는 눈빛들 중 한 명이 내게 무슨 일이냐고 물었다.

"권번 위치를 좀 가르쳐주시겠어요?"

여자들은 나를 아래위로 훑어보았다. 그중 진홍색 너울을 쓴 여자가 나를 다시 한 번 아래위로 훑어보더니 잠시 뭔가를 생각하는 듯했다.

"내 이름은 홍옥이야. 넌?"

"난 진향이라고 해요."

보아하니 홍옥의 눈에 내가 싹수가 있어 보였던 것이 분명했다. 홍옥은 적극적으로 내게 이것저것을 물어보았다.

"좋아, 내가 오늘 권번에 들어가서 행수어른께 네 얘기를 해놓을 테니, 내일 오전에 들러보도록 해."

"알겠어요. 정말 고마워요."

홍옥이 내게 함흥권번의 위치를 알려주는 동안 다른 일행들은 여기저기 잡화점을 둘러보며 가고 있었다. 영문을 모르고 저만치 떨어져 서 있던 아마이가 다가와서는 아는 여자냐고 물었다. 나는 아무것도 아니라며 아마이 손을 이끌고 여인숙으로 돌아왔다. 나는 막연했던 길에 한 줄기 빛이 보이는 것 같아 기분이 좋아졌다.

아마이는 시장에서 사온 돼지고기를 먹기 좋을 만큼의 크기로 툭툭 잘라서 김치와 파를 넣고 보글보글 끓이더니 금방 한 상 저녁을 내왔다. 아마이 손은 마술 손 같았다. 칼질 몇 번에

뚝딱하면 맛깔스러운 음식이 떡하니 차려지는 것이었다. 아마이가 해준 밥이 얼마나 맛이 나던지 두 그릇을 먹어 치웠다. 오래간만에 입맛이 도는 것 같았다. 아마이는 내가 맛있게 먹는 것을 쳐다보며 빙그레 미소를 지었다.

아마이에게는 차마 권번에 들어간다는 말을 하지 못했다. 내가 기생 출신이라는 것을 알게 되면 실망할까 봐 걱정스러웠다. 어머니가 그랬듯이 나의 내면이 그렇듯이 제아무리 춘앵전을 잘 추고 가야금을 잘 연주한다고 해도 보통 사람들에게 기생은 몸을 팔아 돈을 버는 계집일 뿐이었다. 예기가 되어 번 돈으로 부모님을 잘 봉양하고 자신을 잘 가꾸어 나가는 수정 언니처럼 되지는 못했다. 나는 늘 당당하지 못하고 과거를 숨기려고만 하고 있었다.

그러나 지금 상황에서는 다른 방도가 없었다. 일본에서 후원금이 끊긴 3개월 동안에 수중에 남아 있던 돈을 쪼개고 쪼개어 한 달에 25원이나 하는 하숙비며 생활비를 써오던 터였다. 그렇지만 그마저도 이내 바닥이 나서 일본에서 홍원까지 오는 차비만 달랑 들고 온 터였다.

사법고시를 준비 중인 오빠에게는 손을 벌릴 형편이 못 되었다. 게다가 오빠는 부양해야 할 어린 자식이 있고 또 올케가 둘째를 임신 중이었다. 일본으로 다시 돌아가 학업을 계속할 수 없었다. 수정 언니가 후원자가 되어주겠다고 했지만 마냥 신세를 질 수는 없는 일이다. 그보다도 우선은 선생님을 만나 뵙는 것이 가장 시급한 일이 아닌가!

신탁(神託)

긴 담장을 끼고 동쪽을 향해 나 있는 솟을대문을 열고 들어 갔다. 문간 목에는 키가 작달막한 노송 두 그루가 서 있었다. 작지만 그 품새가 용트림하듯 위풍당당하여 권번을 호위하고 있는 것 같았다. 넓은 앞마당에는 단풍나무 두어 그루가 붉게 물들어 온 마당을 환하게 밝혀주고 있었다. 마당 오른쪽 연못 에는 아담한 정자와 능수버들이 물 밑에 하늘거리고 있어 운치 를 더해주었다. 잘 정돈되고 가꿔진 정원이라 생각하며 안으로 걸어 들어갔다. 홍옥이 나를 기다리고 있었는지 반기며 종종걸 음으로 달려 나왔다.

"어서 와. 행수어르신이 기다리고 계신다."

홍옥은 앞서 걸으면서 행수어른이 기다리고 있는 방으로 나 를 안내했다.

"행수어르신, 진향이 왔습니다."

"들여라."

행수어른의 목소리는 단호하고 격이 있어 보였다.

너른 대청마루는 미끄러질 듯 반짝거렸다. 방에 들어서자 물푸레나무 문양의 나뭇결을 잘 살린 벙어리 문갑이 눈에 띄었다. 문갑 옆 벽면에는 사군자 6폭 병풍이 있었다. 매란국죽의 문인화와 서체가 예사롭지 않아 보였다. 어느 곳 먼지 하나 없이 깨끗하게 정돈되어 있는 것으로 보아 행수어른의 성격을 알 수 있었다.

그녀는 대략 30 중반은 되어 보였다. 콧대가 오똑하니 반듯하였고 광대뼈가 약간 튀어나와 아주 위엄 있게 보였다. 그녀는 나를 천천히 훑어보면서 물었다.

"그래 여기서 일을 하고 싶단 말이지? 교방교육은 받아본 적이 있느냐?"

"예, 경성 다동조합에서 금하 하규일 선생님께 궁정아악과 가무를 전수받았습니다."

"오! 그래? 금하 선생께?"

"그럼 조선권번 소속이었단 말이더냐?"

"네."

"네가 그 선생의 사사를 받은 것이 사실이라면, 교방교육 없이 너를 바로 채용할 수 있다. 하지만 간단한 시험은 거쳐야

131

할 것이다. 지금 당장 가야금 산조 한 장단을 연주해볼 수 있겠느냐?"

행수어른은 옆에 앉아 있는 홍옥에게 가야금을 가져오라고 시켰다. 나는 갑자기 가야금을 연주해보라는 말에 얼떨떨해졌다. 단지 면접을 보러 온 것이지 시험을 보러 온 것은 아니었다. 게다가 가야금을 손 놓은 지가 2년이 넘었다.

"왜 자신이 없느냐?"

나는 이판사판 심정이었다.

"아닙니다. 해보겠습니다."

"자진모리 한 가락을 켜보거라."

나는 떨리는 마음을 심호흡 몇 번으로 가다듬고 가야금 현에 손을 얹었다. 간단하게 줄을 튕겨 음이 맞는지 확인한 후 자진모리 한 가락을 탔다.

행수어른의 눈빛이 반짝 빛났다. 악기나 가무를 행할 수 있는 예기가 굴러들어 왔으니 이게 웬 횡재냐는 듯 내심 입 가장자리가 올라가는 것이 보였다. 그것도 금하 선생께 사사를 받았다니 그 실력이나 자질이 흠잡을 데 없으리라는 것을 짐작하고 있었다.

"음, 좋구나. 그래 언제부터 일을 할 수 있느냐?"

"오늘부터라도 당장 할 수 있습니다."

나는 한시가 급하기에 그렇게 말했다. 행수어른은 홍옥에게 내가 쓸 방을 안내해주라고 일렀다.

"행수어른, 저는 하숙집을 이미 정해두었습니다. 어머니같이 저의 건강도 챙겨주시고 돌봐주시는 분입니다. 그래서 기숙을 하지는 않겠습니다. 허락해주세요."

행수어른은 이맛살을 약간 찡그리더니 권번의 규칙상 새끼 기생이 그럴 수는 없다고 말했다. 그러나 나는 오전에는 가끔 씩 홍원을 가봐야 하므로 어쩔 수 없다고 단호하게 말했다. 행수어른은 잠시 생각하더니 말했다.

"일단 며칠 네가 일하는 것을 지켜보겠다. 만약 미흡한 부분이 있으면 그때는 바로 들어와야 하느니라."

"네, 감사합니다. 행수어르신!"

나는 해관 선생님을 면회할 때까지만 기생 노릇을 할 작정이었으므로 권번에 입주하는 기생은 되고 싶지 않았다.

홍옥은 나를 데리고 행수어른의 방을 나와 백향방 별채로 데려갔다. 백향방 대청마루에는 대여섯 명의 앳된 문하생들이 악기를 연습하고 있었다. 또 다른 방에서는 가무를 연습하는 모습도 보였다.

곧이어 연녹색 저고리에 남색 치마를 입은 기생 한 명이 방으로 들어왔다. 그녀는 결코 미인이라고 할 수 없는 가무잡잡하고 각이 진 얼굴이었다. 보아하니 예기생들을 단속하고 처벌을 내리기도 하는 노기(老妓)였다. 이름이 매향이라고 하는 그녀는 나를 아래위로 훑어보더니 교방 규칙을 줄줄이 나열했다.
나는 그것을 조용히 들었다. 일본 유학을 가기 전까지 조선권
번에서 예기생들을 가르친 적이 있었기 때문에 교방 규칙은 이
미 알고 있었다.

4장

만남, 운명처럼

첫 출근. 저녁이 되니 옷깃을 꼭꼭 여며야 할 정도로 세찬 바람이 불어왔다. 이제 가을이 막바지에 접어들었다. 낙엽이라도 밟으며 늦은 가을을 느껴보고 싶어 홍옥에게 걸어서 함흥관으로 가자고 한 터였다. 홍옥이 거처하는 집은 내 하숙집과 그리 멀지 않은 곳에 있었다.

플라타너스 잎들이 거리에 어지럽게 흩어져 있었다. 한 걸음 한 걸음 걸을 때마다 낙엽 바스러지는 소리가 났다. 행인들은 옷깃을 여미며 종종걸음으로 오가고 있었다. 마침 영생고보 앞을 지나가고 있을 때였다. 몇 명의 남자들이 왁자지껄한 대화를 나누며 교문을 나오고 있었다. 홍옥은 그 남자들을 알고 있는 듯 반가운 표정으로 그들에게 다가갔다.

"어머! 류 선생님 오래간만이에요. 퇴근하시나 봐요?"

"어이, 이게 누구신가? 홍옥 아닌가. 안 그래도 우리가 지금 어디로 가려고 나서는 길인 줄 아는가? 아리따운 자네가 보고 싶어 함흥관으로 출동 중이라네."

"어머! 그러셔요. 잘됐어요. 제가 모실게요."

홍옥은 눈웃음을 치며 문 선생과 다른 남자들에게도 인사를 건넸다.

"오늘 무슨 날이세요?"

"오늘은 아주 특별한 날이지. 우리 문 선생이 다른 학교로 발령이 났거든. 우리가 문 선생을 그냥 보낼 수는 없지 않겠나. 그래서 송별회를 해주려고 지금 함흥관으로 가는 중이야."

풍류객 류 선생이 호탕하게 말했다. 나도 그들에게 가볍게 고개를 숙여 인사를 했다. 선생들의 눈길이 일제히 내게 쏠렸다.

"아니, 이 아가씨는 누구신가?"

"함흥관에 가보시면 알게 됩니다."

류 선생과 홍옥이 말을 주고받는 사이 백석과 눈이 마주쳤다. 내가 살짝 인사를 하니 그도 고개를 숙여 답례를 했다. 그를 보자 국숫집에서처럼 내 가슴은 다시 콩콩 뛰었다. 그의 눈길이 내게 머물자 내 세포들이 다시 긴장을 하는 기분이었다. 나는 경직되어 눈을 어디다 둬야 할지, 손은 어떻게 해야 할지 머뭇거렸고 걸음걸이도 이상하게 자꾸만 뒤처졌다. 나를 바라보는 그의 눈매가 뒤처져 걷고 있는데도 신경 쓰였다.

그는 키가 컸다. 외투 주머니에 손을 집어넣은 채 가볍게 걷고 있는 그에게 고풍스런 분위기가 풍겨져 나왔다. 그의 길쭉한 등에 안기고 싶었던 그날이 꿈속처럼 아른거렸다.

"그나저나 오늘 경성 출신인 아리따운 아가씨가 함흥관에 든다는 첩보를 입수했지. 맞는 말인가?"

류 선생은 따끈따끈한 정보를 혼자 알고 있는 것이 자랑스러운 듯 뽐내며 말했다. 다른 선생들도 싫지는 않은 표정이었다. 갑자기 현실로 돌아오자 나는 기생의 입장으로, 그는 손님의 입장으로 한곳을 가고 있다는 것이 부끄러워졌다. 홍옥은 나를 슬쩍 한번 보곤 다시 류 선생의 팔에 매달리며 말했다.

"맞아요. 오늘 끝내주는 기생이 온다네요."

류 선생은 큰 소리로 택시를 불렀다.

"어이, 택시! 함흥관!"

그러자 택시보다 먼저 인력거꾼들이 달려왔다.

"손님, 함흥관으로 속히 모시겠습니다."

"우리는 오늘 택시를 탈 거야. 극진히 모셔야 할 사람이 있거든."

류 선생은 다시 택시를 불렀다.

"택시!"

"헤헤, 오늘 같은 날은 인력거 타기 딱 좋은 날입니다. 마지막 가을바람을 만끽하시려면 택시보다 인력거가 더 낫지 않겠습니까?"

인력거꾼은 호통치는 류 선생 앞에서 물러서지 않고 허리를 조아리며 류 선생에게 바투 다가서서 살짝 이야기를 건넸다.

"에이, 선생님. 저희 인력거 좀 이용해주십시오. 저희도 좀 벌어먹고 살아야 하지 않겠습니까? 헤헤."

다른 인력거꾼들은 언제든 출발 대기 상태라는 듯 손잡이를 잡고 류 선생과 흥정하는 동료를 지켜보고 있었다.

류 선생은 뱃심 좋은 인력거꾼이 마음에 들었는지, 헛기침을 몇 번 하더니 인력거에 올라타면서 말했다.

"하하하, 좋소. 사내라면 그런 똥배짱이라도 있어야 처자식을 먹여 살리지."

류 선생이 인력거에 타자 쳐다보고만 있던 다른 인력거꾼들도 서둘러 일행들을 한 사람씩 태웠다.

"자, 함흥관으로 가세. 그곳에 빼어난 경성 출신 아가씨가 왔다는구먼. 하하하!"

류 선생을 따라 모두들 너털웃음을 지었다.

이윽고 인력거 여섯 대가 나란히 함흥관에 도착했다. 류 선생이 값을 모두 지불했다. 주홍 전등 빛이 은은하게 함흥관 대문을 비추고 있었다. 대문에서는 이미 연락을 받은 어린 보이 한 명이 손님들을 마중 나와 있었다.

마당으로 들어서니 머리가 조금 벗겨진 늙은 보이가 술 취한 두 명의 손님을 달래고 있었다. 술을 마시기에는 이른 시간인데도 벌써 술에 잔뜩 취한 두 남자가 서로 횡설수설하고 있었다. 그 옆에는 기생 두 명이 기가 막힌 듯 팔짱을 끼고 술 취한 두 사람을 바라보고 있었다. 술값을 두고 시비를 하고 있는 것 같았다.

"어머, 류 선생님, 문 선생님, 최 선생님! 어서 오세요."

함흥관 여주인이 활짝 웃으며 버선발로 쫓아 나오다시피 하며 류 선생의 팔짱을 끼었다. 아마도 류 선생은 이곳의 단골손님인 것 같았다.

"얘들아, 귀하신 손님들이시다. 매화방으로 뫼셔라."

주인이 서 있던 두 명의 기생들에게 말하자, 옆에 나이가 좀 더 들어 보이는 기생이 류 선생의 팔짱을 끼고 이끌었다. 그러자 또 다른 기생도 문 선생의 팔짱을 끼고 농염한 웃음을 지어 보였다. 문 선생은 좀 뻘쭘하게 허허 웃으며 기생이 이끄는 대로 따라갔다. 그 뒤를 최 선생과 백석이 따랐다.

여주인은 나와 홍옥에게 어서 준비를 하라고 이르고는 예약 시간보다 한 시간이나 일찍 온 손님들을 챙겼다.

"어머, 그런데 이리 잘생긴 선생님은 누구세요? 우리 집이 처음이시죠?"

함흥관 여주인이 백석을 보며 애교 섞인 목소리로 물었다.

"우리 학교 최고의 미남 선생이야. 백 선생이라고 부르시오."

류 선생이 신발을 벗다 말고 뒤돌아서며 말했다.

나는 함흥관 첫날이라 모든 것이 어리둥절했다. 분장실에서 옷을 차려 입고 거울을 보았다. 거울 속 여자가 낯설었다. 다시는 입지 않을 거라고 다짐했던 기생 복색을 하고 손님 맞을 준비를 하고 있는 거울 속 여자가 진정 나, 진향이란 말인가. 그리고 자작나무 숲에서 온 남자와 그 일행들을 첫 손님으로 맞게 된 그 기묘한 인연을 새김질해볼 시간도 없이 곧 보이가 부르러 왔다. 감상에 젖어 있을 때가 아니었다.

복도 벽 곳곳에는 그림과 글씨들이 걸려 있었다. 소피가 급한지 앞섶을 잡고 비틀거리며 급히 나오는 손님도 보였다. 기생 두 명이 총총걸음으로 지나가다 나를 힐끗 쳐다보았다. 방방마다 주홍 전등 빛이 기생들의 간드러진 웃음소리와 술 취한 사내들의 농지거리로 흔들리는 것 같았다. 가야금 소리가 나는 방도 있고 장구 소리가 흘러나오는 방도 있었다. 또 어떤 방에서는 흥에 겨워 젓가락 두드리는 소리도 들려왔다. 또 다른 방에서는 싸우는 소리도 들리는데 아마 술 취한 사내들의 괜한 호기인 듯하였다. 아직 초저녁인데 방방마다 손님들이 있었다.

손님 일행이 있는 매화방은 복도를 돌아 구석진 곳에 있는 조용한 방이었다. 류 선생이 오늘처럼 일부러 술을 마시기 위해 오는 날도 있지만, 중요한 일을 논의할 때도 매화방을 이용한다고 홍옥이 알려주었다.

방 안에 들어서니 훈훈했다. 방은 100촉짜리 전등이 비추고 있었다. 아랫목에는 여섯 폭짜리 안주수 병풍이, 윗목에는 12폭짜리 화병풍이 둘러쳐져 있었다. 장침 안석 사방침에는 고급스런 자주색 모본단 보료가 깔려 있었다. 그리고 방 한가운데 장방형의 교자상에는 어느새 푸짐한 요리가 차려져 있었다. 손님들은 보이가 가져온 차에 대해서 불만을 토로하고 있었다. 차 맛이 너무 진해서 엽차를 가져오라고 호통을 친 모양이었다.

"이 집구석 여주인은 아직도 내 차 입맛을 모르고 있단 말이야."

류 선생뿐 아니라 다른 선생들도 한 상 차려진 요리상을 앞에 두고도 차 맛으로 모두 기분이 상한 것 같아 보였다.

"우리 차가 아니라 중국에서 싼값에 들여온 차를 고급 손님인 우리에게 먹이는 거야."

문 선생이 미간을 찌푸린 채 기분 나쁜 투로 말했다.

진한 차향이 내게도 전해져왔다.

"천년이 넘도록 맥을 이어오고 있는 우리나라 다도를 무시하다니……."

"내가 다시 주인장에게 각별히 신경 쓰라고 하겠소."

류 선생이 주인장을 부르려고 하는 것을 최 선생이 말렸다.

"우리 글쟁이들의 핏속에 흐르고 있는 다도를 돈 맛에 취해 있는 주인이 알 리가 있겠습니까?"

나는 정악견습생 때 다도를 배운 적이 있었다. 천년이 넘게 다도의 맥을 이어온 문인들이 차 맛에 예민한 것은 당연한 일이었다. 중국차인지 일본차인지 조선차인지를 향으로 알아차리는 것도 시인묵객의 풍류가 핏속에 흐르고 있기 때문이라고 했다.

"이슬 한 방울에 온 우주의 모든 법칙이 품겨 있다는 말이 있지 않습니까. 그처럼 우리네 다도에도 온 조선의 넋이 품겨 있을진대. 쯧쯧쯧!"

최 선생이 불만스런 말투로 한 수 거들었다. 그러면서 벽에 걸려 있는 그림을 가리키며 또 한마디 했다.

"복도에 걸려 있는 그림들 봤습니까? 저기 저 그림도 마찬가지고. 우리 조선의 미를 훼손하는 저 값싼 그림들을 보니 참 부끄럽습니다."

화가인 최 선생은 함흥관에 걸려 있는 그림들이 그 조잡함으로 우리 조선의 이미지를 격하시킨다고 했다.

"선배님들, 우리네 마루청 한쪽에 조선 문화 전체가 품겨 있다고 하지 않습니까. 여기 함흥관 대청마루는 아주 훌륭하니 이제 기분들 푸십시오."

그중에 가장 젊은 백석이 그들에게 조용히 한마디 하자 그제야 차에서 그림으로 이어진 이야기는 멈추었다. 벽에는 값싼 그림들을 걸 수 있지만 우리 조선의 마루청은 어떤 것으로 모방할 수 있는 것이 아니었다.

"마루에 묻은 때를 분석하면 조선의 미술이나 공업의 정도뿐 아니라 우리 조선의 얼을 알 수 있다는 것은 큰 위안이 됩니다."

백석의 말에 모두들 고개를 끄덕였다. 잠시 조용해지자 다른 방에서 일본 노래 소리가 들려왔다. 조선 요릿집에서 일본 노래가 흘러나오는 것을 들으니 최 선생이 또 울화가 치민 모양이었다.

"하지만 일본은 우리 조선의 사사로운 생활 속까지 침투해 있지 않은가. 놈들이 새로운 건물들을 짓기 위해 우리네 마룻장을 마구 뜯고 헐고 하는 짓을 두 눈 빤히 뜨고 바라만 보고 있어야 하니, 나 원 참."

최 선생이 조선의 앞날이 한탄스러운 듯 말했다. 그렇다. 일본인들이 경성에 짓는 건물들이 제아무리 웅장하고 화려하다 해도 그것은 우리 조선을 짓누르는 만행일 뿐이다.

"그러나 밟힐수록 빛이 나는 것이 우리네 마루청입니다. 우리의 핏속에 흐르는 얼은 절대 무너지지 않습니다."

백석이 입술을 단단히 깨물었다.

"그래, 우리는 절대 무너지지 않는다."

나는 함흥관에서 처음 맞이하는 술자리 시중이 품격 있는 대화로 시작하여서 기분이 좋았다. 홍옥, 매향, 청월과 내가 나란히 서서 손님들에게 인사를 했다. 그런데 갑자기 백석이 대뜸 내게 자기 옆에 앉으라고 말했다. 다른 동료들에게 나를 양보할 수 없다고 미리 작정하고 있었던 것 같았다.

"이름이 무엇이오?"

"진향이라 합니다."

"진향이라……."

그의 옆에 앉았다. 싱그러운 푸른 바람이 훅 하니 코끝을 스쳤다. 그의 손을 보았다. 남자 손 같지 않게 가늘고 긴 손가락이었다. 펜대를 잡아야만 하는 손이라고 생각했다.

홍옥과 매향과 청월도 각각 손님들 옆에 앉았다.

"문 선생, 아무튼 무척이나 아쉽소. 모쪼록 경성으로 가더라도 가끔씩 연락하고 삽시다."

류 선생은 문 선생에게 먼저 건배 제의를 했다. 다른 선생들도 덩달아 잔을 들고 단번에 들이켰다. 술잔에 다시 술을 부었다. 류 선생은 두 번째 잔을 들고 최 선생과 백 선생을 바라보며 말했다.

"자, 최 선생, 백 선생! 우리는 영생고보를 굳건히 지켜 나갑시다. 문 선생이 가더라도 남은 우리가 이 학교를 명문으로 만들어봅시다."

네 명의 선생들은 술잔을 부딪친 후 다시 술잔을 비웠다. 백석이 비운 술잔을 내게 권했다. 나는 예를 갖추어 술잔을 받았다. 그가 따른 술잔을 비우고 내가 그에게 술을 따르면 그도 즉시 잔을 비우고 또 내게 술을 따랐다. 술이 몇 순배 돌아가자 그는 일행들이 하는 말은 들리지 않는 듯 오로지 나에게만 신경을 썼다.

술기운이 오르는지 말이 별로 없던 문 선생도 허허 웃으며 옆에 앉은 청월에게 농을 하며 어깨를 감싸 안기도 했다. 최 선생은 옆에 앉은 매향이 맘에 들지 않는지 혼자서 술을 따라 마셨다. 류 선생은 취기가 오르자 더욱 호기스러워졌다.

"얘들아, 너희들 저 젊은 선생이 누군지 아니?"

류 선생은 백 선생을 가리키며 기생들에게 물었다.

"우리가 어떻게 알겠어요."

매향과 청월이 몰라보는 것이 당연한 듯 백석을 바라보았다. 나도 옆에 앉은 그의 얼굴을 슬쩍 한번 훔쳐보았다. 그는 깔끔한 외모와 잘 다려진 옷차림을 하고 있었다. 이마가 훤하고 이목구미는 뚜렷했다. 이마를 드러낸 검은 머리카락은 풍부했다. 짙은 눈썹 아래 우수로 가득 찬 눈과 유난히 목이 길어 슬픈 사슴을 연상케 했다. 내 눈은 잠깐 그의 입술에 멎었다. 약간 도톰한 입술에는 진자줏빛 주름이 가지런히 잡혀 있었다. 또한 사물을 꿰뚫어보는 듯한 그의 눈빛은 나를 더욱 매료시켰다.

손님들 중에서 그가 제일 어린 나이임에도 불구하고 그는 세상을 통달한 듯한, 세상의 일에 시달린 듯한, 오래된 고대의 삶이 묻어나는 듯한, 무어라고 말로 표현할 수 없거니와 언어로 풀어낼 수도 없는 그 무엇인가가 있었다. 그는 이 세상을 살기에는 너무 아까운 사람이라는 생각이 들었다.

"이런, 저 모던보이를 몰라? 시인 백석이 함흥 땅에 나타나니 함흥이 훤해졌는데 아직도 그를 모르고 있었단 말이냐?"

"여기는 처음이신 것 같은데요?"

매향이 말했다.

"홍옥이 네가 말해보거라."

류 선생은 아무 말 없이 앉아 있는 홍옥에게 말했다.

"영생고보 영어 선생님이시죠? 시인이기도 하구요."

홍옥이 아는 체를 했다. 방 안에 있는 모든 사람들의 눈길이 홍옥에게 향했다. 백석도 홍옥을 슬쩍 쳐다보았다.

"어느 잡지에 백 선생님 사진이랑 글이 실린 것을 봤어요. 올 1월에《사슴》이란 시집도 발간했지요?"

홍옥은 그에 대한 것은 더 많이 알고 있지만 그 정도로 해둔다고 뽐내듯 말했다.

"역시 모던보이다워. 기생들 세계에서도 소문이 자자한가보네그려. 하하하."

문 선생이 거들었다.

"그래, 맞다. 경성에서 이 바람 센 함흥 땅으로 부임해온 멋쟁이 총각 시인이시다. 우리 영생고보의 샛별이니라. 자, 진향은 백석에게 술을 한잔 따르라."

류 선생이 큰 소리로 말했다. 내가 술을 따르려 주전자를 들자 백석이 잔을 받았다.

"여기로 오기 전에는 경성에서 모 신문사 기자로 있었죠?"

홍옥이 물었다.

"허허 고년, 네년이 어찌 백 선생을 꼬치꼬치 다 알고 있는 것이냐?"

류 선생의 물음에 홍옥은 뭐 그런 것쯤이야 하는 표정이었다.

"그나저나 자네 시집《사슴》은 우리 한국 문학사에 큰 획을 그은 것이나 다름없네."

그동안 값싼 그림 때문에 기분이 상해 있던 최 선생이 한마디 했다.

"큰 획이 아니라 조선 시단에 폭탄을 던진 것이지. 김기림 선생이 자네 시집의 평가를 모더니즘 입장에서 아주 적절하게 잘 표현해주었더군. 자네 시가 기억 속의 동화와 전설에 나오는 소재와 향토적인 분위기를 취하고 있지만 거기에 따른 감상주의와 복고주의를 일체 배격하고 있다는 것과, 시에 내재된 모더니티가 치열하고 철저한 비타협의 소산이라는 사실을 정확하게 집어내었더군."

언제나 분위기를 제압하는 류 선생은 문학 이야기에서만큼은 진지했다.

"뿐만 아니라, 순수 시론을 주장하는 용아 박용철 선생은 자네 시의 방언(方言)에 뻑 갔더군. 일제가 조선어 말살정책으로 목을 졸라오고 있는 이 시점에 자네 시에서 모국어의 위대한 힘을 깨닫게 된다고 찬사를 아끼지 않았지."

"감사합니다. 저는 다만 아일랜드 시인 예이츠를 좋아했습니다. 영국의 식민 지배를 받고 있던 아일랜드에서 태어나고 자란 그는 영국인의 진화론적 과학사상과 물질주의를 증오하면서 활력을 상실한 영국 문단에 더 이상 기대할 것이 없다고 생각했어요. 그래서 고대 켈트족의 신화와 전설, 민담 등 아일랜드적인 소재와 언어의 리듬을 되살려 아일랜드 고유의 민족문학을 건설하고, 문학을 통한 '문화의 통합'을 추진해 나갔습니다.

일본 제국주의 그늘에서 글쟁이로서 내가 할 수 있는 일이라곤 조선 사람으로서 조선의 영적 부분인 우리 고유의 민족혼을 고취하는 시를 조선어로 쓰는 일입니다. 나는 식민지로 오염되고 왜곡되기 이전의 내 고향이 그립습니다. 고향의 말이야말로 몰락의 길로 치닫고 있는 조선의 현실을 지켜낼 수 있는 하나의 시적인 역설로 작용할 수 있으리라고 판단했습니다."

백석은 문학에 대한 자신의 소신을 분명하고도 정확하게 말했다. 그는 정치적인 목적을 두고 시를 쓰는 것에 깊은 환멸을 느끼고 있는 것 같았다.

"그래, 나도 자네 말에 동의하네. 지금 우리 지식인이 할 수 있는 일은 내가 가장 잘 알고 있는 것, 나와 가장 가까운 곳에 있는 것이 가장 새로운 것이라 생각하고 그것을 찾아내어 자라나는 학생들에게 잘 전달하는 일이네."

"자네 시가 요즘 일반적인 모더니즘의 언어와 확연하게 구별되는 것이 바로 그 점이네. 요즘 모더니즘 시들을 보면 몸체는 없고 관념만 앙상한 시를 생산해내고 있지 않은가."

문 선생도 한마디 거들었다.

"그러나 반대파들도 있지 않은가. 카프 열성 멤버인 임화 선생이 자네 시집을 두고 나약한 문학주의자니 시골뜨기 문학이니 하면서 날카롭게 비판한 것은 이해하게나. 철저하게 진보와 실천주의자의 입장에서 보면 그럴 수도 있다고 생각하네. 자네와 정 반대의 사상과 성향을 가진 사람이 아닌가?"

"예, 하지만 나는 내 시에 이념이나 부르주아와 같은 사상이 왜 필요한지 분통이 터집니다. 어떤 규정된 사상으로 시를 짓는 것은 이미 진정한 시인이 아닙니다. 나는 시인일 뿐입니다. 그럼에도 불구하고 굳이 내게 어떤 정치적 사상을 밝히라고 한다면 나는 온건파이며 이미지스트라고 말하겠습니다. 여하간 나는 50년 전에 예이츠가 느낀 환멸을 나도 지금 똑같이 느끼고 있습니다. 꺼억! 시에 정치적 사상을 덧씌워서 잘잘못을 가리는 것에 나는 환멸을 느낍니다. 꺼억!"

백석은 술기운에 그동안 하지 못했던 가슴앓이를 속 시원히 내뱉는 것 같았다. 겉으로는 태연한 척하지만 속으로는 그러한 비판을 감당해내느라 마음고생을 하고 있는 것 같았다.

백석의 시집 이야기로 사뭇 분위기가 가라앉자 류 선생이 다시 분위기를 바꾸려고 소리쳤다.

"그런데 이거 도무지 오그라들어서 원. 성천강 영웅에게 요런 쪼그만 술잔이 뭐냐? 우리네 술은 사발로 마셔야 성에 차는 법."

류 선생은 일본식 작은 잔을 밀쳐버렸다.

"사발을 가져오너라."

류 선생의 호통에 최 선생 옆자리에 앉은 매향이 큰 소리로 밖에 있는 보이에게 사발을 가져오라고 소리쳤다.

"그래, 사발하고 비싼 요릿집에서 막걸리는 안 팔 것이니 대신 소주 가져오라고 해. 사내답게 거나하게 마시고 세상사 잊어보세. 안 그런가? 나라꼴은 갈수록 험악해지고 우리들이 설 자리는 점점 없어지니 우리는 술에 취해 살든지, 아니면 요 앙큼한 년한테 빠져 살든지, 그것도 아니면 자결을 하든지 할 수밖에. 하하하."

문 선생은 취기가 오르자 말수가 점점 많아졌다. 보이가 소주와 소주잔을 가져왔다. 매향이 소주를 한 잔씩 따랐다.

"자, 우리 조국의 해방을 위하여, 건배."

연거푸 소주 몇 잔씩 들어가자 모두들 불콰하게 취했다. 백석은 얼굴과 목 주위가 벌겋게 달아올랐다. 그는 더 마셔도 되는지 내심 걱정을 하는 듯 술잔을 잡고 머뭇거리더니 이왕 마신 술, 갈 때까지 가보자고 생각했는지 단번에 잔을 비웠다.

"술이 목구멍으로 넘어가 요술을 부리나 봅니다. 기분이 아주 좋습니다."

"그런가? 나랏일도, 문학판도, 학교도, 사랑도 모두 다 잊고 취하고 보세."

류 선생이 계속 술을 권하였다.

백석이 내게 지나친 관심을 보이자 술에 취한 홍옥이 노골적으로 나를 노려보았다. 그리고 홍옥이 백석에게 눈길을 자주 주자 류 선생은 기분 나쁜 투로 말했다.

"이년아, 눈 빠지겠다. 네년은 어찌 날 무시하고 저 백 선생만 요사스런 눈빛으로 쳐다보더냐?"

그러자 홍옥이 눈치 빠르게 류 선생 옆에 더 바짝 다가앉으며 말했다.

"어머나, 무슨 그리 섭섭한 말씀을요. 오늘은 류 선생님을 제가 끝까지 모시겠습니다."

류 선생은 그래도 기분이 나쁜지 홍옥의 술잔을 뿌리치려 하자 홍옥이 류 선생의 팔에 매달리며 눈웃음을 쳤다.

그때 백석이 갑자기 내 손을 덥석 잡았다. 나는 얼굴을 붉히면서 손을 빼지도 못하고 눈치만 보고 있었다. 그가 내 귀에 대고 낮은 목소리로 말했다. 그의 목소리는 약간 떨리고 있었다.

"여기저기 방랑하는 시간이 오늘로서 끝이오. 우리는 서로 사랑하게 될 거요."

술 취한 사내의 주정으로 치부하기에는 너무 진지했다. 그의 눈빛에는 외로움과 간절함이 스며 있었다. 내가 손을 살짝 빼려 하자 그가 다시 내 손을 꼭 쥐었다. 그의 천진난만한 목소리며 얼굴 표정, 손동작 같은 것이 낯설지 않았다.

끌림! 그에게는 어릴 적 밤하늘을 올려다봤을 때 느낀 그런 힘이 느껴졌다. 아버지가 말한 우주라는 먼 곳에서 나를 끌어당기는 힘, 무한하고도 아름다운 힘의 작용으로 나도 모르게 그에게 빠져들었다. 그 끌림은 마치 그가 내게 마법을 부리는 것은 아닐까 생각될 정도였다.

"당신은 오늘부터 내 여자요."

이번에는 무슨 중대 선언이라도 하듯 그는 대놓고 큰 소리로 말했다. 바로 그 순간, 나도 그에게 '그럴게요. 오늘부터 당신의 여자가 될게요.'라고 말하고 싶었다.

앞자리에 있는 홍옥의 차가운 눈초리가 자꾸만 건너왔다.

"자, 이제 풍악을 울려보거라. 오늘은 누가 가락을 탈 것이냐?"

류 선생이 술이 취해 큰 소리로 말했다. 먼저 홍옥이 일어나 대중가요를 한 곡 구성지게 부르자 분위기가 한층 더 흥겨워졌다. 홍옥의 노래가 끝나자 매향이 나의 가야금 연주를 소개했다.

나는 조용히 일어나서 살짝 고개를 숙여 예를 취한 후, 화문석이 깔려 있는 방의 낮은 문지방을 넘었다. 한복 치마를 넓게 펼쳐 앉아 저고리 고름을 고치고 가야금 현을 맞추었다. 백석은 나의 몸짓 손짓 하나하나에 눈을 떼지 않았다.

"저 아가씨가 경성에서 왔다는 얘기인가?"

류 선생은 나를 보면서 매향에게 물었다.

"네. 경성 조선권번에서 교육받았다고 합니다. 궁중무며 가야금 연주에 창까지 두루 섭렵한 실력파입니다. 함흥의 꽃이 될 싹수가 보이는 예기지요."

나는 장구 고수의 장단에 맞춰 판소리 풍의 가락을 처음에는 아주 느리게 천천히 흘러가는 진양조로 연주하기 시작하여, 중모리 중중모리에 이어 아주 빠르게 흘러가는 자진모리로 이어져 휘모리로 끝을 맺는 산조 한 바탕을 연주했다.

류 선생, 문 선생, 최 선생 모두가 큰 박수를 쳤다. 매향과 홍옥과 청월이 휘모리까지 연주하는 나를 넋 놓고 바라보다가 손님들이 치는 박수 소리에 놀라 덩달아 박수를 쳤다. 연주가 끝나자 백석이 자리에서 벌떡 일어나 내 손을 잡고 자기 옆자리에 다시 앉혔다. 그러고는 내게 술을 따른 후 건배 제의를 했다.

밤이 이슥해져갔다. 소주를 몇 주전자 비웠는지도 몰랐다.

"나도 취하고, 너도 취하고, 하, 하, 하!"

"그렇지요. 내가 보기에 일본 놈들은 더 취해 미쳐 날뛰고 있습니다."

류 선생의 말에 백석이 덧붙여 말했다.

"점점 머릿속이 어질어질해옵니다. 오늘은 제가 술이 취한 김에 '술의 노래'를 한 수 읊어보겠습니다."

백석은 나를 바라보며 시를 한 수 읊었다.

술은 허끝을 간질이고

사랑은 눈에다 속삭이지

우리 나이 들어 죽기까지

이것만은 진실로 알게 되리

나 이제 술잔 들어 그대 바라보니

나오는 건 오직

한숨뿐

모두들 박수를 쳤다.

"이것은 누구 시인가?"

"내 시의 정신적 스승, 아일랜드의 위대한 시인, 예이츠입니다."

백석은 혀가 약간 꼬였지만 그 시에 대한 설명을 장황하게 해주었다.

"예이츠가 사랑하는 여인이 있었어요. 이름은 모드곤입니다. 그는 사과꽃 아래 서 있는 모드곤을 보자마자 첫눈에 반해 평생을 사랑했습니다."

백석은 나를 보면서 계속 말을 이어갔다.

"첫눈에 내 운명의 사랑이라고 느끼는 것은 얼마든지 가능한 일입니다. 나는 지금 그것을 소름끼치도록 느끼고 있습니다. 내 옆에 앉아 있는 이 여자가 바로 내 운명의 여인입니다."

나는 백석이 술에 취해 헛소리를 한다고 생각했다. 시인이라 여자를 낚을 때도 시적인 언어로 기교를 부린다고 생각했다.

"제가 중학교 때 경성 관철동 어느 집을 방문한 적이 있었어요. 그때 그 집에서 사과꽃처럼 예쁘게 생긴 여자아이를 본 적이 있습니다. 이름은 하늬라고 했지요."

나는 심장이 멈춰버리는 것 같았다.

"그 아이를 보는 순간 나는 심장이 멎는 것 같았어요. 그때부터 지금까지 내 맘속에 살아 있는 여자아이가 바로 내 옆에 있는 이 여인과 너무나 닮았습니다."

백석은 나를 뚫어져라 쳐다보았다. 나는 심장이 마구 방망이질을 해대는 것을 애써 진정시키려고 술을 한잔 마셨다.

"그런데 모드곤이 급진적 혁명주의자여서 예이츠와 정치적으로 서로 맞지 않았어요. 예이츠는 문화적으로 식민주의 영국에 맞서길 바랐거든요. 시를 쓰는 사람이니까요. 누구나 자기가 가장 잘하는 것으로 싸우면 되는 거 아니겠어요. 모두 다 총칼을 들고 싸움터로 나가면 이 시대를 받아 적을 사람이 누구겠습니까? 휴! 아무튼 나는 오늘 많이 취했고 또 옆에 내가 사랑할 사람이 있어서 기분이 아주 좋습니다. 술은 혀끝을 간질이고 사랑은 눈에다 속삭이지……. 저는 지금 기분이 아주 좋습니다."

모두들 취해서 세상만사 얘기들을 했다. 그들에게 가장 울화가 치미는 일은 나라 잃은 설움이었다. 백석은 내 손을 꼭 잡고는 말했다.

"내가 술을 마시고 이리도 취했으니 내가 아주 뻔뻔해졌소. 그러니 오늘 진향 당신에게 나를 책임져달라고 다시 부탁하겠소."

나는 도무지 진정이 되지 않았다. 나 역시도 《테스》 책을 놓고 간 그 소년을 잊지 않고 살았다. 하지만 나는 끝내 내가 그 사과꽃 아이라고 말하지 못했다. 예이츠의 여자처럼 어엿하게 나랏일을 하는 것도 아니고 미천한 기생이 되어 있으니 실망스런 일이 아닐 수 없었다.

"좀처럼 취하는 법이 없는 자네가 오늘따라 웬일인가?"

"울화가 치밀어서요. 내 나라를 잃고 이제는 우리 조선 글도 맘대로 쓰지 못하고, 행동도 자유도 억압받아야 하는 이 현실에 분통이 터집니다."

그동안 듣고만 있던 최 선생도 분통을 터뜨렸다.

백석은 최 선생의 말에 고개를 끄덕거리더니 몸의 중심을 잡지 못하는지 오른쪽 팔을 사방침에 기대다가 다리도 뻗어보다가 고개를 푹 숙이고 한숨을 내쉬기도 했다. 그러다가 다시 나를 보더니 말했다.

"난 당신을 절대로 놓치지 않을 거야."

백석은 내 손을 잡은 손에 힘을 더 주었다.

"오늘부터 진향 당신이 내 몸을 맡아주오."

어린애가 어머니에게 장난감을 사달라고 보채듯이 애원하는 것 같았다. 급기야는 갑자기 슬픔이 몰려오는지 눈에 눈물이 그렁거렸다. 그는 취기에 흐느적거리는 몸을 나에게 기대었다. 나는 그의 등을 토닥토닥 두드려주었다. 그를 내 품에 꼭 안아주고 싶었다. 남자에게 이런 감정을 느끼는 것은 처음이었다.

관철동 집 마루의 홈을 파고 있던 소년, 사과꽃이 어떤 꽃인지 마당을 휘둘러보던 소년, 평상에 조용히 앉아 책을 읽던 소년을 나도 잊은 적이 없었다. 그 소년이 두고 간 책이 내 인생을 지배하고 있다는 생각을 오래도록 했었다. 바로 그 소년이 어른이 되어 지금 내 앞에 있는 것이다. 그에게는 비극적인 아름다움이랄까, 아님 공허함이랄까, 그것도 아님 나와 같은 슬픔이 느껴졌다. 그렇게 우리는 이미 오래전부터 서로에게 끌리고 있었던 것이다.

"겉모습도 모던하지만 육체도 단단해."

"어머머! 그래?"

"어떻게 만났는지 말해봐."

"내가 진주 등아각에 있을 때 그분이 친구랑 함께 왔었어. 우린 서로가 운명이라고 느꼈지."

홍옥은 백석과의 인연이 큰 자랑인 듯 신이 나서 이야기하고 있었다.

"통영에 무슨 시 스케치를 하러 여행을 다녔대.〈남행시초〉
시 수확이 아주 만족스럽다며 즐거워했었어. 그이는 내 노래를
듣고는 아주 수준급이라며 진주 논개의 후예답다며 맘에 쏙 들
어 했지 뭐야."

"그래? 그래서 어떻게 되었어?"

"그가 내게 난데없이 난(蘭)이라고 부르면서 그날 밤 나를 품
는데 난 기절하는 줄 알았어."

"다음 날 자신이 근무하는 신문사 전화번호를 알려주고는 꼭
찾아오라고 신신당부하는 거야. 그래서 한 달 후에 진주의 일
을 모두 정리하고 경성으로 올라갔는데, 그때는 이미 이곳 학
교로 발령이 나서 경성을 떠난 뒤였더라고. 그래서 내가 이곳
으로 온 거야."

"그래? 며칠 전 밤은 어땠니? 그날은 너의 그이가 진향에게
푹 빠져 있던데."

홍옥은 기분이 나쁜지 볼멘소리로 말했다.

"그년이 꼬리 치는 거 안 봤니? 아주 내 남자에게 눈웃음 살
살 치며 꼬리 치는 꼴을 참느라 심사 뒤틀려 죽는 줄 알았지
뭐야."

"진향이 꼬리 친 것이 아니고 백석이 너를 아예 몰라보는 것
같던데 뭘 그래?"

"이년이, 무슨 소리야? 그날 밤 우리는 오래간만에 끝내주는 밤을 보냈는데."

나는 분장실 밖에서 홍옥과 매향과 청월이 나누는 대화를 듣고는 돌아서 나왔다. 홍옥의 얘기가 사실이 아닌 걸 알지만 마음이 불편했다.

그날 새벽에 백석이 내 하숙집 방문을 두드렸다. 문을 열자 그가 아직도 술이 덜 깬 것인지 흐트러진 모습으로 고개를 푹 떨군 채 서 있었다.

"잠깐 얘기 좀 합시다."

나는 너무 이른 새벽이라 남자를 방에 들일 수가 없었다.

"잠깐만 기다리세요. 금방 나갈게요."

나는 옷을 주섬주섬 걸치고 밖으로 나갔다.

"나를 책임져달라고 그렇게 부탁을 했는데 왜 나를 홍옥에게 맡겼소."

"……."

홍옥이 술에 취하자 노골적으로 그에게 애원하며 매달리는 것을 백석이 계속 내쳤다. 홍옥은 그럴수록 빨갛게 충혈된 눈으로 비실비실 웃음을 흘리며 백석의 팔을 잡고 매달렸다. 비틀거리며 계속 내 이름을 부르는 백석을 내가 부축하려 하자 홍옥이 앙칼지게 나를 밀치며 백석의 팔을 낚아챘다.

나는 함흥관 첫날이라 피곤도 하여 그만 먼저 방을 나왔다.

내가 나가는 것을 보자 백석은 한쪽 어깨에 외투를 아무렇게나 걸치고 복도를 비틀거리며 따라 나왔다. 홍옥이 그 뒤를 따랐다. 그는 홍옥이 잡은 손을 뿌리쳤다. 마루의 쌍창을 드르륵 여는 소리가 들렸다. 백석은 신발을 찾는지 '내 신발! 진향!' 하며 소리쳤다. 나는 그 소리를 뒤로 한 채 함흥관을 나섰다. 홍옥이 백석을 달래는 소리가 들려왔다.

매서운 새벽바람이 얼굴을 세차게 때렸다. 밤새 기온이 영하로 떨어진 것 같았다.

"사는 것이 도대체 무엇이란 말인가? 원하는 것은 아니 오고, 원하지 않는 것은 진드기처럼 살을 파고드니……. 나라도, 우리말도, 우리글도, 여인도 뭐 하나 마음대로 할 수 있는 게 없소."

혼잣말처럼 내뱉는 말에 백석의 고단한 삶이 느껴졌다.

아침 해가 떠오르려면 아직은 이른 시간이었다. 새벽 전등이 한 집 두 집 켜지고 있었다. 사랑하는 가족들이 잠들다 깨어나는 곳, 고된 하루를 서로 품어주며 다독여주는 곳, 사랑하는 남편과 해맑은 눈을 가진 아이들이 있는 곳, 지친 자신을 안아줄 사람과 사랑을 속삭이다 잠이 드는 집이라면 어릴 적 관철동 집처럼 큰 집이 아니어도 괜찮으리라.

"나도 저런 집에서 내 아내와 내 아이들과 오순도순 살고 싶단 생각을 많이 합니다."

백석은 내 마음을 읽기라고 한 듯 말했다.

어느 집 처마 끝에 명태가 매달려 있는 것이 보였다. 아직은 겨울 초입인데도 밤에는 기온이 뚝 떨어져 명태는 꽁꽁 얼어 있었다. 기다랗고 파리한 물고기 꼬리에 길게 고드름이 달렸다. 햇볕도 없어 더 서럽게 차가워 보였다. 백석은 처마 끝에 매달린 명태를 바라보며 말했다.

"내 신세도 꽁꽁 얼어붙은 저 명태처럼 한없이 차갑고 서럽고 처량하기만 합니다. 육신도 마음도 이리 꽁꽁 얼어붙었으니 요즘은 시도 오지 않아요."

백석은 시에서 손을 뗀 지 8개월이 넘었다고 했다.

"시 쓰기 게을리하지 마세요. 시 좋던데요."

"내 시를 읽어봤소?"

"네."

"어떻게 내 시집을 구입했소? 일반인에게는 돌아가지 못했을 텐데."

"운 좋게도 제가 가지고 있어요."

"그 참."

"신문에 발표된 선생님 시에 대한 날이 선 비판과 최고의 격찬이 무척 흥미롭던데요. 그리고 다른 시집에 비해 가격이 비싼 것도 눈길을 끌었고요."

"아, 그런가요. 고맙습니다. 나는 좋으니 싫으니 떠들어대는 입심과 맞서고 싶은 마음이 없습니다. 단지 모든 것을 접고 싶고 모든 관계는 나를 지치게 만들 뿐입니다."

백석은 신세타령을 여자에게 하는 자신이 쑥스러운지 말꼬리를 슬쩍 바꾸었다.

"이런 얘기를 하러 온 것이 아닌데 어쩌다가 내 문학 얘기로 가게 되었소. 미안하오. 나는 술이 취해 다른 여자를 안고 당신 이름을 불렀소. 나를 이렇게 비참하게 만들었냐고 당신에게 호소하러 왔소."

홍옥을 안고 내 이름을 불렀다는 그에게 화가 나는 것이 아니라 오히려 가시덤불에 갇힌 한 마리 지친 사슴이 떠올랐다.

"진향, 나는 홍옥이 아니고 또 다른 어떤 여자도 아니라 바로 당신이 필요합니다. 사과꽃 소녀 같은 당신이……."

산숙(山宿)

12월, 한겨울의 맹추위가 기승을 부렸다. 수정 언니를 마중하러 함흥역에 나와 있자니 백석이 역사로 들어섰다. 그는 나를 보더니 반가워하며 활짝 웃었다.

"진향, 여기는 또 어쩐 일이오?"

"누가 오기로 해서 마중을 나왔어요."

"나도 아는 형님이 온다고 해서 마중 나왔습니다."

막 도착한 기차에서 내린 사람들이 역사 안으로 쏟아져 들어왔다. 백석과 나는 기다리는 사람을 찾느라 고개를 쭉 빼고 걸어오는 사람들을 눈여겨보았다.

하늘은 금방이라도 함박눈을 펑펑 쏟아낼 듯 짙은 회색이었다. 백석이 마중 나온 남자는 쌩쌩 불어오는 바람에 코트 자락을 곧추세우고 걸어왔다.

"어이, 동생. 드디어 내가 북관의 겨울을 직접 맞설 기회가 왔구먼."

"안 형, 잘 오셨습니다."

"여전히 멋쟁이 모던보이구먼."

남자는 백석을 보자마자 반은 반가움으로 반은 비꼬는 투로 말했다. 나는 그들과 약간 떨어져 서서 두 사람의 유쾌한 대화를 들으며 눈으로는 계속 수정 언니를 찾고 있었다. 남자는 백석을 아래위로 훑어보더니 말했다.

"자네는 일본 놈들의 근대화 유혹에 아직도 놀아나고 있구먼."

백석은 나를 힐끗 보며 남자와 다시 대화를 나눴다.

"에이, 형. 무슨 말씀을 그렇게 하십니까? 이건 순전히 내 개인적인 패션일 뿐입니다."

백석은 두 줄의 단추가 가지런히 달려 있는 최신 유행의 산뜻한 녹둣빛 더블브레스트를 입고 사선 줄무늬의 넥타이를 매고 있었다. 신발은 코도반 가죽에다가 광택을 칠한 초콜릿색 구두를 신고 있었다. 그 옷을 입고 숱 많고 웨이브 진 검은 머리칼을 휘날리면서 함흥역 광장에 나타난 백석의 풍채는 바로 눈에 띄었다. 서울 광화문 거리에서나, 일본 동경의 긴자에서나, 상해 코즈모폴리스에서나, 파리 몽파르나스에서나 그가 지나가는 거리는 모두 명품 거리가 될 것 같았다. 남자는 특별한 패션을 하고 있는 백석을 보고는 그것이 일본 제국주의의 유행에 물든 것이라고 가벼운 힐난을 하고 있었다.

"자네도 알다시피 경성은 갈수록 불야성이네. 밤낮으로 어디서 그리 많은 인간들이 출렁거리며 돌아다니는지 참으로 신기할 때가 많네. 여전히 거리에는 자칭 모던걸이라고 하는 여자들이 보석을 모가지에 칭칭 감고 팔목에는 황금시계를 차고 손가락에는 금반지를 끼고 뽐내며 다니는데, 내 참 그 꼴을 보고 있자니 꼬인 밸이 더 꼬여 낫지를 않네."

남자가 하는 말을 듣고 있자니 말투와 글투가 똑같은 사람이 있다면 바로 만평가 안석주임에 틀림없다는 생각이 들었다. 안석주라면 만문 만화가이자 연극인으로서 나도 그의 글을 아주

재미있게 읽은 적이 있었다. 그는 일본 제국주의의 이데올로기에 빠져드는 모던걸이나 모던보이들을 신랄하게 비판했다. 그의 그림과 글은 속이 뻥 뚫릴 것같이 거침없고 스릴이 느껴져 단숨에 읽혔다.

안석주의 이야기가 길어지자 백석이 자꾸만 내게 눈길을 주었다. 안석주는 누구냐고 눈짓으로 백석에게 물었다. 백석은 두어 발자국 떨어져 있는 내게 와서는 손을 잡고 안석주에게 소개를 했다.

"형, 제가 사모하고 있는 여인입니다."

안석주는 나와 백석의 얼굴을 번갈아 보면서 약간은 당황스러운 표정을 짓다가 금세 활짝 웃으며 자신을 소개하면서 인사를 했다.

"아, 그런가! 어이쿠, 이거 몰라봐서 죄송합니다. 안석주입니다."

나도 얼떨결에 고개를 약간 숙여 인사를 했다. 그런데 승객들이 거의 모두 빠져나갔는데도 수정 언니는 없었다. 언니에게 뭔 일이 생긴 것은 아닐까 걱정이 되었다. 안석주는 백석에게 여전히 신문물에 대한 비판을 계속 이야기하고 있었다.

"요즘 젊은이들 너무 감각적이고 경박스러워. 퇴폐적이고 허황된 동경에 사로잡혀 있으니 걱정이란 말이지. 자네도 그들 중 한 사람이고."

167

"형, 나는 백화점에서 물건 같은 거 안 삽니다. 쥐꼬리만 한 봉급으로 백화점이 가당키나 하겠습니까? 지금 입고 있는 이 옷도 함흥시장에서 산 겁니다."

"쯧쯧! 내가 자네 옷 입고 다니는 꼬락서니 때문에 한숨이 나오는데, 뭘 아니라고 해."

"형! 이 옷은 메이드인저팬이 아니라 국산이라고요. 자 보세요."

백석은 안감에 붙어 있는 상표를 보여주려고 옷의 단추를 여는 행동을 취하니, 안석주는 그만두게나 하면서 역사 밖으로 향했다. 그러자 백석이 내게 가지 않을 거냐고 물었다.

"이미 승객들이 다 빠져나간 것 같으니 이번 기차를 타지 못했나 봅니다."

나는 실망스러워 어찌할 줄을 몰랐다. 그렇게 보고 싶고 만나면 밤새 할 말도 많았는데.

"이왕 이렇게 되었는데 오늘은 저에게 시간을 내주십시오."

나는 갑작스런 그의 제안에 약간 당황했지만 싫지 않았다. 그를 바라만 보고 있어도 기분이 좋아졌다. 나는 지난번 일도 미안하고 마침 오늘 하루 일을 쉰다고 해둔 터여서 백석 일행과 합류했다.

안석주는 내가 있어서인지 격앙된 말투가 조금 누그러졌다.

"요즘 젊은 것들 대갈통에는 똥만 잔뜩 쌓여 있는데 자네 꼴을 봐서는 한심하지만, 자네 시를 보면 그 머릿속을 좋아하지 않을 수 없으니 나도 참 한심하네."

안석주가 역사 밖으로 걸어 나갔다.

백석은 유리창에 비친 자신의 모습을 슬쩍 곁눈질하면서 내게 살짝 말했다.

"하하, 이 멋진 꼴이면 안 형이 흥분할 만하군요."

나도 그를 보고 웃었다.

"자, 드디어 내가 자네가 있는 곳 함흥에 왔군. 자네가 간간이 보고 싶었다네. 하하하. 그래 학교생활은 재미있는가?"

"예, 요즈음은 학교생활에만 전념하고 있습니다. 형은 영화사 준비 잘 되어가고 있습니까?"

"쉽지는 않네만, 하나씩 준비해가고 있다네. 내년에 〈심청전〉을 영화로 만들어볼까 구상 중이네. 그렇지 않아도 신문사 그만두고 무료하던 차였는데 이렇게 불러주어 고맙네."

"별말씀을요. 이렇게 흔쾌히 청에 응해주셔서 제가 고마울 따름입니다."

"하하하! 그래, 우리 오래간만에 만났으니 원 없이 회포나 풀어보세."

"예, 기왕 오셨으니 함흥 여행도 하고 넉넉하게 계시다 가십시오."

"고맙네. 그런데 학교에서 연극을 준비한다더니 어떻게 되어

가고 있는가?"

"예, 잘 되어가고 있습니다. 크리스마스 축제 때 하는 것이니 예수의 탄생을 다룬 〈베들레헴의 중심으로〉라고 제목을 붙였어요. 대본을 번역하고 완벽하게 각색을 해뒀으니 형은 우리 연극부 학생들을 끝내주게 지도만 잘해주시면 됩니다."

"하하, 그건 걱정 말게. 그나저나 자네 요즘 시는 통 발표를 하지 않더군."

함흥으로 온 후부터는 시와 담을 쌓고 살고 있는 터라 안석주는 적잖이 걱정이 된 모양이었다.

"다시 쓸 때가 오겠지요."

안석주는 백석보다 나이가 훨씬 많아 보였지만 둘의 대화는 허심탄회했다. 안석주는 나를 보고 익살스럽게 웃으며 말했다.

"제가 백석보다 열한 살이나 더 많습니다. 그런데 이 버릇없는 시인이 어른 대접을 해주지 않아 친구처럼 지냅니다. 하하하!"

나도 백석도 안석주의 말에 따라 웃었다.

"경성 조광에서 일할 때 친해졌는데 내가 유독 백석을 편애해서 사람들에게 눈총을 샀지요. 그 이유가 뭔지 아십니까?"

나는 안석주의 갑작스런 질문에 당황했다. 아직 백석이라는 시인에 대해서 아는 것이 거의 없었기 때문이었다. 내가 머뭇머뭇하자 그가 다시 말을 이어갔다.

"이 사람의 시 때문입니다. 백석의 시상(詩想)이야말로 우리 조선의 것에 깊이 뿌리를 박고 있기 때문이지요."

안석주는 백석을 보고 말했다.

"하기사, 나라꼴이 이 모양이니 무슨 글을 쓸 마음이 생기겠나. 조선총독부는 어떡해서든 지식인들을 길들이려고 혈안이 되어 있고, 아니면 조그만 꼬투리라도 잡아 감옥에 처넣고 있으니 말야."

"그러게나 말입니다. 상황이 이렇다 보니 많은 지식인들과 활발하게 활동하던 문인들이 일제에 협조하는 길만이 살아남는 길이라는 의식이 팽배해지고 있습니다. 가깝게 지내던 동료들조차 일본 제국주의에 무릎을 꿇고 있습니다."

"참으로 안타까운 일이지."

"그나저나 해관 선생은 어떻게 되실 것 같습니까?"

나는 백석의 입에서 나의 은인 신윤국 선생님의 안부를 묻는 말이 나오자 깜짝 놀랐다.

"상황이 좋지 않다고 들었네. 해관은 온갖 고문에도 끄떡도 하지 않아 일본 놈들이 혀를 내두를 지경이라고 들었네."

"그럴 겁니다. 대쪽 같은 분이니까요."

온갖 고문을 당하신다는 말에 가슴이 무너져 내렸다. 나는 사색이 되어 안석주에게 물었다.

"여전히 면회는 되지 않겠군요?"

백석과 안석주는 서로 쳐다보더니 안석주가 대답했다.

"정치사상범이라 어느 누구의 면회도 금지라고 들었어요."

나는 선생님을 면회할 길이 없다는 말에 실망하여 갑자기 앞이 보이지 않았다. 내가 비틀거리자 백석이 내 팔을 붙잡고 부축했다.

"왜 그러십니까? 해관 선생을 잘 아세요?"

나는 백석의 품에 잠시 기대었던 상체를 떼고 말했다.

"그분을 면회할 방법을 알려주세요. 제 은인이십니다."

두 사람은 난감해했다. 일단은 나를 안심시켜야 한다고 생각해서인지 안석주가 말했다.

"한번 알아보겠습니다. 그러니 마음을 추스르세요."

백석도 나를 의식해서인지 이제 무거운 이야기는 그만하자고 안석주에게 말했다. 나도 그들에게 폐를 끼치지 않으려고 애써 마음을 다잡았다.

"형, 배고프지요. 우리 국수 먹으러 갈까요? 내가 잘 아는 국숫집이 있는데."

"좋지, 배고픈데 함흥에서 그 유명하다는 메밀국수 한번 먹어보세그려."

"예, 내가 가끔씩 들르는 국숫집인데 숙박도 할 수 있는 곳입니다. 함흥에 왔으니 가장 함흥다운 경험을 해봐야 하지 않겠습니까?"

"그럼 좋지. 자네가 가장 함흥다운 곳을 소개해보게."

백석은 함흥에서도 한참을 들어가는 하덕리 산골로 우리를 데려갔다. 시골 마을로 들어서니 조금씩 내리던 눈이 갑자기 펑펑 내리기 시작했다. 안석주는 오래간만에 콧바람을 쐬는 것이라며 무척 즐거워했다.

"이보게, 내가 오니 이렇게 눈이 펑펑 내리지 않는가."

"예, 그런 것 같습니다. 이렇게 눈이 많이 오기는 올해 들어 처음입니다."

금세 눈은 벌판을 순백의 빛으로 채색했다.

"저기 보게, 웬 새들이 벌판에 내려와 지저귀고 있네."

"여기서는 산엣새라고 부릅니다."

서너 명의 사내아이들이 벌판으로 달려가고 있었다. 새들이 놀라 후다닥 높은 나무 위로 날아갔다가 한참 후에 다시 내려앉았다. 아이들 중에는 점퍼도 입지 않고 티셔츠만 입고 내달리는 녀석들도 있었다.

"노는 데 정신이 팔려 추운 줄도 모르는가 보군."

"저 녀석들 그냥 노는 것이 아니에요."

"그런가? 그럼 뭐하는 것인가?"

"꿩 사냥 나온 겁니다. 꿩을 잡아 국숫집에 팔면 값을 쳐준답니다. 국숫집에서는 꿩으로 육수를 낸다고 해요. 꿩뿐만 아니라 토끼도 잡는대요. 눈이 오면 토끼들이 먹이를 찾으러 산에서 내려오거든요."

"아! 이곳이 천상이군. 순은의 빛으로 반짝이는 하얀 나라가 바로 여기였군."

"자네, 시 한 수 즉석에서 읊어보게. 이러한 풍경에 시가 나오지 않는다면 시인이라고 할 수 없지."

"아이구, 형, 그래도 그것은 좀……."

"자네가 달리 천재시인인가. 오늘은 참으로 기분 좋은 날이네. 자네가 내게 최고의 시간을 만들어주고 있는 걸세."

국수

눈이 많이 와서
산엣새가 벌로 나려 멕이고
눈구덩이에 토끼가 더러 빠지기도 하면
마을에는 그 무슨 반가운 것이 오는가 보다
한가한 애동들은 어둡도록 꿩 사냥을 하고
가난한 엄매는 밤중에 김치가재미로 가고
마을을 구수한 즐거움에 사서 은근하니 흥성흥성 들뜨게 하며
이것은 오는 것이다
이것은 어늬 양지귀 혹은 능달쪽 산옆 은댕이 예데가리 밭에서
하로밤 뽀오얀 흰 김 속에 접시귀 소기름불이 뿌우현 부엌에 산

멍에 같은 분틀을 타고 오는 것이다

　이것은 아득한 녯날 한가하고 즐겁든 세월로부터

　실 같은 봄비 속을 타는 듯한 녀름 볓 속을 지나서 들쿠레한 구
시월 갈바람 속을 지나서

　대대로 나며 죽으며 죽으며 나며 하는 이 마을 사람들의 으젓한
마음을 지나서 텁텁한 꿈을 지나서

　지붕에 마당에 우물 둔덩에 함박눈이 푹푹 쌓이는 여늬 하로밤

　아배 앞에 그 어린 아들 앞에 아배 앞에는 왕사발에 아들 앞에는
새끼 사발에 그득히 사리워오는 것이다

　이것은 그 곰의 잔등에 업혀서 길여났다는 먼 녯적 큰마니가 또
그 집등색이에 서서 자채기를 하면 산넘엣 마을까지 들렸다는

　먼 녯적 큰 아바지가 오는 것같이 오는 것이다

　아, 이 반가운 것은 무엇인가

　이 히수무레하고 부드럽고 수수하고 슴슴한 것은 무엇인가

　겨울밤 쩡하니 닉은 동티미국을 좋아하고 얼얼한 댕추가루를
좋아하고 싱싱한 산꿩의 고기를 좋아하고

　그리고 담배 내음새 탄수 내음새 또 수육을 삶는 육수국 내음새
자욱한 더북한 삿방 쩔쩔 끓는 아르굳을 좋아하는 이것은 무엇인가

　이 조용한 마을과 이 마을의 으젓한 사람들과 살틀하니 친한 것

은 무엇인가

　이 그지없이 고담(枯淡)하고 소박한 것은 무엇인가

　"하하, 역시 백석이군. 죽지 않았어. 그래서 그 꼴사나운 옷차림이 용서가 되는 거야. 그런데 오기는 무엇이 온다는 것인가?"

　"뭐라니요. 국수이지요. 어릴 적 어머니가 김치가재미로 가면 그날은 국수를 먹는 날이었어요. 어머니는 육수를 동치미 국물과 꿩 육수를 혼합해서 만들었는데 그 맛은 내 고향 정주뿐 아니라 경성의 어느 최고 요릿집 음식들과도 비교가 되지 않는 일품이었어요. 오늘이 조선 최고의 그 국수를 형이 맛볼 수 있는 바로 그날이지요."

　"정말 기대되는군. 자네 시에서 국수 맛이 어떤지 이미 알겠네."

　"주인아주머니는 아주 인심이 후합니다. 주말에는 글 좀 써볼 것이라고 여기서 며칠씩 묵기도 합니다. 아주머니는 시를 쓴다는 나를 신기하게 여기어 숙박비를 내면 국수를 공짜로 주곤 합니다."

　아주머니는 백석 일행을 반가이 맞으며 방으로 안내했다. 밀가루 포대가 가득 쌓인 방은 불을 지펴 훈훈했고 특이한 냄새가 났다.

　"이 들문들문한 향기 좋지요?"

176

백석은 안석주와 내게 물었다.

"메밀 냄새입니다."

안석주는 낡은 국수틀을 피해 아랫목에 앉으며 볼 것이라고는 없는 방 안을 둘러보았다. 방은 외풍은 세었지만 아랫목은 쩔쩔 끓어 그냥 앉아 있다가는 엉덩이를 다 데일 판이었다. 몸속 찬 냉기가 삽시에 녹녹하게 녹아내렸다.

아주머니는 금세 메밀국수를 큰 사발에 한가득 내왔다. 우리 세 사람은 순식간에 국수 한 그릇씩을 비우고 백석과 안석주는 한 그릇을 더 추가해서 먹었다.

"내 평생에 이렇게 맛있는 국수는 처음 먹어보네."

"하하하, 이곳 산지에 많은 여인숙들 중에서 내가 매번 이 집을 찾는 이유가 이 국수 맛 때문입니다."

상을 물리고 따뜻한 아랫목에 앉아 있자니 피곤이 몰려왔다. 나는 옆방에 아주머니가 미리 깔아놓은 이불 속으로 들어가 누웠다. 백석과 안석주도 부른 배를 두드리며 나란히 누워서 무슨 이야기인지 주고받는 소리가 들려왔다.

함흥역에서부터 두 사람이 나누던 대화가 한 장면도 잊히지 않고 떠올랐다. 백석의 말투, 표정, 눈빛, 행동들이 생생하게 살아 움직였다. 먼 옛날부터 이미 내게 올 운명이었던 남자가 바로 옆방에 있다. 그런데 나는 아직도 그를 받아들이지 못하고 있다.

"자네, 깔끔병 걸린 사슴이 이 새까만 목침과 이불을 덮고도 괜찮은가?"

"하하, 그런가 봅니다. 촌놈이라 그런지 도시 것에는 알레르기 반응이 나타나는데, 시골에서는 거짓말같이 사라져버려요. 저도 참 재밌는 현상이라고 생각하고 있어요."

드문드문 들려오는 그들의 이야기에 의하면 백석은 지나칠 정도로 깔끔한 성격인가 보다.

"그나저나 해관 선생 면회는 어림도 없지 싶네. 나도 경성에서 이리저리 알아봤지만 씨알도 먹히지 않더군."

"워낙 꼿꼿하신 분이라 선생님이 아예 면회 자체도 거절하실 겁니다. 불합리한 일에 타협이라곤 없으신 분이잖습니까?"

감호소에서 끝까지 투쟁으로 맞서고 계시는 해관 선생님을 생각하니 심장이 아려왔지만 옆방에서 들려오는 두 남자의 이야기에 웬일인지 마음이 따스해왔다. 선생님을 위하는 일은 난리법석을 떠는 일이 아니라 조용히 기다려주는 것이라는 생각이 들었다.

바깥은 칠흑같이 어두웠다. 간혹 노루 울음소리가 정적을 깨뜨리긴 했지만 고요한 겨울밤이었다. 그가 바로 옆방에 있어서일까, 따스하고 편안했다. 그들이 도란도란 주고받는 대화가 겨울밤 속으로 깊이 빠져들고, 나는 그 이야기를 들으며 잠이 들었다.

춘앵무(春鶯舞)

크리스마스이브의 함흥 거리는 축제 분위기로 술렁거렸다. 캐럴이 울려 나오는 상가는 사람들로 붐볐다. 아이들의 장난감 선물을 사는 가족들도 보이고, 삼삼오오 수다를 떨며 걸어가는 여자들, 술집으로 들어가는 서너 명의 남자들, 그리 늦지 않은 시간인데도 벌써 취해 어깨동무를 하고 노래를 부르며 지나가는 남자들도 보였다. 1년 중 오늘 하루만큼은 통행금지도 해제된 날이라 쥐꼬리만큼 받는 월급쟁이들도 술에 취해 밤새도록 흥청 거릴 수 있었다. 근대화의 물결이 함흥까지 밀려온 것이었다.

하지만 이러한 크리스마스 축제 분위기가 올해로 마지막이라는 것을 사람들은 알지 못했다. 이미 일제는 크리스마스실 판매를 금지시켰고, 내년에는 중국과 전쟁을 일으킬 것이라는 소문이 나돌았다. 일본이 중일전쟁의 가교 역할을 할 우리나라에 유흥적인 크리스마스 행사를 금지시킬 것이라는 추측이었다. 그러나 마지막 흥청거리는 크리스마스라고 하더라도 오늘만큼은 그 분위기를 잠재우지는 못했다.

백석은 수시로 내게 편지를 보내거나 낮에는 사람을 보내 만날 것을 제안했다. 가끔씩은 하숙집과 권번 근처에서 기다리고 있다가 나를 만나면 그냥 빤히 얼굴을 한번 쳐다보고 돌아가기도 했다. 반면 홍옥은 노골적으로 백석에 대한 집착을 보였다.

나는 홍옥의 신경을 건드리고 싶지 않았다. 그래서 행수어른께 손님 술상에는 앉지 않고 연주만 하겠노라고 말씀드렸다. 류춘기와 이명오가 함흥관을 드나들면서 나를 찾는 일이 잦은 이유도 있었다. 백석이 나를 만나기 위해 동료들과 함흥관을 몇 번 찾았지만 그때마다 홍옥은 다른 연주자를 들였다.

오늘은 크리스마스 전날이라 손님이 많은 날이었다. 예약된 방에 들어서니 놀랍게도 손님은 백석과 안석주였다. 백석은 애써 나를 담담하게 대했다.

"연극반 학생들이 '와! 영화감독이다. 아니야, 만화가야. 아니야, 연극인이래.' 하면서 학교 운동장을 걸어 들어오는 형을 보고 무슨 연예인이라도 오는 것처럼 난리법석이었어요."

"허허 그랬나! 여하간 연출 백석, 연극지도 안석주. 우리의 합작품인 학교 크리스마스 연극 공연은 대성공이었어."

백석과 안석주는 연극을 무사히 마친 기념으로 기분이 고조되어 함흥 거리를 어슬렁거리다 온 모양이었다.

"무대장치며 배우들 의상이나 조명 등 모든 것이 만족스러웠네."

안석주가 아주 만족한 듯이 말했다.

"하하, 그렇습니까? 그동안 맹연습한 효과를 충분히 발휘했습니다."

"그런데 무대 뒤에서 자네가 읽어주는 대사 목소리가 너무 컸네, 하하하."

"철손이 녀석이 뻐꾸기 울음소리 내야 할 때 타임을 정확하게 맞추지 못한 것도 흠이었지만 아주 나쁘진 않았지요?"

"그럼, 그 정도의 실수는 약방에 감초지. 아주 좋았어. 막이 내리자 관중들이 일제히 기립 박수를 치며 환호하는 소리 들었지?"

"무대 뒤에서 퇴장하는 아이들 챙기느라 관중석을 볼 수는 없었지만 우레 같은 박수 소리와 휘파람 소리며 환호성을 들었습니다. 모든 것이 다 형 덕분입니다. 역시 형은 조선 최고의 연극인입니다."

"하하! 내가 누군가. 자, 한잔하세. 이왕지사 비싼 요릿집에 초대받았으니 죽도록 마셔보게나."

"알겠습니다, 형."

"자네가 그리 입에 침이 마르도록 칭찬하던 가무를 볼 수 있으니 참 기분이 좋군."

홍옥이 백석의 옆에 찰싹 달라붙어 잔에 술을 따랐다.

나는 장단 고수가 향피리로 부는 유초신지곡에 맞춰 화문석 위에 버선발로 섰다. 황초상 앵삼과 홍초상을 입고 머리에는 나비 모양으로 장식된 화관을 쓴 채였다. 오채한삼을 낀 두 팔을 가지런히 앞으로 모은 채 화문석 위를 사뿐사뿐 걸었다. 백석과 안석주의 눈길이 내게 향해 있었다.

두 팔을 양옆으로 펼쳤다가 앞으로 모으고, 위로 들어 올렸다가 내렸다.

안석주의 감탄이 짧게 터져 나왔다.

"마치 노란 춘앵(春鶯)이 날개를 활짝 폈다 접었다 하면서 짝을 유혹하는 날갯짓 같군."

나는 다시 한 손을 펼쳐 뒤로 뿌리고 또 한 손을 들어 뒤로 뿌렸다. 그리고 두 손을 뒤로 내려 모은 채 무릎을 굽히면서 마치 애교를 떨듯 엉덩이를 살짝살짝 흔들며 미소를 지었다. 화관의 나비 모양 장식이 가늘게 흔들렸다. 그러다 두 팔을 들어 얼굴을 가릴 때였다. 홍옥이 권하는 술잔을 마시려던 백석과 눈이 마주쳤다.

"이 사람아, 침 좀 그만 흘리게."

내게서 눈을 떼지 못하고 있는 백석을 안석주가 놀리면서 핀잔을 주었다. 백석은 안석주의 말에 머쓱해하며 미소를 지었다.

"형, 어떻습니까?"

"아주 아름답군. 마치 버드나무 위에 앉은 우아한 꾀꼬리의 모습이 바로 연상되는군. 특히 작은 두 발의 놀림이 마치 춘앵이 이른 아침 봄날 나뭇가지 위에서 살짝살짝 자리를 바꾸며 앉는 모양새 같아 보여."

백석과 안석주는 이야기를 하면서도 내게 눈을 떼지 않았다.

나는 허공에다 꽃을 뿌리듯 한 손을 높이 올렸다 옆으로 내리고 또 한 손을 높이 올렸다 옆으로 내렸다. 다음에는 양손을 높이 들어 올렸다 옆으로 내렸다. 이번에는 허공으로 흩어진 꽃잎을 잡듯 두 손을 위로 천천히 올려 좌우로 흔들었다. 오채 한삼을 낀 두 팔이 허공에서 자유롭게 흔들릴 때 나는 갑자기 눈시울이 찌릿해왔다. 나를 바라보고 있는 저 남자의 눈빛 속에 숨겨진 슬픔이 느껴졌다. 그의 감정이 내게 고스란히 전달되어왔다.

자유! 살아 있는 것들은 모두 자유를 원한다. 새장에 갇힌 새가 아니라 맘껏 날 수 있는 새가 되어야 한다. 억압과 통제가 다스리는 이 나라에는 자유가 없다. 나를 바라보고 있는 저 남자, 어느 것에도 걸리지 않는 바람이어야 하는 남자, 저 남자를 얽매고 있는 쇠창살이 느껴졌다. 나도 모르게 눈물이 났다. 내 삶의 고통 때문이 아니라 다른 사람의 삶의 고통이 이렇게 가슴 아프게 느껴진 것은 난생 처음이었다.

갑자기 백석이 벌떡 일어나 화문석 위로 건너와 나를 덥석 안았다. 지난번처럼 술이 많이 취한 것도 아니었는데 거의 반사적인 행동이었다. 나는 깜짝 놀란 새처럼 몸을 웅크렸다. 그의 가슴에 내 심장박동 소리가 들릴까 봐 숨을 멈추었다.

"진향, 당신이랑 지금 즉시 어디로든 날아가고 싶소."

백석은 나를 안은 채 내 귀에다 속삭였다. 그러고는 내게 기습적인 키스를 했다. 나는 피하지 않고 그렇다고 입술을 열지도 않은 채 백석이 하는 대로 내버려두었다.

"자, 춤이 끝났으니 이제 술 한잔하세요."

홍옥의 톤 높은 목소리에 백석은 그제야 입술을 떼고 내 손을 잡고 옆자리에 앉혔다. 질투로 이글거리는 홍옥의 눈빛이 느껴졌지만 아랑곳하지 않았다.

"아주 품격 높은 춤이군요."

안석주가 내게 술을 한잔 권하며 말했다.

"감사합니다."

나는 두 손으로 예의 바르게 술잔을 받아 살짝 입에 대었다 내려놓았다.

"지금 춘 춤이 무슨 춤인지 말해줄 수 있소?"

"궁중무용 춘앵무입니다. 이른 봄날 아침에 버드나무 가지에서 노래하는 꾀꼬리의 자태를 묘사한 것이지요."

"춘앵무라면 옛날 궁중 마당에 화문석을 깔고 추는 독무(獨舞)이잖소. 전통무용 중에서 가장 많은 시적인 춤사위의 용어를 가지고 있다고 들었소."

"네, 제가 방금 춘 부분이 화전태(花煎態)인데, 이것은 춘앵전의 18박에 나오는 높고 아름다운 교양을 나타내는 부분입니다."

안석주는 내가 춘앵무에 관한 유래를 세세하게 이야기하는 것을 들으며 고개를 끄덕였다.

"형은 정말 만능 예술꾼입니다. 음악에 관심이 많다는 것은 알고 있었지만 춤에 관해서도 박식한 줄은 몰랐습니다."

홍옥과 청월은 자기네들은 아랑곳하지 않는다고 못내 서운함을 내비쳤다.

"아, 미안해요. 오늘은 우리끼리 할 얘기가 있으니 자리 좀 피해주겠소?"

안석주는 홍옥과 청월에게 약간의 팁을 주어 내보냈다. 나는 그들에게 미안한 생각이 들었다. 홍옥은 '흥! 들어온 돌이 박힌 돌 뺀다는 말이 꼭 맞군.' 하는 듯이 내게 매서운 눈초리를 던지고는 휑하니 나가버렸다.

"그래 궁중 가무를 누구에게 사사하였소?"

두 사람이 나가자 예술에 관심이 많은 안석주가 다시 내게 물었다.

"금하 선생님입니다."

"아, 금하 선생."

"형이 금하 선생을 아십니까?"

"알다마다. 다동조합 설립자 아니신가. 일본 게이샤가 대거 들어오면서 우리 조선의 관기가 폐지되고 일본식 명칭인 권번으로 부르게 된 것을 자네도 알지?"

"알고 있습니다. 일본 게이샤들이 들어오면서 분위기가 점차

비속하게 변질되어갔지요."

"네, 맞습니다. 금하 선생님은 사라져가는 우리 조선의 미풍
양속을 이끌어온 개척자이십니다."

"예전에 선생의 가곡을 들을 기회가 있었소."

"그러세요? 선생님의 가곡은 단아하고 여유작작하며 장중한
애조를 띤 계면조의 창이 정확하고 섬세하십니다. 또한 정아(靜
雅)하고 점잖아서 듣는 사람이 이루 표현할 길 없는 애틋한 정
감에 사로잡히게 하지요."

"맞소. 장중과 애조를 아우르는 중에 너무나 경건한 느낌이
들어서 흡사 현실을 초달(超達)한 인간이 선경에 들어가서 부르
는 그야말로 탈속의 음악인 듯하였소."

"저는 금하 선생의 가곡을 들어보지 못해서 아쉽습니다. 언
제 진향 당신의 가곡을 들려주시겠습니까?"

"기회가 되면 ……."

"우리 조선의 정악은 인간의 기본 품성을 수양시키는 도(道)
의 음악이 분명합니다."

"그런데 금하 선생이 요즘 몸이 많이 편찮으시단 얘기를 들
었소."

"연세는 많으시지만 정정하셨는데 제가 한번 연락을 취해봐
야겠어요."

나는 양부(養父)인 스승께 너무 무심했다는 생각에 죄책감이

들었다. 이번에 수정 언니가 오면 선생님의 근황도 들을 수 있을 것이라 생각했었는데.

"두 분 선생님께서 저의 미약한 가무를 이렇게 진심으로 좋아해주시니 고맙습니다."

"나는 처음 봤을 때부터 당신의 역량을 알아챘습니다."

"허허, 백 선생이 첫눈에 반할 만한 아가씨로구먼."

백석과 안석주는 기분 좋게 마시고 함흥관을 나섰다. 나는 대문간까지 나가 그들을 배웅했다.

악연

삽시간에 함흥의 유력 인사들에게 일본 유학생이자 문학기생이면서 춤과 가야금 연주가 일품이라는 소문이 퍼져 나갔다. 꼭 예약을 해야만 나의 연주를 볼 수 있었다.

"오늘 함흥관에 경성에서 지체 높은 분들이 오신다. 특히 너의 춤을 보고 싶어 하니 연습을 철저하게 해서 실수 없도록 하거라."

행수어른이 당부를 하는 것을 보니 아마도 꽤나 유력한 인사일 거라고 생각했다. 해관 선생님을 면회하겠다는 마음은 하는 수 없이 접었지만 그래도 혹시나 하는 마음이 있었다. 어쩌면 해관 선생님을 면회할 기회를 줄 사람을 만날 수 있을지도 모른다는 기대를 하고는 평소보다 더 신경을 써서 선보일 춤을 연습했다.

예약 시간보다 조금 이른 시간에 인력거를 타고 함흥관으로 갔다. 함흥관 외벽을 따라 몇 대의 인력거가 서 있었다. 다른 권번에서 온 기생들을 태우고 온 인력거들이었다. 아마도 큰 연회가 있는 날인가 보다 생각하며 대문을 들어섰다. 나이 어린 보이는 내가 마당에 들어서자 기다리고 있었다는 듯이 반갑게 맞이했다. 나는 옷을 차려 입고 보이가 안내해준 방으로 갔다. 내가 안내된 수련방에는 이미 술 취한 손님들의 목소리가 들려왔다.

"아, 물찬 백조라니까요. 어찌나 탱글하고 우아한지 보시면 압니다."

웃음소리가 터져 나왔다. 귀에 익숙한 듯한 목소리였다. 나는 왠지 등줄기에 식은땀이 흐르고 섬뜩한 기분이 들었다.

"이봐, 박 기자. 경성에서 금하 선생에게 사사한 몸이라네. 춤과 창뿐만 아니라 가야금 연주까지도 아주 일품이고, 경성에서는 수필을 발표하기도 한 문학기생으로 이름이 알려졌다더군. 게다가 일본 동경 유학도 다녀온 수재라네."

"금하 선생 문하생이라구요?"

"그렇다네. 홍원형무소에 해관이란 자가 수감되어 있는데 조선어학회를 실질적으로 이끈 자라네. 그자가 진향을 일본으로 유학을 보냈었다는군. 그래서 진향이 그를 은인으로 생각하고 있다네그려. 그렇게 은인을 면회하러 왔다가 여기 머물게 되었다는구먼."

"그런데 왜 여기서 머문다는 겁니까?"

박 기자는 뭔가 재미있는 건수를 올릴 수 있지 않을까 싶어 류춘기에게 꼬치꼬치 물었다.

"그자가 정치사상범이라 면회가 안 된다는 거야. 그래서 면회할 기회를 찾고 있는 것이라 들었네. 면회를 하게끔 주선해 줄 사람에게 술자리 시중을 안 들 수야 없겠지. 누구든 돈과 권력 앞에서는 제아무리 잘났다고 해도 고개를 숙이는 법이지요. 그렇지 않습니까, 요시다야 상! 하하하. 모처럼 함흥에 오셨으니 함흥에서 가장 유명한 조선 요릿집으로 모셨습니다. 이쪽 조선일보 박현기 기자는 잘 아실 테고, 이 친구 동경대학 출신 최고 엘리트인 것도 알고 계시지요? 그리고 이쪽은 내 사업 파트너 함흥물산 김진규 사장입니다. 김 사장, 이분은 종로경찰서 형사과장이신 요시다야 상입니다. 오늘 이리들 함흥에 오셨으니 제가 특별히 잘 모시겠습니다."

'아, 큰 소리로 소개를 하는 남자는 조선총독부와 언론의 뒤를 봐주며 돈을 긁어모으는 류춘기가 아닌가.'

류춘기, 그자의 목소리를 들으니 예전에 겪었던 공포가 다시 엄습해왔다.

"자, 함흥의 물찬 백조, 진향을 위하여."

술잔 부딪치는 소리와 함께 또 한 차례 웃음소리가 터져 나왔다.

문밖에서 듣고 있던 나는 방으로 들어가지 않고 되돌아 나왔다. 전등 빛이 닿지 않는 정원의 나무 밑으로 뛰어갔다. 도망치고 싶었다. 생각만 해도 소름 끼치는 그놈을 대면하고 싶지 않았다. 대청마루에서 함흥관 주인이 어린 보이에게 내가 어디 있느냐고 묻는 소리가 들려왔다. 보이는 고개를 설레설레 흔들었다. 주인이 꾸짖자 보이는 고개를 조아리며 나를 찾느라 분장실이며 화장실이며 다른 방을 살짝 엿보기도 하는 모습이 보였다.

류춘기, 그자와 어울려 있는 손님이라면 점잖은 인사들이 분명 아니리라. 그리고 요시다야 상이라고? 그자는 경성에 있을 때 글쓰기 연습을 한다고 나를 경찰서로 연행해 갔던 놈이다.

우리말 사용 금지라니, 나라를 빼앗긴 것도 억울한데 우리말까지 강제로 억압을 하다니 그게 무슨 짓이란 말인가. 나는 피가 거꾸로 솟고 분노로 치가 떨렸다. 내 나라 말을 어찌 못 쓰게 할 수 있단 말인가. 나는 그럴수록 틈만 나면 글쓰기 연습을 했다. 우리나라 품격 높은 시조를 필사하면서 외워 나갔다.

그러던 어느 날 갑자기 형사 두 명이 와서 나를 연행해 갔다. 그중 한 명이 요시다야였다. 그자는 내게 온갖 위협을 하면서 한글 사용을 하지 않겠다는 각서를 쓰라고 했다. 나는 절대로 그렇게는 할 수 없다고 했다. 그런데 어찌 된 일인지 그다음 날 나를 순순히 내보내주었다. 바로 류춘기의 입김이었다. 류춘기! 고맙기는커녕 언제까지 나를 쫓아다니며 괴롭힐 것인가?

조선권번에서 3년간의 모든 교육을 마치고 드디어 수료식이 있던 날이었다. 모두들 시험을 치르느라 지쳐 있었다. 그날은 권번에서 작은 연회를 마련해주었다. 무사히 모든 수업을 마친 문하생들은 즐거워 마시고, 하급반으로 떨어진 문하생이나 아예 저잣거리로 나가야 하는 문하생은 한탄주를 마셔댔다.

나는 수석으로 전체 과정을 통과해서 여러 사람으로부터 축하를 받았다. 3년간의 힘든 과정을 마치고 드디어 정식 예기가 되는 날이었다. 그러나 기쁨도 잠시, 나를 옥죄는 사슬에 묶이는 기분을 어쩔 수가 없었다. 그 자리가 유쾌하지 않아 집으로 돌아가려고 할 때였다. 몸져누워 계신 어머니가 기다리고 있기 때문이었다. 그때 상급반 시험에 근소한 점수 차이로 낙방한 옥향이 술에 취해 흐느끼기 시작했다.

"내가 왜 무엇을 잘못했다고 낙방이냐 말이야. 내가 밤낮으로 죽도록 연습하고 준비한 것을 너희들도 다 알고 있잖아, 그렇지 않니? 말해봐. 말해보라고. 누구든 말 좀 해보라고."

"맞아, 언니. 언니는 정말 최선을 다했어."

옥향을 따르는 옥매가 말했다.

시험과 심사는 공정했지만 옥향의 입장에서는 억울할 것이라 생각도 들었다. 하지만 시험의 결과를 번복할 수는 없는 법이었다. 평소에 나를 질투의 눈길로 보아오던 옥향이었다. 괜히 위로한답시고 한마디 하다간 더 큰 화를 초래할 것이 뻔했다. 옥향의 실력이 아무리 좋다고 해도 술을 마시면 주사가 심한 그녀에게 심사관 선생들이 좋은 점수를 줄 수 없었을 것이다.

그녀의 술주정은 손님들도 혀를 내두를 정도였다. 그녀로 인해 손님이 떨어졌다고 명륜관 주인이 불만을 토로한 일이 한두 번이 아니었다. 나는 옥향이 자신의 잘못을 깨닫기를 바랐다. 그러나 그녀는 자신의 낙방이 누구의 농간이라고만 주장하고 있었다.

연회가 끝나려면 아직도 두어 시간은 더 있어야 했다. 나는 연회 분위기를 방해하지 않으려고 몰래 자리를 빠져나왔다. 전등 불빛이 닿지 않는 담벼락을 따라 정문을 향해 고양이 걸음으로 걸어가고 있었다. 그런데 정문 앞에 옥향과 그를 따르는 두 명의 문하생들이 서 있었다.

"왜 도둑고양이처럼 도망가는 거지? 금하 선생 귀염을 독차지하더니 넌 수석이고, 네가 입김 넣어서 날 떨어뜨렸지? 그동안 눈꼴사나워도 참아왔는데 이제는 더 이상 참을 수가 없어."

옥향이 입고 있던 한복 저고리를 풀어헤쳤다. 그녀의 깡마른 목덜미에 핏대가 섰다. 어깨와 두 팔이 희미한 불빛 아래 드러났다. 치마 앞섶의 끈을 확 잡아당기니 하얀 속옷이 드러났다. 옥향이 고함치는 소리에 다른 여자들도 몰려와 옥향과 나를 빙둘러섰다. 옥향이 술에 취해 날뛸 때는 아무도 말리지 못한다는 것을 모두들 알고 있었다. 옥향의 깡마른 몸매에 비해 탐스러운 엉덩이가 달빛에 얼비쳤다.

옥향은 두 주먹을 불끈 쥐더니 욕설을 하며 나에게 덤벼들어 머리채를 낚아챘다. 나는 순식간에 당한 일이라 방어할 수조차 없었다. 옥향은 내 머리채를 잡고 땅바닥에 꿇어앉히려 했다. 옥향의 패거리들은 옥향을 응원했다.

"이년, 네년이 늙은 금하 선생과 짜고 우리들을 모두 저잣거리로 내모는 거지? 이 나쁜 년."

옥향의 흥분은 극에 달했다. 뒤늦게 사태를 알아차린 선생님들과 여러 사람들이 달려왔다.

"이 무슨 일이냐?"

금하 선생님의 큰 호통 소리에 옥향이 주춤했다. 나는 그 틈을 타 대문을 박차고 밖으로 달려 나갔다.

"진향, 이 차를 타시오. 집까지 바래다 드리리다."

류춘기였다. 나는 들은 척도 하지 않고 앞에 대기해 있던 인력거에 올라탔다.

"저 고집쟁이!"

류춘기가 소리치는 뒤로 옥향의 고함 소리와 울음소리가 들려왔다. 인력거가 막 출발하려는 순간 어느새 달려왔는지 나체의 옥향이 내게 달려들었다. 그때 류춘기가 달려와서 옥향을 밀치고 내 손을 잡아끌어 강제로 자신의 차에 태웠다. 나는 이 상황에서 빨리 벗어나야 한다는 생각이 들어 류춘기의 차에 탔다. 옥향은 억울하고 분통한지 아예 길거리에 주저앉아 고래고래 고함을 지르며 발버둥을 치고 있었다.

"옥향이 자네에 대한 질투가 대단하군."

나는 도대체 내가 왜 이런 일을 당해야 하는지 분하고 또 부끄러웠다. 류춘기 이자가 그 더러운 꼴을 다 보고 있었다는 것도 자존심이 상했다. 차가 끼이익 소리를 내며 출발했다. 이러한 경우를 두고 마른하늘에 날벼락이라고 하는 것이리라.

차는 권번을 벗어나 어디론가 한참을 달렸다. 나는 그제야 정신이 퍼뜩 들어 어머니 생각이 났다. 그나저나 어머니가 기다릴 텐데, 어머니에게 드릴 과일을 사러 한청빌딩 과일가게도 들러야 할 텐데, 이런 생각을 하고 있는데 차는 안개 속을 계속 달리고 있었다. 안개는 갈수록 짙어져 한 치 앞도 보이지 않을 정도였다. 차 안의 따뜻한 열기로 노곤함이 밀려왔다. 의자 등받이에 기대어 있다 보니 눈이 감겼다.

"진향, 자네 어머니 모시고 오늘 의원에 다녀왔소. 입원을 하지 않으려 해서 검진 받고 약을 한 달 치 받아 왔지."

나는 그 말이 무슨 말인지, 꿈속에서 들은 말인지 가늠하지 못한 채 몽롱한 시선으로 류춘기를 쳐다보았다.

"내가 오늘 사람을 시켜 자네 어머니 병원 치료를 받게 했소."

"누가 그러라고 했죠? 누구 마음대로."

나는 류춘기의 행동에 화가 치밀었다. 내 집 상황을 들여다본 것에 대해서도 자존심이 상했다.

"진향, 당신은 아직도 내 마음을 모르겠소?"

"당신 같은 사람 마음 받을 생각 추호도 없으니 다시는 그런 짓 하지 마세요."

나는 류춘기의 도움이 오로지 나에 대한 욕정 때문이라는 것을 알기에 구역질이 났다. 그런 내 상황이 서러웠다.

"울지 마시오, 진향. 내가 당신을 지켜주겠소."

나는 지쳐서 그자의 말에 대꾸할 기력조차 없었다. 며칠 전부터 시험 준비로 바짝 긴장을 하고 있었고, 오늘 당당히 그 시험에 수석으로 합격한 기쁨도 잠시, 옥향에게 한바탕 당하고 나니 탈진 상태였다.

"집에 도착할 시간이 지났을 텐데요."

나는 빨리 집에 가서 어머니 옆에서 잠을 자고 싶은 생각뿐이었다. 류춘기는 아무런 대답도 없이 계속 차를 몰았다. 사방이 칠흑같이 어두운 데다가 안개 때문에 어딘지 분간할 수가 없었다. 나는 이상한 기분이 들어 정신이 번쩍 들었다.

"여기가 어디에요. 차 세워요."

류춘기는 들은 척도 하지 않았다. 어딘지 모르겠지만 인적 없는 곳임에 틀림없었다. 안개는 아예 한 걸음도 나아가지 못할 만큼 깔려 있었다. 류춘기도 긴장하는 듯했다. 길이 보이지 않으니 어쩔 수 없이 차를 세웠다. 나는 차에서 내려 방향도 모르는 곳으로 무조건 걸어갔다. 류춘기가 따라 나와 앞을 가로막았다.

"여기가 어딘지 모르니 안개가 걷히거든 가시오. 지금 가다가는 어떻게 될지 모르는 일이오."

"신경 쓰지 마세요. 내가 알아서 갈 거니까."

내가 매몰차게 쏘아붙였지만 류춘기는 끝까지 나를 말렸다. 사실은 나도 이 안개 속에서 어디로 가야 할지 몰랐다. 사방은 온통 어둡고 정적만이 흐르고 있었다. 류춘기에게 이끌려 할 수 없이 다시 차로 돌아왔다.

시간이 얼마나 흘렀을까. 류춘기는 자동차 글러브 박스를 열어 작은 술병을 꺼내어 병째 몇 모금 마시더니 내게도 권했다. 마시지 않겠다고 하자 한 모금만 마시면 기분이 조금 나아질 거라고 권했다. 나는 그자와 입씨름하기 싫어 한 모금 마셨다. 술은 목구멍을 타고 식도를 거쳐 위장을 녹일 정도로 독했다. 안개가 언제 걷힐지, 류춘기와 이 좁은 공간에 함께 있는 것이 숨이 막혔다. 오도가도 할 수 없는 상황이었다. 류춘기는 이곳이 어디쯤인지 보고 오겠다며 밖으로 나갔다. 한참이 되어서도 그자는 돌아오지 않았다.

나는 점점 잠 속으로 빠져들었다. 세상 모든 것들이 잠들어 있겠지. 이곳이 산속이라면 그 속에 깃들어 있는 나무, 새, 토끼, 노루, 온갖 벌레들도 어머니 품속 같은 산에서 곤히 잠들어 있겠지.

어머니 품이 그립다. 앙상한 몸이지만 어머니 품속은 언제나 따뜻했다. 하지만 지금 나를 지켜줄 이는 아무도 없었다. 나는 누구를 믿어야 하나. 나는 기도했다. '신이 계신다면 제발 나를 지켜주시고 내 아픔을 어루만져주시고 나를 이 구렁텅이에서 건져주세요.'라고.

류춘기는 여전히 오지 않았다. 그자가 없으니 조금은 숨통이 트이는 것도 같았다. 차 안의 히터 열기가 몸을 노곤하게 했다. 나는 잠이 들었다.

안개가 걷히자 비열하고 추잡한 그자의 낙인이 내 몸에 찍힌 것이 서서히 드러나기 시작했다. 류춘기가 마셔보라고 준 술은 그냥 술이 아니었다. 나는 잠결에 그자의 손길을 느끼고 발버둥쳤다. 나를 짓누르는 그자의 팔목을 깨물고 악을 써댔다. 놈

197

은 나의 따귀를 몇 번 갈기더니 한 손으로 내 입을 막고 또 다른 한 손으로는 내 치마를 들추어 속옷을 벗겼다. 온몸으로 누르고 있는 그자를 내 힘으로 어찌할 수 없었다.

정신을 잃었는지 깨어나보니 안개가 서서히 걷히고 있었다. 류춘기는 운전석 의자를 뒤로 젖히고 잠에 곯아떨어져 있었다. 죽여버리고 싶었다. 나도 모르게 손이 놈의 목덜미로 가고 있었다. 놈이 무슨 낌새를 느꼈는지 갑자기 뒤척거렸다. 두려웠다. 옷을 주섬주섬 입고 차 문을 열었다. 류춘기가 깨어나 데려다주겠다고 차 시동을 켰다. 나는 대꾸도 하지 않고 무작정 걸었다.

내 몸속에 남겨진 그놈의 더러운 욕망의 불순물을 씻어내려고 하루 종일, 아니 일주일 내내 몸을 씻었다. 나의 처녀성은 그렇게 허무하게 무너졌다.

해관 선생님이 충고해주셨던 말씀이 떠올랐다.

"이윤재 선생이 이런 말씀을 하셨다. 까마귀는 허수아비를 얕보기 때문에 그 머리 위에 앉을 뿐 아니라 먹을 것도 없는 허수아비의 머리를 쪼아대기도 한다. 사람도 마찬가지다. 얼이 없는 사람들은 간악한 외적들에게 얕보이고, 얕보이면 침략을 당한다. 지금 우리가 당하고 있는 것이 그것이다. 얼은 짙은 피와 하나가 되어야 나라를 지키고 그 나라말을 지킨다."

그래, 여기서 물러나면 모든 것이 수포로 돌아간다. 저 까마귀 같은 놈에게 내가 얼도 없는 허수아비가 아니라는 것을 똑똑히 보여주겠다고 다짐했던 일이 주마등처럼 스쳐갔다.

　마음을 추스르고 발길을 돌리는데 뒤에 누군가가 서 있었다. 그였다. 《테스》를 남겨두고 간 그, 함흥장터 국숫집에서 본 그, 우연히 함흥역에서 만나 동행한 그, 아직도 그날의 사과꽃 아이 하늬를 마음속에 간직하고 있다는 그, 내게 자기 여자가 되어달라고 하는 그, 춘앵무를 추고 있는 나에게 한시도 눈을 떼지 못하던 그, 갑자기 일어나 내게 키스를 퍼붓던 그에게 끌리는 마음을 나는 아직도 냉정하게 다스리고 있었다.

　"진향, 오늘은 당신의 가야금 연주를 듣고 싶어 왔소. 그런데 이미 예약이 되어 있어서 안 된다고 하더군. 늦어도 좋으니 마치고 내가 있는 방으로 와주겠소?"

　나는 그의 따스한 눈빛을 보니 마음이 한결 가라앉았다. 나는 갑자기 그의 품에 안기고 싶었다. 그가 나를 지켜줄 수 있는 유일한 사람 같았다. 그는 두 달이 넘어가도록 내게 구애를 해오고 있었다. 그러나 그는 나의 육체를 탐하지 않았다. 나의 춤과 연주를 좋아했고, 더 나아가 나의 정신세계를 존중해주었다. 그러나 그때의 하늬가 바로 나라고, 당신이 남기고 간 《테스》를 아직도 내가 간직하고 있다고 말하지 못했다. 그의 마음속에 사과꽃처럼 순결하게 남아 있는 소녀가 하찮은 기생이 되어 있다는 것을 알리고 싶지 않았다.

나는 가볍게 고개를 숙인 후 돌아섰다. 나를 찾고 있던 보이가 빨리 들어가라고 손짓했다.

수련방 창호문 옆에 섰다. 그리고 긴 호흡을 했다.

"자, 오늘 최고의 손님께 최고의 접대를 준비했습니다. 우리 조선의 가무를 감상해보시기 바랍니다."

류춘기의 말이 끝나기가 무섭게 나는 문을 열었다. 내가 들어서자 악사들이 화문석을 수호하듯 앉아 반주를 시작했다. 나는 손을 가지런히 앞으로 모으고 살포시 고개를 숙여 인사를 했다. 그리고 천천히 오색한삼을 든 양손을 들어 올려 얼굴을 가리는 척하면서 손님 일행을 쳐다보았다. 생각했던 대로 류춘기, 그자와 경성에서 온 요시다야였다.

나는 화문석 밖을 벗어나지 않으면서 느린 동작으로 춤을 추었다. 나라를 팔아먹는 놈들 앞에서 춤을 추어야 하는 기생의 신분이라는 것이 서러웠다. 입술을 꽉 깨물었다. 춤이 끝나자 사내들은 일제히 크게 감동이라도 한 듯 박수를 쳤다. 술이 얼근히 취한 류춘기가 과장된 호기를 부리며 나에게 옆으로 와 앉으라고 손짓을 했다.

"진향, 여전히 아주 훌륭한 춤이야. 오래간만에 술 한잔 받게나. 그리고 여기 요시다야 상께도 한잔 올리고."

류춘기는 나의 몸을 탐한 이후로 내게 노골적인 관심을 보였다. 그러나 나는 류춘기의 술시중을 한 번도 들지 않았다. 나의 고집을 뻔히 알고 있는 류춘기는 입꼬리를 슬쩍 올리며 말했다. 비열한 저 입에 침이라도 뱉어주고 싶었지만 공손하게 고개를 살짝 숙이고 예의 바르게 말했다.

"송구스럽습니다. 예기는 술을 따르지 않습니다."

류춘기는 요시다야의 눈치를 슬쩍 보면서 내게 청하는 듯 말했다.

"하하하, 예기라. 이 두 분이 누구신지 아는가? 경성경찰서 수사과장 요시다야 상과 조선일보 기자 박현기 상이야."

나는 치밀어 오르는 울분과 모멸감에 치가 떨렸지만 감추며 말했다.

"죄송합니다. 즐거운 시간 되십시오."

자리에서 일어서려는 순간 류춘기가 들고 있던 술잔의 술을 내 얼굴에 뿌렸다. 옆 사내들이 약간 놀라는 기색이었다.

"예기라는 것이 뭐란 말이냐? 기생은 다 똑같은 기생이지. 지금이 조선시대인 줄 아느냐? 기생 년이 감히 누구를 거절하는 거야. 야! 주인 불러!"

술에 취한 류춘기는 상이라도 엎을 기세였다. 그러고는 내게 달려들어 따귀라고 때릴 것처럼 두 눈을 부릅떴다. 다른 남자 셋은 류춘기가 하는 짓을 방관하듯 쳐다보고 있었다. 특히 요시다야는 입술을 한쪽으로 비틀어 올리며 비웃고 있었다. 옆좌석에 앉아 있던 홍옥과 매향이 말렸지만 류춘기는 막무가내로 소리를 쳤다.

"이래도 못 따르겠느냐, 네 이년. 네가 함흥 땅에 발붙이고 살려면 어찌해야 하는지 본때를 보여주마."

"나는 춤을 추는 예기이지 술을 따르는 기생이 아니오."

나는 다시 단호하게 말하고 일어섰다. 그러자 류춘기가 벌떡 일어나더니 내 뺨을 후려쳤다. 나는 얼굴을 들어 류춘기를 똑바로 쳐다보았다. 눈의 핏줄이 터질 것 같았다. 나는 그를 똑바로 쳐다보며 말했다.

"손님, 예를 차리시지요."

"그래? 예를 차릴 테니 이 술잔에 다소곳이 술을 한잔 따라보거라."

류춘기는 자리에 앉더니 빈 술잔을 잡았다.

나는 다소곳이 몸을 숙여 류춘기의 귀 가까이 입술을 갖다 대고 속삭였다.

"류춘기 씨! 당신의 권력이 이 조선 땅을 들썩인다 해도 나는 네 그 더러운 권력 앞에 무릎 꿇고 술을 따르지 않는다. 네가 나를 강제로 먹긴 했어도 나는 너 같은 쓰레기는 딱 밥맛이야."

그러고는 술잔에 있는 술을 류춘기의 머리에 부었다.

"무어라고? 이 건방진 년."

그는 손에 잡히는 대로 상 위에 있는 물건들을 던졌다. 그때

보이와 주인이 황급히 들어와 류춘기를 말렸다.

"지금 당장 요릿집 문 닫을 줄 알아. 이따위 형편없는 기생년을 불러놓고 음식 값은 몇 곱절 비싸게 받아!"

주인은 류춘기의 욕설과 주정을 진정시키느라 손이 발이 되도록 싹싹 빌었다. 내가 나가려 하자 이번에는 요시다야가 나를 잡았다.

"오호, 이제 네년을 알겠다. 그래 요즘도 한글 공부 열심히 하는가?"

나는 요시다야의 얼굴을 똑바로 쳐다보았다. 술에 취한 그는 혀가 꼬부라지고 눈동자가 풀린 족제비눈을 치켜뜨려 하지만 잘 안 되는지 눈을 끔벅거리며 내게 말했다.

"이년, 여전히 고집이 세군. 내가 너를 네 은인이라는 놈과 함께 있게 해주지."

놈이 내 따귀를 때리려고 손을 치켜드는 순간 갑자기 마루로 나가 떨어졌다. 누군가 놈의 손을 낚아채어 밖으로 내던진 것이었다.

그였다.

"류춘기 씨, 함흥에서 그리 유력한 인사 분께서 이게 무슨 못난 행동이란 말입니까? 어, 이분은 또 누구신가? 박 기자님 아니십니까? 어찌 경성에서 여기까지 오셔서 이런 시비에 합류하십니까? 이거 신문에 날 일입니다. 아마도 요즘 신문에는 가십

거리 뉴스도 필요하겠죠?"

백석은 류춘기와 박 기자를 보고 냉정하게 비웃어주었다.

"이놈은 또 누구야?"

류춘기는 백석에게 주먹을 휘둘렀지만 술에 취해 도리어 술상 위에 넘어지고 말았다. 주인과 늙은 보이와 젊은 보이가 류춘기를 부축하고 요시다야를 일으켜 세웠다. 다른 방에서는 이게 웬 소동인가 싶어 방문을 빼꼼 열고 내다보는 이들도 있고, 아예 수련방 복도까지 나와서 강 건너 불구경하듯 쳐다보고 있는 이들도 있었다.

손님들이 나오자 기생들도 우르르 몰려나왔다. 그때 요시다야가 총을 빼어 들고 백석을 향해 겨누었다. 그러나 술에 만취한 요시다야의 몸이 말을 듣지 않고 제멋대로 마구 흔들렸다. 놈이 그를 향해 방아쇠를 당겼다.

"안 돼!"

총알이 마침 자리에서 일어나던 박 기자의 이마를 관통했다. 피가 천장으로 솟구쳤다. 소란하던 주위가 몇 초 동안 고요해졌다. 구경 나온 손님들도 기생들도 모두 놀란 입을 다물지 못했다.

백석은 그 틈을 타 내 손을 잡고 함흥관을 빠져나왔다. 대기하고 있던 아무 인력거를 타려고 했지만 이미 대기 중인 인력거들이라 고개를 절레절레 흔들었다. 그는 할 수 없이 내 손을 잡고 뛰었다. 나는 그의 손에 이끌려 거의 딸려가다시피 했다. 가슴이 떨리고 다리가 후들거렸다. 만세교에 다다랐다. 달도 뜨지 않은 깜깜한 밤이라 성천강 물소리만 세차게 들려왔다. 백석은 내 손을 꼭 잡고는 그의 외투 주머니 속으로 넣었다. 따뜻했다. 그가 잡은 손에 땀이 배어 나왔다. 입춘이 지나긴 했지만 2월의 밤 날씨는 여전히 쌀쌀했다.

"어쩌려고 그런 무모한 짓을? 그자들이 어떤 놈들인지 알기나 하세요?"

나는 창백하게 질린 채 그에게 말했다.

"박 기자란 자가 죽었어요."

"요시다야가 총을 쏘는 것을 그 자리에 있는 모든 사람들이 보았소. 그러니 걱정 말아요. 도리어 류춘기나 요시다야 측에서 쉬쉬할 거요."

그래도 나는 떨리는 마음을 진정시킬 수가 없었다.

"자, 자, 내일 일은 내일 걱정합시다. 지금 우리가 이렇게 함께 있을 수 있다니 나는 꿈만 같아요."

백석은 애써 침착하려 했다.

"진향! 지금 우리가 이렇게 함께 있다는 것만 생각해요. 이보다 더 중요한 일은 없어요."

우리는 성천강을 건너 어느 허름한 여인숙에 들었다. 함흥관에서는 지금 난리법석이 났을 텐데, 이런 와중에도 내 속에서 뭔가 꿈틀거렸다. 떨려서일까? 그가 말을 조금 더듬었다. 내 손을 잡은 그의 손에서 땀이 배어 나왔다. 전류가 흐른다는 것이 이런 느낌이구나.

그가 몸을 움직일 때마다 기분 좋은 야성적 냄새가 풍겨왔다. 남들은 그를 한국 최고의 모던보이라고 하지만 나는 그에게서 풍기는 조선의 고풍스런 분위기가 매혹적이었다. 그리고 무엇에도 흔들리지 않는 강인한 정신이 느껴졌다. 그것이 나를 끌어당기는 힘일까?

나에게 관심을 가지고 쫓아다니는 남자들은 하나같이 정신적으로 유약했다. 나는 그들에게 어떠한 이성적 감정이 느껴지지 않았다. 그런데 지금 이 남자는 달랐다. 그에게서 나오는 힘은 무한한 우주의 힘 같았다. 그에게는 나를 끌어당기는 강력한 자석과도 같은 힘이 작용하고 있었다.

여인숙 아랫목은 따뜻했다. 그와 나는 벽에 기대어 앉았다.

"당신은 오늘부터 내 여자요."

그는 내 손을 꼭 잡고는 처음 만났을 때 내게 한 말을 다시 반복했다.

"오늘은 나를 혼자 두고 가버리진 않겠지?"

"……."

"또 답을 안 주는구려. 당신을 처음 봤을 때 내가 왜 그런 말을 했는지는 나도 모르겠소. 하지만 이것만은 확신할 수 있소.

당신을 보자마자 하얀 사과꽃이 떠올랐어요. 예전에 사과꽃이 만발한 어느 저택에서 본 소녀였어요. 그리고 솔숲 우거진 곳에서부터 흐르는 맑은 물소리가 들렸소. 이 세상에서 가장 맑은 물소리였소. 돌을 들추면 가재가 놀라 도망가고 물잠자리가 나는 개천의 물소리를 아시오? 특히 물안개가 머물고 있는 이른 새벽의 물소리는 얼마나 맑고 청량한지, 당신에게서 내가 들은 소리가 바로 그 소리였소. 가까이에 나를 따르는 여류 작가들이 여럿 있지만 나는 그들에게 전혀 이성적 매력을 느낄 수 없었소. 도리어 그들에게서는 도반이나 무사의 모습만이 엿보일 뿐이었소. 그런데 당신을 처음 봤을 때 내 모든 감정이 당신에게 쏠렸소. 그동안 내가 쫓아다녔던 여자들이 단지 내면에서 솟아나는 불가항력의 동물적인 발로였던 것을 확실하게 깨달았소."

그의 목소리는 격앙되어 약간 떨리기까지 했다.

"내 말이 거짓으로 들리오?"

나는 그의 진심을 느꼈다. 나를 사랑한다며 따라다닌 남자들에게 나는 이 같은 진심을 느끼지 못했었다. 그야말로 단지 동물적인 발로였다고 느낄 뿐이었다. 류춘기와 같은 부류는 강압적으로 짓누르거나 돈으로 매수하려고 들었다. 이명오는 여자를 정복하기 위해 사냥하는 하이에나 같았다. 소처럼 우직한 이홍주가 좋은 사람이라고 생각해보긴 했지만 사랑으로 발전하지는 않았다.

한 번도 남자를 사랑해본 적이 없는 나에게 이 남자는 누구란 말인가? 선생이자 시인이며 기자이기도 한 남자. 예전에 단 한 번도 느껴보지 못했던 이 미묘한 끌림, 이러한 느낌이 사랑이라면 나는 지금 사랑에 빠진 것이 확실했다.

"진향, 당신을 처음 국숫집에서 봤을 때 아득히 먼 어느 시간부터 우리가 서로를 간절히 갈망하며 기다려왔다는 느낌이었소."

"사실 나도 그런 느낌을 받았어요."

"……."

"하지만 지금 내 처지가 사랑 같은 감정 따위에 소진할 정신적 여유가 없어 애써 외면해왔어요."

"알고 있었소. 당신에게 배어 있는 슬픔을 나도 느끼고 있었으니까."

"진향, 오늘의 이 일이 내일 어떠한 가혹한 형벌로 올 수도 있소. 하지만 우리가 서로에게 얼마나 끌리고 있는지 알게 되었다는 점이 아주 중요한 일이오. 그러니 다른 생각은 하지 맙시다. 지금 우리에게 이 시간보다 더 중요한 것은 없소."

그는 조심스럽게 나에게 입맞춤을 하고 나를 안았다. 폭풍우가 휩쓸고 간 그날 밤은 황홀했다.

5장

벼랑에서 피는 꽃, 사랑

반룡산 기슭으로 서서히 노을이 퍼지고 있다. 4월 봄 햇볕이 따스했다. 학교를 마치고 반룡산 오솔길을 산책하는 것이 그에게는 저녁 일과가 되었다. 흙갈이를 해둔 논과 밭에는 붉은 햇살이 빠르게 저물고 있었다.

그가 환한 웃음을 지으며 내게 성큼성큼 걸어오고 있다. 그의 숱 많은 머릿결이 바람에 휘날렸다. 그는 나를 보자 두 팔을 활짝 벌렸다. 내가 폴짝 뛰어 그의 너른 품에 안겼다. 그는 내입술에 살짝 입을 맞추었다. 저녁놀 아래 솔솔 불어오는 싱그러운 바람을 맞으며 우리는 손을 잡고 걸었다. 과수원에는 사과꽃이 만발했다. 그는 사과꽃 줄기를 하나 꺾어 내 머리에 꽂아주었다.

은은한 빛 발하는 어떤 처녀가
머리에 사과꽃 가득 꽂고서
내 이름 단 한 번 부르고서는
눈부신 허공으로 사라졌어라
……

211

텅 빈 분지와 산골 마을을

여기저기 방랑하며 늙어갔어도

그녀가 있는 곳 찾아내서는

입술에 입 맞추고 그녀 손 잡으리

이슬 아롱진 풀밭을 오가며

세월이 다하도록 따 모으리

달님 나라의 은빛 사과와

햇님 나라의 금빛 사과를

그는 시를 낭송하고는 내 얼굴을 감싸 안고 다시 입맞춤을 했다.

"당신이 사라질까 봐 겁이 나오. 날 절대로 떠나지 않을 거지?"

나는 아무 말도 하지 않고 잡은 손에 힘을 주었다. 뒤란에 복사꽃이 핀 집 담벼락이 몹시 쇠락하여 비어 있는 집인가 보다 생각했다. 꿩이 복사꽃에 앉았다가 후다닥 날갯짓을 하며 날아오르니 흩날리는 분홍, 꽃분홍. 울타리 밖 늙은 배나무에는 개똥지빠귀들이 무리로 날아와 앉았다. 흰 구름 따라가며 딱정벌레 잡다가 하얀 꽃이 좋아 아직 못 떠나고 있는가 보다.

서쪽 들판에서는 바람에 부딪치는 청보리 소리가 사락사락 들려왔다. 어느 집에선가 송아지 우는 소리가 났다. 논일을 하고 돌아온 제 어미를 보고 반가워서일 것이다. 오솔길로 접어들자 다람쥐가 놀라 후다닥 도망가는 것이 보였다. 흰 구름이 흘러가다가 복사꽃을 바라보고 섰는지 복사꽃 핀 뒤란이 더 붉어지고 있었다.

이 오솔길은 우리들의 데이트 장소가 되었다. 일하던 농부들이 석양을 등지고 집으로 돌아간 후의 시간이라 사람들 눈에 뜨일 일은 드물었다. 또 저녁 무렵에 이 숲속으로 굳이 올 사람도 없을 터이다. 자그마한 내 손이 그의 손안으로 쏙 들어갔다. 우리는 숲속으로 좀 더 깊이 들어갔다.

"이 산은 온 산이 자작나무 숲이야. 굽거나 울퉁불퉁하지도 않고 곧게 쭉 뻗은 백화를 보면, 백의의 민족인 우리 민족을 생각나게 해. 게다가 꼿꼿하고 하얀 줄기는 나라의 독립을 위해 고군분투하는 어른들처럼 당당해 보이는 것 같아."

"정말 그런 것 같네요. 세상사를 통달한 백발의 노인처럼 그윽하고 신령스럽기도 하고."

"미국의 프로스트라는 시인은 시골에 사는 한 소년이 친구가 없어서 혼자서 저 자작나무 줄기를 타고 오르내리며 논다는 것을 시로 노래하기도 했지."

"시인은 나무 하나도 허투루 보지 않는군요."

"그나저나 참 신비롭지 않은가? 어쩌면 저렇게 흰 나무가 지천에 깔려 있는지. 이곳 산골 집은 대들보도 기둥도 문살도 모두 자작나무이고, 밤이면 캥캥 여우가 우는 산도 자작나무이고, 그 맛있는 메밀국수를 삶는 장작도 자작나무이고, 그리고 감로 같은 샘이 솟는 박우물도 자작나무야. 산 너머 평안도 땅도 보인다는 이 산골은 온통 자작나무이니, 우리가 이 자작나무 아래에서 사랑을 나누면 자작나무를 닮은 아이를 낳을 거야."

자작나무를 닮은 아이. 나는 그의 말에 깔깔깔 웃었다. 자작나무처럼 곧은 절개를 가진 아이를 가진다는 것이 나쁠 것 같지는 않다고 생각했다.

"그런데 우리 아이가 자작나무처럼 흰 수염 할아버지로 태어나면 어떡하죠?"

"하하하."

"호호호."

우리의 웃음소리가 자작나무 꼭대기까지 올라갔다가 다시 주르르 줄기를 타고 땅으로 내려앉았다. 사랑하는 사람의 아이를 가진다는 것. 나는 지금 내 앞에 있는 이 남자의 아이를 가지고 싶었다.

해가 반룡산 자락으로 넘어가자 갑자기 이슥한 저녁 풍경이 펼쳐졌다. 하늘에는 초승달이 귀신불같이 떠 있었다. 주위는 어둑어둑하고 인적조차 없었다. 갑자기 나는 무서운 생각이 들어 그의 손을 꼭 잡았다. 자작나무 숲길을 빠져나와 뒤란에 복사꽃이 핀 집을 지났다.

드디어 내 하숙집이 보였다. 집이 가까워질수록 그는 깍지 낀 손에 힘을 더 주었다. 그의 손가락의 떨림에 긴장이 되었다. 둘 사이에 침묵이 흘렀다. 무슨 말이 필요하겠는가. 손으로 통하는 이 따스한 교감이 우리의 마음을 모두 말해주고 있거늘. 우리는 서로 아무 말도 하지 않았다. 무언의 순간이지만 서로가 간절히 무언가를 원한다는 것을 알고 있었다. 집집마다 하나둘씩 처마 끝에 종이 등불이 켜지고 있었다.

"개와 늑대의 시간이야."

"개와 늑대의 시간?"

"개인지 늑대인지 구별이 안 되는 어둑신한 지금이 바로 그 시간이야. 이 시간이 되면 산짐승들이 하나둘씩 슬슬 행동을 개시할 테지."

나는 손으로 전해져 오는 감각에서 그의 남성이 꿈틀대는 것을 느꼈다. 그가 기습적으로 나에게 입맞춤을 했다. 나는 갑작스런 그의 행동에 놀란 토끼처럼 동그랗게 눈을 떴다. 그의 혀는 지속적으로 내 작은 동굴의 문을 열려고 했다. 드디어 나는 그의 혀를 받아들였다. 개와 늑대의 시간은 정녕 이리도 고요한 시간인가?

우리 두 사람을 위해 주어진 시간처럼 사방은 모든 것이 멈춰버린 것 같다고 생각하는 찰나에 갑자기 부스럭 소리가 났다. 그 소리에 그가 나에게서 입술을 뗐다. 새가 후다닥 날아갔다. 우리는 서로 마주보며 웃었다.

"이 책 어디서 났어?"

"……."

그는 표지를 펼치더니 더욱 놀라는 얼굴로 소리쳤다.

"아니, 이 책이 왜 당신에게 있는 거야? 이 책은 내 책이라고. 여기 내 이름, 백기행이라고 적혀 있잖아!"

감격스러웠다. 내가 10년 이상을 지니고 다니던 책을 책 주인이 드디어 쥐어보는 순간이었다.

"세상에! 그럼 그때 그 사과꽃 아이가 당신이야? 하늬가 당신이란 말이야? 그런데 왜 함흥관에서 진작 얘기를 하지 않았지? 당신이 그 아이를 닮았다고 내가 얘기했는데……."

"……."

나는 말을 하지 못했다. 어머니가 그랬듯 그 예뻤던 사과꽃 아이가 기생이 된 것을 누구에게도 알리고 싶지 않았기 때문이다.

"책이 이렇게 낡아졌네."

"이 책을 항상 지니고 다녔어요. 어디를 가든 항상 나와 함께했어요. 그러다 보니 책을 수십 번은 더 읽었어요. 그래서 이제는 거의 다 외울 지경까지 되었어요."

그는 나를 와락 안았다. 한참을 안고 있다가 내 얼굴을 보며 말했다.

"이제 확실해졌어. 내 마음을 지배해오던 여자가 당신이라는 것을. 여러 여자들을 만났어도 충족되지 않는 무엇인가 때문에 늘 허전했었어. 사랑이라고 유일하게 생각했던 한 여자에게서도 느껴보지 못했던 그 기묘한 끌림의 정체가 무엇인지 이젠 알게 되었어."

그는 감격스러운 듯 아주 꼬옥 나를 안았다.

"놀라워. 언젠가 《테스》를 우리말로 번역할 예정인데, 그때 도움을 좀 주구려."

"제가요? 그럴 만한 능력은 안 돼요."

"우리는 이미 오래전에 하늘이 맺어주신 아주 귀한 인연이야. 어릴 적 어머니를 따라간 관철동 큰 집 살구나무 아래 툇마루에서 놀던 기억과 자그마한 사과꽃 아이를 잠시도 잊어본 적이 없어."

"나도 그랬어요. 이 책을 보는 순간 나도 모르게 눈물이 주르륵 흘러내렸어요. 그리고 펼친 첫 장에 쓰인 백기행이란 이름과 그의 모습을 잊지 않고 있었어요. 하지만 그 소년이 당신이라는 것을 알고 차마 그 사과꽃 소녀가 나라고 말할 수가 없었어요. 당신을 처음 함흥장 국숫집에서 봤을 때 나는 당신이 그 소년이라는 것을 직감적으로 알았어요."

"사실 어머니랑 당신 집을 방문했을 때 그 책을 일부러 두고 왔어. 내가 그 집에 왔다 간 흔적을 남기고 싶었거든. 어머니가 어린 당신을 보고 사과꽃같이 생겼다고 해서 그때 난 사과꽃이 어떤 꽃인가 찾았었지. 그래서 사과꽃 한 송이를 따서 그 책갈피에 넣어둔 거야.”

그는 다시 나를 안았다. 사랑의 인연은 이미 10년도 훨씬 전부터 마련되어 있었던 것이다.

“난 그날 이후로 그 소녀를 사랑하게 되었어.”

나도 그 소년을 한 번도 잊은 적이 없었다. 책 안쪽 표지에 적혀 있는 ‘백기행’이라는 이름을 어루만지면서 되뇌어본 적이 얼마나 많았던가.

백석은 흥분을 쉬이 가라앉히지 못했다. 인연이라는 것은 하늘이 맺어주는 것인가.

“나는 사과꽃처럼 눈부신 예쁜 아이에게 계속 눈길이 갔지만 그렇다고 똑바로 쳐다보지를 못했지. 생각나, 〈로빈 후드〉 영화?”

“그럼요. 태어나서 처음 본 영화인데요. 얼마나 신기했던지.”

오빠의 책거리가 있던 날 서양 선교사 부인이 동네 부인들과 이야기를 나누는 동안 한국 선교사가 우리 남매와 오빠 친구 그리고 백기행이라는 그 소년을 데리고 우미관에 갔었다. 난생 처음 가보는 극장이었다. 극장 간판에는 활동사진 연속상영을 선전하는 대형 그림들이 붙어 있었고 벽면에도 여러 현란한 포스

터들이 붙어 있었다. 극장 앞에는 수많은 사람들로 북적거렸다.

우리는 긴 나무의자에 줄지어 앉아 외국 영화 〈로빈 후드〉를 보았다. 우리와 다르게 생긴 사람들이 바로 눈앞에 있는 커다란 스크린에서 나왔다 사라졌다 하는 장면을 얼이 빠지도록 보았다. 그들은 우리와는 다른 옷을 입고 칼을 차고 있거나 숲속에서 활을 쏘기도 했다. 커다란 화면에서 움직이는 사람들을 직접 보니 유성기에서 나는 노랫소리보다 훨씬 더 신기했다. 영화가 끝나고 주위가 다시 밝아졌는데도 오빠도, 오빠 친구도, 자작나무 숲에서 온 소년도, 나도 모두 입을 다물지 못하고 한동안 멍하니 앉아 있었다.

"난 그때 영화보다 당신의 얼굴을 더 많이 쳐다보았어. 극장 안이 어두워서 아무도 눈길을 주는 것을 모를 것이라 생각했거든."

"아! 그래서 내 볼이 그렇게 뜨거웠었군요."

우리는 서로 마주 보고 웃었다. 백석은 나를 안고 누워서 뭔가 망설이는 듯하더니 말을 꺼냈다.

"당신을 만나기 전에 잠깐 마음 끌린 여인이 있었어."

그가 왜 느닷없이 그 말을 꺼내는지 알 수가 없었다.

"그런데 그 여인은 올 4월에 친한 친구의 아내가 되었지."

"왜 갑자기 그런 이야기를 하세요?"

"나도 모르겠소. 그냥 당신에게 이야기를 해야 할 것만 같아서."

그는 잠시 외도라도 한 것이 미안한 듯이 자신의 과거사를 털어놓았다.

"나이가 들어 한 여자를 연모했지만 어릴 적 내 마음속 소녀는 잊히지 않았어. 분명 가슴이 아팠었는데……. 이것이 무슨 조화인지 모르겠네. 그녀가 내게서 이리 쉽게 빠져나갈 줄이야. 그 자리에 내 앞에 있는 이 아름다운 여인이 떡하니 자리를 잡을 줄 상상조차 못하였지 뭐야. 나는 내 속에 깊이 자리 잡고 있는 한 소녀 때문에 그 여자를 진심으로 사랑할 자리가 없었는지도 몰라."

"그 여자 많이 사랑했나 보군요?"

"아, 그랬는지 아닌지……. 아마 그랬겠지. 하지만 그녀를 친구의 결혼식 날 처음 보고, 그 후에 딱 한 번 본 것이 다야. 지금 생각해보면 나는 내 시에 등장할 어떤 여자가 필요했는지도 모르겠단 생각이 들어."

나는 그의 다른 여자 이야기에는 관심이 없었다. 다만 지금 내 앞에 있는 이 남자가 오랫동안 맘속에 품고 있던《테스》를 두고 간 그 소년이라는 것만이 중요했다. 그리고 우리는 오래전부터 서로를 간절히 원하고 필요로 해왔다는 것이었다. 테스를 사랑하지만 왜곡된 청교도적 여성관에서 벗어나지 못한 엔젤 클레어가 아니라, 그 어떤 난관에도 불구하고 사랑의 열정을 맘껏 쏟아붓는 백석이라는 남자를 나는 사랑했다. 게다가 그의 문학적 지성과 열정이 사랑스러웠다.

그날 밤에 나는 어렸을 때 아버지가 이야기해주던 별의 나라에 있었다. 무한한 우주라는 곳에서 떠돌던 이름 없는 별들 중에 그와 내가 있었다. 그 수많은 별들 중에 우리는 기적과도 같은 끌림에 의해 만나게 되어 강력한 빛을 발산하고 있는 것이었다. 그와 나는 서로의 몸속 깊숙이 잠자고 있던 원시적 욕망의 세포들을 조심스럽게, 천천히, 열정적으로 깨워주었다. 삶에 지친 영혼이 기적처럼 회생되는 것을 느꼈다.

함흥관에서 그가 요시다야를 내동댕이친 사건이 크게 불거질 것이라 각오하고 있었다. 비열하기 짝이 없는 류춘기와 요시다야가 그냥 넘어갈 리 없었다. 요시다야를 등에 업고 호가호위하며 함흥의 돈줄을 주무르는 류춘기의 권력은 막강했다. 요시다야 또한 류춘기를 이용해 개인적 이득을 챙길 뿐만 아니라 조선인들을 일본의 하수인으로 만드는 데 이용하고 있었던 것이다. 그런 놈들을 건드렸으니 파직은 당연한 것이고, 운이 나쁘면 구속이 될 수도 있었다. 그러나 일주일이 지나고 한 달이 지났는데도 그들에게는 아무런 연락이 없었다. 무슨 계략을 꾸미는 것일까?

함흥관 주인은 나에게 남의 장사 망치려고 작정했다며 맹렬

한 비난을 퍼부었다. 제아무리 잘난 예기라도 장사에 도움이 되지 않는 기생은 필요없다고 했다. 함흥관에서는 나를 더 이상 부르지 않았고 함흥권번에서는 숙고의 시간을 가져보자는 말만 했다.

나중에 알고 보니 박 기자가 술에 만취한 상태에서 옆에 앉아 있는 요시다야의 권총을 빼서 스스로 자기의 이마에 방아쇠를 당겼다는 것으로 사건을 마무리 지었다. 하지만 그 일로 요시다야는 경성경찰서에서 파직되어 일본으로 돌아가게 되었고, 그 여파로 류춘기의 권세에도 금이 가기 시작했다.

그렇게 또 몇 달이 지나갔다. 어느 날, 하루도 거르지 않고 날 찾던 그가 오지 않았다. 그다음 날도 아무런 연락이 없었다. 일주일 후쯤 그가 초췌한 모습으로 나타났다. 입술은 터져 피멍이 들어 있었고 눈과 얼굴도 벌겋게 부어 있었다.

"무슨 일 있었어요?"

"나에게 불똥이 떨어졌어."

"그렇겠지요. 가만히 있을 놈들이 아니지요. 뭔가 잡아들일 꼬투리를 킁킁거리며 맡고 다녔을 거니까요. 괜히 나 때문에."

"당신 때문이 아니야. 나쁜 놈들, 정의롭지 못한 놈들이 판을 치는 세상이야. 그동안 학교가 발칵 뒤집혀 비상사태였어."

"왜요?"

"학교에 대놓고 친일 발언을 일삼는 교사 한 놈이 있거든. 그자가 학생 한 명을 매수해 교내 동향을 살피라고 한 거야. 학생들이 독서회니 뭐니 하면서 비밀 단체를 만드는지, 독립군 자식이 누구인지, 반일 감정을 가진 학생이나 선생이 누구인지를 살피라는 거였어. 그런데 학생들이 이 사실을 알고 경고를 하려고 스파이 노릇 하는 놈을 지하실로 불렀다는군. 그런데 그 녀석이 지레 겁을 먹고 칼을 휘두르고는 도망쳐 경찰에 고발을 해버린 거야. 무슨 폭력을 쓴 것도 아니고 단지 경고를 했을 뿐이라는데, 그 와중에 학생 두 명이 다쳤어."

"그래서 어찌 되었어요?"

"순식간에 수십 명의 경찰이 학교를 포위하고 학생들을 겁박하고는 배후가 누군지 대라고 추궁을 했어."

"그 배후에 당신도 있었나요?"

"아니야. 하지만 경찰이 항상 나를 주목하고 있었으니 딱 좋은 먹잇감이 된 거지."

함흥경찰서에 백석의 행동을 잘 감시하라는 지시가 내려진 상태였던 것이다. 그 어떤 꼬투리라도 잡으면 바로 연행하라는 것이었다. 경찰은 학생들을 주동한 선생으로 백석을 지목했고, 주동자인 선생과 가담 학생들을 강력하게 처벌하라고 학교에 압력을 넣었다.

그렇지 않으면 학교를 폐교할 것이라는 엄포를 놓았다. 교장은 어쩔 수 없이 가담 학생들에게 정학과 퇴학 처분을 내렸고,

백석은 경찰서로 연행되어 조사를 받았다는 것이었다.

"그런데 어찌 순순히 풀어주던가요?"

"학교로 돌아올 때까진 나도 영문을 몰랐어. 이틀 꼬박 잠도 안 재우고 심문을 하더니만 오늘 아침에 학교로 돌아가라며 내보내지 않겠어. 학교로 돌아와보니 학생들과 교사들이 모두 술렁거리고 수업도 제대로 이루어지지 않고 있었어. 김관식 교장이 교사들, 학생들과 합심해 나의 무죄에 대한 진정서를 경찰서에 제출하고 학교에는 사표를 내고 그 길로 학교를 떠나버렸대. 아마도 교장이 모든 책임을 지고 사표를 낸 것 같아."

"그랬군요. 뭔가 심상찮아요. 이것이 서막일 뿐이라는 불안감이 옥죄어 와요."

"하지만 어쩌겠어. 일단 조심하는 수밖에……."

매일 보는데도 그립고 또 보고 싶었다. 매 순간마다 그는 나를 안고 싶어 했고, 나도 그의 품이 그리웠다. 하루 종일 그의 모습이 어른거렸다. 밤마다 속삭이며 애무하고 서로의 몸속을 몇 번이나 드나들어도 항상 아쉬웠다. 벌써 새벽 5시다.

"가기 싫은데. 딱 한 달만 온전히 당신과 나 단 둘이서만 지냈으면 좋겠어. 먹지도 말고 그저 아담과 이브처럼 알몸으로 한 달만 뒹굴었으면 좋겠어."

"나도 당신 마음과 같아요. 그럴 시간이 오겠죠. 자, 착한 내

낭군님, 일어나셔야죠?"

내가 그의 엉덩이를 톡톡 두드리며 말했다. 그는 나를 다시 부둥켜안고 뒹굴었다. 다시 내게 키스를 퍼부었다. 그의 입술, 코, 눈 어느 한 곳 나를 자극하지 않는 곳이 없었다. 나는 어린 소년처럼 칭얼대는 그의 등을 쓰다듬었다. 그는 다시 내 몸속으로 파고들었다. 부드러우면서 격렬했다. 그리고 참으로 따스했다. 시간은 자꾸만 가고 우리는 강력한 자석처럼 떨어질 줄 몰랐다. 다시 사랑을 나눈 후에야 그는 옷을 입었다.

5월인데도 새벽바람은 제법 차가웠다. 우리는 손을 잡고 걸었다. 그는 잡은 내 손을 그의 주머니에 넣고는 내 몸을 애무하듯 만지작거렸다. 어느새 만세교에 다다랐다. 백운산 자락에서 희뿌옇게 여명이 비춰오고 있었다. 백석은 성천강 위를 가로지르는 만세교를 무척 마음에 들어 했다.

"만세교 난간에 기대어보면 함흥벌 변두리가 태곳적같이 아득하고, 장진산 골바람이 강물을 스치면 신선이 구름을 타고 오는 것 같아."

낮은 낮대로 좋고, 해가 지면 개밥바라기별이 떠서 넘어갈 때까지 만세교 위를 지중지중 거니는 것을 행복해했다. 어느 날인가는 저녁 무렵 다짜고짜 내 손을 끌고는 성천강을 에워싸고 있는 산마루로 내달았다. 우리는 적송이 강 쪽으로 비스듬히 누워 있는 나무 아래에 앉았다. 물 밑에도 하늘에도 보름달이 떠 있었다. 모래사장은 달빛에 하얗게 반짝였다.

만세교 건너 강 저편 늪에서는 모자를 쓰고 낚싯대를 드리운 채 수양버들 아래 앉아 있는 사람들 몇 명이 보였다. 그들이 잡아 올리는 것은 피라미, 버들치 같은 물고기로 은빛 비늘이 반짝일 것이라고 말하는 그에게서 해초 냄새가 났다.

백석은 주머니에서 소주를 꺼내어 마개를 땄다. 그리고 다른 쪽 주머니에서 소주잔을 두 개 꺼내더니 잔에 소주를 따랐다. 한 잔은 내게 주고 다른 한 잔은 자신이 들고 우리의 영원한 사랑을 위해 잔을 부딪쳤다. 그러고는 몇 잔을 연거푸 마셨다.

백석은 내 어깨를 감싼 채 하늘의 달과 물속의 달을 번갈아 바라보았다. 우리는 아무 말도 필요하지 않았다. 사랑은 말로 하는 것이 아니라 마음으로 그리고 몸으로 하는 것이기 때문이다. 말 없는 말로 전하는 의미는 강물처럼 깊고 달빛처럼 반짝였다.

그러나 백석은 자기에게 온 사랑의 감격을 나에게 토해내고 싶었던 것이다. 백석은 흐르는 강물을 보면서 내게 말했다.

"당신은 저 강 가운데 섬이고 나는 당신 곁으로 끝없이 밀려가는 강물이라는 생각이 들어. 당신이라는 섬이 있어 나는 섬으로 끝없이 달려가는 강물이 되어 내 노래를, 내 사랑을 계속할 수가 있어. 그리운 당신은 내 삶의 꽃이자 그 꽃을 피워내는 대지야. 사랑은 가장 뜨겁고 빛나는 일들이 우리들이 모르는 사이에 일어나는 것이야. 그 열매가 다른 어떤 것보다 값지고 빛나는 것일 거야. 착하고 곱고 뜨거움을 다 갖고 있는 당신에게 나는 큰 위안과 힘을 얻고 있어. 당신은 내게 꽃이고 내가 피워내야 할 그 꽃을 키워내는 기름지고 넓은 밭이니 나는 당신에게 끝없이 달려가 안기는 것이 아니겠는가.”

흐르는 물소리도, 물 밑에 뜬 달도, 하늘에 뜬 달도 그리고 나도 백석의 대단히 신중한 말에 숨죽였다. 차가운 얄개바람에 그의 외투 속으로 사뿐 들어온 나를 안고 만세교를 지나 걷다 보니 어느새 그의 하숙집까지 왔다. 그는 나의 손을 놓고 싶지 않아 한동안 담벼락에 기대어 섰다.

“들어가세요.”

내가 달래듯 말했다. 그는 나를 한참이나 바라보았다.

“사랑해!”

그는 다시 포옹하고 입을 맞추었다. 그러더니 갑자기 내 손을 잡고 왔던 길을 내달렸다. 만세교를 넘을 때쯤엔 숨이 턱까지 차올라 내가 더 이상 못 뛰겠다며 두 손을 무릎에 얹고는 쌕쌕거렸다. 그는 나를 사뿐히 업고 뚜벅뚜벅 황소걸음으로 걸어갔다. 샛별과 새벽달이 우리의 사랑 놀음에 씨익 웃고 있었다.

“자, 이제는 정말 갈게.”

그는 내가 하숙집으로 들어가는 것을 보고 나서야 발걸음을 돌렸다.

자야오가(子夜吳歌)

장안도 한밤에 달은 밝은데
집집이 들리는 다듬이 소리 처량도 하구나
가을바람은 불어서 그치지를 않으니
이 모두가 옥관(玉關)의 정을 일깨우노나
언제쯤 오랑캐를 평정하고
원정 떠난 그이가 돌아오실까

"전장에 나간 남편이 무사히 돌아오기를 바라는 자야오가의 애절한 심정을 담은 이태백의 시야."

"슬픈 시군요."

"기다림은 누구에게나 긴 고통이니까."

"만약 당신이 전쟁터에 나가게 된다면 나도 언제까지나 당신을 기다릴 거예요."

"싫소. 나는 일제를 위해 전쟁터에 나가고 싶지는 않아. 인간의 인성을 말살하는 악랄한 일본의 제국주의에 절대 동조할 수 없어. 하지만 당신의 마음은 고마워. 당신에게 '자야'라는 호를 지어주고 싶어. 어때, 자야?"

"자야! 좋아요. 나는 이제부터 당신의 자야예요."

"그래, 나의 자야! 내게 무슨 일이 있어도 나를 믿고 기다려 줘. 약속할 수 있지?"

나를 바라보는 그의 얼굴에 수심이 가득 차 있었다.

"무슨 일 있어요?"

그는 한참을 아무 말도 하지 못하다가 어렵게 입을 열었다.

"서울에서 아버지가 편지를 보내오셨어. 올 여름방학 때도 가지 않았잖아. 그러니 이번에는 겨울방학이 시작되는 대로 곧 장 집으로 오라는 엄명이야."

나는 아무렇지도 않은 듯 곧바로 퉁명스럽게 말했다.

"걱정 말고 다녀오세요. 부모님이 기다리시는데……. 그리고 부모님 편지가 아니더라도 찾아뵙는 게 도리잖아요."

"하지만 싫어. 당신을 두고 혼자 갈 수는 없어."

우리는 한시라도 못 보면 서로가 그리워 몸살을 앓을 정도였 다. 그러니 열흘이나 되는 시간 동안 떨어져 지내야 한다는 것 은 서로가 견디기 힘든 일이었다.

"당신이 보고 싶어 미쳐버릴지도 몰라. 발걸음이 떨어지지 않는데 어떻게 갈 수 있겠어."

그의 투정 어린 말은 잠깐이나마 섭섭했던 마음을 금세 풀어 주었다.

"자야오가처럼 당신이 오기만을 오매불망 기다릴 테니 다녀오세요."

　나는 달래듯 말했다. 하지만 허전한 마음은 이루 말할 수가 없었다. 겨울방학이 되면 함께 홍남부두와 동해로 겨울 여행을 떠나자고 철석같이 약속을 해둔 터였다.

　12월 20일 밤 11시, 겨울밤 하늘의 달빛은 싸늘하기만 했다. 눈이 펑펑 내렸다. 쌓인 눈이 달빛에 비쳐 하얀 냉기를 뿜어내었다. 바람은 나뭇가지와 지붕에 내려앉은 눈들을 날리게 하고 내 얼굴을 거침없이 때렸다. 나는 오버코트를 여미고 종종 걸음으로 빠르게 걸었다. 길은 얼어서 걸을 때마다 바자작바자작 소리를 냈다. 뒤돌아보지 않았다. 뒤돌아보면 그를 붙잡을 것만 같았다. 아니, 그가 탄 기차에 올라탈 것만 같았다. 그는 이제 플랫폼 안으로 들어갔을 것이다.

　애써 눈물을 참으려 크게 심호흡을 했다. 숨을 크게 쉬고 가슴의 뜨거운 호흡을 입 밖으로 길게 내뿜었다. 입에서 나온 하얀 김이 차가운 냉기 속으로 사라졌다.

　그는 떠났다. 그가 없는 동안 나는 냉담해져야만 했다. 긴 겨울 내내 차갑게 부는 바람처럼 내 마음도 냉랭하게 얼게 만들리라. 내 사람이 될 수 없는 고귀한 사람, 내가 앞길을 막으면 안 되는 것이니. 나는 혼자서 잘 견딜 수 있어. 언제나 혼자서 잘 견뎌왔는걸. 미련 두지 말자. 그러나 애써 냉정해지려는 마음은 또 금세 먹먹해지며 서러워졌다.

눈이 다시 내리기 시작했다. 함흥역을 벗어나자 거리는 인적도 없고 음산했다. 눈발은 점점 거세어져 도둑고양이가 담벼락에 가만가만 올라타듯 나뭇가지에 앉았다가, 찬바람이 거침없이 불어오자 눈도 거침없이 뛰어내렸다. 부서지며 흩날리는 눈이 희미한 가로등 불빛에 반짝거렸다.

날리는 눈발이 내 얼굴을 스치기도 하고 눈썹에 앉아 눈꺼풀이 무거워지는 느낌이었지만 그대로 두었다. 무거워져서, 더욱 무거워져서 그냥 눈을 감아버렸으면 좋겠다는 생각이 들었다. 눈썹에 올라탄 눈이 눈물과 함께 흘러내렸다. 저 눈송이처럼 그저 바람이 부는 대로 살아가자.

뜨문뜨문 서 있는 가로등 불빛에 눈물이 반짝거렸다. 저 흰 눈은 어디서 내려오나? 하늘을 올려다보았다. 공중에 설치된 무대의 검은 커튼 뒤에서 연극 스태프가 눈을 뿌리고 있을지도 모른다고 생각했다. 그와 나는 지금 한 무대에서 사랑을 나누다 잠시 이별 장면을 찍는 것뿐이다. 그는 곧 내게 다시 돌아올 것이다. 그런데도 나는 왜 이리도 허전한가?

동네 어귀에 다다랐을 때 갑자기 뒤에서 발걸음 소리가 저벅저벅 들려왔다. 언뜻 무서운 생각이 들어 뒤돌아보지 않고 빠른 걸음으로 걸었다. 뒤의 발자국도 큰 보폭으로 걸어오고 있었다. 내 발걸음은 더 빨라졌다. 뒤의 발자국도 빨라졌다.

톡톡톡톡! 저벅저벅저벅저벅! 사방이 고요한 이슥한 밤에 두 사람의 발자국 소리는 공룡 발자국 소리만큼 크게 들렸다. 발자국은 점점 더 빨라져 거의 내 뒤를 바짝 쫓았다. 나는 그 발자국을 먼저 보내야겠다는 생각으로 길을 비켜섰다. 코트 깃에 얼굴을 감추고 천천히 걸어갔다. 그러자 발자국도 느려졌다. 공포가 엄습해왔다. 점점 다가오는 발자국이 내게서 멈추더니 내 어깨를 툭 쳤다. 나는 깜짝 놀라 비명을 질렀다.

"자야!"

그였다. 놀람과 안심과 반가움이 교차했다. 하지만 나를 이렇게 놀라게 한 것에 화가 났다.

"아니, 도대체 어찌 된 일이에요?"

"눈은 펑펑 나리고, 밤 기차는 오지 않는데, 배웅 나온 나의 님은 어느새 가버리고, 플랫폼 철로를 타고 오는 바람은 사납기만 해서, 코트 깃을 세워도 심장은 시렵고, 나의 님을 닮은 달은 어쩌려고 저리 휘영청 밝아서 날 가지 마라 유혹하는데, 내가 어찌 무정하게 떠날 수 있겠소."

그가 자신의 행동을 무마하려는 듯 내 주위를 빙글빙글 돌며 마치 시 낭송을 하듯이 변명을 늘어놓았다.

"차표는?"

"새우 눈에 금테 안경을 쓰고 짱구 머리통에 금테 두른 모자를 쓴 일본 놈 역장에게 내가 잘 둘러댔지. 가져가야 할 물건을 깜박 잊고 와서 아무래도 이번 기차는 못 타고 내일 첫차를 타야 할 것 같다고 하니 순순히 기차표를 물러주던데."

"장난꾸러기!"

나는 그의 천진난만한 행동이 진정으로 사랑스러웠다. 그와 함께라면 차가운 겨울바람도 포근했고 날리는 눈발도 낭만적이며 싸늘한 달빛도 온화한 웃음을 지어 보이는 것 같았다.

그날 밤, 그의 정열적인 사랑은 밤새도록 계속되었고, 다음 날 아침 그는 어깨를 축 늘어뜨리고 함흥을 떠났다.

그는 경성으로 간 다음 날부터 함흥으로 하루가 멀다 하고 편지를 보내왔다. 그의 편지를 기다리는 것이 내게 가장 중요한 하루의 일과였다. 오후 1시경이 되면 어김없이 우편배달부가 편지 봉투를 마당에 던져놓고 갔다. 편지를 수시로 꺼내어 읽고 또 읽고 받침 하나, 점 하나, 조사 하나까지도 빠뜨리지 않고 눈여겨 읽었다. 그가 무심코 찍었을 문장부호 하나에도 무언가 의미를 찾아내려고 했다.

그렇게 나는 그가 없는 외롭고 쓸쓸한 긴 하루하루를 그를 그리워하면서, 그의 애타는 연서를 읽으면서 견뎌냈다. 그리워하는 시간이 길어질수록 자석처럼 서로에게 끌리는 강도가 더해졌다. 그는 '자석처럼 내 몸이 당신 몸에서 떨어지려 하지 않아.'라고 말하곤 했다. 편지는 그를 기다리는 허전하고 긴 하루를 견디게 해주었다.

그런데 편지가 일주일쯤 오다가 뚝 끊겼다. 오후 1시쯤이면 경성에서 날아와 어김없이 마당에 살포시 앉아 있어야 할 편지가 보이지 않았다. 혹시 편지가 대문을 넘지 못했나 싶어 나가 보았지만 없었다. 나는 하루 종일 편지가 날아와 앉을 그 자리를 내다보고 또 내다보았다. 출근을 하고서도 그의 편지가 와 있을까 봐 좌불안석이었다. 화가 났다가, 불안하다가, 허전하다가 하는 마음에 안절부절못했다. 그의 편지는 다음 날도 그 다음 날도 오지 않았다. 한 시간이 하루 같았고 하루가 1년 같았다.

나는 아무 일도 하지 못했다. 출근을 할 기력도 없었다. 함흥관 사건 이후 숙고의 시간을 보내고 권번에서 문하생들을 지도하고 있었다. 함흥관에서 다시 연주를 해달라는 부탁을 해왔지만 거절했다. 목은 바짝바짝 타들어갔고 끼니도 넘어가지 않았다. 밤새도록 잠을 제대로 자지도 못했다.

모래바람이 쌩쌩 부는 사막에 나 홀로 서 있는 느낌이었다. 그가 내 손에 쥐어주고 간 나침반의 바늘마저 방향을 찾지 못해 마구 흔들렸다. 난 어디로 가야 할지 갈피를 잡지 못했다. 주위를 둘러보아도 온통 하얀 모래언덕만이 펼쳐져 있을 뿐이었다.

그렇게 또 며칠이 지나 12월이 다 가고 새해가 되었다. 겨울바람은 며칠째 계속 사납게 불어댔다. 밤이면 바람 소리가 마치 귀신 울음소리 같아서 공포에 질려 잠을 이루지도 못했다. 그렇게 또 며칠이 지났다. 마른 나뭇가지들이 바람에 칼날처럼 비명을 질러대던 어느 이슥한 밤에 그가 소리 소문 없이 귀신처럼 들어섰다. 그는 수척해진 내 몰골을 보고는 와락 끌어안았다.

"어이구! 이 미련한 사람아!"

그가 오면 칼날처럼 앙갚음하려고 했던 마음이 그의 손길이 닿자마자 버들가지처럼 늘어졌다. 그는 나를 끌어안고 마구 키스를 퍼부었다. 나는 대응할 기운조차 없었다.

새벽에 그의 품에서 눈을 떴다. 그는 벌써 깨어 있었는지 내가 뒤척이자 나를 꼭 안으며 말했다.

"잘 잤어?"

"……"

나는 아무 말도 하지 않고 그의 품으로 파고들었다.

"미안하오. 무척 보고 싶었소."

"……"

"자야!"

"……"

"자야!"

"……"

나는 그의 입에서 무서운 말이 나올까 봐 그가 말을 하지 않기를 바랐다.

"아무 말도 하지 마세요. 당신이 지금 내 곁에 있으니 됐어요."

내 머리칼을 쓰다듬던 그의 손이 천천히 내 눈과 코와 입술을 거쳐 귓불로, 양 볼로, 목으로, 가슴으로, 배꼽으로 그리고 그 아래로 내려갔다. 그의 손과 몸에 나를 각인시켜놓기라도 하듯이.

"자야, 그대에게 다가서는 내 마음은 이제 내 몸에 내가 가닿는 그런 느낌이야. 무엇이다, 어떻다, 이런 말도 필요가 없을 정도야. 그만큼 당신이라는 존재는 내게는 절대적이야."

"……."

나를 안은 그의 팔에 힘이 들어갔고 나는 그의 가슴으로 더욱 깊이 파고들었다.

"자야! 지금 내 마음을 이야기하자면 말이야……."

그는 말을 잇지 못했다. 도대체 무슨 말을 하려는 것일까? 경성 집에서 무슨 일이라도 있었던 것일까? 나는 불안했다. 그의 심장박동 소리가 불규칙했다. 나는 묻지 않았다. 아니, 아무것도 묻고 싶지도 듣고 싶지도 않았다.

"말하지 마세요."

"아니야, 말해야 해. 서울에서 장가를 들었어. 집안 어른들이 이미 나 몰래 계획을 하고 있었던 일이었어. 그래서 어쩔 수 없이 강제로 식을 올리게 되었어."

갑자기 눈앞이 캄캄했다. 나는 캄캄한 동굴 속에 덩그러니 혼자 남겨진 느낌이었다. 길을 잃고 어디로 가야 할지 몰라 헤매는 내가 안쓰러웠다. 분명히 들어왔으니 나가는 출구가 있을 것인데 나는 도무지 찾을 수가 없었다. 나를 안고 있는 그의 심장 소리가 쿵쿵 들려왔다. 다행인 것인가? 그래도 혼자서 동굴 속에 있지 않아서……. 그의 말이 동굴 속에서 웅웅 울렸다.

"당신에게 면목이 없어서 편지를 보낼 수가 없었어."

'면목이 없어서라고? 나와 그렇게 사랑을 나누고 내 몸속을 수없이 드나들며 내 온몸에 자기의 몸을 각인시키고는 미안하다고?'

나는 냉정해지려고 애를 썼다. 나 혼자서도 살아갈 수 있어. 나는 날 안고 있던 그의 팔을 살며시 풀었다. 그러고는 그의 가슴을 밀치고 일어나 앉았다. 그는 긴 한숨을 쉬며 다시 나를 안으려 했다. 나는 그의 손을 뿌리치고 그를 바라보았다.

"난, 괜찮아요. 나를 떠나야 한다는 통보를 하러 왔군요."

나는 애써 태연한 척 차분하게 말했다.

"자야! 당신과 헤어진다는 걸 생각해볼 수가 나는 도무지 없어. 당신 처음 만나는 자리에서 당신 쪽에서 물 흐르는 소리가 내게로 건너왔는데, 그 물이 내 사랑의 생명수인데, 그 물을 내가 마시고 꽃을 피우고 열매를 맺고 있는데……. 그런 당신과 내가 헤어진다는 생각을 어찌 할 수가 있겠어."

내가 얼굴을 들어 그를 보자 그는 나를 더 힘껏 안으면서 계속 말을 이어갔다.

"삶이, 산다는 것이, 우리가, 사람이, 한 생을 산다는 것이 다 무엇이란 말인가? 인생이 참 허무하다는 생각이 든다. 뭐 이런 것이 삶인가, 내 인생인가 싶은 의문이 늘 들기도 하고. 어떻게 이 힘들고 서러운 나날들을 헤쳐 나갈 수 있겠는가? 막막하고 또 막막하다. 나는 왜 이렇게 바보만 같을까? 나는 당신과 삶을 함께 나날들을 이어가고 싶어. 당신은 내게 지금 생명수와도 같은 존재야. 생명수가 사라지면 내 삶이 다 시들어버리고 전멸되고 말 것 같다는 생각이 들어. 당신과 나, 참 힘들게 이 사랑을 이어가고 있는 지금 당신이나 나나 이렇게 힘드니, 어떻게 이 고달픔을 완전히 가시게 하나?"

그의 고뇌가 가슴을 아리게 했다.

"당신과 함께하는 시간들이 내 삶의 소금이자 빛이야."

외롭고 쓸쓸한 마음에 다른 여자가 아닌 내가 자기 곁에 자리 잡고 있어서 겨우 살아갈 수 있다는 말에 나는 마음이 조금 누그러졌다.

"그래도 나는 색시 얼굴도 안 봤어. 내가 얼마나 지조 있는 남자인 줄 알겠나? 지조란 말이야……."

"지조란 말이죠, 한 번에 두 여인을 품지 않은 것이죠."

나는 그 지조란 말에 갑자기 웃음이 나왔다. 동굴 속 어두침침하고 축축하고 차가운 냉기가 약간 시들해진 것에 안심한 그는 가벼운 농담으로 분위기를 바꿔보려고 했다.

238

"당신은 참 교양인이란 말이야. 그렇지, 지조란 지성인의 것이지. 음, 음!"

"네, 지조 씨! 그 지조가 변절되는 날이 없기를 바라보겠어요."

"그런 걱정은 마. 평소에 날 봐오지 않았나. 사진관에 걸린 여자 사진도 한번 쳐다보지 않는 사람이잖아."

그렇다. 그는 사람 사귐에도 꽤나 까다로웠다. 그런 사람이 마음에도 없는 여인에게 어쩔 수 없이 장가를 들었다고 여자를 취할 사람이 아니라고 생각하기로 했다. 도리어 부모님에게 도리를 다하기 위해 억지 장가를 들 수밖에 없는 그의 상황을 이해하려 했다.

"부모님이 당신과 사귀고 있다는 것을 알고 계시더군. 그래서 솔직히 말씀드렸지만 일언지하에 거절하시고 크게 노하셨어. 워낙 호통을 치시는 바람에 하고 싶은 말을 미처 다 하지도 못했어."

"미안해요. 내가 많이 부족해서. 당신에게 잠시라도 화를 낸 것이 부끄러워요."

부모님을 거역하지 못하고 마음에도 없는 결혼식을 올릴 수밖에 없는 그의 상황이 측은했다. 그 후 나는 그와 함께 동굴 속에서 사는 것에 만족했다. 앞이 보이지 않는 나날들이지만 그와 함께라면 괜찮다. 그래서 우리는 일체 그의 결혼에 관해서는 입 밖에 내지 않고 다시 일상으로 돌아갔다. 그는 학교에 출근을 했고, 나는 권번으로 출근을 하고 퇴근 후에는 하루도 빠짐없이 만나 사랑을 나눴다 .

그러나 그와 그의 부모님에 대한 양심의 가책과 나 자신에 대한 혐오감이 슬며시 올라올 때가 자주 있었다.

10월에 종로 명월관에서 마라톤 선수 손기정의 세계제패 축하 자리에 무용가 최승희가 합석했다는 소식을 들었다. 나는 최승희를 무척 좋아했다. 내가 열세 살 무렵 일본에서 돌아온 최승희가 경성에 '최승희무용연구소'를 열었다는 것을 알게 되었다. 어머니에게 그곳에 보내달라고 떼를 쓰고 싶었지만 가정 형편상 그럴 수 없었다. 그렇게 최승희는 무용가로서 승승장구하고 있고 나는 기생이 되어 춤을 추고 있다는 것에도 자존심이 상했다. 마음이 상한 어떤 일이 있으면 본의 아니게 그의 심경을 건드렸다. 그러면 그는 나의 앙탈을 말없이 견뎌내며 다독거렸다.

"당신이 앙탈을 부릴 때면 맑기만 하던 하늘빛이 갑자기 잿빛으로 처절하게 구겨져. 그래서 빛이 나지 않으니 나는 너무나도 힘들고 괴롭고 또 괴롭다. 그럴 때면 나는 당신 얼굴처럼 맑고 밝은 하늘빛이 당신 마음속에, 당신 삶 속에 다시 충만해지기를 처절하게 기다려야 해. 그 시간이 길어지면 더욱 힘든 시간을 당신도 나도 보내는 것이지."

가시덤불 속 한 마리 사슴

"자야! 우리 드디어 신경으로 갈 수 있게 되었어. 그곳에 직장을 알아봤는데 오늘부터라도 출근하라는 소식이 왔어. 우리 정리해서 함께 만주로 떠나자."

백석의 처지는 집안에서뿐만 아니라 학교에서도 늘 가시방석이었다.

"조선총독부에서 교련과 군사훈련을 강화하라는 명령이 떨어졌어. 언제든 전쟁에 투입할 수 있도록 총칼을 사용하는 훈련을 학생들에게 시키라니 말이 되나? 게다가 조선어 과목은 아예 폐강 조치했어."

"조선을 뿌리째 뽑아버리려는 거로군요."

"그래. 그런 데다 학교에서 나에게 조선어로 된 우리 학교 응원가를 일본어로 바꾸라는 명령이 떨어졌었어. 어쩔 수 없이 일본어로 바꿨는데 학생들이 신이 나지 않는다며 '응원가 불창 운동'을 벌였지 뭐야."

"그래서 어찌 되었어요?"

"사실은 일을 크게 만들고 싶지 않아서 흉내라도 낸 것인데 이놈들이 내 뜻을 알아차리지 못하고 불창운동을 멈추지 않는 거야. 그래서 나도 화가 나서 수업도 하는 둥 마는 둥 했어. 그러니까 이놈들이 더 난리를 쳐서 지금 학교가 뒤숭숭해."

게다가 함흥경찰서의 노골적인 감시가 그를 압박하고 있었다. 그는 이 숨 막힐 듯한 학교생활에 염증을 느끼기 시작했다. 급기야는 각 행정구역과 지방 학교에까지 창씨개명 압박이 점점 더해가고 있었다. 지식인들의 비판과 저항은 무기력해졌고 살아남기 위해서 제국주의 체제를 받아들이는 수모를 감수해야 했다.

백석과 형제처럼 지내던 백철도 존경하는 이태준, 김동인, 이광수 선생도 창씨개명과 친일에 앞장서고 있었다. 같은 성씨라고 형 동생처럼 지내는 백철은 '사실 수리론'을 주장하면서 일제 식민지를 받아들이자는 논리를 폈고, 이광수는 조선문인협회 회장으로 내선일체와 창씨개명에 앞장서고 있는 꼴을 지켜보는 백석은 개탄했다. 학교 당국은 창씨개명을 하지 않고 끝까지 버티고 있는 몇몇 선생들을 독촉했다. 백석도 그중 한 사람이었다.

"이제는 피해가기 힘들 것 같아. 선생이 모범을 보여야 할 것 아니냐며 코앞에다 대고 협박을 해오니."

조선총독부의 창씨개명 압박으로 신문사를 사퇴하고 경성을 떠나왔건만, 이제 함흥도 안전지대가 아니었고 신변까지 점점 위태로워지고 있었다. 백석은 혼란스러웠다. 언제까지 저항할 수 있을지 자신도 알 수 없었다. 백석은 낭떠러지에 서 있는 느낌이었고 언제 벼랑으로 떨어질지 알 수 없는 일이었다. 그러나 고유한 우리말과 영혼마저 빼앗는 일제의 내선일체를 도저히 받아들일 수 없는 백석은 그저 창백한 얼굴을 하고 입을 다물고 있을 수밖에 없었다. 그리고 끝내 개명 요구에 응하지 않고 글도 전혀 쓰지 않았다.

그런 와중에 집안 어른들의 압력이 차츰 나와 백석을 옥죄어 왔다. 백석의 부모님은 사람을 보내 당신 자식의 앞날을 망치지 말고 조용히 떠나달라는 요청을 하기도 했다. 그는 부모를 무시하고 살 만큼 불효자가 되지 못했다. 그렇다고 속수무책으로 부모님의 강압을 받고만 있을 수도 없었다. 그는 사면초가의 상황에서 조국과 부모의 그늘을 벗어나는 궁여지책으로 내게 만주로 떠나자는 제안을 한 것이다.

"자야! 이 연약한 몸으로 추운 만주 땅에 가서 잘 견뎌낼 수 있을까?"

그는 애처롭게 나를 쳐다보며 떠날 희망에 부풀어 있었다. 나는 그가 처한 사면초가의 상황을 이해하지 못하는 것이 아니었다. 그러나 부모님을 떠날 결심까지 했다는 것은 한 번 더 짚고 넘어가야 할 일이었다. 그에게 신중한 결정이냐고 물으려 하니 그가 바로 내 입술을 그의 입술로 막아버렸다. 곤란한 일이 있을 때나 민망할 때 그가 상투적으로 하는 행동이었다. 그냥 아무 말 없이 자기 말을 따라달라는 표시였다.

사실 나는 그와 함께라면 그 어떤 돌밭이든 가시밭길이든 두렵지 않다. 그러나 그는 부모님 말씀이라면 싫어도 거역할 줄 모르는 효자였다. 부모님이 내린 결정은 무조건 순종하는 사람이었다. 그런 사람이 부모를 떠날 계획을 세웠다니, 하찮은 기생인 나 하나 때문에. 그것이 그가 농담 반 진담 반으로 가끔 이야기하는 지조인이기 때문이라면⋯⋯.

그가 조선 문단이나 주위 사람들에게 모던보이라고 불리는 것은 단지 그의 서구적인 외향과 현대적인 패션 감각 때문이었다. 그의 내향은 오로지 그 누구보다 토속적이었다. 가장 조선적인 말을 사랑했고 가장 조선적인 글을 쓰고 싶어 하는 사람이었다. 단지 고루한 유교적 결혼 관습에 대해서는 말없이 저항을 해오고 있었지만 아직은 그의 힘으로는 깨지 못할 높은 벽이었다.

나는 에고이스트가 못 되었다. 그의 제안을 곧바로 받아들일 수가 없었다. 격조 높은 시인을 오로지 사랑에 눈이 멀어 부모와 나라를 배신했다는 낙인을 찍히게 할 수는 없지 않은가. '기생과 도망친 시인 백석'이라는 주홍글씨가 높고 고결하기만 한 그의 가슴에 저주스럽게 빛나게 할 수는 없었다.

그러나 그의 결심은 단호했고 날이 갈수록 굳어졌다. 밤낮으로 나를 설득했다. 나는 드디어 그의 제안을 받아들였다. 수없이 고심을 한 후에 사랑을 선택하는 것이 후회 없을 거라는 결론을 내렸다. 사랑은 후회를 남기는 것이 아니다. 사랑은 용기 있게 행동하는 것이다. 《주홍 글씨》의 헤스터 프린처럼.

그녀는 간통죄로 교수대 위에 섰다. 사람들이 불륜의 씨앗이라고 말하는 자신의 딸 펄을 안은 채였다. 그러나 그녀는 조금도 흔들리지 않았다. 수치심으로 고개를 떨구지도 않았다. 그녀의 가슴에 주홍 글씨 'A'가 태양처럼 빛났다. 그런데 나는 왜 무엇을 두려워한단 말인가. 사랑 때문에 가슴에 주홍 글씨가 박힌다 한들 그것이 어찌 부끄러운 일인가. 마음을 굳히고 나니 용기가 생겼다.

떠나기로 한 날이 점점 다가오고 있었다. 하루하루가 더딘 날들이었다. 나는 조용히 주변을 정리했다. 드디어 다음 날 새벽에 만주행 기차를 타기로 한 날이 다가왔다. 필요한 것은 만주로 가서 사기로 하고 짐은 최대한 간편하게 했다. 아무도 눈치채지 못하게 도둑고양이처럼 몰래 함흥을 떠나기로 했다.

그와 나는 함흥역 근처 여관에서 고국에서의 마지막 밤을 뜬눈으로 보냈다. 고국에 대한 일을 마음속으로 정리하는 착잡한 밤이었다. 그러나 우리가 매일 함께할 수 있다는 것은 부푼 희망이었다. 다음 날 새벽, 기차 시간을 30여 분 앞두고 내가 먼저 역으로 나가고 10여 분 후에 그가 나오기로 했다. 그래서 기차 안에서 다시 만나기로 했다.

내가 나가려고 막 문을 열었을 때 갑자기 험상궂은 사내들이 들이닥쳤다. 그중 한 사내가 백석의 팔을 뒤로 꺾어 붙잡고 다른 한 사내는 나를 붙잡고 또 한 명은 방 안을 뒤졌다.

"무슨 일이오?"

"몰라서 물어?"

"모르겠소. 도대체 무슨 일이오?"

"경찰이다."

방 안을 이리저리 뒤지면서 투덜거리던 한 사내가 백석의 뺨을 후려쳤다. 이명오였다. 간혹 내 하숙집과 백석의 하숙집 주위를 배회하는 것을 얼핏 몇 번 본 적이 있었다. 그 남자가 이명오와 닮았다고 생각했었는데 바로 그였다. 일본에 있을 때 끈질기게 나를 따라다니던 그가 함흥에 경찰로 와 있을 줄은 꿈에도 몰랐다.

친구 이홍주가 내게 관심을 가지고 있다는 것을 알아차린 뒤부터 그는 더 노골적으로 내게 접근해왔다. 그때의 이명오는 늘 투덜거렸지만 그래도 함께 있으면 웃음을 자아내기도 했던 남자였다. 그런데 지금은 전혀 다른 사람으로 변해 있었다. 작달막한 키에 일본에서 볼 때보다 살이 올라 빵빵한 몸이 근육질로 탄탄해 보였다. 몸의 평수만큼 큰 얼굴에 눈은 단춧구멍만 했으며, 나지막한 코에는 금테 안경이 걸쳐져 있었다. 두툼한 입술은 쉴 새 없이 히죽거리며 뭔가를 투덜거리는 것은 그대로였다.

"모범을 보여야 할 선생이 개명도 하지 않고 도리어 학생들을 선동해 불창운동을 벌여?"

게다가 만주로 가려고 싸놓은 가방이 형사들의 의심을 더 자극했다.

"연행해. 두 연놈들 가방은 압수다."

나와 백석은 함흥경찰서로 연행되었다. 취조실에는 순사부장이 앉아 있었고 백석의 뺨을 후려친 이명오가 순사부장 옆에 서 있었다.

"이름이 뭐야?"

이미 다 알고 있으면서 이름을 다시 물었다. 백석은 대답하지 않았다. 그러자 다시 '이름이 뭐야?'라며 순사부장이 책상을 탕탕 치며 물었다.

"백석입니다."

"백석? 백석이 네 본명이야? 본명을 대라고 본명을, 이 새끼야!"

"백기행입니다."

"여기 왜 잡혀온 줄 아나?"

"모릅니다."

"모른다고?"

옆에 서 있던 이명오가 포승줄에 묶여 있는 백석을 발로 걷어찼다. 의자와 함께 백석이 나가떨어졌다.

나는 벌떡 일어나 이명오를 노려보았다.

"일어나!"

백석은 일어나려 했지만 포승줄에 묶여 있어서 일어날 수가 없었다.

이명오는 넘어져 있는 백석의 몸을 닥치는 대로 발로 차면서 일어날 것을 종용했다.

"그만해. 그만하라고."

나는 이명오에게 소리쳤다. 그가 일어나려고 몇 번을 시도한 끝에 간신히 일어나 의자에 앉으니 이명오가 또다시 발로 차 넘어뜨리면서 일어나라고 소리쳤다. 백석은 간신히 다시 의자에 앉았다. 순사부장은 이명오가 하는 짓이 만족스러운 듯 나와 백석에게 서류를 던져주면서 상세하게 거짓 없이 작성하라고 으름장을 놓고 나갔다.

이명오는 백석의 뺨을 한 번 더 후려치고 발로 옆구리를 걸어차더니 묶었던 포승줄을 풀었다. 그러고는 내 손을 묶은 밧줄도 풀어주었다. 나는 손이 자유롭게 되자 이명오의 뺨을 갈겼다. 이명오는 갑자기 당한 일에 잠시 당황하더니 이내 다시 히죽거리며 종이를 내 앞으로 내밀며 소리쳤다.

"빨리 적어!"

백석은 갑자기 벌어진 이 모든 일에 정신이 나간 표정이었다. 이명오에게 맞은 얼굴이 벌겋게 부어오르기 시작했고 입술이 터져 피가 배어나왔다. 무엇을 적으란 말인가. 이명오는 백석에게 종이를 더 바짝 들이밀며 말했다.

"너의 모든 행적을 낱낱이 적으란 말이야. 출생부터 부모, 형제, 학력, 직업, 학교에서의 행적, 연애, 만주로 도망치려고 한 이유 등등……."

이명오는 창씨개명을 하지 않은 이유와 학생들을 선동한 죄보다 만주로 도망치려고 한 이유를 더 캐물었다. 백석은 만주로 도망치려고 한 것이 아니라 직장을 옮기려고 한 것이라고 말했다.

"기생 년과 도망치려고 했잖아? 순순히 불지 않으면 네 아가리와 대갈통이 이 쓰요시에게 박살이 날 줄 알아."

이명오의 일본식 이름이 쓰요시인 모양이었다. 놈은 또다시 닥치는 대로 손찌검을 해댔다. 무슨 원한이라도 있는 것처럼 이명오는 그를 마구 짓밟았다. 백석은 고스란히 그에게 당하고 있을 수밖에 없었다. 나는 악을 쓰며 이명오를 말렸다. 그러자 이명오는 내 뺨을 후려치며 밀쳐버렸다. 나는 구석진 곳으로 나가떨어졌다. 그러자 백석이 '그만하시오!'라며 이명오에게 소리쳤다.

"시키는 대로 할 테니 여자는 건들지 마시오."

이명오의 입에서 기생 얘기가 나오자 백석은 자기가 왜 이

자리에 있는지 확실히 알게 된 듯했다. 백석은 그자들이 내게 해코지를 할까 봐 걱정을 했다. 그래서 나를 내보내주라고 이 명오에게 부탁을 하는 거였다.

"그럴 필요 없어요. 무슨 일이 있어도 당신과 함께할 거예요. 당신을 두고 나 혼자 나가지 않아요."

이명오는 잠시 나갔다가 오더니 나를 밖으로 끌고 나가려 했다. 나는 나가지 않으려고 버티었다.

"제발 순순히 따라 나가요. 난 괜찮아. 나를 위해서 나가야 하는 거요. 알겠소?"

그는 애원하듯 내게 말했다. 나는 울면서 소리쳤다.

"싫어요. 맞아도 같이 맞고 죽어도 같이 죽을 것이고 감방에 갇혀도 같이 갇힐 거예요."

이명오는 악을 쓰는 내게 화가 났는지 달려들어 내 웃옷을 마구 벗기기 시작했다.

"이년이, 여기가 어딘 줄 아직도 모르고 있단 말이야? 아직도 정신을 못 차리고 있단 말이지? 사랑이 목숨보다 더 소중하다면 내 그렇게 해주지."

백석은 그만하라고 이명오에게 달려들었다. 그러자 이명오가 백석을 걷어차더니 의자를 들어 내리쳤다. 그때 시꺼먼 취조실 문이 열리더니 한 사내가 들어왔다. 류춘기였다. 이명오는 류춘기가 들어서자 부동자세로 거수경례를 했다. 류춘기는 나를 힐끗 보더니 백석에게 다가가서 그의 머리채를 움켜잡고 들어 올렸다.

"여자랑 어디로 도망치려고 한 거야?"

"도망치려고 한 것이 아니오."

"그럼 뭐야?"

"일자리가 나서 만주로 가려고 한 것뿐이오."

"그러면 혼자 가지 왜 여자는 데려가려고 했지?"

백석은 내 얼굴을 쳐다보았다. 그리고 류춘기와 이명오를 보면서 말했다.

"저 여자는 내가 사랑하는 여인이오."

그 말에 류춘기는 백석의 뺨을 후려쳤다. 나는 가만히 보고 있을 수가 없었다.

"그만하라고, 그만!"

나는 류춘기의 팔을 잡았다. 류춘기는 내 턱을 들어 올리더니 '이놈 죽이고 싶지 않거든 순순히 말 들어.'라고 말하고는 내게 강제로 입을 맞추려고 하였다. 나는 류춘기의 얼굴에 침을 뱉었다. 류춘기는 나를 노려보면서 손으로 얼굴에 묻은 침을 닦더니 소리쳤다.

"더 족쳐!"

이명오에게 단단히 이르고는 나를 끌고 나갔다.

백석의 취조와 고문은 이틀째 계속되었다. 학생들을 선동했다는 증거를 만들어내지 못하니, 몇 달 전 경성에서 있었던 축구부 이탈 사건을 물고 늘어졌다. 그 사건도 학교 정책으로 이미 문책을 받은 것이라 경찰에서 다시 또 문제 삼을 일은 아니었다. 또 창씨개명을 하지 않은 것을 빌미로 사상이 불온하다는 핑계를 대었다. 게다가 학교 선생이 기생 년과 눈이 맞아 도망치려 했다는 또 하나의 죄까지 더해서 놈들이 그에게 덮어씌운 죄는 몇 가지나 되었다.

기적 소리를 내면서 기차가 서서히 움직이기 시작했다. 나는 강제로 추방되듯이 함흥을 떠나게 되었다. 그를 감방에 두고 내가 어디를 갈 수 있단 말인가! 류춘기는 자기가 시키는 대로 하면 그를 곧 풀어줄 것이라고 했다. 그러고는 이명오에게 경성까지 나를 데려다주라고 명령했다.

"당신을 어떻게 믿을 수 있죠? 내가 떠나면 그 사람을 풀어줄 것이라는 것을 어떻게 장담하죠?"

"날 믿어. 나 그렇게 비열한 놈은 아니니까. 일 크게 만들지 말고 당장 떠나."

류춘기는 형사도 아니면서 경찰서를 좌지우지할 정도의 권력이 있는 모양이었다. 어쩔 수 없이 나는 이명오의 손에 이끌려 경성행 기차를 탈 수밖에 없었다. 나는 앞에 앉은 이명오가 구역질 날 정도로 보기 싫었다.

"내가 보기 싫겠지. 하지만 나도 어쩔 수 없는 일이야. 세상은 그리 호락호락하지 않아. 내 의지대로 되는 일은 없거든."

나는 이명오의 말에 대꾸하지 않았다. 덜커덕덜커덕 기차 바퀴 구르는 소리가 점점 빠르게 들려왔다. 그와 나눴던 열정적인 사랑의 모습들이 차창 밖의 풍광처럼 휙휙 지나갔다. 어렵게 결정한 만주행 가방이 어찌하여 서울행 기차에 실려 있다는 말인가. 온갖 잔인한 고문을 받고 있을 그를 생각하니 가슴에 못이 박히는 것보다 더한 통증이 왔다.

늙은 기차는 느리고 친절하기까지 했다. 역마다 가는 임, 오는 임 빠짐없이 실어주고 내려주었다. 첩첩산중 고개고개를 넘고, 물 층층 강과 강을 건너 굽이굽이 돌고 돌아서 이름 모를 동네와 마을마을마다 빠짐없이 기차는 멈추었다. 희로애락의 삶들을 태운 기차는 한과 설움이 많은 사람들에게는 가도가도 끝이 없는 적막강산의 연속이었고, 반면에 기쁨과 즐거움이 기다리고 있는 사람들에겐 설렘의 연속이었다.

희로애락을 어루만지느라 그런 것인지, 오지랖도 넓은 기차는 가다가 쉬다가 정처도 없이 움직였다. 이명오는 잠이 들었다 깼다 하면서 나를 감시했다. 그렇게 경성까지 오는 내내 좌불안석과 조바심에 애태우는 사이 기차는 드디어 종착역인 경성역에 도착했다. 늘 그리운 내 고향, 멀리 삼각산이 보였다. 어릴 적 살던 관철동 집은 그대로일까?

역 광장을 나서니 한겨울의 매서운 바람이 얼굴을 마구 때렸다. 아직까지도 내 마음은 함흥 거리로 되돌아가 마구 헤매었다. 함흥에서는 나를 혼자 내버려두지 않던 그였다. 잠시라도 떨어져 있지 않으려 했던 그와는 이제 천 리나 되는 공간적 거리감에 미칠 것만 같았다. 내 인생은 어찌 이리 갈팡질팡 떠돌고만 있는가. 내 운명은 가족도 사랑도 가지지 못하고 기댈 누구도 없이 혼자 쓸쓸히 살아가도록 운명 지어졌단 말인가. 신은 내게도 그에게도 잔혹하기만 하다.

이명오는 임시로 거처할 집으로 나를 데려갔다. 류춘기가 연락할 때까지 그곳에서 꼼짝 말고 머물러 있으라고 했다. 그렇지 않으면 백석의 신변을 보장할 수 없다는 것이었다.

"이명오 씨, 당신은 어찌 이렇게 변했나요? 일본 신사를 방문할 때만 해도 일제의 만행에 입에 거품을 물었잖아요."

"……."

"권력의 똘마니가 되었다니, 불쌍하군요."

이명오는 나를 째려보더니 따귀를 한 대 후려쳤다.

나는 그를 노려보며 소리쳤다.

"죄 없는 사람을 괴롭히고 남의 것을 무력으로 빼앗는 놈들은 천벌을 받을 거야. 일본도 곧 패망할 것이니 지금이라도 정신 차려!"

이명오는 감정을 억누를 수 없는지 얼굴이 벌겋게 달아오른 채 내 어깨를 꽉 잡고는 나를 뚫어지게 쳐다보았다. 다른 할 말이 있는 것 같았지만 다만 이 말만을 남기고 떠나갔다.

"죽고 싶지 않으면 꼼짝 말고 이곳에 머물러 있도록 해."

이명오가 가고 나는 빈방에 털썩 주저앉았다. 악몽만 같았다. 내 인생은 갑자기 벌어진 비극의 연속이었다. 갑자기 집이 없어졌고, 갑자기 시집을 갔고, 갑자기 기생이 되었고, 갑자기 일본 유학을 갔고, 갑자기 함흥으로 가게 되었고, 갑자기 사랑을 하게 되었고, 갑자기 경찰에 연행되어 취조를 받고, 갑자기 만주가 아닌 경성 어느 작은 방에 앉아 있는 나는 앞으로 또 갑자기 무슨 일이 생길지 두려웠다.

그렇게 그에 대한 그리움과 혼자라는 외로움과 핍박받는 내 사랑의 처지로 서러움을 안고 지낸 지 한 달이 지났다. 그동안 류춘기와 이명오에게는 연락이 없었다. 백석이 어떻게 되었는지 궁금했다. 죽었는지 살았는지 그 사실만이라도 알고 싶었다. 그렇게 또 시간은 가고 여전히 류춘기와 이명오는 연락이 없었다. 이제는 그자들을 두려워할 필요가 없겠다는 생각이 들었다. 만약 백석에게 어떤 위해를 가했다면 나는 더 이상 그들의 말을 순순히 들을 필요가 없을 것이었다.

나는 이명오가 구해준 임시 거처를 나와서 청진동에 자그마한 집을 구해 꼭꼭 숨어 살았다. 다시는 류춘기와 이명오가 찾지 못하도록. 그리고 그를 위해서라도.

나와 나타샤와 흰 당나귀

　어느덧 3월이 되었다. 나는 답답하여 명동 거리를 거닐다 한 서점에 들렀다. 혹시나 그의 글이 실린 문예지가 있을까 해서였다. 그러나 어디에도 그의 글은 보이지 않았다. 나는 더 조바심이 났다. 이런저런 책을 몇 권 사들고 서점을 나오려는데 서점으로 막 들어오는 안석주와 마주쳤다. 그는 나를 기억하고 있었다. 안석주는 내 얼굴을 보고 마음을 읽었는지 묻지도 않았는데 백석에 대한 소식을 말해주었다.

　"지금 백석은 고향 정주에 있습니다."

　그 한마디에 몇 개월간의 시름이 한순간에 사라지는 것 같았다. 울음이 훅 터져 나왔다.

　"백석은 고문으로 온몸이 만신창이가 되었지만 아버지와 어머니의 지극한 간호로 조금씩 회복이 되어가고 있다고 합니다. 제아무리 권력을 휘두르는 류춘기라도 방응모를 무시할 수는 없었나 봅니다. 방응모라는 사람은 백석 아버지와 절친한 친구 사이이고, 경성과 평안도에서 그 세력이 대단한 사람입니다. 그가 백석의 체포 사실을 듣고 곧바로 함흥경찰서에 무슨 일인지 알아보았다고 합니다. 화가 잔뜩 난 그가 곧바로 백석을 석방하라고 엄포를 놓고 류춘기와 이명오를 불러 단단히 혼을 냈다고 합니다. 앞으로 무슨 일이 있어도 백석은 건들지 말라는 명령을 내렸다고 합니다. 류춘기와 이명오는 백석 배후에 방응모가 버티고 있을 줄은 꿈에도 생각하지 못했던 겁니다. 다만 그놈은 당신과 연애를 하는 백석을 없애버리겠다는 일념밖에 없었겠지요. 류춘기 그놈은 당신에 대한 집착과 백석에 대한 질투로 스스로 무덤을 파게 된 것입니다. 지금은 사업자금이 막혀 사면초가 상태라고 들었어요. 그러니 안심해도 될 것입니다."

나는 이제 두 다리를 쭉 뻗고 잘 수 있을 것 같았다. 어느 누구에게도 사는 곳을 알리지 않고 도둑고양이처럼 웅크리고 살았던 암흑 같은 시간에 한 줄기 빛이 드는 것 같았다. 안석주를 만난 지 보름이 지났을까 어찌 알았는지 백석에게서 편지가 날아왔다.

당신, 자야에게 보내는 편지

인정하는가? 이제는 당신 주머니 속에, 가슴속에, 눈빛 속에, 당신이 바라보는 세계의 풍경 속에 푸른 바람과 푸른 바다가 들어가 있는 것을. 내 눈빛 속에, 글 쓰는 내 손가락 위에, 내가 부르는 노래 위에 당신, 자야가 이미 굳은 선과 색으로 들어앉아 있는 것처럼. 당신은 이 세상의 바다 위에 떠 있는 섬이고, 나는 그 섬으로 잠시도 쉼 없이 달려가는, 달려가서 끝없이 노래하고 애무하고 사랑하는 푸른 물결인 것을 그대는 아는가?

우리가 함께 여행했던 함흥의 구석구석, 그 색색의 그림처럼 우리가 만나 함께 그려온 사랑의 빛깔, 그 그림을 어떻게 완전하게 다시 지울 수가 있겠는가, 가능할 것 같은가? 우리 처음 도망치듯 간 곳 성천강의 밤의 풍경, 저녁 무렵의 만세교와 성천강 물에 뜬 보름달, 반룡산 자락의 자작나무 오솔길, 당신과 내 하숙집을 오가는 그 구불구불한 골목, 바람 잔잔하게 부는 볕바른 골짜기 자그마한 돌능와집 한 채, 당신도 그 집을 잊지 않았겠지?

날이 어서 추워져서 쑥부쟁이꽃도 시들고 사람들도 다 제 집으로 들어간 뒤에 그 골 안으로 당신과 갈 것을 약속했었던, 우리 함께 신혼살림을 차리자고 한 산곡을……, 창난젓에 고추무거리에 막 칼질한 무를 비며 익힌 함흥의 토속음식을 먹고는 매워 어쩔 줄 몰라 하던 당신의 모습, 장날만 되면 장 구경 가자고 내 손을 끌어 함흥시장을 누비던 나날들, 그 외에도 함흥성, 형제암, 제월루 누각, 귀주사, 선착장 앞 길가 주점과 한밤에 달려간 몽돌밭에서 자갈자갈 몽돌이 부르는 노랫소리, 내가 그대에게 불러주던 애끓는 사랑의 연가를 그대는 다 지울 수가 있는가? 함흥의 여러 곳곳의 당신과 함께했던 풍광과 그 사연들을 자야 당신은 지워버릴 수 있겠는가?

내 사랑 자야, 당신을 만나러 갈 것이다. 내 몸이 좀 나아지면 곧장. 자야, 난 말이야, 당신과 함께하는 시간과 공간이 너무 편안하

258

고 좋다. 당신과 같이 살아간다면 어떤 어려운 일들도 잘 해내고 큰 영광과 성과도 있을 것 같다. 이승에서 내가 할 수 있는 일을 당신과 함께 다 해낼 것만 같다. 그래서 내 곁에 당신을 두고 평생 같이 가고 싶다. 서로 밀어주면서 사랑하면서 행복을 나누면서 함께 가자, 자야.

　　당신의 영원한 사랑 백석

　　그는 그동안 겪었던 그 엄청난 일에 대해서는 일언반구도 없이 나에 대한 연가만을 불러주었다. 미안하고 고맙고 눈물겹도록 그가 보고 싶었다.

　　그러던 어느 날 한 메신저 보이가 그의 친필 메모를 들고 찾아왔다.

　　자야, 보고 싶어. 지금 바로 나 있는 데로 속히 와줘. 우체국 앞 제일은행 옆 구로네코 찻집에 있소.
　　백석 합장

　　사실은 안석주에게 그가 살아 있다는 소식을 들은 후 그를 찾지 말아야겠다고 생각했었다. 부모님 곁에서 아내와 편안하게 살도록 해줘야 한다는 것이 내 생각이었다. 그러나 잊으려

하면 할수록 더욱 날카롭게 내 심장을 파고들었다. 그가 나를 찾아왔다. 단단하게 동여맸던 마음이 순식간에 풀어졌다. 내 심장은 그리움으로 콩콩 뛰었다. 나는 한 치의 망설임도 없이 거의 반사적으로 그가 있는 곳으로 단숨에 달려갔다. 참으로 오랜만의 재회였다.

"자야, 잘 있었어? 나와주어 고마워."

그는 많이 수척해 보였다. 그는 그동안의 사건과 가슴앓이에 대해서 한마디도 하지 않고 아무 일 없었다는 듯이 태연자약했다. 나는 반가움과 서러움에 아무 말도 하지 못했다.

나는 그를 청진동 집으로 안내했다. 분명 집과 사람도 궁합이 있는 것 같다. 아무도 찾지 않는 청진동 집은 언제나 적막하고 어둡고 우울했다. 집에서 나는 소리라곤 내 발자국 소리뿐이었다. 그런데 그가 목조 대문 사자문양의 문고리를 잡자 마루와 방의 전등들이 환하게 켜지고, 웅크리고 있던 가구들이 반짝거리며 허리를 쫙 펴고 바로 앉았다. 강아지 하늬는 백석을 처음 보는데도 이미 오랫동안 함께 지낸 주인을 대하듯 꼬리를 마구 흔들며 그의 주위를 맴돌았다.

"청진동 집이 당신을 반기는군요. 어서 오세요. 이 집의 주인은 당신이에요."

"자야, 나를 기다려줘서 고마워. 집이 아늑하니 참 마음에 드는구먼."

"몸은 좀 어때요?"

"자, 보라고! 이젠 멀쩡해. 급작스런 기습이라 어찌할 수 없던 상황이었잖아. 덕분에 난 더 애국자가 되었어. 하하하!"

백석은 항상 내게 너그러웠다. 내가 그의 사랑이 마땅치 않아서 수시로 앙탈을 부려도 언제나 묵묵히 받아들였다. 우리는 밤새 환한 달빛 같은 사랑을 나누고 또 나누어도 아쉬웠다. 날이 희미하게 밝아오자 백석은 나를 더욱 세게 안았다. 하룻밤 사랑을 나누려 함흥에서 경성으로 달려왔다가 다시 되돌아가야 했다.

"당신을 볼 수만 있다면 천리 길도 내게는 한 걸음이야."

그는 누런 미농지 봉투를 내게 건네고는 떨어지지 않는 발걸음을 떼었다. 미농지 봉투에는 그가 친필로 쓴 한 편의 시 〈나와 나타샤와 흰 당나귀〉가 들어 있었다. 한때 절필했던 그가 그 사건 이후 다시 펜을 잡았다고 했다.

그렇다. 시를 짓는 일은 그를 살아가게 하는 원동력이었다. 그리고 그가 가장 잘할 수 있는 일이었다. 심한 고문 후유증으로 수업을 할 수가 없어 두 달간 휴직을 하고 함흥 전역을 돌아다니면서 시를 썼다고 했다. 그렇게 그의 연작시 〈북행시초〉는 완성되었다.

"더 이상 나를 미행하는 자는 보이지 않았어. 그런데 당신의 소식을 알 길 없으니 미칠 것만 같았지. 그냥 집에 있을 수가 없었어. 그래서 부모님의 걱정을 뒤로한 채 함흥으로 돌아갔어. 몸도 마음도 피폐해져 있었지만 함흥 곳곳을 돌아다니며 함흥의 풍광과 민중들의 삶의 모습을 스케치하는 것으로 위로를 삼을 수 있었지. 그렇다고 누구에게 보여줄 사람도 발표할 곳도 없지만 내가 마음을 가눌 수 있는 유일한 일이니까."

어찌 되었든 그가 그동안 손 놓았던 시작(詩作)에 다시 전념했다는 것은 반가운 일이었다. 사랑하는 여인이 돌아오기만을 하염없이, 하염없이 기다리며 쓴 시.

나와 나타샤와 흰 당나귀

가난한 내가
아름다운 나타샤를 사랑해서
오늘 밤은 푹푹 눈이 나린다

나타샤를 사랑은 하고
눈은 푹푹 날리고
나는 혼자 쓸쓸히 앉아 소주를 마신다
소주를 마시며 생각한다
나타샤와 나는
눈이 푹푹 쌓이는 밤 흰 당나귀 타고
산골로 가자 출출히 우는 깊은 산골로 가 마가리에 살자

눈은 푹푹 나리고

나는 나타샤를 생각하고

나타샤가 아니 올 리 없다

언제 벌써 내 속에 고조곤히 와 이야기한다

산골로 가는 것은 세상한테 지는 것이 아니다

세상 같은 건 더러워 버리는 것이다

눈은 푹푹 나리고

아름다운 나타샤는 나를 사랑하고

어데서 흰 당나귀도 오늘밤이 좋아서 응앙응앙 울을 것이다

나는 이 시를 읽고, 읽고, 또 읽었다. 친일의 압박으로 드리
워진 사회의 그늘과, 집안 어른들의 다그침을 감내해야 했던
그와 나도 도망치고 싶었다. 그와 함께라면 깊은 산골 마가리
에 가 살고 싶었다. 세상 같은 건 더러워 버리고, 바람 따라 물
따라 그 어느 것에도 걸리적거리는 것 없이 둘이 오순도순 살고
싶었다. 그것이 그의 간절한 소망이라면 나는 기꺼이 그렇게
할 것이다. 그는 괭이로 밭을 일구고 나는 호미로 김을 매고 노
동으로 흐르는 이마의 땀을 서로 닦아주며 그렇게 사는 것이 바
로 낙원이 아닐까?

사랑의 합주곡

마치 꿈속에서 다녀간 것처럼 그가 갑자기 왔다가 간 후 그의 편지는 계속되었다. 그는 이제 나를 자야가 아니라 나타샤로 부르기 시작했다. 편지로 서로의 사랑을 확인하면서 하루하루 보고 싶은 마음을 견뎌가고 있던 6월 어느 날, 그가 아무런 기별도 없이 느닷없이 청진동 목조 대문을 열고 나타났다. 언제나 제멋대로 행동해서 나를 놀라게 한 적이 많았지만 이번에도 정말 놀랐다.

"어쩐 일이세요? 연락도 없이……."

"당신이 보고 싶어서."

그는 단 한마디 말만 하고는 어리광을 부리듯 양팔을 벌려 나를 안고는 키스를 퍼부었다. 나는 황당하여 도무지 무슨 일인지 알 수 없었지만, 언제나 그렇듯 그와 함께 있다는 것만으로 행복했다.

"자, 우리 지금부터 그동안 못했던 회포나 풉시다. 장안으로 나가볼까나!"

그는 가방을 마루에 내려놓고는 다짜고짜 내 손을 잡고 명동 시내로 나갔다. 그가 데리고 간 곳은 장안 지식인들의 명물 다방인 제일다방이었다. 그 다방은 명동 입구 미도파 건너편에 위치하고 있었다. 일본인이 직접 경영하는 곳이었다. 3층 건물로 1층은 다방이고 2층은 아틀리에, 3층은 살림집으로 사용하고 있었다. 다방의 인테리어는 세련되어 보였고 벽에는 유명한 화가의 유화도 몇 점 걸려 있었다. 운치 있고 고상한 분위기의 다방이었다.

일본의 강화정책에 동조하지 않는 지식인들은 조선 땅에 설자리가 없게 되자 북만주로 시베리아로 정처 없이 떠나갔다. 그마저도 살길이 막막한 문인들은 처진 어깨를 더욱 늘어뜨리고 삼삼오오 그곳을 찾곤 했다. 그들에게는 그곳이 가장 적절한 휴식 공간이자 아지트였다. 아무 때나 들러도 아는 문인들 몇몇은 언제든 만날 수 있어서 돌아가는 문학판 소식을 쉽게 들을 수 있었다.

다방에는 대여섯 명의 낯익은 문인들이 이야기를 주고받고 있었다. 그들 중에는 여류 시인도 세 명 끼어 있었다. 그는 반가운 지인들을 오래간만에 보자 상기된 얼굴도 다가가 인사했다.

"오래간만입니다. 모두들 잘 계셨습니까?"

"어이, 백군, 반갑네."

문인들은 일제히 백석을 반가워하며 악수를 나누었다.

"저는 함흥에서 다시 경성으로 돌아왔어요. 모 신문사에 입사원서를 넣어둔 상태라 채용 허락이 떨어질 때까진 백수입니다. 하하하."

"그런가? 잘됐네. 자네가 함흥으로 간 이후로 여류 3인방들이 모두 사슴이 그리워 상사병이 났다더군."

함대훈이 세 여자들을 힐끗 쳐다보며 말했다.

"무슨 소리예요? 여기 상사병 걸린 여자가 어딨다고?"

노천명이 함대훈에게 눈을 흘기며 톡 쏘아붙였다.

"아무튼 사슴 군, 경성으로 다시 돌아온 것을 진심으로 환영해요."

모윤숙이 다정하게 말했다.

"어머! 우리가 사슴 군에게만 정신이 팔려 옆에 계신 분에게 인사도 못했네요. 아리따운 저 아가씨는 누구신가요?"

노천명이 약간 질투 어린 표정을 노골적으로 드러내며 물었다. 어정쩡하게 서 있는 내게로 모두의 눈길이 쏠렸다.

"아니 이분이 누구신가? 진향 아니오?"

명월관에 있을 때 하루도 빠짐없이 나를 찾아와 수필을 쓰라고 독촉했던 삼천리잡지사 김동환이었다. 그는 백석과 나를 번갈아 쳐다보면서 정말 의외라는 듯 놀라워했다. 여자들은 뚱한 표정이었다. 그는 이 상황을 어떻게 수습해야 할지 난감해하는 표정이었다. 김동환이 어색한 분위기를 무마하려는 듯 내게 인사를 건네었다.

"반갑소. 백석과 가까운 사이라니 놀랍구려. 자, 자, 같이 합류합시다. 이리로 앉으시오. 하하.”

김동환이 자기가 앉았던 자리를 내어주며 다른 자리로 옮겨 앉았다.

“참으로 오래간만이오, 백 시인. 함흥 학교생활에 신물이 나서 다시 경성으로 온 것이오?”

“하하하. 그렇기도 하고 또 여러분들이 그립기도 해서…….”

“얘기는 들었네. 경찰이 자네를 눈에 든 가시처럼 보고 있다지?”

그와 의형제처럼 지내는 백철이 말했다. 그를 아는 지인들이라면 어느 것에도 동요되지 않는 그의 성격을 잘 알고 있을 것이었다. 그러니 그가 학교에 사표를 던지고 나온 이유를 모를 리가 없었다. 또한 그들은 백석이 류춘기의 계략으로 고문을 당한 사실을 이미 알고 있는 눈치였다.

“류춘기가 요시다야를 등에 업고 함부로 날뛰다가 이번에 큰 코다쳤다네.”

“방 사장 입장으로는 잘됐지 뭐야. 유능한 자네를 다시 신문사로 끌어들일 수 있으니 말이야.”

“제 얘긴 그만하고 요즘 경성의 문학판은 어떻습니까?”

문학판 이야기와 나라꼴 이야기로 열띤 토론이 이어졌다. 나는 그들의 대화에 끼일 수 없어 그 자리가 불편했다. 그래서 쇼핑이나 할까 싶어 슬그머니 밖으로 나왔다. 첨단 유행과 소비의 거리답게 혼마치는 사람들로 붐볐다. 길 양쪽으로 상점들이 즐비하게 늘어선 거리는 눈요기만으로도 즐거운 듯 쇼윈도 쇼핑을 하는 젊은 여자들이 삼삼오오 몰려다니고 있었다.

거리는 깔끔하게 포장되어 있었고 자동차나 마차는 출입금지 구역이라 사람들이 여유롭게 걸어다니고 있었다. 이 거리를 중심으로 미쓰코시, 하리타, 미나카이 백화점이 서로 경쟁하듯 우뚝 솟아 있었다. 나는 미쓰코시 백화점에 들러 이것저것 구경하며 하릴없이 돌아다녔다. 그가 문인들과 담소를 마치려면 두세 시간은 족히 걸릴 것이었다. 실컷 돌아다녔다고 생각했는데 시간은 한 시간도 채 지나지 않았다.

어슬렁거리다가 어느 쇼윈도에 남성용 의류들이 전시되어 있는 것이 눈에 띄었다. 고급스럽고 품격 있어 보여서 그에게 어울리는 것이 뭐가 있을까 유심히 들여다보다가 상점 안으로 들어갔다. 그에게 깜짝 선물을 하나 해주고 싶은 생각이 들었다. 마네킹이 매고 있는 넥타이가 눈에 띄었다. 그는 옷을 입을 때 넥타이 하나 양말 하나에도 별나게 까다로웠다. 넥타이는 진한 회색 바탕에 다홍빛 빗금 줄무늬가 잔잔하게 박힌 것인데 그에게 잘 어울릴 것 같았다.

나는 넥타이를 사들고 밖으로 나왔다. 아직도 시간은 두 시간을 넘지 않았다. 이젠 어디를 가볼까 생각하다가 그가 나를 데리고 간 적이 있는 마루젠 서점으로 발걸음을 돌렸다. 마루

젠 서점은 혼마치를 빠져나와 동양척식주식회사 길과 만나는
사거리에 자리 잡고 있었다. 서점에는 젊은 학생들이 예서 제
서 책을 살펴보고 있었다. 어떤 이들은 아예 동그란 의자에 앉
아서 책을 읽고 있었다. 도수 높은 검은 뿔테 안경 너머로 책을
넘겨다보는 학자 같은 사람들도 서넛 보였다.

지식을 추구하느라 책에 얼굴을 묻고 있는 사람들은 언제나
내겐 부러움의 대상이었다. 일본 유학 시절, 무엇에도 방해받
지 않고 온종일 도서관에서 책을 읽을 수 있었던 그 시간이 그
리웠다. 함흥에 있을 때 그는 《문예춘추》와 《여원》 같은 신간
잡지를 사오고는 하였다. 오늘은 내가 그런 책을 몇 권 사들고
집으로 돌아왔다.

그는 저녁 늦게 집으로 돌아왔다. 오래간만에 만난 문인들과
의 대화가 즐거웠는지 표정이 밝아 보였다.

"선물이에요. 오늘 쇼핑하다가 당신에게 잘 어울릴 것 같아
샀어요."

그는 선물꾸러미를 풀어 넥타이를 들고 바로 거울 앞으로 가
서 매어보았다.

"역시 당신 감각은 남달라. 내 까다로운 취향을 이리도 척척
맞추다니. 어느 여자라도 당신을 따라갈 여자는 없을 거야."

그는 소년처럼 해맑게 웃으며 즐거워했다. 그는 넥타이 맨
모습을 거울에 이리저리 비춰보며 장난스럽게 말했다.

"음, 음! 참 잘생겼지? 아무리 봐도 한국 최고의 모던보이란 말이야. 명동 거리에 나가면 날 사모하는 뭇 여인들 눈빛에 내가 몸 둘 바를 모르겠단 말이야. 그렇다고 모든 여성들을 내 여자로 만들 수는 없는 노릇이고……."

나는 그의 익살스런 행동에 낮에 한 여류 시인에게 당한 모욕감이 조금 누그러들었다. 내가 입을 삐죽거리며 그의 가슴을 살짝 치며 말했다.

"그리 여자들이 많으면 골라서 가세요. 난 괜찮으니."

그러자 그가 나를 와락 덮쳐 안고 그대로 방바닥에 뒹굴었다. 그날 이후 그는 줄곧 그 넥타이만 매고 다녔다.

"지겹지 않아요? 오늘은 다른 넥타이를 매고 가세요."

"아니야. 오늘도 이 넥타이를 할 거야. 이 넥타이를 하고 있으면 당신이 나를 꽉 잡고 있는 느낌이야. 나는 당신이 나를 두고 어디로 사라질까 봐 항상 불안하거든. 그러면 나는 살 수가 없어. 당신이 《테스》 책에 내가 들어 있는 것 같다고 말한 적 있지. 나도 이 넥타이 속에 당신이 들어 있는 것만 같아. 그래서 이것을 매고 있으면 당신과 함께 있는 것 같아 마음이 편안해진다구."

그는 사람에게도 물건에게도 결벽증이 심했다. 대신에 어떤 물건이 마음에 들면 그것이 다 닳아 못 쓰게 될 때까지 그것만을 사용하는 별난 습관이 있었다. 사람도 꼭 만나는 몇 사람만 만나고 아무나 편안하게 사귀지 않았다. 그뿐이 아니었다. 하루에도 수차례 손을 씻는 결벽증이 있었다.

"자야, 당신 말고는 나를 맞춰줄 여자는 없어. 당신이 내 병적인 결벽증과 까다로운 취향을 가장 잘 맞춰줄 수 있는 여자야. 나를 불쌍한 홀아비 신세로 만들지 않을 거지?"

"당신을 좋아하는 여자들이 주위에 깔렸다면서요? 지난번 그 다방에서 본 여자들도 모두 당신에게 눈길을 떼지 못하던데요. 그중에 특히 한 여자는 나를 째려보는데 그 눈초리에 찔려 혼났어요."

"하하, 그런 여자가 있었소?"

그는 너스레를 떨었다. 그는 내 표정이 어두워지는 것을 보자 진지하게 말했다.

"그는 조선 문단에서 촉망되는 여류 작가 중 한 사람이야. 아주 지적인 인텔리 여성이지. 그러나 내가 그를 생각하는 것은 도반 그 이상도 그 이하도 아니야. 그런데 그녀는 나에게 도반 이상의 감정을 가지고 스스로를 다치게 하고 있어서 자꾸만 신경이 쓰이기는 해. 그리고 이미 남편을 가졌던 여자야. 게다가 지금은 지난번 봤던 일행 중 한 사람과 연애 중이라고 들었어. 그러니 신경 쓰지 않아도 돼."

그의 말과는 달리 그 여자는 나의 존재를 목에 걸린 가시처럼 생각하고 있는 듯했다. 그날 다방에서 나와 골목을 돌아가려는데 그 여자가 뒤따라 나와서 나를 불러 세웠다.

"이봐! 진향 기생!"

'진향 기생'이란 비꼬는, 날카로운 말투가 내 등에 비수처럼 꽂혔다. 그녀는 나를 경멸스런 눈초리로 위아래로 훑어보았다.

"유능하신 기녀님! 도대체 여우 꼬리를 몇 개나 감추고 다니는 거지?"

"……."

"순진하기만 한 백석 씨가 기생이랑 어울릴 군번이 아니라는 것을 모를 리가 없을 텐데. 참으로 분수를 모르는군. 함흥에서 둘이 도망치려고 하다가 잡혔다면서? 그 일로 백석이 온갖 고문을 당했다는데 무슨 염치로 또 그와 붙어 다니는 거지? 네가 백석 씨 앞날에 얼마나 큰 누를 끼치고 있는지 알기나 하니? 그 사람 집안에서도 난리이고 문학판에서도 모두 백석이 기생에게 코가 빠져 있다고 혀를 차고 있다고. 그러니 알아서 좀 기어주시게. 그것이 그 사람을 위한 길이야."

나는 심장이 두근거리고 다리가 후들거려 그 자리에 털썩 주저앉을 것만 같았다. 여자는 아주 당당하게 마치 그의 연인이라고 되는 듯 큰 소리를 쳤다. 그녀는 실눈으로 나를 째려보며 말했다.

"내 충고 명심해. 한 번 더 그이와 함께 다니는 것이 내 눈에 띄면 그때는 가만두지 않겠어. 알겠니? 갈보 년 같으니라고."

여자는 내게 공갈인지 협박인지 매몰찬 욕설을 퍼붓고는 휑하니 돌아서 다방으로 들어갔다. 너무나 갑작스럽게 당한 모욕에 진정이 되지 않아 그 자리에 털썩 주저앉았다. '기녀님! 여우! 갈보 년!'이란 비꼬는 목소리가 귓전에 계속 울렸다. 나는 담벼락에 기대앉아 얼굴을 무릎 사이에 묻었다. 마치 내가 고흐의 여인 시엔이 된 듯했다. 고흐는 그녀의 불행한 운명까지 사랑했지만 집안의 반대로 이별을 하게 되었다.

그 여자에 의하면 나는 저주받은 몸뚱어리로 사슴처럼 순박한 시인을 꼬여낸 갈보 년이었다.

"김동환 선생을 예전에 몇 번 만난 적이 있어요."

"아! 안 그래도 두 사람이 서로 아는 사이 같았어."

"일본 유학 가기 전에 명월관에서 일할 때 저에게 수필을 부탁한 적이 있어요. 그래서 수필 두 편이 잡지에 실린 적이 있었어요."

"아, 그래? 정말 당신이 그 유명한 문학기생 진향이었어? 나도 그때 소문을 들어서 알고 있었지. 그렇다면 몇 년 전《동아일보》에 실린 기생 김진향 미담도 당신이었겠군. 불우이웃돕기 성금으로 거금을 내놓았다는 기사였어."

"네, 그때 일본 유학을 준비하려고 일을 막 그만둔 상태였어요. 어머니의 뜻을 받들어 저축해두었던 돈의 일부를 성금으로 내놓은 적이 있었어요."

"그 후 우리 신문사도 마음이 따뜻한 문학기생 진향을 취재하라는 지시가 내려졌었어. 그래서 내가 찾아갔을 때는 이미 일본 유학을 떠난 뒤더라고. 그래서 무척 안타까웠는데, 그 진향이 바로 당신이라고? 하하하, 이런 영광스러울 데가……."

"기생이라는 직업이 떳떳하지 못했어요. 기생이라는 제 신분이 지금도 우리 사이에 큰 걸림돌이 되고 있잖아요. 그때 나는 이 일을 접고 공부를 하고 싶었어요. 그러나 어찌 운명의 길은 가다가도 되돌아오는 것인지……."

"너무 자책 마. 누구나 각자의 길에서 최선을 다하는 모습만큼 아름다운 것은 없어. 당신의 예술적 문학적 가치는 내가 이미 잘 알고 있는 터이니 그것을 잘 살려보자고. 그러다 보면 기생의 신분에서 벗어나 한 사람의 예술인으로서 당신의 기량을 펼칠 날이 올 것이야. 나도 옆에서 힘써볼게."

그는 내가 마음의 상처를 입지 않도록 조심스럽게 나를 위로했다.

"당신에게 가장 중요한 것은 내가 당신을 사랑하고 있다는 것을 잊지 않는 거야. 누가 뭐라든 난 당신을 사랑하고 또 앞으로도 당신 곁을 떠나지 않을 거야. 방금 생각난 시 낭송해줄까? 음음……."

내가 이렇게 외면하고 거리를 걸어가는 것은

잠풍 날씨가 너무나 좋은 탓이고

가난한 동무가 새 구두를 신고 지나간 탓이고 언제나 꼭 같은 넥타이를 매고 고운 사람을 사랑하는 탓이다

내가 이렇게 외면하고 거리를 걸어가는 것은 또 내 많지 못한 월급이 얼마나 고마운 탓이고

이렇게 젊은 나이로 코밑수염도 길러보는 탓이고 그리고

어느 가난한 집 부엌으로 달재 생선을 진장에 꼿꼿이 지진 것은 맛도 있다는 말이 자꾸 들려오는 탓이다

"자야! 당신이 내 곁에 있어줘서 나는 세상에서 제일 행복한 남자야. 당신만 내 곁에 있어준다면 그 어느 것도 외면할 수 있어."

그는 항상 나를 보듬어주었고 격려해주었다. 그의 잔잔한 말과 따뜻한 품은 덧나려 하는 내 상처에 약이 되었다. 기생과 산다고 남들이 수군거려도 흔들리지 않고 화를 내지도 않았다. 그렇게 우리들의 청진동 연가는 계속되었다.

간밤에 함박눈이 내려 세상천지가 하얗다. 공휴일이라 집 안에만 있으려니 답답했다.

"당신은 답답하지 않아요? 우리 삼청공원에 설경 보러 가요."

그는 들은 체도 안 하고 도리어 내 손을 잡아 그의 옆으로 당겨 눕혔다.

"가만가만! 여기 삼청공원 설경보다 더 좋은 설경이 있어."

"뭔데요?"

그가 보고 있는 책은 화보집이었다. 사진은 옛 성의 돌담에 달이 차올라 묵은 초가지붕에 박이 하얗게 빛나고 있었다. 그는 공포 분위기를 자아내려고 목소리를 내리깔고 냉랭한 표정을 지어 보였다.

"자야! 마을의 수절과부 하나가 목을 매어 죽은 밤도 이렇게 흰 달이 뜬 날 밤이었대."

"어머, 무섭게 왜 그런 말을 하세요?"

"지금 방문을 열어봐. 아마도 저렇게 흰 달이 떠 있을 거야."

나는 괜스레 무서운 생각이 들었다. 문을 열면 흰 달 속에 옥향과 홍옥의 그림자가 귀신처럼 흐느끼고 있을 것만 같았다.

기예 시험에 낙방하여 홀딱 벗고 내 머리채를 잡아 뜯던 옥향은 그 후 스스로 저잣거리로 나가 삼류 기생 노릇을 한다는 얘기를 들었는데 얼마 안 되어 살림을 차렸다는 소문이 나돌았다. 그런데 몇 달 후 또 나체로 자신의 머리채를 쥐어뜯더니 뒤란 대숲을 헤치고 돌아다니다 팽나무에 목을 매달았다고 했다.

그뿐만이 아니라 홍옥은 섣달그믐날 새벽에 갯버들이 일렁이는 성천강 변에 쓰러져 있는 것을 지나가는 인력거꾼이 발견하여 병원으로 옮겼다고 했다. 깨어나긴 했지만 정신병원에 보내졌다는 소문을 들은 터였다. 나는 옥향과 홍옥의 비극이 나하고도 무관하지 않다는 죄책감에 가슴이 아팠다.

옥향은 목을 매기 며칠 전에 나를 찾아와 자신의 잘못을 용서해달라고 말했다. 동기생이지만 모든 면에서 자기보다 뛰어나서 내가 미웠다고 했다. 그래서 어떡하든 나를 골탕 먹일 궁리만 했다는 것이다. 게다가 돈 많은 사내의 후실이라도 되려고 마음에 둔 류춘기가 내게 관심을 가지는 것에 더욱 앙심을 품게 되었다는 것이다.

옥향은 가난한 농촌에서 태어나 입에 풀칠하기도 힘든 집에서 자랐다고 했다. 게다가 아버지의 술주정은 하루도 거르는 날이 없었고, 낫을 치켜드는 일도 빈번했다는 것이었다. 그래서 그녀는 하루라도 빨리 지옥과도 같은 집에서 벗어나고 싶었다. 가난이 죄라서 부자가 되는 것이 꿈이었다. 그래서 여자가 돈을 벌 수 있는 길은 기생이 되는 것이 가장 쉬운 일이라고 생각했다는 것이다. 아버지의 술주정과 폭력을 피해 어머니가 궁여지책으로 들여보낸 곳이 권번이었다. 그러나 옥향은 아버지로 인해 병적으로 남자 혐오증을 갖게 된 것을 본인도 알지 못했던 것이다.

나는 그만 그의 몸을 꼭 안은 채 눈을 감았다. 그가 엎드려 누워 책장 넘기는 소리와 맥박 소리를 들으며 잠이 들었다. 시

간이 얼마나 지났을까. 방 안 공기가 냉랭해져서 몸에 한기가
느껴져 잠을 깼다. 그는 여전히 미동도 하지 않고 책을 읽고 있
었다. 내가 일어나 화로에 참숯을 한가득 넣었더니 금세 방 안
이 훈훈해졌다. 그도 추웠는지 화롯불이 이글이글 피어오르자
책을 놓고 손을 쬐었다.

"손에 동상 입는 줄 알았어."

"그러면 숯을 넣지 그랬어요?"

"책을 손에서 놓기 싫어서 그랬지. 그리고 내 몸뚱어리를 당
신이 점령하고 있으니 어쩌겠어. 그래서 당신이 깨어나 불을
피워줄 때까지 카운트다운을 하고 또 하곤 하였지. 하하하!"

우리는 서로 불을 가까이에서 쬐려고 어깨를 밀쳐내며 장난
을 쳤다. 그때 밖에서 부르는 소리가 들렸다.

"백석 있는가?"

큰 소리로 그를 부르며 대문을 박차고 두 남자가 들어왔다.
우리는 무료하던 차에 그들의 방문이 무척 반가웠다.

"세 마리 까마귀가 다시 뭉치는 시간이군요."

나는 그에게 활짝 웃으며 손님을 맞으러 일어났다. 백석, 허
준, 정근양 이 세 사람은 문단에서 '삼우오(三友鳥)'라 일컫는 삼
총사였다. 허준은 이미 결혼을 해서 가정을 이루고 있었다. 그
는 동경 호세이대학 문과를 졸업하는 해 2월에 《조광》에 소설
〈탁류〉를 발표한 소설가였다. '탁류'라는 제목은 백석이 붙여준

것이라고 했다. 허준은 큰 체격에 과묵한 사람이었다. 이마가 훤하고 둥근 검정색 뿔테 안경 속의 눈은 맑고 선량해 보였다. 반면 의사이자 수필가인 정근양은 괄괄한 성격의 소유자였다. 말을 속에 담아두지 못하고 직설적으로 하는 사람이었다. 정근양이 대문을 박차고 들어서자마자 큰 소리로 고함을 쳤다.

"요즘 백석 자네 신혼 놀음에 푹 빠져 우리들은 아예 찾을 생각도 안 하는구먼. 새색시가 친구보다 그리 좋단 말인가? 정말 섭섭하네."

우리는 그들을 맞으러 벌떡 일어나 마루로 나갔다.

"미안허이. 내가 이 여자 찾아다니느라 읽지 못한 책들이 많아 밀린 숙제 하느라 그랬어."

그는 나를 슬쩍 보면서 싱거운 소리를 했다. 나는 살짝 얼굴을 붉히면서 부엌으로 나가 간단히 술상을 봐왔다. 그들 세 사람은 모이기만 하면 늘 문단 이야기를 나누었다. 가끔씩은 극작가 함대훈과 아동문학가 소파 방정환, 영화감독 박기채 씨도 합류할 때가 있다. 그때는 방이 좁아서 서로 무릎이 닿게 앉아서도 밤늦도록 이야기를 계속하곤 했다. 맥주 몇 잔 들이켜며 나누는 문학과 사회적 환담을 듣고 있노라면 나도 문학인이 된 듯했다.

"일제의 사슬에 묶여 조선 문단도 기울어져가고……. 분통만 터지는군."

"일본은 완전히 미쳐 날뛰는 개 같아. 전쟁에 필요한 병력을 동원하기 위해 '육군특별지원병령'을 내려 청년들을 총알받이로 내몰고 있으니, 우리 조선의 대가 끊길까 봐 걱정되네."

"그뿐인가, 학교에서도 조선어 시간이 폐강된 지 오래고, 공부할 학생들에게 교련과 군사훈련을 시키고 있으니 참 기가 막힐 노릇일세. 이제는 어쩔 수 없이 친일 발언하는 교사들도 급속도로 늘고 있는 상태라네."

"이러다가 정말 이 나라가 속속들이 일본의 속국이 되지 않을까 우려돼."

"걱정 말게나. 극악무도한 짓은 그 대가를 꼭 받게 마련이네. 일본은 기필코 망하고 말 것이니, 우리들만이라도 누구들처럼 부화뇌동하지 말고 또 서두르지도 말고 기다리세. 꼭 우리들의 날들이 올 걸세."

"그러세. 피 끓는 청춘, 삼우오! 우리 셋이라도 조선 문단을 굳건히 지켜나가세."

"나는 세 사람을 보면 꼭 《삼국지》의 유비, 관우, 장비 같다는 생각이 들어요. 모두 각자의 개성이 뚜렷함에도 불구하고 이렇게도 잘 어울리는 우정이 어디 있을까요. 세 분이 힘을 합치면 우리 조선 문단을 잘 지켜 나갈 수 있을 것이란 믿음이 가요."

나는 그들 세 사람이 믿음직스러웠다.

세 사람의 대화는 밤이 이슥할 때까지 계속되었다.

6장

일락화(一落化)

소한과 대한의 매서운 추위는 지나갔다. 올해 추위는 내게는 유달리 혹독했다. 세찬 칼바람에 진저리를 쳤다. 마른 능수버들 가지는 긴 머리를 풀어헤친 정신 나간 여자처럼 미친 듯 춤을 추고 있었다. 내게 닥친 아픔과 설움이 옹이처럼 박여만 갔다. 그 옹이 속에 독버섯이 점점 더 깊게 뿌리를 내리고 있었다.

"백석이 나를 찾아왔어요."

어느 날 조 선생이 찾아왔다. 그는 백석보다 몇 살 위였지만 그와 영문과 동문이어서 서로 친구처럼 지내는 사이였다. 언제나 유머와 위트가 넘치는 사람인데 그날은 안절부절못하면서 말을 꺼냈다.

"그에게 무슨 일이 생겼나요?"

"말씀드리기 참 거북합니다만, 백석이 또 부모님의 강요로 두 번째 장가를 들었다고 하는군요. 그래서 당신에게 도저히 면목이 없어 못 오겠다고 합니다."

참으로 가소로운 이야기였다. 일주일 정도 출장을 다녀오겠다고 나간 사람이 열흘이 지나도 아무런 소식이 없더니 또 장가를 들었다는 소식을 전해오는 것이었다.

"아무리 생각해도 황당하고 실망스러워 내가 먼저 당신을 만나보고 이야기를 해보겠다고 하고 오는 길입니다."

"그는 지금 어디에 있나요?"

"제 집에 가 있으라고 했어요."

"……."

"많이 속상하시리라 생각합니다. 하지만 백석을 한 번만 더 이해를 해주세요. 우리나라 고질적인 봉건적 혼례 풍습이 문제이지요."

"그런 것쯤 깰 수 있다고 항상 저에게 자신 있게 말해왔던 사람이었어요."

"그랬겠죠. 백석은 누구보다도 모던한 사고를 가진 사람이니까요. 하지만 우리 세대들은 제아무리 신문물을 받아들였다고 하더라도 아직은 봉건적 가족제도 지붕 밑으로 들어가면 부모님의 명령에 무릎을 꿇을 수밖에 없습니다. 이제 막 뿌리내리기 시작한 모던한 사고가 뿌리 깊은 봉건적 사고를 깨기에는 아직까지 역부족입니다. 저희 부모님 세대는 결코 혼전 순결 이데올로기에서 벗어나지 못할 것입니다. 그것도 집안의 장손이 기생과 사는 것을 뒷짐 지고 볼 사람이 어디 있겠습니까."

"그럼 제가 어떡하면 좋을까요? 그는 내가 어떻게 해주기를 바라던가요?"

"백석은 당신을 무척 사랑하고 있어요. 부모를 거역하지 못해서 식은 올렸지만 이번에도 초야를 치르지 않고 다시 돌아온 것입니다."

"세상에! 기가 막히는 일이군요. 이제는 정말 내가 그의 곁에서 사라지는 수밖에는 없겠어요."

"그러면 또 백석은 당신을 찾아낼 것입니다. 조선 땅 어디에 숨은들 사랑이 찾아가지 못하겠어요. 나는 당신네들 둘이서 비둘기같이 다정하게 사는 것이 참으로 부러워요."

"그러면 뭐하겠어요. 나는 이 땅에서는 그의 아내가 될 자격이 없는 여자인데."

"나도 백석과 같이 우리나라 혼례 관습의 피해자입니다. 내나이 열여섯에 부모님에 의해 강제 혼례를 치르고 지금까지 끔찍한 포로 같은 결혼 생활을 하고 있어요. 결혼 관념에 대한 부모님들과의 갈등이 백석과 나만의 문제가 아니라 사회의 문제로 대두되고 있는 실정입니다."

나는 조 선생의 말이 귀에 들어오지 않았다. 개화 이념을 몸으로 실천하는 사람처럼 굴더니 사랑하는 여인을 두고 장가를 한 번도 아니고 두 번이라니 참으로 어처구니가 없는 일이었다. 어머니도 개화사상을 일찍 받아들인 신여성이라고 했지만 결국에는 남아선호사상에서 자유롭지 못한 분이었던 것처럼.

나락으로 떨어져가는 절망감과 분노로 가슴에 불이 활활 타올랐다. 신교육을 받고 모던보이로 세상에 알려진 유명한 시인인 그가, 무엇에도 얽매이는 것을 못 견뎌하는 그가, 가부장 이데올로기가 세상의 진실인 양 고집하는 부모님을 설득하지는 못했다. 가부장적 지붕 아래로 들어가면 인간의 본성을 억압하는 비인간적인 대의에 조금의 반항도 하지 못하고 그만 무릎을 꿇고 마는 그의 나약함에 진저리가 났다.

그들에 의하면 나는 칠거지악의 표본이었다. 청교도의 삶에서 벗어나고자 했던 테스의 남자 엔젤도 결국엔 깊이 뿌리내린 청교도적 관습에서 벗어날 수 없었던 것처럼 나의 남자 백석도 마찬가지였다.

여자는 섹슈얼리티하면 경박스럽다고 한다. 정절을 지켜야 하며 재가도 법으로 금지시켜 옴짝달싹 못하게 만드는 그 남자들을 위한 법이 경멸스러웠다. 남자들에게 여자는 한낱 물건일 뿐이었다. 그 제도에 고개 숙인 나약한 그가 싫어졌다.

"아무튼 백석은 곧 돌아올 것이니 마음을 안정시키고 기다려달라는 부탁을 하러 왔습니다. 나는 친구가 나처럼 불행하게 사는 것을 원치 않습니다. 사랑하는 사람과 행복하게 살기를 간절히 바라는 사람입니다."

"흥! 기다리라고요? 아니요. 이번에는 절대 받아들이지 않을 거예요."

그와 사랑을 나눴던 부드러운 나의 혀는 곧 굳어져 매몰찬 말을 쏟아냈다. 그러자 조 선생은 나를 위로한답시고 자신의 신세타령을 한바탕 나다분하게 늘어놓고 갔다.

그와 나의 사랑이 이미 오래전에 운명 지어진 것이라 해도 이상과 현실의 괴리를 극복할 수 없다는 것을 비로소 깨달았다. 사랑만으로는 살 수 없는 현실이 나에게 새로운 각오를 하게 했다. 우리들의 사랑으로 인해 그에게 어떤 문제가 생기면 그날로 바로 말없이 돌아설 것이라는 각오였다. 사랑이 제아무리 위대하다 할지라도 현실을 가둘 수는 없는 것이었다. 사랑으로 인해 그에게 해가 된다면 나는 견딜 수가 없을 것이다. 나는 조 선생에게 다시는 그를 받아들이지 않겠다고 전해달라고 했다. 나는 며칠 동안 그를 받아들이지 않았고 그는 혼자서 끙끙 앓고 있었다.

하지만 사랑이 그리 쉽게 버려지는 것이던가? 가슴속에 한번 댕긴 불덩이는 시간이 갈수록 활활 타올랐다가 다시 화석처럼 굳어졌다가를 반복했다.

그렇게 며칠이 지난 어느 날 그가 인편으로 한 통의 편지를 보내왔다.

내 사랑 나타샤!

무섭다, 당신이 내게 보내는 무관심. 당신도 고통스럽게 참고 견디며 하는 것이겠지만 나는 참 무섭다. 우리가 지금껏 만들고 쌓아온 우리들의 사랑의 형체가 자꾸만 무너져 내리는 듯한 느낌이 들어 무척 슬프고 외롭다. 나타샤, 너무 매정하게, 아니 제3자와 같은 빛깔을 자꾸 내게 보내지 마라. 좀 편안하게 따스하게 나를 대해주면 안 될까? 이것, 저것이라고 단정 짓고 두부모 자르듯 사람과 사람 사이의 관계가 쉽사리 단절되는 것인가? 과연 그러한 것인가?

나타샤, 당신과 반갑고 따스하게 만나 이야기하고 술 마시고 노래하고 싶다. 이제 우리 가슴 아픈 사랑 자꾸 그렇게 가슴 아프게만 생각지 말고 지금 우리 사랑만 생각하자. 그래도 그렇게만 해도 시간은 너무 짧아, 모자란다고.

우리 너무 감상적이 되어서 자신을 아프게 하지 말자. 그리고 상대를 아프게도 하지 말자. 힘내라, 나타샤. 네 곁에 내가 언제나 있으니, 당신의 사랑 내가 있으니 우리 너무 힘들게 살지 말자.

– 당신, 나타샤를 사랑하는 백석

그날 자정 무렵 그가 당당하고 태연하게 들어섰다. 그의 과장된 제스처는 민망함이나 용서를 바란다는 표현이었다. 그가 부러 대문을 세게 박차고 방문을 확 열어젖히며 들어오는 기척에도 나는 석고상처럼 앉아 있었다. 그는 들어서자마자 천장에 달린 전구를 돌려 꺼버렸다. 아무것도 보이지 않았다. 그의 표정도, 웅크리고 앉아 있는 내 꼴도 보이지 않아서 차라리 다행이었다. 어둠은 침묵을 만들고 모든 것을 숨기기도 한다.

내 앞에 서 있는 그가 갑자기 어둠 속에서 낯선 사람처럼 느껴졌다. 가소로운 남자, 염치도 없이 결혼을 두 번씩이나 하고도 내게 나타나 사랑한다고 입에 발린 소리를 하는 남자, 내 남자가 아니라 돌아가야 할 다른 여자의 남자이다. 내 자존심은 죽 쑤어 개에게 던져주고는 아무렇지도 않게 내 앞에 나타나다니.

어둡고 무거운 침묵 속에서 내 발악이 목구멍까지 차올랐다. 나는 눈을 감고 발악을 잠재우려 주문을 외웠다. 그만하자. 그만하자. 그만하자. 그동안 내 독설을 한두 번 들은 것도 아니어서 그에게는 아무런 약발이 되지 않을 것이다. 만나기 전으로 조용히 물러나면 그만인 것을. 나는 사과꽃 아이도 아니고,《테스》도 불쏘시개로 던져버리면 그만인 것을. 이렇게 마음을 굳게 먹었지만 그를 보는 순간 꾹꾹 눌러 참았던 눈물은 또 마구 솟구쳤다.

어둠 속에서 나를 내려다보고 있는 그의 형체가 보였다. 나를 간절히 바라는 그의 얼굴 표정도 읽었다. 그는 갑자기 나를 꼼짝도 못하게 안더니 키스를 퍼부으면서 쓰러뜨렸다. 한참을 키스를 퍼붓고는 나를 내려다보면서 무슨 말인가를 하려고 했다.

"자야!"

"……."

"자야, 항상 당신에게 미안하오."

그는 차분하고 신중한 어조로 말했다.

"내 의지와 상관없는 일이었어. 나에게는 오로지 당신 한 사람밖에 없어. 내 말 믿지? 아니 믿어야 돼."

그는 긴 한숨을 푸우 내뿜었다. 그는 나의 온몸을 소중한 보석을 만지듯 애무하며 내 속에 조심스럽게 들어왔다. 나는 앙탈을 부릴 기운조차 없어 그에게 온몸을 맡겼다. 그의 애절함이 느껴져서인지 조금 전의 그 울분이 한결 가벼워졌다. 그는 앙탈 부리는 나를 다루는 마법사임에 틀림없었다. 폭풍 같은 내 눈물도, 독기 어린 내 앙탈도 무작정 밀어붙이는 그의 사랑 놀음에는 녹아나지 않을 수가 없었다. 우리는 뜨거운 사랑을 확인한 후 함흥에서처럼 또 둘 다 아무 일 없었다는 듯이 행동했다. 아니, 그 일에 관해서 서로 입을 다물기로 약속이나 한 것처럼 입 밖에 내지 않았다.

나는 그를 다시 받아들였다. 그와의 사랑은 날이 가고 달이 갈수록 낙엽이 쌓이듯 한 겹 두 겹 쌓여갔다. 우리는 매일 사랑을 나누고 또 나누어도 목이 말랐다. 사랑이 이런 것인데 왜 어른들은 고루한 관념에 빠져 막으려고만 하는가! 그와 나는 다시 행복하다는 착각과 환상에 빠져버린 사랑 바보가 되었다.

그러나 그의 아버지의 압박은 더욱 심해졌다. 그의 집안에서는 내게 협박 편지를 보내거나 사람을 보내 나를 어르기도 하고 엄포를 놓기도 했다. 나는 그와의 사랑 뒷면에 도사리고 있는 운명이 항상 불안했다. 그럴 때는 또 마음이 뒤집혀서 앙탈이 서서히 올라오기 시작했다. 어차피 처음부터 가시밭길 운명이 아니었던가! 그러니 평탄할 수만은 없겠지.

하루는 조 선생이 다시 찾아와서 그의 집에 난리가 났다는 것이었다.

"백석의 부모님이 당신을 찾아가 마지막으로 부탁을 좀 해달라고 하더군요. 참으로 미안하게 됐습니다. 그동안 두 번이나 장가를 들고도 집에 들어오지 않으니 이제는 더는 두고 볼 수 없어 무슨 강단의 조치를 취할 것이라고 합니다."

나는 가슴이 덜컥 내려앉고 온몸에 소름이 쫙 끼쳤다. 조 선생은 참으로 난처한 표정을 지었다. 나는 한참을 듣고 있다가 단정하듯 말했다.

"그의 부모님께 죄송하다고 전해주세요. 그리고 곧 그가 집으로 돌아갈 거라고 말씀해주세요."

나같이 보잘것없는 여자가 남의 가정을 파괴하다니, 여러 사람을 아프게 하고 있다니…….

"참 몸 둘 바를 모르겠어요."

떠나야 한다. 나만 떠나면 모든 것이 가라앉고 잔잔해진다. 나는 다음 날 곧바로 명륜동과 혜화동 일대에 내가 거처할 곳을 찾아다녔다. 그곳은 과수원이 많은 곳이었는데 어느새 과수원은 모두 사라지고 새로운 신흥도시가 되어 있었다. 경성은 곳곳에 개발 바람이 불어 하룻밤 자고 나면 새로운 건물들이 비온 뒤 죽순처럼 우뚝우뚝 솟아났다.

어릴 때 살던 관철동 집은 지금쯤 어찌 되었을까? 개발의 물결에 떠밀려 옛집이 사라지지는 않았을까? 힘들 때마다 관철동 집이 더더욱 그리웠다. 신흥 부유층들이 모여 사는 곳에 몸을 감추면 그가 다시는 찾지 못할 것이라는 생각이 들었다. 이런 곳에 내가 살리라고는 생각지 못할 것이다.

나는 소나무가 있는 조그마한 집으로 이사를 했다. 이사는 번갯불에 콩 볶아 먹듯이 단번에 해치웠다. 망설이고 주저하면 또 그를 떠나지 못할 것이기 때문이었다. 그의 정열적인 사랑에 나는 또다시 그에게 주저앉을 것이 뻔했다. 그런데 소나무 향이 좋아 들어온 집 주인이 앞을 못 보는 사람이었다. 한집에 맹인 남자와 단둘이 사는 것이 무서웠다.

다시 집을 다른 데로 알아봐야겠다고 생각하고 몇 개 되지도 않는 짐을 풀지도 않은 채 심란하기 짝이 없는 하루하루를 보내고 있었다. 그렇게 얼마나 지나갔을까? 낮에는 얼었던 땅이 녹아 골목이 질척해지다가 저녁이 되면 다시 꼬들꼬들해지는 날이 계속되었다.

바람이 매섭게 부는 저녁, 골목에는 인적이 일찍 끊기어 해만 지면 온 동네가 고요하였다. 신흥 바람에도 불구하고 의외의 분위기였다. 어느 날 밤 뒤창 담 너머에서 차가운 밤바람 소리를 타고 들려오는 목소리가 있었다.

"자야! 자야!"

바람 소리가 그가 나를 부르는 환청으로 들려온다고 생각했다. 나를 찾아올 사람은 아무도 없었다.

"자야! 나야, 자야!"

저 목소리는. 나는 놀란 토끼처럼 방구석에 몸을 웅크린 채 앉아 숨을 죽이고, 뒤창 담 너머의 소리에 귀 기울였다. 만약 진짜 그라고 해도 절대 흔들리지 않을 거야. 절대 다시는 그를 받아들이지 않을 거야. 이건 환청이야. 그가 이곳까지 날 찾아 올 리가 없어. 애써 밖의 소리를 듣지 않으려고 귀를 막고 도리질을 쳤다. 다시 한 번 나를 부르는 소리가 들려왔다.

"자야! 자야!"

순간, 내 몸은 내 마음을 박차고 반사적으로 달려 나갔다. 아니다. 내 마음이 내 몸보다 더 빨리 맨발로 뛰쳐나간 것이었다. 내 몸과 마음은 동시에 대문을 박차고 달려 나가 그의 품에 안기고 말았다. 내일을 생각할 겨를이 없었다. 오히려 그동안 꽉 막혀 있던 가슴이 확 터진 듯했다.

그가 다시 내게 왔다. 자신의 사랑을 찾아 얼마나 헤매었을까. 영원히 식지 않는 열정의 날개에 안겨서 어디로든 날아가고 싶었다. 우리의 사랑을 간섭받지 않는 곳으로. 그곳이 어디이든 우리 둘이서만 있는 곳으로 가서 천년만년 살고 싶었다.

밤하늘 조각달이 우리의 재회를 내려다보고 있었다. 나는 그 달빛이 우리를 비웃고 있는 것 같아 달을 올려다볼 용기조차 없었다. 뼈 마디마디에 박인 옹이처럼 엇갈리는 우리의 눈물겨운 사랑은 서로의 침묵 속에 묻어둘 뿐이었다.

우리는 밤새 재회의 사랑으로 뜨거웠다. 길기만 했던 겨울 밤이 순식간에 지나가고 뿌옇게 여명이 밝아오고 있었다. 그가 나를 꼭 안으며 작은 목소리로 말했다.

"자야! 우리 만주로 가자."

이것이 만주로 가자는 그의 두 번째 제안이었다.

"만주로 가서 우리 두 사람 누구에게도 간섭받지 말고 살자."

나는 그의 품으로 파고들었다. 서로의 심장박동이 빠르게 쿵 쿵 울렸다.

늪

망망대해, 황해를 가로지르는 배 위로 어마어마한 파도가 덮 쳤다. 일본 유학 길, 현해탄을 건널 때 파도에 아수라장이 되었 던 관부연락선에서 고생한 기억이 떠올랐다. 하지만 그때보다 훨씬 무시무시한 항해였다. 파도는 큰 배를 삼킬 듯 달려들었다 물러나곤 했다. 그런데 나는 도리어 희열을 느끼고 있었다.

　나는 만주로 가자는 그의 두 번째 제안을 받아들이지 않았다. 함흥에서의 악몽이 생생하게 떠오르기도 했고, 우리 둘만의 사랑을 위해 도피행각을 벌인다면 남아 있는 사람들에게 너무 무책임한 행동이라는 생각이 들었다. 그는 불효자가 되는 것이고, 나라를 배신한 시인이 되는 것이었다. 차라리 내가 사라지는 것이 여러 사람을 위해서 가장 좋은 방법이라는 결론에 다다랐다. 그것이 그가 나를 단념하도록 만들기에 가장 좋은 방법이었다.

　아직은 둘의 사랑만으로 살아갈 수 있는 세상이 아니었다. 이제는 도망치고 싶었다. 사랑에 지쳐 도망치는 여자의 몸 하나쯤 저 거친 바다는 흔적도 없이 삼켜버릴 것이었다. 그러면 아무도 모를 일이었다. 이 배를 탄 것도 즉흥적인 실행이었고, 어느 누구에게도 알리지 않았다.

　마침 상해에서 잠시 나온 친구를 따라 오른 여행일 뿐이었다. 순간적인 결정으로 오른 배에서 차라리 험악한 파도가 나를 삼켜주기를 바랐다. 고국에도 낯선 이국땅에도 나를 기다리는 사람은 아무도 없다. 어떤 계획도 희망도 없이 그냥 나선 길이었다. 희망이라면 이제 그만 이 험난한 세상을 조용히 하직하고픈 마음뿐이었다.

　'성난 파도여! 이제 나를 덮쳐라. 불운한 내 삶의 역사를, 파

도여! 네게 던져버리련다. 이 세상에 왔다 간 흔적을 단 한 점도 남기지 말고 지워주렴.'

후회는 없다. 완성을 못했지만 공부도 해봤고, 높고 귀한 한 시인과 죽도록 사랑도 해봤다.

사랑! 내게 분에 넘치는 사랑을 준 그를 생각하니 심장이 창에 찔린 것처럼 통증이 왔다. 기생이라서 사랑하는 남자의 아내가 될 수 없는 현실 앞에 나는 꺾이고 또 꺾였다. 스스로 떳떳하지 못한 것이 가장 큰 죄였다. 죄책감과 죄의식에 시달린 것도 나였다. 결국은 도망치려고 바다에 떠 있는 나는 이제 삶에 대한 희망도 의욕도 없다. 나 자신에 대한 혐오감으로 그저 생을 마감하고 싶을 뿐이었다. 죽어 다시 태어나면 다시는 기생이란 낙인이 찍혀 있지 않겠지. 그럴 수만 있다면, 다시 태어난다면 그때는 결코 기생의 삶을 살지 않을 것이다.

미련 없는 세상, 그와의 사랑이 없는 삶은 죽은 삶이나 마찬가지다. 이제 내 모든 번민과 슬픔을 저 바닷속으로 던져버리자. 그러면 더 이상 고통도 눈물도 없을 것이다. 죽음을 생각하니 풍랑도 바다도 무섭지 않았다. 아니 도리어 뱃머리까지 덮쳐오는 파도가 시원해지고 고맙기까지 했다. 수중고혼이 되어 이제는 할머니와 어머니 다리를 베고 눕고 싶었다.

오래된 나무들이 몇 그루 서 있다. 마당에는 벚꽃이 날리어 마치 눈이 오는 듯했다. 난 높은 마루에서 참으로 곱게 늙은 어느 할머니의 무릎을 베고 누워 그 풍경을 바라보고 있다. 얼굴이 갸름한 할머니는 분홍색 원피스에 아이보리색 카디건을 입고 있다. 내게 복숭아를 깎아서 입에 넣어주기도 했다. 분명히 추운 겨울이었다. 나는 벨벳 원피스를 입고 순면 양말을 신고 있었다. 그런데 이곳은 왜 이리 따스하지? 할머니의 무릎을 베고 얼마나 오래도록 낮잠을 자는지도 모르겠다. 누군가 내 이름을 부르는 소리에 눈을 떴을 때 주위는 어스름했다.

'하늬야! 하늬야! 하늬 어디에 있니?'

어머니와 언니들이 부르는 소리가 들려왔다. 내가 없어진 모양이다. 난 그냥 집에 그대로 있는데 왜 나를 부르지? 어머니와 언니들, 오빠까지 나서서 온 동네 골목을 샅샅이 찾아다니는 모양이다. 이 골목 저 골목에서 내 이름 부르는 소리가 들려왔다.

'할머니, 가족들이 나를 찾나 봐요. 내가 여기 있는지 아무도 모르나 봐요. 할머니, 이제 가볼게요.'

나는 파스텔톤의 포근함을 깨고 싶지 않았지만 가족들이 걱정할까 봐 할머니의 무릎에서 일어났다. 할머니는 내 손을 잡고 대문까지 바래다주었다. 대문을 열어주고는 잔잔하게 미소를 지으며 말했다.

'여기서부터는 혼자 가거라.'

어머니와 언니, 오빠는 그 집에서 나오는 나를 보고는 소스라쳤다.

'그 집엔 왜 들어간 거야?'

나는 그 집을 돌아보았다. 대문은 굳게 닫혀 있었다.

'이 녀석아! 이 집은 벌써 몇 년째 비어 있는 집이야. 귀신이 잡아가면 어쩌려고.'

비어 있다니? 착한 할머니가 사는데. 나는 내가 방금 나온 집을 다시 되돌아보았다. 벚꽃이 어디로 사라진 것이지? 할머니는? 오래된 푸른 나무들은? 그 집은 금방이라도 허물어질 것 같은, 정말로 귀신 놀이를 하면 딱 좋을 곳이었다. 분명히 꿈도 환영도 아니었다. 할머니의 갸름한 얼굴, 복숭아를 깎던 손, 따스한 무릎, 상냥한 미소가 생생했다. 어머니는 내 손을 잡고는 다시는 그 집에 들어가지 말라고 엄하게 꾸짖었다.

그 집. 살구꽃, 복숭아꽃, 사과꽃, 온갖 꽃들이 만발한 그 집, 꽃을 찾아온 벌과 나비들의 향연이 펼쳐지는 곳, 살구를 줍다가 벌에 쏘여 울고 있는 나를 달래는 할머니가 계신 곳, 그곳에 가고 싶다.

"진향아, 여기 있었니? 도착할 때 됐어. 내릴 준비 하자."

친구는 날 찾아다녔는지 숨을 헐떡거렸다. 그녀는 이제 곧 도착할 것에 기분이 고조되어 있었다.

"상해가 얼마나 매력적인 곳인지 아니? 각국 코즈모폴리턴들이 집결된 국제도시야. 잘생긴 코쟁이들도 만날 수 있어. 자자, 금방 죽을 것 같은 인상 펴고 예쁘게 화장 좀 해."

가방에서 손거울과 화장품 가방을 꺼낸 친구는 한 손으로 거울을 잡고 또 한 손으로는 얼굴에 분을 쳐서 바른 후 입술에 빨간 립스틱을 몇 군데 찍고는 입술을 두어 번 오므렸다 폈다. 그녀는 거울을 눈높이보다 약간 높이 들고 자신의 얼굴을 왼쪽 오른쪽 비추면서 만족스러워했다. 그러고는 일어나서 원피스에 딸린 넓은 벨트를 다시 고쳐 매고 목에는 스카프를 둘렀다.

"그 죽상 좀 펴라니까!"

친구는 맥없이 있는 내 얼굴에 파우더를 치고 입술에 립스틱을 발라주었다. 그러고는 거울을 내게 건넸다.

"야! 넌 참 귀엽게 생겼단 말이야. 동서양 사내들이 전부 널 보고 침을 질질 흘릴 거야."

그러는 사이에 배가 부두로 서서히 들어섰다. 부우웅 도착을 알리는 뱃고동 소리가 항구 주위로 퍼져 나갔다. 친구는 머뭇거리고 있는 내 손을 잡아끌며 한시라도 빨리 배에서 내리고 싶어 안달이었다.

일본이 중일전쟁을 일으켜 난징 대학살을 저지른 지 한 해가 지났다. 일본 조계(租界)는 죽음과도 같은 서늘한 기운이 감돌았고 가끔씩 총소리가 들려왔다. 우리 교민들은 유랑민처럼 불안해 보였다. 그러나 막상 일본의 식민지인 상해는 전쟁 중임에도 불구하고 여유로워 보였다.

다리 하나 건너면 서양 조계가 있었다. 그곳에는 책에서만 본 유럽식 화려한 건물과 중국, 조선을 비롯하여 영국, 프랑스, 러시아 등 여러 나라의 인종들이 뒤섞여 있었다. 마치 인종 모자이크 도시 같았다. 게다가 서구 각 나라의 고유한 문화와 첨단 문명이 아시아 문화와 어우러져 서구와 아시아의 경계가 사라진 것 같았다. 친구가 서양의 뉴욕에 맞먹는 세계 최고의 코즈모폴리스라고 한 상해를 내 눈으로 직접 보고 있는 것이었다.

상해 중심지를 가로지르는 하비로(霞飛路) 간선도로에는 전차와 이층버스가 유유히 다니고 있었다. 프랑스 조계인 하비로는 활기찼다. 무수히 많은 상점들과 각양각색 인종들이 활보하고 있었다. 영어와 중국어로 된 간판이 뒤섞여 빼곡히 들어찬 거리는 쇼핑과 여가를 즐기는 외국인들과 중국인들로 붐볐다. 최신식 패션, 화려한 귀금속, 커피를 파는 서양식 카페, 극장, 백화점 등 무수히 많은 상점들이 즐비하게 맞붙어 있었다.

겉보기에는 각국의 문화 충돌은 없고 도리어 다양한 민족의 커뮤니티가 공존하는 것처럼 보였다. 그렇지만 군인들뿐 아니라 스파이, 마피아, 러시아 갱단, 독립군, 친일 매국노 등 중대한 목적을 수행하기 위해 투입된 사람들도 수두룩하다고 했다. 그야말로 상해는 개방과 변혁의 도시였다. 아직 한 번도 가보지 못한 서양이란 곳을 상해에서 직접 보고 있는 것이다.

그리고 상상도 못할 만큼 거대한 인공 공원은 별천지였다. 공원 뒷문 밖에는 대학교가 보였다. 생기발랄해 보이는 대학생들이 삼삼오오 어울려 있는 것이 보였다. 그들은 하나같이 짝을 이루고 있었다. 책을 옆구리에 끼고 걷고 있는 이들도 보였고, 초록 잔디 위에 앉거나 누워서 책을 읽는 이들도 있었다. 그들은 전시임에도 자유와 낭만을 즐기고 있었다. 내가 만끽할 수 없었던 청춘을 맘껏 즐기는 그들이 말할 수 없이 부러웠다. 짧으나마 공부를 할 수 있었던 일본 유학 시절은 이제 한때의 추억일 뿐이었다.

"오늘 밤 시로스 댄스홀 가보자."

"그곳이 뭐하는 곳인데?"

"파라마운트 호텔에 있는 무도장이야. 물 좋은 곳이니 가보면 알아."

친구는 상해에 도착하자마자 나를 이곳저곳으로 데리고 다녔다. 나는 눈앞에 펼쳐진 코스모폴리스에 놀라 정신이 없었다. 상해는 유흥과 쾌락에 젖은 도시 같았다. 비극의 시대에 맑은 영혼을 추구하는 것은 헛된 일인가? 각국에서 몰려든 미인들로 상해의 술집과 댄스홀은 문전성시를 이루었다.

친구가 데려간 시로스 댄스홀은 중국이 자랑하는 최고급의 국제적인 사교장이라고 했다. 휘황찬란한 실내장식과 홀의 장치는 가히 예술적이었다. 필리핀인들로 구성된 비율빈(比律賓) 밴드의 음악에 맞춰 중국의 소주(蘇州)와 항주(杭州) 출신의 미인들이 반라로 춤을 추고 있었다. 그 댄서들은 모두 인형같이 요

301

염하고 섹시했다.

밤이 무르익고 댄서들이 무대 뒤로 사라지자 재즈음악이 흘러나왔다. 테이블에 앉아 술을 마시던 손님들이 하나둘씩 홀로 나가기 시작했다. 동양 여자와 서양 남자, 친구들끼리 온 모양인지 치파오를 입은 여성들, 또 한 무리의 남녀들이 은은한 조명 아래에서 감미로운 재즈에 맞춰 춤을 추었다. 중국 청포를 입은 노인들도 젊은 댄서들과 춤을 추고 있었다. 전쟁통이라고 코를 박고 납작 엎드려 있는 것이 아니라 어떠한 상황에서도 그 시간을 즐길 줄 아는 중국인들의 대륙적인 민족성을 새삼스레 생각하게끔 했다.

나는 상해로 올 때 아끼는 한복을 한 벌 가져왔다. 바다에 뛰어들 때 가장 아름다운 옷을 입고 곱게 투신하고 싶었기 때문이다. 내가 입은 한복은 화려하면서도 품격 있는 조선의 고유한 미를 갖춘 옷이라 중국의 치파오나 일본의 기모노 따위에 비할 바가 아니었다. 그 옷을 입고 내가 홀의 대열에 나서니 여러 사람들의 시선이 내게로 쏠렸다. 나는 갑자기 우리 조선의 문화를 이곳 코즈모폴리스에서 알리는 어떤 위대한 임무를 맡은 것처럼 우쭐해졌다. 물론 댄스홀의 분위기에 나도 모르게 빠져들기도 했지만.

한 외국인이 어느 나라에서 왔느냐고 물어왔다.

"조선입니다."

"조선? 조선이라는 나라 이름은 처음 들어봅니다."

"동방의 예의 바른 나라, 조선을 모르십니까?"

그 외국인은 내 말투가 조금 높아지자 그제야 말귀를 알아들었다는 듯 고개를 끄덕였지만 정말 알고 있다는 것인지는 알 수 없었다. 몇몇 외국인들은 엄지손가락을 치켜들고 칭찬을 했다.

나는 춤을 추기 시작했다. 그를 잊자고, 잊어버리자고, 그까짓 사랑 따위 황해 바다에 던져버렸다고, 이제 홀가분해지자고, 별천지에 내가 와 있는데, 이렇게 멋진 사내들이 내게 침을 흘리고 있는데, 그중의 한 놈 잡아 밤새 질펀하게 즐겨보자고, 그냥 취하고, 노래하고, 춤을 추자고. 나는 눈을 감고 내 몸이 흔들리는 대로 흐느적거렸다.

한 외국인이 내 허리를 안고 리듬에 맞춰 나를 이끌었다. 누구라도 괜찮다. 나는 사내가 이끄는 대로 내버려두었다. 사내의 춤솜씨는 수준급이었다. 사람들 모두 손뼉을 치며 어울려 춤을 추다가 우리 두 사람을 가운데 세워놓고 손에 손을 잡았다. 홀의 가장자리를 빙빙 돌다가 또 손뼉을 치고 원을 그리며 빙빙 돌았다. 그것은 나에 대한 그들 최고의 환영 표시라고 했다.

내 삶을 포기하니, 아니 내 사랑을 포기하니 나는 술에 취하고 분위기에 취해 그 순간이 감격스럽기까지 했다. 그러나 나는 내 마음과 몸에 각인된 단 한 사람 외에는 그 어느 누구도 받아들일 수가 없었다. 춤이 끝나자 사람들은 제자리로 돌아갔다. 같이 춤을 춘 양키가 함께 술을 하자고 권했지만 사양하고 친구랑 무도장을 빠져나왔다.

친구는 내가 상해에 머무르면 큰 성공을 이룰 것이라며 그냥 같이 눌러살자고 권했다. 하지만 나는 경성에서 겪은 고통과 번민을 가라앉혀보려고 잠시 떠나온 것일 뿐 이국적인 환상에 빠져 살거나 물질적인 성공 따위는 관심 없었다.

상해 곳곳을 돌아다닐수록 처음에는 그토록 놀랍게 이국적이던 도시가 점점 시들해졌다. 시간이 지날수록 마음은 점점 착잡해져만 갔다. 동양 제일의 도시, 최첨단의 황홀하고 찬란한 국제 문화도시 상해는 결국 인간의 끝없는 욕망의 실체일 뿐이었다. 내게는 쾌락의 도시, 타락의 도시 같았다. 도시는 곧 무너질 바벨탑이었고 인공의 허상일 뿐이었다. 그 넓은 천지에 산은 말할 것도 없고 그 흔한 작은 개천 하나조차도 없었다. 지친 영혼이 쉬어갈 만한 곳은 어느 곳에도 없었다. 이러다가 정말 영혼마저 잃어버릴 것만 같았다.

달포 가까이 쏘다니다 보니 내가 태어나 잔뼈가 굵은 내 나라가 한없이 그리웠다. 더욱이 그와 같은 하늘 아래 있고 싶었다. 빨리 가서 그의 뒷모습이라도 보고 싶은 생각뿐이었다. 아무 때나 만나면 활짝 웃으며 안고 키스를 퍼붓던 그가 너무나 그리웠다.

다음 날 나는 가슴 아픈 사랑을 던져버리려 성급하게 떠났던 내 나라, 내가 사랑하는 사람이 있는 조국을 향해 상해를 떠났다.

그 강물에 붓을 적셔

상해에서 돌아와보니 책상 위에는 그가 써놓은 편지가 수북하니 쌓여 있었다. 하루도 빠짐없이 내가 없는 빈집을 찾아와 편지를 써두고 간 것이었다. 내가 상해에서 쾌락에 몸을 적시고 있었을 때, 이 방에서 하루하루 간절히 나를 기다리며 연서를 쓰고 있었을 그를 생각하니 가슴이 아려왔다. 그의 심장이 녹아 있는 편지들을 쓰다듬었다. 편지를 잡은 내 손이 떨려왔다. '내 영원한 사랑의 여인, 나타샤!'라는 첫 소절로부터 그의 온 마음이 오롯이 전해져왔다. 편지들 위로 눈물이 한 방울 두 방울 떨어졌다. 읽는 내내 눈물과 콧물이 범벅이 되어 볼을 타고 입으로 목으로 흘러내렸다.

내 영원한 사랑의 여인, 나타샤!

허락도 없이 혼자 불쑥 당신 집에 들어온 것 미안하게 생각한다. 잠시만, 내 여인 나타샤에게 잠시 동안만 편지를 쓰고 나갈게. 이해를 구한다.

무슨 말부터 해야만 할지 모르겠다. 그야말로 불쑥 들어와 급하게 당신한테 편지를 보내야 한다는 생각만 앞서 들어와버렸으니, 그럴 만도 하다.

미안하다. 당신을 너무 사랑을 해서. 정말이지, 이처럼 진정으로 뜨겁게 그리고 깊게 사랑을 하게 되다니. 불쌍한 놈인가, 내가. 사실 그러하다. 나타샤, 당신이랑 지난 3년간 사랑한 것은 다시 그 어떤 무엇으로도 변상할 수 없는 것이고, 또다시 이런 사랑을 할지 난 자신이 없다. 미안하고 미안하구나. 내가 당신한테 보여주는 어정쩡한 태도, 분명하지 못한 행동과 말들 때문에 당신이 너무 괴로워하는 것, 또 당신을 내가 너무 사랑을 해서 당신 이렇게 힘들게 만든 것, 다 내 잘못이다. 나 때문이다.

당신만 보면 그냥 기분이 좋아지고, 당신이 있는 곳이면 그 이름만 떠올려도 그냥 내 어깨에 힘이 솟는 걸, 그런 마음을 당신은 이해하느냐?

되돌아보면 끙끙거리면서 부랴부랴 당신을 찾아다니던 때가 정겨워진다. 다시 그 기쁜 일들을 하고 싶은데, 마음속으로 괴로워하면서 당신 근처에 있는 아무 남자에게나 질투하면서 당신에게 떼를 쓰던 그 시간, 그 정황들이 너무 그립다. 다시는 그러지 못한다

306

고 생각하니 가슴이 미어진다.

나타샤!

계속 이 글을 이어갈 수가 없구나. 글씨는 제멋대로 휘갈겨지고 간신히 정신 차려 써보려 해도 잘 안 된다. 이제는, 이제 다시 나는 사랑을 할 수가 있을까? 그러지는 못할 것이다. 나는 지난 3년간 한 치의 거짓도 없이 사랑을 다했다. 분명하게 행동을 결행하지 못하는 내 현실에서 오는 괴로운 처지를 당신이 조금만 이해한다면 내 사랑의 마음 그 모습을 당신은 그릴 수 있으리라.

– 당신의 사랑 백석

시간이 얼마나 지났는지도 몰랐다. 손수건 몇 개가 눈물과 콧물을 닦아내느라 젖어버렸고 나중에는 수건이 다 젖을 정도였다. 밖은 언제 어두워졌는지 이슥한 밤이었다. 그는 하루도 빠짐없이 내 방을 방문해 편지를 차곡차곡 써두었던 것이다. 마지막 편지를 읽었다.

사랑하는 내 여인, 나타샤!

당신 방에는 오늘도 불이 켜져 있지 않구나. 난 매일 밤 당신 방에 등이 켜지기를 몇 시간씩 기다리다 돌아간다. 지금이라도 방긋 웃으며 조금은 심통을 내는 얼굴로 나타나 내게 폭 안길 것만 같은데…….

돌이켜보면 당신과 처음 만나 내 옆으로 오게 하기까지가 참으로 행복했다는 생각이 든다. 아니 내 옆자리에 두고 같이 노래하고 여행할 때가 좋았다.

벌써 새벽 2시가 되었다. 새벽바람이 유리창을 부숴버릴 듯 세차게 흔들며 우는구나. 시커먼 먹물이 가슴에서 소용돌이치는 듯. 어제 아니 오늘부터 지금껏 특히 어젯밤 술에 취한 채 한밤까지 생각에 생각을 더했다. 당신이 정말, 정말 지금 여기서 날 떠나야겠다면 내가 달리 어쩌랴. 그러나 이제 우리는 어찌해야 하는가. 나는 자신이 없다. 모든 걸 하얗게 지우고 새 길을 찾을 수 있는가? 내 앞에 서 있는 당신이 내게 건너오던 모습은 강물이었네. 그 강물 소리 내 맘속에 더더욱 크게 일어나 내 속을 이렇게 맴돌고 있는데, 나는 내 몸에 흐르고 있는 그 강물에 붓을 적셔 시를 써 나가야 한다. 이게 내 생의 운명인가?

그러나 내 영원한 사랑의 여인, 나타샤! 다시 당신 앞에 울며 웃으며 억지로라도 당신에게 매달려보려는 마음이 일어선다. 당신 방에 내 흔적들 옷과 양말 속옷 아무렇게나 내던지며 당신과 펄펄 끓는 사랑을 나누었던 그 냄새와 기억을 어찌 잊을까? 당신 책상에 꽂혀 있는 《테스》, 나의 시집, 내가 가져다준 책들, 그 속에 끼워둔 내 흔적들은 저 혼자 외로워서 앞으로 긴긴 시간 어찌 견디어 나갈까. 또 우리가 함께 찾아갔던 여행 속의 풍경들, 거기서 가져온 우리의 사진들, 우리 기쁜 편지, 상처의 편지들은 어떻게 빛을 만나 꽃을 피울까 생각하니 저 바깥 풍경 세상의 모든 풍경이 암흑이구나.

이 편지를 쓰다가 벽에 기대 한숨을 쉬고 있는 내 처지가 참으로 눅눅하다. 당신 말대로 어쩌면 나는 네게 몹쓸 짓을 하고 있는 것은 아닌가, 그랬던 것은 아닌가 생각도 한다. 그러나 마음속으로 아니다, 아니다 내 사랑은 그런 게 아니다, 라고 고함치고 있다. 힘들지만 조금만 기다려다오. 기다려다오, 나타샤. 우리 사랑은 결코 시들지 않을 것이다. 더 생생하고 강렬하게 되살아날 게 분명하다. 내 의지와는 상관없이 가정도 있고 돈도 없는 내가 당신을 계속 힘들게만 하지만 난 우리 사랑을 끝까지 지켜갈 것이다.

두서없는 이 글을 쓰면서 자꾸 당신의 얼굴, 내가 안으면 내 품으로 쏙 들어오는 당신 몸, 그리고 해맑은 네 얼굴이 그려져서 더욱 아프다. 꾹 참고 눈물을 흘리지 않으려고 애를 쓰지만 많이 아프다. 거의 한 달 동안이나 헤맨 마음과 몸이 만신창이가 되었지만 당신이 내 품에 폭 안겨만 준다면 좋으련만.

아! 눈꺼풀조차도 왜 이리 무거운지, 내일은 신문사에 중요한 회의가 있고 마감 준비로 눈코 뜰 새 없이 바쁜데 큰일이다. 당신 환한 얼굴을 잠깐 동안만이라도 볼 수 있다면 이 피로가 싹 사라질 것인데⋯⋯.

당신을 만나서 내 삶은 아름다웠고 내 생은 젊고 싱싱하게 날 수 있었다. 당신은 내 왼손이다.

사랑한다. 보고 싶다. 지금이라도 당신이 있는 곳이 어디든지 달려가 당신을 만날 수만 있으면 얼마나 좋을까. 보고 싶구나, 나타샤!

자꾸만 눈물이 돈다. 당신을 너무너무 사랑한다. 좋아한다. 당신은 나고 나는 당신이다. 당신을 영원히 내 몸에 담고 살아가리라.

나타샤! 빨리 당신이 돌아오기를 기다리고 있다.

영원한 내 사랑 나타샤!

– 당신을 사랑하는 백석

몇 시간이 지났는지 알 수 없었다. 귀에 익숙한 발자국 소리가 났다. 직감적으로 그라는 것을 알았다. 눈은 퉁퉁 부어 뜰 수조차 없었다. 머리가 깨질 듯 아팠다. 그는 내 이름을 부르지도 않고 방으로 들어섰다. 한 달 동안 꺼져 있던 집에 불이 켜져 있으니 내심 반갑기도 했을 것이다. 나는 방문을 거침없이 열고 들어서는 그의 얼굴을 쳐다보지 않았지만 평소와는 다르게 그에게 싸늘한 냉기가 느껴졌다. 회색 구름이 꽉 끼고 찬바람이 쌩쌩 부는 듯했다. 내가 그에게서 도망을 칠 때마다 날 찾아내면 반가움에 날 꼭 껴안고 키스를 퍼붓던 그였다. 그는 선 채로 여행가방, 옷, 편지들, 눈물 닦은 손수건들, 수건이 어질러진 방 안을 둘러보더니 그 눈길을 내게 멈추었다. 몰골이 말이 아닌 내 모습을 보고 화를 내려고 했던 것이 그만 측은하게 느껴졌는지 그대로 목석처럼 서 있었다.

나는 얼굴을 무릎에 묻은 채 앉아 있었다. 아직도 눈물은 양 쪽 볼을 타고 흘러내렸다. 그에게서 이렇게 싸늘한 기운을 느껴본 적이 없었다. 늘 부드러웠고 화를 낸 적이 없는 사람이었다. 그의 침묵은 차갑고 엄숙했다. 나는 이윽고 눈을 떴지만 그를 바라볼 용기가 나지 않았다. 그가 침묵을 깨고 말했다.

외롭고 높고 쓸쓸한

"나, 신경으로 가기로 결정했어."

순간 쌓였던 서러움에 다시 눈물이 왈칵 터져 나와 소리를 내어 엉엉 울어버렸다. 그는 울고 있는 나를 한참 바라보다가 그의 품속으로 나를 당겨 안았다. 헝클어진 내 머리칼을 쓰다듬는 그의 손끝이 떨리는 것을 느꼈다. 억눌렀던 감정들을 더 이상은 참을 수 없었는지 눈물을 머금어 떨리는 목소리로 말했다.

"당신 없을 때 떠나버렸어야 했는데. 당신을 만나지 않고는 도무지 떠날 수가 없었어. 그러나 이제 나는 더 이상 버틸 재간이 없어."

그동안 그는 단 한 번도 나를 잊지 않고 내 곁을 잠시도 떠나지 않았던 것이다. 그러나 오늘 밤은 주인 없는 어둡고 차가운 방에 홀로 앉아 내게 만주행을 알리는 마지막 편지를 썼을 것이다.

"나라꼴은 말할 것도 없거니와 가정도 부모도 직장도 문인들도 내 편은 아무도 없어. 난 이제 이 조선 땅에 발붙일 곳도, 편히 잠잘 집도 없어. 게다가 사랑하는 내 여자도 떠나갔으니 내가 이 땅에 있을 필요가 있겠는가?"

나는 고개를 들지 못했다.

나를 영원히 떠나지 않겠다고 했잖아요. 죽어서도 함께하자고 손가락 걸어 약속했잖아요. 그 어떤 상황에서도 나를 지켜주겠다고 말했잖아요. 세상이 우리 둘의 사랑을 위해 존재하고, 비가 오고 눈이 오는 것도 우리가 사랑을 하기 때문이라고, 우리의 사랑으로 메마른 사막에서도 꽃을 피우는 것이라고, 우리 둘의 사랑이 하늘도 땅도 바람도 끌어당기는 것이라고. 그런데 이제는 영영 나를 두고 떠나겠다고……

가슴이 와르르 무너져 내리는 느낌이었다. 매번 헤어지려고 도망을 다녔지만 그에게서 벗어날 수 없었다. 그는 매번 나를 귀신처럼 찾아냈고, 그가 나를 찾아내면 도망칠 때의 단호했던 마음이 순식간에 무너지고 그의 품속으로 뛰어들었다.

그러나 지금 조선의 모던보이는 식민지가 되어가는 나라와 부모의 엄격한 봉건주의를 도저히 깨뜨릴 수 없다고 판단한 것이다. 사랑하는 여자를 두고 부모의 강압으로 혼례를 치른 결혼 생활이 행복할 리가 없었던 것이다. 강압적인 결혼은 여러 사람을 불행하게 했다. 당사자의 고통은 말할 것도 없거니와 영문도 모르고 결혼한 여자는 또 무슨 잘못이며, 행복하지 못한 결혼 생활을 지켜보는 부모의 심정은 또 어떠하겠는가.

그리고 내가 그에게서 벗어나려고 하면 할수록 사랑은 더욱 간절하게 내 심장을 옭아매었다. 그 모든 상황으로 그는 자기 주위의 모든 사람들을 힘들게 만드는 것이 못내 죄스러웠던 것이다. 그래서 부모도 조국도 자신을 포기하기를 바라는 마음에서 떠나기로 결심을 굳힌 것이었다. 잠시도 안 보면 애타는 그 고통은 말로 할 수 없는데 이렇게 영영 떠나려 하는 그의 고통과 번민이 어떠했으리라는 것은 가히 짐작하고도 남았다.

나는 알겠다고, 우리 떠나자고 당신을 따라가겠다는 말이 목구멍까지 차올랐다. 그러나 내 입에서 나온 말은 순간적인 결정이 아니냐는 물음이었다.

"순간적으로 결정한 것이 아니야. 나로 인해 당신뿐만 아니라 여러 사람을 힘들게 하고 있어서 심사숙고해서 결정한 일이야. 집에서는 항상 가시방석이야. 등 붙이고 편안히 누워 쉴 방 한 칸도 없어. 또 이 나라에서는 우리말로 맘껏 글을 쓸 수도 없잖아."

나는 그가 편안히 누워 쉴 방 한 칸도 없다는 말이 가슴에 못이 박히는 듯 아려왔다. 그가 청진동 집을 얼마나 좋아했던가. 그 작은 집에서 그와 알콩달콩 살고 싶었다. 그러나 내가 도무지 어찌할 수 없는 상황이 아니던가. 나는 그의 집안 사정을 꼬치꼬치 물을 수가 없었다. 다만 그가 지금 사면초가의 상황이라는 것만 알 수 있었다.

"자야, 마지막 부탁이야. 나랑 같이 떠나자."

"……."

"자야!"

고국을 떠나자는 그의 세 번째 제안이었다. 나의 입에서는 마음과 전혀 다른 말이 튀어나왔다.

"꼭 가야만 한다면 조용히 혼자서 떠나세요. 가셔서 작품 활동에 전념하세요. 그렇게 한 해 두 해가 지나다 보면 여러 상황이 달라질 거예요. 부모님의 노여움도 풀릴 것이고 그러다 보면 저를 받아들일 수도 있지 않겠어요? 그때까지만 힘들겠지만 우리 떨어져 있어요. 나는 당신이 돌아올 때까지 기다릴게요. 자야오가처럼 당신을 언제까지나 기다릴 거예요."

마음은 천 번 만 번이라도 함께 가고 싶었지만 둘이 함께할 수 있는 최선의 방법이 만주로의 도피라는 것을 나는 받아들일 수가 없었다. 그는 혼자서 떠나라는 말만이 귀에 쟁쟁한 듯 갑자기 노여운 얼굴로 말했다.

"참으로 말다운 말이로군. 혼자서 조용히 떠나라고?"

그는 모든 것이 좌절의 늪으로 빠져들어 더 이상 헤어나지 못해 포기한 듯 작은 목소리로 말했다.

"……그래, 그렇다면 어쩔 수 없군!"

"나는 더 이상 도망 다니는 처량한 신세가 되고 싶지 않아요. 부모님께도 사회에서도 떳떳한 당신의 아내로 인정받고 싶어요. 유명한 시인 백석이 기생과 줄행랑을 쳤다는 기사가 퍼지겠죠. 나는 유부남과의 불륜이라는 스캔들에 휘말리고 싶지 않아요. 제 자존심이 그것을 허락지 않아요. 나는 진정한 우리의 사랑에 그 어떤 방해물도 두고 싶지 않아요. 그러니 조금만 떨어져 있자는 거예요. 그러면 부모님도 더 이상 당신에게 결혼 생활을 강요하지는 않을 거예요. 그리고 아들의 사랑을 인정할 거예요."

"당신은 참으로 초연하군. 세상이 그렇게 일이 년 사이에 바뀔 것 같아? 도리어 당신의 생각과는 반대로 세상은 갈수록 더욱 어지러워지고 있어. 일제의 간섭은 갈수록 강압적으로 죄어 오고 있고 민중들은 하루하루 살아가기도 각박한 상황에서 우리 두 사람의 사랑 따위를 인정해줄 날이 오기를 기다리자는 말이야? 그런 날은 우리가 죽은 후에나 오든지 아니면 흔적조차도 없이 그냥 묻히고 말 거야. 자야, 우리에게는 지금이 가장 중요한 날이야. 지금 함께하지 못하면 영영 이별일 수 있어. 내 말 이해하겠어? 자! 일어나. 어서 나랑 함께 바로 떠나야 해."

나 역시도 모든 것이 와르르 무너지는 것 같았다. 온통 눈물 범벅이 된 얼굴로 그에게 애원했다.

"나도 당신과 함께하고 싶어요. 나는 이미 당신의 포로가 되었어요. 나의 몸과 마음은 다 당신 거예요. 내 영혼까지도 당신이 지배하고 있어요. 하지만 당신은 어느 것에도 얽매여서는 안 된다는 것을 나는 알고 있어요. 당신은 광활한 우주이고, 바람과 같은 자연이고, 우리 조선의 뿌리이고, 그러한 모든 것을 받아 적는 시인이에요. 당신을 너무 사랑하기 때문에 내가 함께 있으면 당신의 자유를 방해하게 돼요. 당신이 만주로 가서, 아니 어디든 당신의 자유를 억압하지 않는 곳으로 가서 100편의 시를 지으세요. 100편의 시를 짓고도 당신이 나를 원한다면 그때는 무조건 당신과 함께하겠어요. 그러니 이번만큼은 제발 혼자 가주세요."

그는 숨도 쉬지 않고 나를 한참을 바라보다가 말했다.

"정히…… 혼자 가라면, 혼자 가지."

그는 신음하듯 단호히 한마디 내뱉고는 고개를 푹 숙였다. 이제는 정말 모든 것이 끝이라는 심정으로 눈을 감은 채 한동안 말이 없었다. 나는 그가 가버릴까 봐 두려웠지만 아무 말도 하지 못했다. 그가 마지막 말이라도 할 것이라 고개를 떨군 채

귀를 기울였으나, 그는 자리에서 벌떡 일어나더니 뒤를 돌아보지도 않고 방문을 박차고 나갔다. 찬바람을 일으키며 떠나가는 그의 구두 발자국 소리가 뚜벅뚜벅 들리다가 희미해졌다.

그가 떠난 후 아랫배에 심한 통증이 왔다. 참을 수 없는 고통이었다. 내 몸이 뭔가 잘못된 것이 틀림없었다. 그러다 하혈을 시작했다. 몸에 있는 피가 모두 쏟아져 나오는 것 같았다. 하혈은 다음 날도 계속되었다. 몸과 마음마저 만신창이가 되어 기력은 점점 쇠약해져갔다. 이제 정말 죽는구나 싶었다. 아무도 찾아오는 사람도 없었다. 이틀째 물 한 모금도 마시지 못했다. 어차피 죽으려던 목숨 여기서 죽는다 한들 어떠하랴. 구차하게 목숨을 연명할 생각조차 없었다.

나는 평화로운 옛집에서 할머니, 어머니, 언니들, 오빠, 동생과 단란하게 살고 있다. 벚꽃이 흩날려 우물가 주변이 눈이 오는 것 같다. 우물 안을 들여다보니 물 위가 온통 하얀 꽃잎으로 가득하다. 언니들은 두레박으로 물을 떠서 꽃잎을 후후 불면서 깔깔거리며 물을 마시고 있다. 살구꽃, 사과꽃에 벌들이 잉잉대는 소리가 들려온다. 봄에 피는 꽃들이 다 지고 나면 담장을 타고 능소화가 피어나기 시작한다. 할머니는 능소화 꽃을 만지지 말라고 당부했다.

능소화 꽃은 독을 품고 있대. 꽃을 만진 손으로 눈을 비비면 눈을 멀게 한대. 그런데 나는 능소화를 만지지도 않았는데 눈

이 멀었어. 내 사랑이 나를 눈멀게 해놓고 떠나간대. 멀리멀리
로! 나를 사랑에 눈멀게 한 소년이 저기 있네. 뒷마당 우물 옆
살구나무 아래 평상에 앉아 있어. 그는 사과꽃과 나를 번갈아
바라보다가 나랑 눈이 마주치자 얼른 읽고 있던 책으로 눈을 돌
리네. 그 책은 우리나라 말로 된 것이 아니야. 파란 눈을 가진
선교사 부인들의 나랏말이래. 책 표지에는 하얀 피부에 얼굴이
약간 동그란 듯 갸름한 쌍꺼풀 진 큰 눈을 가진 여자가 있어.
사슴의 눈처럼 커다란 그녀의 눈과 야무지게 닫힌 입술에는 두
려움이 깃들어 있어. 소년이 사과꽃을 따더니 책 속에 넣고는
책을 평상에 그대로 둔 채 가버리네. 다시 돌아와줘. 나에게 그
책을 읽어줘. 나는 당신이 필요해요. 아니야, 나를 데려가줘요.
당신이 가는 곳은 어디든 갈게요.

"자야!"

나를 부르는 목소리가 들려왔다.

"나타샤!"

나를 자야라고, 나타샤라고 부르는 사람은 단 한 사람뿐인
데. 다시 나타샤라고 부르는 소리가 아까보다 조금 더 크게 들
려왔다. 환청일까? 내가 꿈을 꾸고 있는 것일까? 그 소년이 나
를 나타샤라고 부르고 있어. 눈을 떠야 해. 그를 다시는 놓치지
않을 거야. 그가 가는 곳이라면 어디든 따라갈 거야. 나는 눈을
뜨려고 애써보았지만 여전히 눈꺼풀은 요지부동이었다. 꿈일

318

까? 그가 내 꿈에 왔다 갔나 봐. 그는 내 꿈속 단골손님이었잖아. 이마에 거인의 손이 스쳐가는 것 같았다. 무섭지 않아. 이제 무서울 것이 아무것도 없어. 날 데려가줘, 아무데로나……. 아니 사과꽃 피는 내 집으로……. 아니야, 그에게로……. 그가 보고 싶어……. 당신이 보고 싶어요. 나는 그를 잡으려고 허공으로 양팔을 뻗쳤다. 누군가 내 손을 잡았다.

"나타샤! 나 여기 있어. 당신 곁에 있어. 눈을 떠봐요."

그의 목소리야. 그가 왔구나. 이런 못난 꼴 보이면 안 되는데. 그와 나의 아기가 태어나지도 못하고 뱃속에서 죽어버렸는데. 이것을 어찌 그에게 알려야 하나. 그가 얼마나 아이를 원했던가. 눈물은 왜 이리도 마르지 않지. 냉정하게 보여야 하는데. 그가 내 눈물을 닦아주었다. 내 얼굴을 만지는 그의 손길이, 숨결이 느껴졌다. 눈을 떠보니 병원이었다. 그가 초췌한 얼굴로 나를 내려다보고 있었다. 퇴원 후 집으로 돌아와서도 그는 꼬박 며칠 밤낮으로 나를 떠나지 않고 간호했다. 붉게 물든 이불 빨래를 하고 흰죽을 쑤어 먹여주고 수건으로 얼굴을 닦아주고 손을 잡아주고 이야기를 해주었다.

내 몰골은 말이 아니었다. 바람만 불어도 휘청거릴 만큼 비쩍 말라갔다. 그렇게 그해 겨울은 길고 잔인했다. 나는 상해에서 돌아온 날부터 내내 앓고 지냈던 것이다. 꽁꽁 얼어붙은 겨울이 빨리 지나갔으면 좋겠다. 2월이 오면 이제 봄도 가까우리

라. 그의 극진한 간호로 나는 점점 회복이 되어갔다. 핏기 없던 얼굴에도 점차 화색이 돌았다.

그는 한시름 놓았는지 잠시 다녀오겠다며 나갔다가 밤늦게 간단한 가방을 하나 들고 다시 돌아왔다. 그의 표정은 그 어느 때보다 확고해 보였다. 이제는 정말 그의 입에서 나오는 말이 그대로 실현될 것 같았다. 나는 그가 아무런 말도 하지 않기를 바랐다. 그러나 그는 무겁게 닫혀 있던 입을 열었다.

"자야, 이제는 정말로 내가 당신을 놔줘야 할 것 같아. 당신 앓고 있는 것을 보니 내 마음이 찢어지게 아팠어. 당신과 함께 가려는 것은 내 욕심인 줄 이번에야 절실히 깨달았어. 내가 당신을 죽이는 짓을 계속해오고 있었던 거야. 미안하다, 자야. 그러나 날 미워하지는 마라. 지난 3년 동안 나는 당신을 너무 사랑했으니, 그러하니 미워해라. 아니 미워해서는 안 된다. 저 사랑이 얼마나 아플까 생각하면 미워하지 마라."

그는 나를 꼭 안고는 내 손을 잡았다. 그러고는 다시 긴 말을 했다.

"자야! 당신은 이것만은 꼭 기억해야 해. 내가 이 세상에 온 것은 당신을 만나 사랑하기 위해서였다는 것을. 내 생이 몇 번을 태어났다가 죽었는지는 알 수 없지만 지금 이 생에 와서 당신을 사랑한 이 확실한 감정은 다시는 오지 않을 거야. 당신 만난 것 영원히 잊지 못할 일이다."

그는 못다 한 말을 다 쏟아내려는 듯 쉬지도 않고 길게 말을 했다.

아니라고, 내가 도리어 미안하다고, 당신이 가는 곳은 어디든지 따라가겠다고, 내가 당신의 사랑을 너무 가볍게 생각한 것이라고, 당신과는 그 어떤 고난도 역경도 이겨낼 것이라고, 다시 당신의 아이를 갖고 싶다고 말하고 싶었지만 나는 아무 말도 하지 못했다. 기승을 부리던 겨울바람도 그날 밤은 웅웅한 슬픔에 잠겨 있는지 고요했다. 너무 고요해 그의 숨소리와 심장 뛰는 소리가 장엄한 교향곡을 연주하는 듯 때로는 느리게, 때로는 고요하게 들려왔다.

그는 야윈 내 몸을 안았다. 우리는 서로의 몸을 쓰다듬었다. 그는 내 입술을 찾아 조심스럽게 키스를 했다. 평소와는 다르게 서두르지 않고 그의 혀는 내 입술을 열고 들어왔다. 그의 혀가 내 작은 동굴 구석구석을 탐험했다. 그리고 내 눈과 코와 귀와 볼을 정성스럽게 핥고 목덜미로 내려와 나의 가슴에 한참을 머물렀다. 그의 심장이 연주하는 교향곡은 고요보다 더 깊은, 죽음의 순간과도 같은 소리 없는 연주였다. 나는 그의 얼굴을 두 손으로 만졌다. 눈물이 내 젖가슴으로 뚝 떨어졌다.

"나타샤, 나 이렇게 영원히 잠들고 싶어."

"……."

"우리의 아기가, 당신과 나의 생명이 태어나보지도 못하고 핏덩어리로 쏟아지는 것을 보고 나는 정말 죽고 싶었어. 당나귀에 당신 태우고 마가리로 가서 우리의 아이랑 오순도순 살고 싶은 것이 내 꿈이었는데, 나 때문이야. 내 잘못이야."

"미안해요. 나 당신의 아이를 다시 가질 수 있어요. 이제는 당신의 아이를 잘 품을 거예요."

달빛이 창문을 통해 방 안을 희미하게 비추고 있었다. 벽 그림자에 발가벗은 그와 나의 육체가 어른거렸다. 그의 슬픈 연주가 다시 조심스럽게 시작되었다. 아주 조심조심 나의 젖가슴을 만지고 핥는 그의 알몸의 실루엣은 한 마리 학이 춤을 추는 듯 남자 무용수의 슬픈 몸짓이었다. 그와 나의 마지막 사랑의 몸짓, 그가 내 몸 위에서 추는 마지막 슬픈 춤, 내 속에 깊이 들어와 우리는 하나가 되었다. 그는 다른 때보다 더 느리게 천천히 날갯짓을 했다.

아주 느리게 흘러가는 진양조를 연주하듯 그의 몸짓에 맞추어 나의 연주도 시작되었다. 절대로 빨리 끝내버릴 수 없다는 듯이 그의 느린 춤은 오래도록 계속되었다. 그러다가 서서히 그의 몸짓이 조금씩 빨라지기 시작했다. 그의 온몸의 단단한 근육질이 팽팽하게 당겨져 왔다. 내 몸이 켜는 연주도 그의 춤에 맞춰 중모리, 중중모리, 아주 빨리 흘러가는 자진모리로 이어졌다.

그가 흥분되어 있을 때 그의 몸에 대한 반응은 내게 깊이 각인되어 있다. 그는 온몸으로 반응을 하는 남자였다. 그의 끓는 피는 머리에서 발끝까지 팽팽한 긴장감으로 내 온몸에 전달되었다. 내가 앙탈로 며칠을 만나주지 않을 때 그는 온 마음으로 나를 달래어 결국에는 그 앙탈을 풀어주었는데 그때는 곧바로 달려와서 나를 안았다. 그때 그의 몸은 초원을 질주하는 치타의 몸 같았다. 그런데 오늘은 슬픈 학의 몸이었다.

나는 슬퍼하는 한 마리 학의 머리와 얼굴과 긴 목과 등을 애무했다. 그의 등, 길게 뻗어 내린 그의 등이 애잔했다. 그는 늘 뒷모습을 내게 보이지 않으려고 서둘러 현관을 나섰지만 나는 그의 등에 눈길이 갔다. 어떤 때는 방문을 나서는 그를 끌어안고 그의 등에 얼굴을 묻고 한참을 있기도 했다. 나는 머리숱 많은 그의 머리칼 한 올 한 올을 내 손가락 사이사이로 쓰다듬었다.

그는 열정적인 섹스가 끝나면 내 무릎을 베고 누워 새치를 뽑아달라고 응석을 부리곤 했다. 그리고 쌍꺼풀 진 왼쪽 눈과 쌍꺼풀 없는 오른쪽 눈을 조심스럽게 만졌다. 나는 그의 짝짝이 눈을 두고는 지킬과 하이드라고 놀려주곤 했었다. 오른쪽 옆모습이 차갑고 냉정한 하이드라고 말하면 그는 얼른 얼굴을 왼쪽으로 돌려 활짝 웃어 보이곤 했다. 언제나 사랑스럽게 나를 바라보고 때론 장난기를 발동시키던 그의 눈을 지나, 오뚝한 코를 만지고, 약간의 광대뼈가 있는 그의 볼을 지나, 입술

옆에 있는 작은 점을 만지고, 드디어 도톰한 붉은 그의 입술을 천천히 검지와 중지로 만졌다. 그는 입술을 꼭 다물고 있었다.

그의 입술이 굳게 닫힐 때가 있었다. 밤새 사랑을 나누다가 가야 할 시간이 오면 그는 입술을 굳게 닫았다. 꼭 가야만 하는 현실을 못내 아쉬워하는 그만의 표정이었다. 무엇인가 마음에 걸리는 일이 있을 때도 그는 입술을 꼭 닫곤 했다. 지금 그의 입술이 그렇다. 그의 입술에 키스를 해도 열리지 않았다. 다시 그의 눈에 반짝, 눈물이 비쳤다. 그는 눈물을 보이지 않으려는지 아니면 더 이상 참을 수 없는지 내 몸속에 그의 몸을 밀어 넣고 격렬하게 그의 하체를 움직였다. 그러다 다시 멈춘 후 나의 젖가슴을 두 손으로 어루만지더니 얼굴을 묻고 젖꼭지를 빨았다. 그의 입에서 신음소리가 흘러나왔다.

"사랑해! 사랑해! 영원히, 사랑해!"

그는 입을 맞춘 채로 내게 사랑한다고 수없이 되뇌었다. 그러다 입을 포갠 채 한동안 그대로 있었다. 내 몸속에 들어와 있는 그의 열정은 사그라지지 않았다. 그는 다시 격렬하게 그의 하복부를 내게 밀어 넣었다. 우리는 한 쌍의 학이 되어 서로의 눈물을 혀로 핥아주었다.

그렇게 그의 춤은 느리게, 잔잔하게, 죽음보다 더 고요하게, 때론 격렬하게 계속되었다.

달빛이 스러진 후에도 그의 춤은 계속되었다.

7장

엔젤과 테스의 테라스

　명동 거리는 밤낮으로 북적거렸다. 일본이 식민지 땅에 세워가고 있는 '대경성프로젝트'에 경성은 자본의 중심지가 되어갔다.

　백석이 떠난 이후 허전한 마음은 그 어떤 것으로도 채워지지 않았다. 그래서 일부러 시끄럽고 복잡한 명동 거리를 거닐거나, 서점에 들러 읽지도 않는 책을 사기도 하고, 그러다 지치면 그가 나를 데리고 자주 갔던 구로네코 찻집이나 간이주점 이모주라는 오뎅집에 들렀다. 이 찻집과 오뎅집은 미쳐가고 있는 일제의 서슬에 맘껏 분통을 터뜨리지 못하는 작가, 예술가, 우국 청년들, 지식인들이 자주 찾아 속풀이를 하는 곳이다. 그의 친구 삼우오도 이곳에서 문학적 환담을 펼치곤 했다.

　구로네코 찻집에는 그와 나만의 비밀스런 자리가 있다. 찻집에 들어서면 나는 항상 그와 내가 앉았던 창가 구석진 자리를 먼저 확인했다. 그 자리에 앉아 있던 그가 내가 들어서면 벌떡 일어나 오른손을 높이 치켜들고, '여기야, 자야!' 하고 부를 것만 같았다.

　함흥에서 만주로 가려고 싸놓은 짐 보따리와 함께 경찰서에 연행되었다가 강제 이별을 당한 후 청진동에 웅크리고 살고 있을 때, 그가 온갖 수소문을 하여 날 찾아냈었다. 그가 메신저 보이를 시켜 구로네코로 바로 와달라고 쪽지를 보냈었다. 그 쪽지를 읽고 숨이 턱에 차도록 달려와 문을 박차듯 여니, 그가 이 구석진 창가 자리에 앉아 있다가 날 보자 벌떡 일어나 오른손을 높이 들며, '여기야, 자야!'라고 외쳤던 그 자리였다.

나는 우리가 늘 앉았던 구석진 창가 테이블에 앉아 차를 주문하고 오랫동안 있다가 집으로 오곤 했다. 그 자리를 다른 손님이 차지하고 있는 날이면, 주인은 돌아서 나가는 내게 아쉬운 표정으로 고개를 끄덕이며 다음에 오라는 무언의 인사를 했다. 그 자리는 구석진 자투리 공간을 활용해 자그마한 둥근 탁자에 의자를 딱 두 개만 놓을 수 있었다. 주인은 그곳 창턱에 철마다 화분을 하나씩 두었다. 그곳에서 우리는 차 한 잔씩 앞에 두고 속삭이곤 했었다.

나는 그가 들려주는 문학판 돌아가는 이야기, 신간 소설이나 시에 관한 이야기 듣는 것을 무척 좋아했다. 그날의 이야기가 바닥이 나면 우리는 각자의 책을 읽거나《테스》원서 번역을 같이 하기도 했다. 세상은 시끄러웠지만 우리 둘만의 세상은 부드럽고, 달콤하고, 정열적이었다. 그리고 영원할 것만 같았다.

봄이 저만치 뒤돌아보지도 않고 간 6월의 어느 날이었다. 다방에는 느린 템포의 재즈 선율이 흘러나오고 있었다. 창턱에는 청초한 바이올렛이 저녁놀에 수줍은 듯 피어 있었다. 그날은 찻집에 비치되어 있는 서적들을 모조리 읽어버렸다.

"자야! 방금 떠오른 생각인데, 우리 이 자리를 '엔젤과 테스의 테라스'라고 이름 붙이자."

나는 느닷없는 그의 말이 재미있었다.

"엔젤 클레어와 테스도 우리처럼 소박한 사랑을 원했죠?"

"맞아. 통속적인 사회 관습을 벗어난 순수한 사랑을 갈구했지. 당신도 테스처럼 맑고 순수해. 엔젤이 테스의 가슴속에 시가 가득 차 있다고 말했던 구절 생각나?"

"네, 엔젤이 테스와의 결혼을 허락받으러 집에 갔다가 결혼을 반대하던 그의 어머니에게 얘기하던 구절이었죠."

"맞아. 자야, 당신 속에도 예술적 끼가 가득 차 있어. 그것이 날 아주 옭아매고 있지."

"뭐라고요? 옭아매다니요?"

우리는 즐거운 말다툼을 토닥거렸다.

그와의 추억이 고스란히 스며 있는 곳, 구로네코의 '엔젤과 테스의 테라스'에 앉아 있다 보면 안면이 있는 문인들이 간혹 보이기도 했다. 나는 그가 떠난 후로 혹시나 그의 소식을 들을 수 있을까 하는 기대감으로 그곳을 찾는 날이 잦았다.

무더웠던 여름이 끝나고 막 9월로 접어든 날이었다. 구로네코의 문을 열고 '엔젤과 테스의 테라스'를 보니 연인처럼 보이는 커플이 앉아 있었다. 실망하여 돌아서 나가려고 할 때 누군가가 나를 불렀다. 삼우오 중 한 사람인 허준이었다. 그의 옆자리에는 정근양이 앉아 있었다. 나는 반가움에 그들에게 다가가 인사를 했다. 정근양은 나를 보자마자 가시가 돋친 말투로 따지듯 말했다.

"내 친구 백석은 지금 살벌한 만주 땅에서 참혹하게 보내고 있는데 당신은 팔자가 늘어졌구려."

정근양은 화신백화점 문양이 박힌 쇼핑백을 들고 찻집에나 드나드는 내가 눈꼴시었을 것이다.

"오래간만입니다."

허준이 반갑게 인사를 했다.

"네, 잘 계셨죠? 그 사람은……."

"도대체 백석이 누구 때문에 그토록 삭막한 만주로 떠난 줄이나 아시오? 백석의 사랑이 성에 차지 않았단 말이오. 왜, 돈이 없어서요? 앞날이 보이지 않는 가난한 시인이기 때문입니까?"

정근양은 얼굴을 붉으락푸르락하며 쏘아붙였다. 나는 괄괄한 장비 같은 성품을 가진 정근양이 백석을 얼마나 아끼는지 잘 알고 있었다. 그가 내 따귀라도 때려서 울분이 조금이라도 풀린다면 뺨을 내줄 수도 있었다.

"친구는 부모도 조국도 등지고 오로지 한 여자만을 위해서 살 작정을 하고 만주에서 그 고생을 하고 있는데 어찌 그리 마음 편히 쇼핑이나 하며 쏘다닌단 말이오?"

정근양의 독기 어린 말은 바늘이 되어 내 명치끝을 콕콕 찔러댔다. 옆에서 듣고 있던 허준이 그를 말리며 내게 자리를 권했다.

"잠시 앉으시죠."

나는 아무런 말도 못하고 고개를 떨군 채 앉았다. 허준이 무엇을 마실 거냐고 물었다. 나는 엽차 한잔을 들이켜고 싶었지만 커피를 주문했다.

"그는 어떻게 보내고 있나요? 내게 편지 한 통 없네요."

허준의 표정이 어두워졌다. 그는 커피를 한 모금 마시면서 말했다.

"백석은 신경에서 만선일보에 취직을 했어요. 그런데 그곳도 일본의 내선일체에 뿌리를 둔 신문사였지 뭡니까."

정근양이 엽차를 벌컥벌컥 마시며 말했다.

"백석이 가장 견디지 못하는 것이 내선일체를 강조하는 발언이잖소. 친구는 그것에 곧 신경질적인 반응을 보였다고 합니다."

구로네코 주인이 커피를 가져오자 허준과 정근양은 하던 말을 멈추었다. 정근양은 아직도 분이 풀리지 않는지 엽차를 한잔 더 갖다달라고 말했다. 주인이 자리를 뜨자 허준이 다시 말을 이어갔다.

"그 신문사는 일본어 창작을 원칙으로 하는 신문사였어요. 그런데 백석이 일본어로 글을 쓸 사람입니까? 그냥 말없이 침묵하다가 곧바로 사표를 냈다고 합니다. 어차피 글을 못 쓸 바에야 신문사에 근무할 이유가 없지 않겠어요? 그 이후에 궁여지책으로 경제부의 측량보조원 일자리를 구했는데 백석은 또 경제니 측량이니 하는 말만 들어도 경기를 하는 친구 아닙니까. 게다가 그 일도 말이 공무원이지 온갖 궂은일을 해야 해서 곧 그만둬야겠다는 연락을 해왔습니다. 지금쯤 어찌 되었는지 모르겠군요."

나는 담담하게 허준의 이야기를 듣고 있었다. 하지만 심장은 소금을 뿌린 듯 저려왔다. 나는 당장 그에게로 달려가겠다고 말했다.

"제가 내일이라도 당장 그에게로 가겠어요. 어떻게 가야 할지 알려주세요. 지금 있는 주소를 알려주세요."

"지금은 저희도 잘 모릅니다. 그리고 이 시국에 여자 혼자 그먼 곳까지 여행하는 것은 위험한 일입니다. 군 위안부로 강제로 잡혀가는 처녀들이 많다고 합니다. 집을 옮긴다고 했으니 옛 주소지에는 없을 것이고 직장도 그만뒀을 거예요. 조만간 내게 연락이 올 것이니 그때 알려드리지요."

늦가을, 색색의 단풍이 절정을 넘어 퇴색의 시간을 지나고 있었다. 뒹구는 낙엽을 무심하게 바라보고 있던 어느 날 허준이 찾아왔다.

"백석에게 편지가 왔어요. 나보고 만주로 와달라는군요. 사실은 나도 내선일체를 강요하는 이 경성에서 더 이상 버틸 재간이 없어서 만주에서 일자리를 알아볼까 고민을 하고 있었습니다. 올 10월 들어 내선일체 정책이 더욱 조직적으로 전개되고 있어요. 국민총력조선연맹을 확대하고 학교에서는 황도정신을 강화하고 마을에서는 반상회 등을 만들어 조선을 일본화하는 운동을 펼치고 있습니다. 우리 조선인들의 의식주와 문화를 아예 일본화하자는 것이지요. 더욱 비참한 것은 이러한 정책에 언론인과 문인들이 대거 동참했다는 것입니다. 조선일보와 동아일보 사장은 이사로 선출되었고 김동환과 백철도 이 연맹의 간부를 맡고 앞장서고 있습니다."

"그가 마음이 아프겠어요. 방응모 사장은 은인이고 백철 씨와도 형제처럼 지내는 사이 아닙니까. 김동환 씨도 참으로 실망스럽군요."

"당신을 데려갈까 물으니 아직은 안 된다고 합니다. 자리를 잡고 집을 마련하면 그때 데리러 오겠다고 전해달랍니다. 그러니 내가 먼저 가보고 연락드리겠습니다."

"아니요, 당장 따라가겠어요. 집이 없으면 내게 돈이 조금 있으니 그 돈으로 자그마한 집은 구할 수 있을 거예요."

"집도 집이지만 백석이 9월에 경제부를 그만뒀다고 합니다. 그곳에서 백석을 더욱 못 견디게 한 것은 창씨개명의 압박이었습니다. 공무원이 모범을 보여야 한다는 거였지요."

"일제에 쉽게 동조할 사람이 아니에요. 혼자서 끙끙 앓고 있을 겁니다. 그러니 그에게는 내가 절실히 필요해요. 날 데려가 줘요, 허준 씨."

"꼭 혼자 오라고 당부하더군요. 지금은 아무에게도 연락을 취하려 하지 않아요. 당신에게도 더 이상 피해를 주면 안 된다는 말만 했습니다. 말은 안 했지만 아마도 신변에 어떤 위협을 느끼고 있는 것 같기도 하구요. 그러니 내가 갔다 올 때까지 기다려주세요."

"……."

"다행히 신변에 위협을 받고 있는 것이 아니라면 백석은 지금 자신을 스스로 고립시키고 있는 것인지도 모릅니다. 자야 당신과 약속을 했다고 했습니다. 만주에 가서 시 100편을 쓰겠다고. 그럴 작정으로 숨어 지내고자 하는 것인지……. 만약 그렇다면 우리 조선의 시인으로서 정체성을 나름대로 지켜나가고자 하는 고립 같으니 너무 걱정하지 마세요."

나는 맥이 빠졌다. 그에게로 갈 날만 손꼽아 기다리고 있었는데…….

"그럼, 언제 만주로 가세요?"

"열흘 후쯤 떠날 계획입니다."

허준은 잠시 머뭇거리면서 말을 해야 할지 말아야 할지를 고민하는 듯했다.

"사실은 지난달 10월 상순에 백석이 경성을 다녀갔습니다."

나는 너무나 의외의 말에 깜짝 놀랐다.

"번역한 《테스》를 조광사에서 출판하게 되어 출간 직전에 마지막 교정을 보느라 왔었어요. 백석은 테스의 올곧은 성격이 당신과 닮았다고 하더군요. 그러나 테스의 비극적인 운명과 당신의 운명은 닮지 않기를 바란다고 내게 말한 적이 있었어요. 번역의 반은 당신이 해준 것이라고 했습니다. 백석은 원고 교정을 마치고 당신을 찾아 헤맸답니다. 경성에 잠시 머무르는 동안 거의 매일 구로네코에 들러 당신이 올까 해서 문을 닫을 때까지 있다가 나오곤 했답니다. 그리고 만주로 가서 당신에게 보낸 편지들이 반송되어 온 것을 뻔히 알면서도 옛날 살던 명륜동 일대를 샅샅이 뒤지기도 했고요. 겨우 수소문하여 당신이 일하는 곳을 알아냈답니다. 그런데 당신 옆에 류춘기가 있더랍니다. 백석은 당신이 류춘기의 사람이 되었다고 생각한 것입니다. 차라리 돈 많고 권력을 가진 류춘기가 가난한 자신보다 당신에게 도움이 될 것이라고 생각을 한 것입니다. 그리고 그의 뒤에는 류춘기가 심어놓은 사람이 미행을 하고 있었지요. 만주에서도 미행당하고 있다는 것을 자주 느꼈답니다."

그가 바로 지난달 당신의 자야가 있는 경성에 왔었다니, 나를 찾아 헤매다가 간신히 찾아낸 나를 보지도 않고 비통한 마음으로 그냥 돌아섰다니, 내가 얼마나 오매불망 자기를 기다리고 있는지, 왜 그것만을 생각하지 않았단 말인가? 내 옆에 류춘기가 있었다고? 내가 돈이나 권력 앞에 무릎 꿇는 여자가 아니란 것을 가장 잘 알고 있는 그가, 내가 류춘기 그자를 얼마나 경멸하고 있는지도 너무나 잘 알고 있는 그가.

나는 이 엇갈리는 사랑이 서럽고 분하고 원통했다. 어떻게 그가 나를 보고도 자야라고, 나타샤라고 불러보지도 않고 떠나갈 수 있었단 말인가? 바로 지난달에, 바로 자기 눈앞에서, 나를 보고도 발길을 돌린 그의 애통한 심정이 내 온몸을 뒤틀리게 했다. 쓸쓸히 떠나갔을 그의 뒷모습, 떨어지지 않았을 무거운 그의 발자국 소리가 눈에 선하고 귀에 쟁쟁 울려오는 듯했다. 나는 심장이 뻥 뚫려 죽을 것만 같았다. 운명은 인력으로는 어찌할 수 없는 일이란 말인가. 우리에게 신은 너무나 가혹한 장난을 치고 있는 것이었다.

나는 손으로 가슴을 움켜잡고 허준에게 부탁했다.

"그 사람을 만나면 전해주세요. 나는 류춘기 그자를 받아들인 적이 없다고, 앞으로도 그럴 일은 절대 없을 거라고."

나는 허준이 만주로 떠날 때 모든 것을 접고 바로 따라가고 싶었지만 그의 말을 듣기로 했다. 허준이 떠나기로 한 전날 송지영을 보내왔다. 허준처럼 자주 어울리진 않았지만 송지영도 그의 친구라는 얘기를 들은 적이 있었다.

"백석 친구 송지영입니다. 내일 허준과 함께 백석이 있는 만주로 함께 떠납니다. 허준이 바쁜 일이 있어 대신 나보고 아가씨에게 잠깐 들러보라고 하더군요."

열흘 동안 나는 집 밖으로 나오지도 않고 그에게 보낼 두루마기 한 벌을 손수 지었다. 옷 취향이 까다로운 그를 위해 눈에 잘 띄지 않는 세심한 부분까지 신경을 써서 바느질을 했다. 두루마기 왼쪽 안감에 '백석'이라는 이름을 수놓는 것으로 마무리를 했다. 나는 그 이름을 쓰다듬고 또 쓰다듬었다. 황금색 보자기에 두루마기를 잘 개켜서 놓고 그 속에 얼마간의 돈을 넣었다. 그러고는 편지지를 펼치고 펜에 잉크를 묻혔다.

사랑하는 당신 보세요.

당신이 만주로 떠나간 후 마음 둘 곳이 없어 무척이나 힘듭니다. 그래도 당신이 무사하다는 소식을 접하니 마음이 조금 놓여요. 허준 씨에게 당신의 고충을 대략 들었어요. 조국의 사회나 가정에서도 자유로운 영혼을 얽어매려고만 해서 떠나간 그곳에서의 삶도 마찬가지로 당신을 옥죄고 있다는 말을 들으니 가슴이 미어집니다. 지금이라도 다시 돌아와달라고 간청해봅니다.

당신이 나를 팔베개하고 내 손을 꼭 잡고 동서양의 명시를 낭송

해주던 기억이 납니다. 잔잔한 당신의 음성에 나는 금방 잠 속으로 빠져들곤 했지요. 당신은 내가 깰 때까지 팔을 빼지 않고 꾹 참고 있다가 내가 깨어나면 그제야 저린 팔을 잡고 인상을 쓰곤 했지요. 아! 다시 그럴 날이 올까요? 당신 품속에서 책 읽어주는 당신의 목소리를 들으며 잠이 들고 싶은데. 그리 좋아하던 내 손을 놓고 당신은 어떻게 살고 있단 말입니까? 내 손이 그리워서라도 다시 내게 꼭 돌아올 것만 같은데…….

내 소망은 단 하나, 당신과 죽을 때까지 함께 사랑하며 사는 거예요. 당신을 이역만리 만주로 떠나보내고 나니 이제는 우리들의 사랑을 피폐하게 만들 그 어떤 것에도 무릎 꿇지 않겠다는 다짐을 해봅니다. 생각해보면 당신은 내게 너무나 많은 것을 주었는데 나는 틈만 나면 당신 곁을 떠나려고만 했어요. 그동안 나는 당신은 모든 것을 갖춘 강자이고 나는 아무것도 가지지 못한 약자라는 몹쓸 열등감을 갖고 있었던 것 같아요. 우리는 서로 사랑하는 연인일 뿐인데, 나의 열등감은 당신을 자꾸만 떠나려 하는 것으로 자존감을 지키려 한 것이었어요.

사랑하는 당신.

이제는, 나, 당신의 나타샤는 당신의 뜻을 따르겠어요. 당신이 가는 곳은 어디든지 당신의 손을 놓지 않겠어요. 당장이라도 허준 씨를 따라 당신에게로 가고 싶지만 아직은 때가 아니라고 하니 그날이 빨리 오기를 손꼽아 기다립니다. 나는 언제든지 당신에게 달려갈 준비를 해두겠어요. 만주에 가게 되면 나의 낭군님 당신을 잘 뒷바라지해줄게요. 그 어떤 고난과 역경에도 도망가지 않고 둘이 함께 이겨나가도록 해요. 다시는 당신을 외롭고 쓸쓸하게 내버려 두지 않을 거예요. 그리고 당신이 그토록 원하는 우리들의 아이를 갖도록 해요.

부디 건강 유념하세요. 나는 속히 당신을 만날 날을 기대하며 하루하루 보내겠습니다.

1940년 11월 밤에

– 당신을 사랑하는 자야가

마가리에 살자

관수동 집 뜰 가을볕이 따가웠다. 나는 그날 저녁 불도 켜지 않은 채 뜰에 나와 앉아 있었다. 사과나무 아래 사람의 형체가 보였다. 어스름한 어둠 속에 석양을 등지고 서 있었지만 실루엣이 남자라는 것은 알 수 있었다. 석양빛에 눈이 부셔 손바닥으로 차양을 만들어 다시 검은 모습을 바라보았다. 혹시 그가 아닐까, 나는 잠시 가슴이 쿵쿵 뛰었다. 아니면 허준이 반가운 소식을 가지고 온 것일까. 나는 반가움에 자리에서 벌떡 일어났다.

"누구세요?"

"어떤 분이 이 편지를 전해달라고 했어요."

메신저 보이였다. 그는 쪽지를 전해주고는 쏜살같이 달려 나갔다. 그 쪽지에는 '지금 구로네코로 와 주시오. 허준'이라고 씌어 있었다. 만주로 갈 날만 기다리며 하루하루 견디며 살아온 2년의 긴 시간이 순식간의 일 같았다. 한달음에 찻집 문을 밀치고 들어서서 허준의 모습을 찾으려고 두리번거렸다. 허준은 우리의 테라스에 앉아 있었다. 나는 숨이 턱에 차 인사조차도 하지 못하고 쌕쌕거리며 서 있었다. 허준이 자리에서 일어나 가볍게 인사말을 했다.

"잘 있었소? 자, 앉으세요."

나는 자리에 앉으면서 무슨 말부터 해야 할지를 몰랐다.

"저희 집은 어떻게 알고 사람을 보냈나요?"

"수소문했습니다."

"그는 어떻게 살고 있나요?"

"먼저 차 주문부터 하세요."

"여기 시원한 엽차 한 잔과 커피 한 잔 주세요."

허준 앞에 놓인 찻잔은 이미 반쯤 비어 있었다.

"내가 만주로 갔을 때 백석은 몹시 심하게 앓고 있었어요. 백석이 《테스》 출판 일로 경성을 거쳐 일본에 볼일 차 갔다가 만주로 돌아온 직후이기도 하지만 그것보다 백석의 몸이 만신창이였어요. 또 고문을 당한 것 같았어요. 온몸에 피멍이 들어 있었고 얼굴은 퉁퉁 부어 눈을 뜨지도 못했습니다. 무슨 일이냐고 물어도 도무지 말을 하지 않았습니다."

나는 말문이 막혔다. 류춘기 그자의 병적인 집착이 다시 시작된 것이 분명했다.

"왜 제게 연락을 주지 않았나요?"

"나는 그때야말로 당신이 백석 옆에 꼭 필요하다고 생각했습니다. 그래서 백석은 절대로 연락을 해서는 안 된다고 했지만 제가 몰래 편지를 두 번 넣었어요. 그런데 답이 없더군요. 그때는 당신이 참으로 야속하더군요. 그렇게 당장 따라나서겠다던 사람이 죽음을 넘나드는 사람을 외면하다니……. 그나마 다행스러웠던 것은 그때 내가 백석 옆에 있었다는 것이지요."

나는 가슴을 쥐어뜯고 싶었다. 허준이 간 이후로 만주에서 연락이 오기를 매일 참선하듯 기다렸는데. 2년 만에 온 사람이 한다는 소리가 나보고 야속하다고 하다니. 내 가슴에 시꺼멓게 화석이 되어버린 심장을 꺼내 보여줄 수만 있다면.

허준은 주위를 한번 둘러보더니 조용하게 내게 말을 꺼냈다.

"백석이 나중에 조심스럽게 한 말인데 당신도 미행을 당하고 있을 수 있다는 겁니다. 아마도 류춘기의 심복이라고 하던데, 낌새를 차린 것이 있나요?"

오래전부터 나의 일거수일투족을 누군가가 감시하고 있다는 느낌을 받았었다.

"허준 씨가 보낸 편지를 받지 못한 것을 보니 중간에서 누군가 빼돌렸다는 생각이 드네요. 내 집 부근에서 어슬렁거리는 그림자가 간혹 보였어요."

"그렇다면 지금도 어딘가에서 우리의 얘기를 훔쳐 듣고 있는 사람이 있을지 모르겠군요."

허준은 낮은 목소리로 말했다.

"그 후 백석은 귀농을 한다고 신경에서 10여 킬로미터 떨어진 백구둔이란 마을로 옮겼습니다. 그곳에서 땅을 빌려 농사를 지어볼 요량이었지만 농사일이 그리 쉬운 일이겠습니까? 결국 얼마 못 가 두 손 두 발 다 들었지요. 백석은 시를 쓰는 시인이지 농부가 될 수는 없는 사람이잖습니까?"

"……"

"게다가 일본 놈들이 모든 문예지를 하나도 남기지 않고 모두 강제 폐간시켰습니다. 문인들이 조선어로 작품 활동 하는 것을 원천봉쇄한 것이죠. 백석은 그때부터 더 이상 어느 곳에도 시를 발표하지 않았습니다. 여기서 간 이듬해였죠. 중일전쟁이 태평양전쟁으로 확대되면서 백석은 신경을 떠나 안동으로 거처를 옮겼습니다. 안동세관에 일자리를 다시 얻은 것이죠. 그곳에 어쩔 수 없이 창씨개명을 하는 조건으로 들어갔습니다. 창씨개명에 참여는 했지만 일본 이름으로 작품을 발표하거나 공식적인 자리에 나선 일은 전혀 없었습니다. 백석은 항상 당신을 그리워했어요. 당신이 보내준 한복 두루마기를 내내 즐겨 입고 다녔지요. 평상시에는 말이 없어 주위 사람들이 답답해할 정도였는데, 나와 있을 때는 당신 이야기를 곧잘 하곤 했어요. 특히 청진동 집 이야기를 가장 많이 했습니다. 인생에서 가장 행복했던 시절이라고 했습니다."

"그는 왜 나를 부르지 않았나요? 내가 하루하루 그의 소식이 오기만을 기다리고 있다는 것을 알 텐데요."

"네, 잘 알고 있지요. 하지만 여의치 않았어요. 류춘기가 백석에게 끄나풀을 붙여뒀다고 했잖아요. 그자가 당신과 백석에 관계되는 일은 무엇이든 앞서 막아버린다는 것을 나중에야 알게 되었어요. 함흥에서의 악몽도 있고 무엇보다도 자야 당신에게 해가 될까 제일 걱정을 했죠. 함흥에서의 사건 이후 류춘기는 백석에게 더 많은 앙금을 가지게 된 것 같아요. 만주에 오면서 미행이 다시 시작되었다고 하더군요."

허준은 백석이 신의주로 가던 해에 썼다는 자필 시와 편지를 건넸다.

"이 시가 신의주에서 백석이 쓴 마지막 작품입니다."

허준은 착잡한 심정으로 다시 연락하겠다는 말을 하고는 일어섰다.

남신의주유동박시봉방(南新義州柳洞朴時逢方)

어느 사이에 나는 아내도 없고, 또,

아내와 같이 살던 집도 없어지고,

그리고 살뜰한 부모며 동생들과도 멀리 떨어져서,

그 어느 바람 세인 쓸쓸한 거리 끝에 헤매이었다

바로 날도 저물어서,

바람은 더욱 세게 불고, 추위는 점점 더해오는데,

나는 어느 목수(木手)네 집 헌 샅을 깐,

한 방에 들어서 쥔을 붙이었다

이리하여 나는 이 습내 나는 춥고, 누긋한 방에서,

낮이나 밤이나 나는 나 혼자도 너무 많은 것같이 생각하며,

딜옹배기에 북덕불이라도 담겨오면,

이것을 안고 손을 쬐며 재 우에 뜻없이 글자를 쓰기도 하며,

또 문밖에 나가디두 않고 자리에 누워서,

머리에 손깍지벼개를 하고 굴기도 하면서,

나는 내 슬픔이며 어리석음이며를 소처럼 연하여 쌔김질하는 것이었다

내 가슴이 꽉 메어올 적이며,

내 눈에 뜨거운 것이 핑 괴일 적이며,

또 내 스스로 화끈 낯이 붉도록 부끄러울 적이며,

나는 내 슬픔과 어리석음에 눌리어 죽을 수밖에 없는 것을 느끼는 것이었다

그러나 잠시 뒤에 나는 고개를 들어,

허연 문창을 바라보든가 또 눈을 떠서 높은 턴정을 쳐다보는 것인데,

이때 나는 내 뜻이며 힘으로, 나를 이끌어가는 것이 힘든 일인 것을 생각하고,

이것들보다 더 크고, 높은 것이 있어서, 나를 마음대로 굴려 가는 것을 생각하는 것인데,

이렇게 하여 여러 날이 지나는 동안에,

내 어지러운 마음에는 슬픔이며, 한탄이며, 가라앉을 것이 차츰 앙금이 되어 가라앉고,

외로운 생각만이 드는 때쯤 해서는,

더러 나줏손에 쌀랑쌀랑 싸락눈이 와서 문창을 치기도 하는 때도 있는데,

나는 이런 저녁에는 화로를 더욱 다가 끼며, 무릎을 끓어보며,

어니 먼 산 뒷옆에 바우섶에 따로 외로이 서서

어두워 오는데 하이야니 눈을 맞을, 그 마른 잎새에는

쌀랑쌀랑 소리도 나며 눈을 맞을,

그 드물다는 굳고 정한 갈매나무라는 나무를 생각하는 것이었다

삶도 사랑도 신의 저주에 휘말린 채 헤어나지 못하는 그와 나의 운명이 한스러웠다. 그의 시 한 구절 한 구절이 곧바로 비수가 되어 내 온몸 구석구석을 찔렀다. 서럽고 원통해서 그냥 죽어버리고만 싶었다. 피멍 든 가슴을 사정없이 꽝꽝 쳤다. 세상이 저주스러웠다. 세상보다 더 저주스러운 내 인생을 갈기갈기 찢어버리고 싶었다. 내 인생은 오직 그와 함께함으로써 완성될 것이거늘.

나는 또 하나의 봉투를 집어들었다. 편지 겉봉에 반송이라는 소인이 찍혀 있었다. 1940년 2월 28일 날짜인 것을 보니 그가 만주로 떠나간 지 한 달이 조금 안 되었을 때 내게 보낸 편지였다. 나는 그 편지 봉투를 떨리는 손으로 뜯었다. 명륜동으로 보낸 것이었다. 그가 만주로 떠난 후 나는 한시도 그 집에 있고 싶지 않아 곧바로 관수동으로 집을 옮긴 터였다. 수신인이 없어 발신인에게 다시 반송된 거였다. 그는 반송된 편지를 보관해오다가 허준을 통해 내게 다시 전달한 것이었다.

내 사랑 나타샤

이곳은 만주 신경이야. 이곳은 경성보다 훨씬 더 추워. 바람이

346

쌩쌩 얼굴을 몰아치는데 눈을 뜨고는 도저히 걸을 수가 없어. 아예 뒷걸음쳐야 할 지경이야. 지금은 저녁 6시경, 왁자하던 사람들과 광장에서 연결된 길들이 어스름한 저녁 어둠 속에 갇혀버렸어. 사방은 온통 캄캄하고 건물들도 모두 텅 빈 것처럼 야릇한 침묵이 흘러 귀신이라도 출몰할 것 같아. 자야 당신이 보면 아마도 내 팔을 꼭 붙들고 매달렸을 거야.

이곳에 와서 자리를 잡느라 여념이 없다 보니 이제야 당신에게 편지를 쓰게 되었어. 나는 이갑기 기자가 소개해서 만선일보에 취직을 했어. 그리고 이 기자와 함께 시영주택 35번지 황씨방에 하숙을 정했어. 이곳엔 대부분이 조선인들이야. 만주로의 이주가 급물살을 타는 바람에 주택난과 교통난이 아주 심각해. 내가 얻은 황씨방 하숙집은 좁은 토굴 같아. 우리 방까지 가려면 여러 개의 방과 부엌을 거쳐 가야 하는데 가는 동안 사람들과 어쩔 수 없이 부딪쳐야 해. 특히 부엌을 지날 때는 낯선 여자 엉덩이를 스치기도 해야 해서 정말 기겁할 정도야. 방은 천장과 방바닥 사이를 나눠서 위층을 다락방처럼 만들었는데 일층과 이층 사이도 아니고 방 하나에다 중층을 만들어 세를 받아먹다니 주택난이 얼마나 심각한지 알겠지? 이러한 집을 '쥬-니카이'라고 해.

게다가 손으로 바닥을 쓸면 검은 석탄가루가 묻어나서 손을 어디다 둬야 할지도 모르겠어. 하루에도 수십 번 손을 씻는 내 습관 당신도 알지? 도무지 살 수가 없어 이 기자에게 곧 다른 집을 알아

보자고 했어. 청진동 집이 얼마나 그리운지 모르겠어. 비둘기집같
이 작지만 깨끗하고 아늑한 집을 당신은 내 생각해서 좁다고 더 큰
집을 마련하자고 했던 것 기억나? 당신은 내 서재를 만들어주고
싶어 했고 또 손님들을 맞이할 방도 있었으면 좋겠다고 했어. 그러
나 친구들이 올 때나 잠시 비좁았지만 우리 둘이 살기에는 안성맞
춤이어서 나는 그 집이면 충분하다고 했었지.

　붉은 벽돌담장, 처마 끝 서까래가 촘촘히 드리워진 대문, 내 발
걸음 소리에 눈같이 하얀 털이 보송보송한 어여쁜 강아지 하늬가
언제나 반겨주던 곳, 그리고 내 사랑 당신이 나를 기다리고 있던
곳, 그 집에서 당신과 살았던 지난 시간들이 꿈만 같네. 당신과 함
께 있을 때도 항상 당신이 그리웠는데 이렇게 떠나오니 매 순간순
간 당신이 더욱더 그리워.

　내 사랑 나타샤, 몸은 좀 어때? 완전히 회복되지 않은 것을 보고
떠나온 터라 마음이 편치 않아. 무슨 일이 있어도 당신 곁을 떠나
지 않을 것이란 약속을 지키지 못하고 이리 먼 곳으로 혼자서 도망
치듯 와버린 꼴이 되었네. 당신을 사랑하는 것이 도리어 당신을 고
통 속으로 몰아넣고 있다는 것을 깨닫게 되었을 때 나는 정말로 절
망적이었어. 결국엔 나는 부모도 조국도 또 당신도 그 어느 것 하
나도 잡지 못하고 떠나와버렸어.

　당신도 잘 알다시피 나는 자유로운 방랑자이자 어느 것에도 얽
매이지 않는 푸른 바람의 이야기를 받아 적는 운명을 타고난 나그

네인걸. 그런 나에게 강요나 억압은 내 목을 죄는 것이나 마찬가지
였어. 부모님의 고루한 봉건적 사상을 나는 결코 설득시킬 수가 없
었어. 그리고 더욱이 견디기 힘든 것은 '내선일체'를 강요하며 빠르
게 미쳐가는 조선 땅에서 내가 설 자리마저 잃어가고 있었다는 것
이야. 어찌 엄연히 민족과 언어가 다른데 일본이 우리 조선과 하나
라고 강요한단 말이야. 문인들이 문화전선의 병사가 되어야 한다
니, 이런 미친 짓거리에 내가 어찌 놀아난단 말이야. 더욱이 국내
에서는 조선어로 쓴 작품을 발표할 수도 없게 되다니. 더욱 기가
막힌 일은 대부분의 문인들이 일본에 무릎을 꿇고 적극적으로 친
일 작품을 쓰는 일을 자랑스러워한다는 것이야. 이 얼마나 개탄할
일이야. 이곳도 일본 관동군의 지배하에 있긴 하지만 조선 사람한
테 일본인이 되라고 하는 일은 없을 것이라 생각하는데…….

　나타샤, 우리가 사랑했던 많은 날들이 엊그제 같은데 우리는 어
찌 이리 되었는지, 우리에게는 왜 이렇게 가혹한 사랑의 시련이 있
는 것인지 참으로 안타까울 뿐이야. 당신이 나를 따라 만주로 와줬
음 얼마나 좋았을까 생각도 했지만, 지금의 상황으로 보아서는 당
신을 생고생시키지 않은 것이 도리어 잘되었다는 생각이 들어. 그
러니 내 사랑 나타샤!

　지금은 우리가 이렇게 떨어져 있지만 그렇다고 우리가 끝났다
고 생각하지 마라. 곧 이곳 생활이 안정이 되면 당신을 데리러 갈
거야. 당신과 함께 살 작은 보금자리를 마련할 때까지만 기다려줘.

어디에 있든 당신은 나의 아내이고 나는 당신의 남편이야. 당신과 함께 이 드넓은 만주 땅에서 어느 누구의 간섭도 받지 않고 살고 싶어. 당신은 그동안 몸 추스르고 건강관리에만 신경 쓰도록 해. 사랑하오, 영원히.

　– 만주 신경에서 당신을 사랑하는 백석

　1940년 2월 25일

또 하나의 봉투를 열었다. 나는 여전히 진정되지 않아 손이 파르르 떨렸다.

　나타샤!

　오래간만이야. 허준에게 당신 소식을 듣고 억장이 무너졌다. 당신을 찾아갔던 그날 류춘기는 내가 당신을 찾아갈 줄을 이미 알고 있었어. 그래서 그놈이 당신을 먼저 찾아갔던 것이고 당신에게 다정스레 구는 모습을 내게 보이려고 연극을 한 것이었다니. 나는 그날 당신의 표정을 읽을 생각을 하지도 못했어. 단지 그놈과 같이 있다는 그것이 내 눈을 뒤집히게 한 거였어. 그날을 생각하면 정말 당신에게 미안하고 나를 쳐 죽이고 싶었다.

　나타샤! 날 미워하지는 마라. 지난 3년 동안 나는 무턱대고 당신을 사랑했으니 미워해라. 그렇지만 찬바람 부는 길바닥에 내팽개치지는 마라. 다시 이런 사랑 아픈 사랑은 하지 말았으면 좋겠다.

남은 세월 동안 사랑 같은 것, 아픈 사랑 같은 것 하지 않고 그냥 데면데면 살아가야 할까? 어찌 마음속의 무늬를 말로, 언어로 다 표현하랴? 다만 안타깝고 쓸쓸한 그 무늬를 평생 짐 지고 걸어가는 것만 내게 남아 있는 것인가.

참혹하다. 나타샤, 내 사랑의 여자여!

내 다 안다. 당신은 내가 갖는 참혹의 몇 배나 더할 것인지를. 그래서 나는 더욱 아프고 더더욱 참혹한 것이다. 당신, 나타샤는 내게 참으로 축복이고 빛이고 푸른 물살이었다. 당신과 함께했던 시간으로 나는 평생 푸른 물로 살아갈 것이다. 고맙다. 고맙다. 사랑했다. 사랑한다. 계속 사랑할 것이다.

안녕, 나의 나타샤.

1943년 11월

기다려주지 않는 사랑

평양을 지나면서부터 눈보라가 심해지기 시작했다. 기차는 힘에 겨운 듯 기적을 울리면서 흔들리고 덜커덩거렸다. 해가

지면서 창밖은 어디까지가 하늘이고 어디서부터가 땅인지 구분이 가지 않았다. 이등실임에도 불구하고 실내 공기는 차가워서 허연 입김이 그대로 흘러나왔다. 조개탄을 넣은 난로가 하나 덜렁 있었지만, 워낙 차가운 날씨 탓으로 맥을 추지 못했다.

창가에 자리 잡은 나는 코트 대신 두루마기를 입은 걸 후회했다. 허준으로부터 그 사람의 편지를 전해 받고 무작정 나서다가 보니 두꺼운 털옷을 준비하지 못한 게 결국 고생으로 이어졌다. 여러 겹을 입기는 했지만 역시 모양을 내기보다는 솜옷을 입어야 했다. 평소에는 거추장스럽게 여겨지지 않던 한복이 여행 내내 여간 걸리적거리는 게 아니었다. 그나마 이등실이라서 다행이기는 했다.

화장실을 갔다 오면서 슬쩍 엿본 삼등실은 그야말로 아수라장이었다. 남녀 구분도 없이 앉고 선 사람들과 짐 때문에 발 디딜 틈도 없어 보였다. 그런 상태로 신의주를 지나 만주까지 넘어가는 사람들에게는 며칠간의 여행이 고역일 것이다. 아니, 어쩌면 만주로 가기로 마음먹은 사람들에게는 인생 자체가 고역일지도 모르겠다. 누구나 할 것 없이 다들 고통이 가득한 얼굴로 졸거나 혹은 발밑을 멍하니 바라보면서 지루한 여행길을 견디고 있었다.

세상 어디든 전쟁통이다.

기차가 북쪽으로 향할수록 헌병들이 수시로 비좁은 통로를 돌아다니면서 공포감을 조성했다. 전쟁에서는 군인들이 상전이다. 열차가 서는 역마다에서 새로운 헌병들이 올라타면서 열차 안은 군인들로 득실거렸다. 그러나 군인들도 경성에서처럼 여유 있고 의기양양한 모습들은 아니었다. 세계 최강이라고 거들먹대던 관동군들도 이제는 오랜 전쟁의 피로와 압박으로 신경이 곤두서 있었다. 게다가 올 10월에 관부연락선 가운데 가장 규모가 컸던 곤륜환호가 미 해군 잠수함의 어뢰를 맞고 570여 명의 승객과 함께 풍랑이 거센 바다로 빨려 들어갔다. 이 곤륜환호의 침몰은 그들에게 심적으로 큰 타격을 주었다. 이래저래 여행객들을 대하는 헌병들은 신경질적이었다.

일본도 편하지 않고 조선도 편하지 않고 만주는 더더욱 편하지 않을 것이다. 전쟁은 온 세상에서 벌어지고 있었다. 이런 난리통에 왜 그 사람은 살기 어려운 신의주에 머물고 있는 것일까? 그의 편지 어디에도 자신이 왜 신의주에 머물고 있는지를 명확하게 밝히지 않아서 나는 답답했다. 조선의 상황이 싫어 변경의 작은 도시에 숨어서 지낸다고 해서 세상으로부터 비켜설 수 있는 것은 결코 아닐 텐데.

기차가 속도를 확연하게 줄였다. 창밖에서는 눈보라를 뚫고 새벽빛이 새어들었다. 입김으로 성에를 녹이고 밖을 엿보았다. 열차가 신의주역에 들어서고 있었다. 부산스럽게 내릴 준비를 하는 사람들을 보면서 나도 채비를 했다. 다들 들고 있는 단단하고 큰 가방을 보면서 얼결에 천으로 만든 봇짐을 든 내가 바보처럼 느껴졌다.

열차에서 내려서고 보니 플랫폼은 평소에 상상하던 신의주역의 모습이 아니었다. 한적하고 쓸쓸하기만 할 줄 알았는데, 마치 군수품 보급창이라도 되는 듯 부산스러운 분위기였다. 눈보라가 몰아치는 가운데 군인들이 군수품 상자들을 야적하느라 분주하게 오갔다. 호각 소리가 들리고 욕지거리가 난무했다.

나는 이 북방의 낯선 도시에서 어린애처럼 어쩔 줄을 모르고 서 있는데, 사람들은 마치 갈 길이 빤하다는 듯 줄을 지어서 한 방향으로 향했다. 그런 내 앞에 헌병 하나가 나타나서 눈을 무섭게 뜨면서 소리 질렀다.

"왜 얼씬대고 서 있나? 어서 나가라."

아마도 작업에 방해가 된다고 여기는 것 같았다. 나는 그제야 정신을 차리고 사람들의 행렬을 따라서 개찰구로 향했다. 개찰구도 복잡하기는 예외가 아니었다. 군인들과 민간인이 섞여서 정신없기는 마찬가지였다.

역사에서도 헌병들이 여행객들을 하나씩 검문하고 있었다. 만주로 향하는 것도 아니고 신의주에서 내린 사람들인데도 헌병들은 의심 가득한 눈초리로 한 사람씩 일일이 살피면서 장부를 보고 타지에서 온 사람들에게 여행 목적을 캐물었다.

"경성에서 여기까지 왜 온 건가?"

내 차례가 되어서 책상 위에 봇짐을 올려놓자, 헌병은 봇짐보다는 내 얼굴을 유심히 보면서 물었다.

"사람을 찾아왔습니다."

"어디 사는 누구?"

"유동리 박시봉 댁에 갑니다."

"박시봉과는 어떤 사이인가?"

"박시봉이 아니라 박시봉 댁에 사는 백기행 씨를 만나러 갑니다."

헌병의 눈이 번쩍했다.

나는 이유를 몰랐지만 당당했다. 그런데 그가 뒤를 돌아보자 뒤에서 순사 하나가 나와 헌병을 번갈아 보며 다가왔다. 그러고는 헌병에게 고개를 숙이고 귀엣말을 주고받았다. 언뜻 그들의 입에서 나오는 말을 듣고 나는 가슴이 철렁 내려앉았다.

류춘기. 확실하게 그의 이름이 내 귀에 들렸다. 두 번 다시 듣고 싶지 않은 이름이다. 인상만 떠올려도 끔찍한 그 인물의 이름이 어째서 지금 여기 있는 헌병과 순사의 입에서 나온 것일까? 불길한 예감이 스쳤다.

"사무실로 들어가라."

순사가 역사의 끝부분에 있는 작은 문을 가리켰다.

"이, 이봐요. 왜 이럽니까?"

"가서 기다리면 안다. 빨리 들어가."

나는 두근거리는 가슴에 봇짐을 안고 사무실로 향했다. 그리고 사무실 문을 열고 안을 둘러보다가 더 놀라서 가슴이 쿵쾅쿵쾅 뛰었다. 사무실 안은 나처럼 봇짐을 가슴에 안은 소녀들 10여 명이 겁에 질린 채 웅크리고 앉아 있었다. 게다가 나이도 많이 어려 보이고 행색도 꾀죄죄했다.

'다들 무슨 일로 잡혀와 앉아 있는 것일까?'

시간이 흘러도 다들 아무 말이 없었다. 그리고 변화도 없었다. 문을 지키고 선 순사도 아무 요동이 없었다. 움직임이라고는 사무실 안에 있는 변소를 가끔 다녀오는 소녀들의 움직임뿐이었다.

나는 시간이 갈수록 불안해졌다. 왜들 여기 잡혀와서 말없이 앉아 있는 것일까? 이 침묵의 의미는 무엇일까? 소녀들의 얼굴을 자세히 들여다보니 다들 피곤해 보였고 지친 표정들이었다. 서로가 아는 사이가 아닌 것은 확실해 보였다. 아니고는 이렇게 오랜 시간 동안 서로 아무 말도 하지 않고 있을 리가 없다.

점심시간이 훌쩍 지나면서 배가 고파졌다. 이렇게 마냥 있을 수도 없어서 몸을 일으켰다. 그리고 순사를 향해 다가가려는데 누군가가 두루마기 자락을 잡았다. 소녀가 순사의 눈치를 보며 작은 소리로 속삭였다.

"말 걸면 혼나요. 서로 대화해도 혼나요."

소녀의 얼굴은 뺨에서 목 부분까지 빨갛게 부어올라 있었다.

그리고 소녀의 겁먹은 눈초리에서 지금까지의 침묵이 무엇을 의미하는지 알았다.

나는 조용히 다시 제자리로 가서 앉았다. 가슴이 더욱 방망이질쳤다. 내 딴에는 세상살이를 겪을 만큼 겪었다고 생각했는데, 국경 도시 신의주에 오자 또 다른 위험이 앞을 가로막았다.

소문으로만 듣던 상황이 아닐까 싶었다. 얼마 전부터 마구잡이로 여성들을 잡아다가 군대로 끌고 가서 군인들의 성적 욕구를 채우는 데 이용한다고 하더니, 이게 그런 것은 아닐까 싶었다. 생각이 거기에 미치자 겁이 덜컥 나기도 했다. 한편으로는 설마 벌건 대낮에 그럴 리야 있을까 싶기도 했다.

그나저나 어떻게 해야 하나. 무슨 수를 써서라도 경성의 아는 사람에게 지금 상황을 알려야 하는 건 아닌가 싶었다.

배도 고프고 앉아 있기도 힘이 든 상태로 몇 시간이 흘렀다. 순사가 아닌 헌병이 문을 열고 들어섰다. 그러고는 무서운 표정으로 내뱉듯 말했다.

"모두 일어나서 역 앞에 대기하고 있는 차에 오른다. 도중에 딴짓을 하는 사람은 군법에 의거해서 즉결에 처한다."

군법에 의거? 무슨 말인지 알아들을 수가 없다. 그런데도 소녀들은 이미 체념한 듯 아무 말도 하지 않았다. 앞에는 도라쿠라고 부르는 커다란 군용차가 세워져 있고 군인들이 칼을 꽂은 소총을 들고 위협적으로 서 있었다.

"모두 일어서!"

헌병의 호통에 화들짝 놀란 소녀들이 일제히 몸을 일으켰다. 나도 그런 상태로 저항도 변변하게 못하고 역사 밖으로 내몰려야 했다. 눈보라가 약간 잦아들었다. 일반인들은 아무도 없었다. 오로지 눈앞에 움직이는 것은 군인들뿐이었다. 군인들이 차의 짐칸에 오르는 우리를 보고 휘파람을 불어대면서 킥킥거리고 웃었다. 간간이 들려오는 소리를 들으면서 나는 정말로 심각한 문제가 일어났음을 알았다. 내 짐작이 그대로 들어맞은 듯했다. 지금이라도 무슨 수를 내야 한다고 생각했다.

"저는 이 차에 탈 수 없습니다."

나는 헌병을 바라보며 단호하게 말했다.

"내가 왜 이 차를 타야 하는지 설명해주세요."

"그런 설명은 나중에 듣고 지금은 차에 올라가라."

"설명이 있어야 탑니다. 전 신분도 확실하고 경성에 사는 사람입니다."

헌병이 고개를 비딱하니 꺾고 나를 바라보았다. 입꼬리를 약간 올리면서 웃는 것처럼 느껴졌다. 다음 순간, 내 뺨에서 불이 번쩍 튀었다.

"입 열지 마라. 한 번 더 입을 열면 이 자리에서 즉결처분하겠다."

헌병이 허리춤의 권총을 뽑아 들었다. 나는 얼얼한 뺨을 만지면서 헌병을 쳐다보았다. 도무지 어떻게 대처해야 하는지 생각할 겨를이 없었다.

"어서들 타라!"

헌병의 호통에 소녀들이 차 뒤에 오르고 나도 올라야만 했다. 이윽고 차는 목적지가 어디인지도 모를 곳을 향해서 덜컹거리면서 달리기 시작했다. 앞뒤로 헌병 차가 감시하듯 따라붙었다. 짐칸의 뒷부분에도 군인 둘이 올라타서 우리를 감시했다.

커다란 천막을 친 차였지만 짐칸은 살을 에는 듯한 추위로 정신이 없을 지경이었다. 소녀들은 울상을 한 채 고개를 숙이고 있었지만, 추위에 덜덜 떨 뿐 누구도 입을 열지 않았다.

나는 소녀들이 겁에 질려서 울지 못하고 있음을 알았다. 너무 놀라면 울지도 못하는 법이다. 생각도 할 수 없는 법이다. 나 자신도 어찌해야 옳은지 알 수가 없었다. 이대로 시간이 흘러가게 두면 돌이키지 못할 상태가 될 거라고 짐작은 하면서도 할 수 있는 게 없었다.

그런데 어느 때인가부터 자동차 하나가 바짝 따라붙는 게 보였다. 검은색 자동차였지만 관용차라는 건 금방 알 수 있었다. 자동차는 계속해서 경적을 울리며 앞지르더니 우리들이 탄 차를 세웠다.

"두루마기 입은 너!"

헌병이 차 뒤로 와서 나를 손가락질했다. 나는 영문을 모르는 채 몸을 일으켰다.

"내려. 어서!"

헌병은 인상을 찌푸린 채 차에서 내리라고 손을 흔들었다. 내가 차에서 내리자 헌병은 나를 차 뒤에 내버려둔 채 그냥 앞쪽의 차로 걸어갔다. 그리고 그제야 나는 이명오가 자동차에서 내려 나를 바라보고 서 있는 모습을 발견했다.

"어서 타요."

이명오는 자동차의 뒷문을 열고 나를 재촉했다. 그 사이에 군용 차량들은 나와 이명오를 내버려두고 다시 움직이기 시작했다.

"아니, 잠시만요. 저기 저 차에……."

나는 떠나는 군용차를 손가락으로 가리켰다.

"저 차는 그대로 두고 어서 타요."

"저 차에 소녀들이 실려 있어요. 나처럼 무조건 잡아서 태운 애들이 있다고요."

이명오는 저항하는 나를 무조건 자동차 안으로 밀어 넣고 문을 닫은 후 운전석으로 돌아가 앉아 문을 닫으면서 말했다.

"저 아이들은 구할 길이 없습니다. 그나마 류춘기가 역에서 당신을 잡으라고 전달한 걸 제가 알았기에 따라온 겁니다. 달리 방법이 없어요. 내 힘으로는 불가능합니다."

나는 공포에 질린 처녀들을 태우고 가는 군용차의 뒤꽁무니를 안타깝게 바라보았다.

"돌아갑시다. 역으로 가서 다시 경성행 열차를 타세요."

"돌아가라고요?"

나는 눈을 크게 뜨고 이명오를 바라보았다.

"돌아가야 합니다. 여기는 안전하지 못해요. 류춘기가 당신이 없어진 걸 알면 곧바로 사람을 풀 거요."

"난 목적이 있어서 왔어요."

"그 목적은 나도 알지만 류춘기도 알아요. 그러니까 여기서 바로 도망가는 게 맞습니다."

"이왕 도와주었으니 나를 그 사람 사는 곳에 데려가주세요."

나는 이명오를 차분히 바라보았다. 이명오는 내 단호한 고집을 꺾을 수 없다고 생각했는지 한숨을 푹 쉬며 말했다.

"죽을 각오라면, 가봅시다."

이명오는 다시 차를 돌렸다. 그리고 끝없이 이어진 시골길을 달려 나갔다.

자그마한 양철 판에 쓴 '유동'이란 글씨가 보였다. 여기서부터는 차가 들어가지 못한다고 했다. 이명오는 사람들 눈에 띄지 않는 으슥한 산길에 차를 세웠다. 걸어서 한 시간 정도를 더 들어가야 한다고 했다.

"여기서부터는 혼자 갈게요. 고마웠어요. 이제 돌아가세요."

"여기서도 위험하기는 마찬가지요."

"상관없어요. 은혜 잊지 않을게요."

나는 이제 무섭지 않았다. 그 무엇도 나를 막지 못했다. 다시 헌병이나 순사들에게 붙잡힌다면 혹시나 해서 지니고 온 은장도로 즉시 자결하리라는 각오였다.

나는 이미 그와 같은 하늘 아래 있는 것만으로도 행복했다. 버드나무가 많아 유동이라 불리는 마을을 향해 무작정 걸었다. 그가 쓸쓸히 혼자 거닐었을 길이었다. 그는 길가의 풀 한 포기, 홀로 핀 들꽃 한 송이, 산과 들판의 풍경 하나도 놓치지 않는 사람이다. 그리고 민초들이 주고받는 소소한 대화까지도 귀 기울이는 사람이다. 신의주에서 날리던 눈발이 여기서는 그쳤다. 소달구지를 끌고 가는 사람이 보였다.

백석은 당나귀를 좋아했다. '나귀는 작지만 네 다리가 튼실하고 힘도 세어 당신을 훌쩍 태우고 마가리로 갈 수 있을 거야.' 그의 말이 귓전에 맴돌았다. 그는 인적 드문 산골로 가 나랑 단둘이 살고 싶어 했다. 그런데 쓸쓸히 혼자 이 길을 걸어갔을 그. 세상만사는 뜻대로 되지 않고 자기 한 몸 이끌어가는 것도 힘들어하며 이 길을 걸었을 그. 어지러운 마음에 슬픔과 한탄을 하며 이 길을 걸었을 그. 한 발짝 한 발짝 내디딜 때마다 그의 아픔이 고스란히 내게 전해져왔다.

"어디까지 가시우?"

소달구지를 끌고 가는 남자가 물었다. 달구지에 앉은 아주머니도 젊은 처자가 혼자 걸어가는 것이 자못 궁금한 듯 내 얼굴을 빤히 쳐다보았다.

"유동이란 마을에 갑니다. 이 길로 가는 게 맞죠?"

"맞긴 하오만. 이렇게 걸어가다가는 산적을 만날 수도 있고 또 해가 지기 전에 도착하기도 힘들 거요."

"……."

"괜찮으면 타시우."

아주머니가 친절하게 말했다. 해질녘에도 당도하지 못한다는 말에 그만 얼른 부탁하였다.

"신세 좀 지겠습니다."

아주머니가 내 손을 잡아 달구지로 오르도록 도와주었다. 소가 느릿느릿 발걸음을 다시 떼기 시작했다. 소가 걸을 때마다 목에 걸려 있는 워낭 소리가 났다. 달구지가 삐꺼덕거리며 소의 뒤꽁무니에 이끌려갔다. 허허벌판의 풍광이 천천히 스쳐갔다.

"유동 누구 집에 가십니까?"

아주머니가 물었다. 한 번도 본 적이 없는 처자가 혼자 유동을 간다고 하니 궁금하지 않을 수 없었을 것이다. 나는 살짝 미소만 지으며 답을 하지 않았다. 신의주역에서 그의 이름을 이야기했다가 큰 봉변을 당했기 때문에 그의 신변이 긴박함에 틀림없다고 생각했다. 이름을 얘기했다가 그가 더 위험해질 수도 있을 것이다.

"유동에 버드나무가 많다고 들었습니다."

묻는 말에 대답은 않고 다른 질문을 하는 내 심사를 알아챈 아주머니가 대답했다.

"많죠. 그래서 버드나무마을이라고도 하지요. 개천에 버드나무가 보이기 시작하면 이제 다 온 것입니다."

비포장 길은 달구지 바퀴에 밟히는 작은 돌들이 자갈거리는 소리, 규칙적으로 울리는 워낭 소리, 가끔씩 소가 입에서 거품을 걷어내는 소리, 빈 들판에 모이를 찾아 모여든 새들이 휘리릭 날아왔다 날아가는 소리, 바람이 그 위를 스윽스윽 스치는 소리가 한 편의 합주곡처럼 들려왔다.

'사는 게 말이야, 시골길을 홀로 걷는 일인 것 같아. 동행할 사람을 만나는 건 지극히 흔치 않은 일이거든. 하지만 바람과 물과 자연의 소리가 함께 해주니 천만 다행이지. 자연은 내가 말을 걸지 않아도 먼저 말을 걸어오거든. 어떤 때는 쓸데없이 고집스럽게 한마디도 하지 않을 때도 있고, 또 어느 때는 아주 충동적이어서 비바람, 강풍, 눈보라 같은 것으로 성깔을 보여주기도 하지만……'

그가 함흥의 산길을 산책하면서 내게 한 말이었다. 길가 옆 개울가로 버드나무가 보이기 시작했다. 버드나무는 개울가 쪽으로 줄기를 축축 늘어뜨리고 있었다. 개울의 물살이 제법 세

찼다. 소가 잠시 멈추었다. 유동까지 개울을 다섯 개나 건너야
한다는 것이었다.

하늘이 바다처럼 푸르던 어느 가을날 그와 나들이를 나섰다.
먼지를 뿌옇게 일으키는 버스에서 내리니 지천이 단풍으로 울
긋불긋했다. 우리는 손을 꼭 잡고 걸었다. 송사리 떼가 바삐 오
가는 맑은 시냇물 소리에 잠시 멈춰 서서 귀를 기울였다. 묵은
몸과 마음의 먼지를 깨끗이 씻어주는 청량한 숲속 공기를 서로
많이 마시려고 입을 더 크게 벌리고 숨을 들이켰다가 내뱉으며
웃었다. 울창한 솔숲을 지나 모퉁이를 도니 왕릉이 떡하니 눈
앞에 나타났다.

"이 능이 세종대왕과 소헌왕후 심씨의 최초의 합장릉이래."

나는 능 앞에 다소곳이 서서 정중하게 큰절을 두 번 올렸다.
백석은 내가 절하는 모습을 보고 뒤에서 칭찬을 했다.

"참 곱기도 하네."

그는 내 손을 잡고 주위를 돌면서 왕릉에 대한 이야기를 해
주었다. 어디를 가든 그는 그곳의 역사를 알기 쉽게 이야기해
주었고 나는 경청했다.

"원래는 세종의 능이 여기 있었던 것이 아니야. 처음에는 아
버지 태종의 헌릉 곁에 세종이 묻힐 자리를 잡아두었는데, 부
인 소헌왕후가 먼저 죽자 지관들이 그 묏자리가 좋지 않다고 반
대를 했었대. 그런데 세종이 뭐라고 하셨는지 알아?"

"뭐라고 하셨는데요?"

"다른 곳이 아무리 좋다 한들 선영에 묻히는 것만 하겠는가!"

그는 마치 세종대왕의 흉내라도 내는 듯 목소리를 내리깔고 말했다.

"세종대왕이 지조남이셨군요."

"하하하, 묻힐 때는 그랬지만 살아서는 후궁을 많이 둔 것은 알지?"

"뭐라고요?"

우리는 서로 장난을 치며 능을 한 바퀴 돌고 나왔다. 어느새 소나무 숲 사이로 석양빛이 퍼지고 있었다. 우리는 숲을 빠져나와 바삐 걸었다. 길을 잘못 들었는지 올 때는 없었던 큰 개울이 나왔다. 물살이 제법 세차고 깊었다. 그는 바지를 둘둘 걷고 신발을 벗었다. 그런 다음 양말을 벗어서 주머니에 쑤셔 넣었다. 그러고는 신발을 내 양손에 한 짝씩 쥐어주고는 나를 덥석 들쳐 업고 물속으로 첨벙첨벙 걸어갔다. 얼떨결에 업힌 나는 뒤뚱거리며 내딛는 그의 발걸음이 불안했다. 아니나 다를까, 거의 다 건넜을 즈음 그만 넘어지고 말았다. 그는 양복과 내의까지 다 젖어 생쥐 꼴이 되었다. 나는 웃음이 터져 나오는 것을 억지로 참았다. 마침 우리 뒤에서 달구지를 끌고 오던 노인이 흠뻑 젖은 우리를 하룻밤 머물게 해주었던 아련한 추억이 떠올랐다.

소가 개울을 잘 건너도록 부인과 나는 달구지에서 내렸다. 그도 이 개울을 건넜을 것이다. 나는 망설임 없이 치마를 둘둘 말아 앞섶에 끼워 넣고는 양말을 벗어 신발 속으로 쑤셔 넣었다. 그러고는 양손에 신발 한 짝씩 들고는 맨발로 첨벙첨벙 물을 건넜다. 발이 시린 것도 느끼지 못했다. 소의 워낭 소리만이 들릴 뿐 주위는 고요했다. 서쪽 하늘 산등성이에 낙조가 점점 더 붉어지고 있었다.

"저기가 우리 마을 앞 버드나무라우. 이제 다 왔어요."

어느새 동네 어귀에 다다랐다. 늙은 왕버드나무 두 그루가 동네 입구에 서 있었다. 수령이 몇 백 년은 족히 되었을 것 같다. 버드나무 옆에는 어른 키보다 조금 높은 돌탑이 세워져 있었고 탑을 돌아 삼색 천이 둘러쳐져 있었다. 돌탑 앞에는 약간의 음식이 놓여 있었다. 마을은 산버들로 우거진 산이 감싸고 있었다. 산은 꼭 아기를 품은 어머니의 자궁 같았고 마을은 자궁 속 태아 같다는 느낌이 들 정도로 산 밑에 오붓하니 몇 십 가구가 앉아 있었다.

동네에 다다르니 혹여 그가 어디쯤에서 산책을 하고 있지는 않을까 두리번거렸다. 아이들이 석양을 등지고 집으로 달려가는 모습이 보였다. 굴뚝에서 연기가 피어오르는 집으로 내달리는 아이들의 모습이 행복해 보였다. 그도 저 아이들의 모습을 보며 쓸쓸한 미소를 지었으리라.

"그래, 어느 댁에 가셔요?"

아주머니가 다시 물었다. 누구에게든 박시봉 댁이 어디냐고 물어는 봐야 할 일이었다.

"박시봉 씨 댁이 어디……."

소를 몰고 가던 남자와 아주머니가 나를 동시에 쳐다보았다.

"허허, 박시봉 집에를 가시오?"

두 사람은 서로를 쳐다보며 참으로 어이없다는 듯이 말했다.

"내가 박시봉이오."

남자는 허허 웃으며 이 동네 목수 일은 다 도맡아서 하는 목수 박시봉이라고 말했다.

"백 선생을 찾아오셨군요?"

아주머니가 안타까운 표정으로 말했다.

"이를 어쩌누. 이틀 전에 갑자기 다녀올 데가 있다고 나갔어요. 짐을 챙길 시간도 없었는지 무엇에 쫓기듯 성급히 나갔어요."

나는 그만 온몸에 맥이 풀려 주저앉고 말았다.

"날도 저물었으니 오늘 밤은 일단 여기서 묵으시구려."

남자는 소를 끌고 마구간으로 가고 아주머니는 나를 그가 머문 방으로 안내했다. 방은 습하고 누긋한 냄새가 나고 냉기로 썰렁했다. 방바닥에는 갈대를 엮어 만든 자리가 깔려 있었다. 방 한구석에는 앉은뱅이책상 하나와 그 위에 몇 권의 책과 노트가 가지런히 놓여 있었다. 그리고 벽에는 그의 옷이 한 벌 걸려 있었다. 나는 그의 체취가 묻어 있는 옷과 책을 만져보았다. 병적으로 깔끔하던 그가 이 습내 나고 추운 방에서 밤이나 낮이나 혼자서 쓸쓸하게 지냈을 것을 생각하니 억장이 무너졌다. 아주머니가 둥글넓적한 질옹배기에 불씨를 담아 가져왔다. 질그릇 안에는 짚과 풀을 엮은 뭉텅이가 타고 있었다.

"춥지요. 잠시 이것으로라도 몸 좀 녹이세요. 아궁이에 불 지폈으니 곧 따뜻해질 겁니다."

"그가 이곳에 얼마나 머물렀나요?"

"얼마 되지 않았어요. 가을걷이가 막 시작되었을 때 왔으니까. 그런데 거의 방 안에서 나오지 않았어요. 책을 읽는지 뭘 하는지 알 수 없었죠."

아주머니는 곧 저녁 먹으러 건너오라고 하고는 방문을 닫았다. 무거운 돌덩이가 가슴을 짓누르는 것 같았다. 뜨거운 눈물이 핑 돌았다. 그를 이런 곳에 두고 나만 편히 지냈다는 죄책감이 몰려왔다. 자신의 처지를 부끄러워하며 슬픔과 어리석음에 눌리어 죽을 수밖에 없는 심정을 느꼈다니. 그를 나락으로 밀어버린 내가 한없이 원망스러웠다. 서로가 이토록 그리워하고 사랑하는 연인을 이리 모질게 떼어놓은 세상이 증오스러웠다.

바깥은 금세 어두워졌다. 문창을 사락사락 치는 소리가 들려왔다. 싸락눈이 내리고 있었다. 그는 지금쯤 어느 거리를 헤매고 있을까?

허준이 다녀간 날 밤 꿈에 그가 나타났다.

'자야, 당신이 없는 북방은 온 세상이 먹구름 속에 갇힌 감옥 같아. 숨을 쉴 수가 없어. 당신이 필요해. 나에게로 빨리 와줘.'

'당신이군요.'

나는 깜짝 놀라 벌떡 일어났다. 주위에는 아무도 없지만 분명 그의 목소리였다. 나는 문을 열고 밖으로 나가보았다. 그가 왔다 간 흔적은 어디에도 없었다. 그러나 꿈을 깬 한참 후까지 그의 목소리가 너무나 생생했다.

허준의 말에 의하면 일본의 '대동아문학자대회'가 열린 작년 11월 전부터 그가 잠적을 했다는데, 사람뿐 아니라 그의 시도 어느 곳에서도 볼 수 없다고 했다. 그의 처지가 얼마나 긴박하기에 꿈에까지 나타나서 알리려 했던 것일까. 나는 한시도 경성에 머물러 있을 수가 없었다. 당장 그를 찾으러 가야만 했다. 그를 위해서 무엇이든 해야만 했다. 그래서 무작정 신의주행 기차를 탔던 것이다. 그가 허준에게 보낸 마지막 시의 주소를 찾아서, 그 여행에 어떤 위험이 도사리고 있는지 생각할 겨를도 없이, 그렇게 목숨까지 위협받으면서 왔는데, 그토록 그리운 그는 부재중이고, 나는 이 차가운 방에서 캄캄한 밤을 보내고 있다. 밖에서는 마른 가지에 싸락눈이 쌀랑쌀랑 스치는 소리가 났다.

그래도 그의 체취가 묻어 있는 방이 아늑하게 느껴졌다. 나는 벽에 기대어 앉았다. 긴장의 연속이었던 긴 여행에 마음도 몸도 지쳤다.

그립다. 그의 품속이 미치도록 그립다. 세상에서 가장 거룩하고 고귀한 당신은 지금 어디에 있는가? 그의 체취가 온 방에 가득 차 있는데, 그리 사랑하던 당신의 자야가 이 방에 와 있는데, 그 불타는 정열로 내가 당신을 만나러 올 것이라는 것을 왜 모르고 지금 여기에 없는지…….

그가 문을 열고 황급히 들어오더니 내 옆에 앉았다.

'자야 당신이 나를 찾아왔군.'

'내가 온 줄 어떻게 알았어요? 어디 다니러 갔다고 하시던데…….'

그는 여전히 올백 머리에 내가 지어준 두루마기를 입고 있었다. 무엇에 쫓기고 있는 듯 그의 얼굴 표정은 긴장과 두려움에 가득 차 있었다.

'당신이 무사해서 다행이야. 경찰이 나를 스파이로 몰아서 체포령이 떨어졌어. 빨리 여기서 피신해야 해. 놈들이 우리를 잡으러 오고 있어.'

나는 급한 마음에 벌떡 일어나 그를 따라나섰다. 우리는 깊은 산속을 헤매며 피신할 곳을 찾아다녔다. 그와 사랑을 속삭였던 함흥의 자작나무 숲길을 지나 산속 깊이깊이 숨어들었다.

어두워지자 우리는 주위를 살피면서 산에서 내려왔다. 산 밑에 다다르자 여러 사람들이 웅성거리고 있었다. 그 사람들 앞에 류춘기와 요시다야가 히죽거리고 있었고 그 뒤에는 이명오가 서 있었다.

나는 깜짝 놀라 눈을 떴다. 주위는 캄캄해서 아무것도 보이지 않았다. 무서워서 꼼짝할 수가 없었다. 몸을 동그랗게 말고 눈을 뜨지도 못한 채 한참을 있었다. 그가 누군가에게 쫓기고 있는 것이 분명했다.

백석의 고문 사건 이후 한동안 잠적했던 류춘기가 내 앞에 다시 나타난 것은 2년 전이었다. 여전히 집요하게 나를 정복하려 들었다. 그럴수록 나는 더욱 놈을 거부했다. 그놈이 비록 내 처녀성은 파괴했지만 결코 내 영혼까지 파괴할 수는 없었다.

밖은 어두웠다. 방바닥은 싸늘하게 식어 있었다. 나는 오한이 들어 이불을 머리끝까지 덮어쓰고 다시 잠을 청했다. 주인 남자의 기침 소리가 들려왔다.

'자야, 자야! 빨리 일어나. 여기서 나가야 해. 지금 당장 서둘러.'

그가 다시 황급히 부르는 소리에 깜짝 놀라 눈을 떴다. 방을 둘러보니 그는 없었다. 흙벽에 걸려 있는 그의 옷도 그대로였고, 앉은뱅이책상 위에 놓인 책과 노트도 그대로였다. 그가 긴급함을 알리려는 것이라 생각되었다. 나는 서둘러 떠날 준비를 했다. 책상 위에 있는 책과 노트를 손으로 쓰다듬었다. 그의 손때가 묻어 있는 것들이었다.

한 권의 노트 겉표지에 '나와 나타샤와 흰 당나귀'라는 글귀가 보였다. 나는 갑자기 온몸이 떨렸다. 어느 날 갑자기 나타나 내게 건네주고 간 미농지 봉투에서 나온 시 〈나와 나타샤와 흰 당나귀〉를 전해주면서, '당신이 경성으로 간 후 혼자서 쓸쓸히 지내다 당신을 생각하며 쓴 시야. 단 하루도 당신을 잊을 수 없어서 미칠 것만 같았어.'라고 말했다.

나는 떨리는 손으로 노트를 열었다. 노트 첫 표지에는 '나와 나타샤와 흰 당나귀, 나의 사랑 나타샤에게'라는 그의 필체가 어른거렸다.

그가 만주로 떠난 이후로 내게 부치지 못하는 편지를 노트에 적어두고 있었던 것이었다. 그의 소망은 단 하나, 이러한 작은 산골 마을에서 나와 사는 것이었다. 눈물은 아직도 다 마르지 않았는지 또 흘러내리기 시작했다. 나는 노트를 보따리에 넣었다. 이명오의 말대로 벌써 류춘기가 사람을 풀었을 수도 있었다. 동이 트려면 아직 멀었다. 나는 주인 부부에게 백석의 짐을 치워달라는 부탁과 감사하다는 쪽지를 남기고 집을 나섰다. 날이 밝으면 큰일이 생길 것 같은 불안감이 엄습해왔다.

밖은 깜깜해서 아무것도 보이지 않았다. 바람이 매서웠다. 나는 빠른 걸음으로 걸었다. 어두워 잘 보이지도 않는 길을 더

듬으며 무작정 걸었다. 옆도 뒤도 돌아보지 않았다. 뒤를 돌아보면 순사나 헌병들이 쫓아올 것만 같았다. 얼마나 걸었을까. 드디어 내를 다섯 개 모두 건넜다. 그리고 또 걸었다. 여명이 희미하게 열리고 있었다. 그래도 아직은 해가 떠오르려면 한 시간은 더 있어야 할 것이었다. 날이 밝기 전에 더 멀리 가야만 했다. 이명오가 나를 내려준 곳에 다다랐다. 내 목숨을 구해준 그가 고마웠다.

얼마나 열심히 걸었는지 추운 날씨에도 불구하고 땀이 났다. 땀이 나자 긴장감으로 온몸이 굳어 있던 것이 조금 풀리는 것도 같았다. 그런데 갑자기 차 소리가 났다. 차는 덜커덩거리며 아주 빠른 속도로 달려오고 있었다. 나는 겁이 났다. 왼쪽은 허허벌판이고 오른쪽은 산이었다. 나는 되돌아 달렸다. 어제 이명오가 차를 세웠던 산길로 접어들어 몸을 숨겼다. 차가 근처에서 멈췄다. 나는 숨을 쉴 수도 발을 뗄 수도 없었다. 군용 트럭에서 사내 둘이 내렸다.

"어휴 추워라. 그년이 유동에 있다는 정보가 확실한 건가?"

"모르지. 그래도 명령이니 가봐야 할 것 아닌가?"

둘은 차 뒤에서 자전거 두 대를 내리더니 타고 자리를 떴다. 나는 자전거를 탄 헌병들이 시야에 보이지 않을 때까지 숨어 있다가 다시 걸었다. 어느 새 해가 떠올랐다. 어디로 가야 할지 막막했다. 아마도 기차를 타지는 못할 것이다. 산을 넘어가자니 그것도 두려웠다. 밤이 될 때까지 산속에 숨어 있는 것도 무서웠다. 나는 더 날이 밝아올 때까지 최대한 빠른 걸음으로 걸었다. 인적도 없는 길은 끝없이 이어졌다. 인기척이라도 나면 무조건 어디로든 뛰어들 요량이었다.

몇 시간을 걸었던 것일까. 허기와 추위에 더 이상 걸을 기운조차 없었다. 며칠째 밥다운 밥을 먹지도 못했다. 옷은 온통 흙투성이에 구두를 신은 발은 뒤꿈치에 물집이 잡혔다. 나는 물을 마시기 위해 길가 도랑으로 내려갔다. 물배라도 채워야 했다. 그때 또 한 대의 차가 달려오고 있었다. 이번에는 군용 차량이 아니라 자가용이었다. 어제 이명오가 타고 온 차와 같은 것이었다. 나는 그 차가 이명오일 것이라는 확신이 들었다. 분명 나를 구하러 다시 올 것이라 생각했다. 차는 나를 발견했는지 내가 있는 곳에서 멈춰 서더니 이명오가 차창을 열고 손짓하였다.

"빨리 타요. 당신을 잡으러 간 놈들이 곧 내려올 거요."

나는 아무 말도 하지 않고 급히 차에 올랐다. 이명오는 차를 돌려 재빨리 그 자리를 떴다.

"천만다행이오. 나는 현명한 당신이 그 동네를 빨리 벗어날 줄 알았소."

"왜 나를 도와주는 거죠?"

이명오는 내 물음에 답하지 않고 내게 도리어 되물었다.

"당신은 왜 목숨까지 걸고 이 고생을 하는 거요?"

"……"

"사랑하는 방식은 사람마다 다른 거요. 당신이 백석을 사랑하는 것이나, 류춘기가 당신을 사랑하는 것이나, 또 내가……"

나는 아무 말도 하지 않았다.

"그는 어떻게 되었을까요?"

"아마 무사할 거요."

이명오는 백석의 상황을 알고 있는 것이 분명했다.

"그가 있는 곳으로 데려다줘요. 먼발치에서라도 그의 모습을 한번 볼 수만 있다면 정말 그냥 돌아갈게요."

이명오는 아무 말 없이 차를 몰았다. 서둘러 이곳을 벗어나는 일이 우선이었다.

"이틀 전 유동에 독립군이 활동하고 있다는 첩보가 경찰에 접수되었소. 그래서 곧바로 경찰이 출동 명령을 내렸소. 다행히 그들은 미리 연락을 받고 모두 달아나서 지금은 무사한 것 같소. 아직은 어느 지소에도 그들을 잡았다는 연락이 없으니까. 당분간 평안도 일대에 경비가 더 삼엄할 거요. 그러니 지금은 때가 아니오."

"어제는 내게 그런 말을 하지 않았잖아요?"

"며칠 동안 출장을 다녀오느라 내가 신의주에 없었소. 그래서 그 사실을 어제 듣게 되었소."

"겨울이 오면 봄이 더 가까이 있다는 것이오. 죽지 말고 살아
있으시오."

그는 의미심장한 말을 한마디 던지고는 내내 입을 다물었다.
차는 어느덧 신의주를 벗어나 달리고 있었다.

기다림

해방이 되고 만세 소리도 잠시, 한반도 작은 나라는 철조망
으로 두 동강이 나버렸다. 그가 날 찾아올 것이란 희망이 점점
희미해져갔다. 그러나 실낱같은 희망은 버릴 수 없었다. 그는
언제나 느닷없이 날 찾아왔기에 나는 그를 맞이할 준비를 해두
어야 했다. 그가 돌아와서 맘껏 우리말로 시를 쓰고 발표를 할
것이라 생각하면 기쁘기 한량없다. 그가 없는 동안 내가 할 수
있는 유일한 희망은 어릴 적 관철동 큰 집과, 그와 내가 살던
비둘기집 같은 청진동 집을 다시 찾는 일이었다.

그와의 추억이 오롯이 녹아 있는 청진동 집에서 우리의 아이
들과 함께 오순도순 살 것이었다. 나는 자신감이 생겼다. 내가

살아가야 할 희망을 그가 주었기 때문이었다. 그가 내게 올 때까지 당당하고 꿋꿋하게 그리고 부끄럽지 않게 세상을 살아가야 했다. 그리고 금하 선생님의 말씀대로 나라를 위해 좋은 일을 해야 했다.

어느 날 유월이가 낯선 남자가 주인을 찾는다고 해서 들어가 보니 이홍주였다. 몇 년 만의 재회인가! 그와 나는 서로 반가워 어쩔 줄 몰랐다. 이홍주에게 그동안 어떻게 지냈는지 묻지 않았다. 일제 치하에 지식인들이 겪은 고통은 말하지 않아도 너무나 잘 알고 있기 때문이었다. 살아남아서 만나게 된 것만으로 감격스러웠다. 이명오보다 큰 키에 마른 몸은 수척해 보였지만 그의 내면의 강인함은 건재해 보였다.

"명오한테 이야기 들었소."

"그는 어떻게 되었나요?"

만남의 기쁨도 잠시 이홍주의 얼굴색이 어두워졌다.

"……총살당했소. 독립군을 도왔다는 것이 발각이 되었어요. 해방되기 바로 직전이라 안타깝기 그지없어요. 명오가 죽기 얼마 전에 날 찾아와 당신을 잘 돌봐달라는 부탁을 하더군요."

나는 눈물이 왈칵 쏟아졌다. 백석과 나의 사랑을 위해 목숨을 걸고 도왔던 그가 끝내 죽었다니.

"명오는 어쩌다 친일의 길에 발을 들여놓았지만 곧 후회를 했어요. 하지만 그때는 이미 발을 뺄 수 없는 상황이었죠. 그래서 일제에 적을 두고 나라를 위해 할 수 있는 일을 해오고 있었던 것입니다. 밀정 역할을 한 것이었죠."

"이제 생각해보니 그는 늘 내가 있는 곳에 있었어요. 좋은 의도였든 나쁜 의도였든 늘 내 주위를 맴돌았단 생각이 드네요."

"그랬을 겁니다. 당신을 무척 연모했으니까요. 일본에서 내가 당신에게 마음을 두고 있는 것을 알고는 한바탕 싸운 적이 있었어요. 당신을 내게 양보하지 못하겠다고 했지만 결국에는 녀석도 당신을 차지하지 않았더군요."

"그 사람은 내 목숨을 구해주었고 내 사랑도 지켜주었어요."

"백석 시인 사연도 명오한테 들었습니다. 참으로 유감입니다. 그리고 류춘기는 일본의 패망을 눈치채고 발 빠르게 제 살 길을 모색한 것 같습니다. 해방 직전 경성으로 건너왔다는 소식은 전해 들었는데 지금은 또 무슨 궁리를 하고 있는지."

나는 류춘기의 소식에 입술을 잘근 깨물었다.

"비열하기 짝이 없는 놈이니 또 변신을 했겠지요. 그놈은 꼭 천벌을 받을 것입니다."

"해관 신윤국 선생님 안부도 궁금하시죠? 다행히 좋은 소식입니다. 선생님은 37년도에 '동우회사건'으로 홍원형무소에서 3년간 옥고를 치르시고 41년도에 무죄로 석방이 되었습니다. 그런데 42년도에 '조선어학회사건'으로 다시 체포되었다가 이듬해 9월쯤에 풀려나셨습니다. 지금은 대한민국 임시정부 특별

재정위원으로 일하고 계시다고 들었습니다."

나는 선생님이 무사하다는 말에 뛸 듯이 기뻤다. 선생님은 나를 후원해준 것도 모자라 나의 사랑까지 만나게 해준 장본인 이었다.

"해관 선생님과 만날 기회를 마련해주세요."

나는 이홍주에게 부탁을 했다. 그 이후 이홍주는 이명오와의 약속을 지키기 위해 가끔씩 나의 안부를 물어왔다. 그러나 내 사랑 백석을 내 앞에 데려다주진 못했다.

기다림으로 빛과 어둠을 오가는 나날들의 연속이었다. 아침 에 까치가 울면 그의 소식이 올까 하루 온종일 대문을 서성거렸 고, 뒤숭숭한 꿈을 꾼 날은 온종일 약 먹은 병아리처럼 기운 없 이 보냈다.

그러던 어느 날 허준이 찾아왔다. 나는 다시 백석을 만날 가 느다란 희망을 가져보았다. 그의 모습은 초췌했지만 차분했다.

"살아 있었군요."

나는 허준에게 인사하는 것도 잊고 다짜고짜 그의 소식을 물 었다.

"그는?"

"해방 직전 백석은 신의주에서 독립군을 돕다가 쫓기는 신세 가 되어 만주로 피신해서 은둔 생활을 하고 있었습니다. 나도 그 당시에 만주에 있었어요. 만주에서 백석이나 나의 삶은 피폐했습니다. 아무것도 할 수 없었던 나날들이었죠. 희망은 사라지고 어두운 동굴에 숨어 살아야 했으니까요. 해방될 날만 꾸역꾸역 기다릴 수밖에 없었습니다. 해방이 되어 더 이상 쫓기는 신세는 면했지만 앞날이 막막한 것은 그대로였습니다. 백석은 먼저 부모님께 인사를 드리러 정주에 들렀다가 경성으로 오겠다고 했습니다. 신의주역에서 경의선 열차를 타고 고향 정주로 간다고 했어요. 그래서 나는 곧바로 회령을 통해 경성으로 넘어왔습니다. 그런데 갑자기 남북이 분단이 될 줄을 생각이나 했겠습니까. 소련군이 남북 간의 철도 운행과 통신선까지 모두 차단해버렸습니다. 참으로 안타까울 뿐입니다. 친구는 오로지 당신을 만날 날만 기다려왔는데."

"내가 북으로 가겠어요."

"무모한 짓입니다. 삼팔선을 넘다가 잡히면 곧바로 사살(射殺)입니다."

무슨 일이 있어도 백석이 꼭 경성으로 올 테니 때를 기다려보라는 말을 남기고 허준은 떠나갔다.

또다시 기다림의 나날들이 이어졌다. 매일 밤 그가 내게 오는 꿈을 꾸었다. 백석이 막혀버린 철로를 하염없이 바라보고 있다. 그가 북한 체제에 적응하지 못해 고뇌하고 있다. 그가 걸어서 삼팔선을 넘는다. 산을 넘고 강을 건너 그가 내게 오고 있다. 걸어서 경성까지 오려면 얼마나 걸릴까?

나는 악착같이 살아 있어야 했다. 그가 나를 찾아올 때까지. 나는 매일 아침 북쪽을 향하여 합장을 하고 하루를 시작하고 마무리한다.

내 사랑 백석

오, 유일한 내 사랑 당신!

뙤약볕의 기세가 수그러드는 저녁 무렵입니다. 지금 석양이 한강 너머로 뉘엿뉘엿 넘어가고 있습니다. 마당의 목백일홍이 석양빛에 더욱 붉습니다. 당신을 향한 내 마음도 저 꽃처럼 언제나 붉게 타오릅니다.

음력 7월 초하루, 오늘은 1년에 한 번 나만의 의식을 치르는 날입니다. 반세기 동안 오늘이면 한 해도 거르지 않고 곡기를 끊고 묵언으로 하루를 보내왔습니다.

그것은 오동나무로 만든 삼단장 제일 아래 깊숙한 곳에 보관해두고 있습니다. 내게는 가장 귀중한 보물 상자입니다. 상자를 열고 빛바랜 황금색 보자기를 꺼냅니다. 보자기를 풀고 두

루마기를 꺼내어 고이 듭니다. 당신의 내음을 맡습니다. 그동
안 당신의 체취가 사라질까 봐 두루마기를 한 번도 빨지 않았습
니다. 나는 두루마기를 입고 당신이 있는 북쪽을 향해 절을 올
립니다. 당신은 내가 절하는 모습이 무척 아름답다고 했지요.
지금 내가 하는 절을 당신은 느끼고 있습니까? 당신의 생사를
알 길이 없지만 당신의 넋이 있다면 지금 내가 하는 절을 보고
계시겠지요.

나는 두루마기를 입은 채 편지와 노트를 꺼냅니다. 하도 읽
어서 노트가 나달나달해졌고 당신의 필체마저 내 지문에 의해
희미해졌습니다. 나는 편지와 노트를 읽으며 당신과의 사랑을
회상합니다. 금방이라도 당신이 자야라고 부르며 들어설 것만
같습니다.

사랑하는 당신이여! 그 옛날엔 항상 당신께 사랑도 편지도 받
기만 했습니다. 그래서 당신의 생일인 오늘은 내가 당신에게 처
음이자 마지막이 될지 모르는 편지를 써봅니다. 우리가 만나지
못한 지 반세기가 지났습니다. 당신이 그토록 사랑했던 자야가
어느덧 팔순이 가까운 나이가 되었습니다. 당신은 나보다 네 살
이 더 많으니 오늘은 당신의 여든 번째 생일날입니다. 당신도 나
처럼 노인이 되었을까요? 내게 당신은 언제나 변함없는 20대의
멋쟁이 시인의 모습뿐입니다. 그 모습 그대로 나는 매일 당신이

그립지만 오늘은 유독 더 당신이 보고픕니다. 당신과의 애틋했던 사랑의 기억들이 어제 일처럼 생생하기만 합니다.

당신이여, 내가 기나긴 기다림을 견디며 지금껏 살아올 수 있었던 것은 당신이 내게 보낸 편지와 노트 그리고 당신의 시, 그것뿐이었습니다. 그 속에 담긴 절절하고도 아름다운 우리 사랑의 사금파리들이 이 쓸쓸한 여자의 가슴을 흠뻑 적시는 뜨거운 눈물이요, 내 외로운 노년의 시간을 흐뭇한 행복감으로 채워주는 달콤한 감로수요, 또한 참으로 소중한 보물이며 빛나는 진주입니다.

사랑하는 당신이여! 우리 사랑의 엇갈림으로 인해 흘린 눈물은 아직도 마르지 않았는지 내 치마폭을 적시고 있습니다. 목이 메고 가슴은 뻥 뚫려 편지지를 다 적십니다. 우리의 사랑은 사회적 규범 속에서 갈피를 잡지 못한 채 이리저리 방황하다가, 어설픈 반항을 해보았지만 좌절로 돌아가고, 결국에는 서로 안부도 모른 채 반세기라는 오랜 시간을 보내고야 말았습니다. 나이는 숫자에 불과하다고들 하지만, 나는 지난 50여 년 전의 일이 바로 어제의 일처럼 생생한데, 어찌 된 일인지 당신이 그리 고와하시던 내 육체는 이렇게 늙어버렸습니다. 거울에 비친 내 얼굴과 구부정한 몸을 보노라면 50년이란 세월이 결코 짧은 시간이 아니었음을 새삼 느낍니다.

내 생애 단 한 사람 당신이여! 음력 7월 초하루, 높고 귀한 당신이 태어난 날입니다. 바깥은 금세 마른 어둠이 파랗게 내려앉아 있습니다. 달도 별도 없는 하늘을 올려다봅니다. 어둠 속에서 갑자기 반짝이는 무엇인가가 날아옵니다. 나는 펜을 놓고 반짝이는 것이 움직이는 곳을 눈으로 따라가봅니다.

아! 반딧불. 당신의 혼이 반딧불이 되어 내게 오신 건가요? 열어놓은 내 방문 근처에서 떠나질 않고 날아다닙니다. 나는 벌떡 일어나 마루로 나가 손을 내밀었습니다. 반딧불은 기다리기라도 했다는 듯이 내 손에 앉습니다. 당신의 넋이라면 내게서 떠나지 마소서. 하지만 반딧불은 내 손에서 몇 번 반짝거리더니 곧 날아갑니다. 아! 당신의 몸이 날아갑니다. 나는 붙잡으려고 손을 뻗어봅니다. 그러나 반딧불은 내 손을 자꾸만 벗어나버립니다.

내 유일한 당신이여! 오늘은 유독 우리가 기쁘게, 때로는 슬프게, 때로는 간절하게 나눴던 사랑의 몸짓이 생각납니다. 당신과 맛본 3년간의 감미로운 사랑의 몸짓이 노인이 된 지금도 내 몸에 생생하게 살아 있습니다. 나는 밤낮으로 당신의 몸을 탐하는 욕망이 되어 혼자서 수줍어하기도 하고, 당신과 사랑을 나누는 환상에 빠져들어 밤을 새우는 일도 많았습니다.

그것을 방종하다 해도 내 몸에 각인된 당신의 관능적이며 감미로운 환락의 욕망은 결코 지워지지 않으니 어쩌란 말입니까? 그뿐만 아니라 당신과 뒹굴었던 그 시간, 그 장소들이 당신의 모습과 함께 내 마음속에 문신처럼 깊이 새겨져 도무지 그 무엇으로도 지울 수 없는 것을 어쩌란 말입니까? 당신 이후의 그 어떠한 남자도 내 속에 새겨진 당신의 흔적을 지울 수는 없었습니다. 내 마음속에 그리고 내 육체 속에 사무친 당신에 대한 생각은 무의식적인 행동으로 또는 말로 나타나기도 합니다. 강렬하고도 고혹적인 육체의 자극이 뜨거운 20대에 불붙은 내 정열은 노년이 된 지금도 꺼지지 않고 있습니다. 그러니 당신이여, 한 번만, 딱 한 번만 당신 품에 안길 수만 있다면 여한이 없겠습니다.

내 영원한 사랑 당신이여! 오늘 나는 당신에게 다시 감사의 큰 절을 올립니다. 내가 지금까지 살아가야 할 이유를 주신 당신에게 드리는 절입니다. 천독만독(千讀萬讀)의 독경(讀經)보다 나를 살아가게 하는 힘이자 원천은 당신이 내게 주신 한 편의 시였습니다. 당신의 순정이 오롯이 내게로 향해 있을 때 지었던 정열의 시 한 수, 〈나와 나타샤와 흰 당나귀〉는 내게는 세상에서 가장 귀하고 큰 선물입니다. 나는 그 시를 천억의 돈과도 바꾸지 않을 것입니다.

그 시 한 편으로 나는 삶의 무게를 거뜬히 이겨낼 수 있었고, 좌절의 늪에서 빠져나올 수 있었습니다. 그 시 한 편으로 내 삶이 다만 불운한 것이 아니었음을 나는 압니다. 오히려 당신으로 인해 나는 세상에서 가장 행복한 여자였는지도 모릅니다.

세상의 여자들 가운데 나만큼의 사랑을 받아본 여인이 얼마나 되겠습니까? 당신으로 인해 내 생은 찬란했고, 그 사랑의 아픔마저 아름다웠습니다.

내 모든 그리움인 당신이여! 반딧불이 다시 나타났다 사라졌다 합니다. 당신의 넋이 내 집 주위를 떠나지 않고 있는 것입니까? 가까운 산사에서 범종 소리가 들려옵니다. 저녁 예불 시간인가 봅니다. 나는 매일 신새벽에 어두컴컴한 길을 걸어 근처의 산사를 다녀옵니다. 새벽에 들려오는 범종 소리와 스님의 목탁 소리, 염불 소리가 내 마음속의 모든 번뇌를 잠재웁니다. 당신이여, 먼 훗날은 아니겠지요. 어서 빨리 당신과 나의 넋이 하나가 되어 저 하늘 멀리멀리로 떠나갔으면 좋겠습니다. 오늘 밤엔 유달리 반딧불이 파란 혼(魂)처럼 날고 있는 것 같습니다.

그리운 이여! 편안한 밤 되세요. 나도 이제 당신 품속을 파고들며 잠자리에 들겠습니다.

사계절을 불꽃으로 피어 있던 시절이 있었습니다. 딱 3년, 꽃은 질 줄을 몰랐습니다. 당신의 밑동은 웅숭깊었고 대궁은 물오른 목백일홍 가지처럼 파릇파릇했습니다. 당신의 향기로운 내음은 한 시인의 세계를 매혹시켰습니다. 그리고 한 시인의 뜨거운 정열은 당신을 꽃피우게 하는 밑거름이었습니다.

그러나 시대는 잔인했습니다. 서로를 어루만져줄 수 없게 되자 당신은 다시는 꽃을 피우지 않았습니다. 꽃 시절 다 가는 동안 당신은 깊이깊이 대궁 속으로만 잦아들었습니다. 햇살이 대궁을 타고 겹겹의 아픔을 어루만져주었지만, 설움으로 꽉 찬 옹이를 살짝 건들기만 해도 붉은 눈물을 왈칵 쏟아낼 것만 같아 햇살도 조심스러웠습니다.

그렇게 세월은 흘러 이제 당신은 긴 독백의 시간을 보내고 백발이 성성한 노파가 되었습니다. 돌이켜보면 불타는 정열에 사로잡혔던 당신이 세상에서 가장 행복한 여인이 아닐까 생각됩니다. 신의 질투라 할 수밖에 없는 당신과 시인의 엇갈린 사랑의 운명에 고통과 번민의 세월을 살았지만, 이제나저제나 당신을 찾아올까 기다리고 그리워하는 시간들은 당신을 살아가게 하는 버팀목이었습니다.

매년 7월 초하루, 당신은 시인의 생일날이면 만주로 따라가지 못한 후회와 아픔을 속죄하는 심정으로 죽음과 같은 쓸쓸함 속에서 하루를 보냈다고 했습니다. 시인의 영혼을 달래고자 당신은 곡기를 끊고 묵언의 기도로 하루를 보내는 것을 평생 해왔습니다. 그리고 이제 몸은 늙었지만 마음은 그때의 열정으로 마지막 불꽃을 '거룩하고 높고 쓸쓸한' 시인을 위해 다시 피워냈습니다. 땅 밑으로만 흐르던 사랑이 꽃을 피워 영원히 빛나고 있습니다.

새는 우리를 양강도 삼수군 관평리로 데려갑니다. 너른 고원에 양들이 풀을 뜯고 있습니다. 야윈 한 남자가 풀밭에 앉아서 책을 읽고 있습니다. 남자의 등은 야위어 보입니다. 남자는 자신의 주위를 빙빙 돌고 있는 새를 올려다봅니다. 예전의 결벽증적인 깔끔한 모던보이의 모습은 아닙니다. 그는 점점 자신에게로 하강하는 새를 기이하게 여겨 아예 자리에서 일어섭니다. 여차하면 독수리 같은 발톱으로 이제는 가벼워진 자신을 낚아채갈까 봐서인지 경계 태세를 갖춥니다. 그러나 곧 새가 위험하지 않다는 것은 알아챕니다.

당신은 단번에 그 남자가 당신의 백석이라는 것을 알아봅니다. 시인은 다시 앉아 책을 보다가 하늘을 올려다보기도 합니다. 눈을 감고 바람의 스침을 읽기도 합니다. 당신은 그의 무릎에 살포시 앉습니다. 시인은 눈을 떠서 자신의 무릎에 고조곤히 앉은 새를 바라봅니다.

'내 사랑 나타샤! 당신이 왔군.'

'그래요, 내가 왔어요.'

구름이 개운산 자락을 휘감고 있는 어스름한 저녁입니다. 조금씩 흩날리던 눈이 어느새 펄펄 내리고 있습니다. 나는 당신의 영혼이 떠도는 적막한 산사를 거닐다 벤치에 앉았습니다. 굳게 닫혀 있는 ㄷ자형 대웅전 문을 하염없이 바라봅니다. 희미한 주홍빛 전등 아래 걸출한 사내들의 호탕한 웃음소리와 간드러진 목소리와 춤과 노래와 술이 있었던 이곳에 이제는 만사의 번뇌를 잠재우는 범종 소리 은은하고 목탁 소리 낭랑하게 들려옵니다. 은은한 주홍빛 등불 아래 두 손을 모으고 마음을 다하여 기도를 하는 사람들의 모습이 아름답습니다.

'내 죽으면 화장하여 한겨울 눈발 제일 많이 내리는 날 내 뼛가루를 길상사 마당에 뿌려달라.'

당신의 마지막 유언대로 당신과 당신이 사랑하는 '거룩하고 높고 쓸쓸한' 시인의 넋이 고요한 길상사의 그윽한 풍경 소리가 되어 함께 울려 퍼집니다.

평생 모은 천억의 돈이 당신의 사랑 백석의 시 한 줄만 못하다는 당신은 다시 태어나면 가난한 시인이 되겠다고 했습니다. 돈보다 그의 한 줄의 시가 당신의 삶을 지탱해주었기 때문이겠지요.

당신은 사랑은 기다려주는 것이 아니라는 것을 뒤늦게야 깨달았습니다.

'눈이 푹푹 쌓이는 밤 흰 당나귀 타고 산골로 가자. 출출이 우는 깊은 산골로 가 마가리에 살자'는 시인의 소망을 이제야 기꺼이 따르는 당신입니다. 이제는 당신이 사랑하는 거룩한 시인이 '혼자 쓸쓸히 앉아 소주를 마시'는 시간을 허락지 마십시오. '눈은 푹푹 나리고 나는 나타샤를 사랑하고 나타샤가 아니 올 리 없다'고 기다리며 애태우게 하지 마십시오. 이제는 그 먼 곳에서 설움 많던 사랑을 맘껏 나누세요. 눈은 푹푹 나리고 하늘에서 흰 당나귀도 오늘 밤이 좋아서 응앙응앙 우는 소리가 들려옵니다.

나는 푹푹 눈 오는 하늘을 올려다봅니다. 흰 당나귀 등에 당신을 태우고 시인은 고삐를 느슨하게 잡고 산골로 가는 모습이 점점 멀어져갑니다. 나도 이제 내 집으로 가야겠습니다.

시인과 기생의 사랑, 그 소설적 재구(再構)
– 이승은 장편소설 《나와 나타샤와 흰 당나귀》에 대하여

이동순 | 시인, 문학평론가. 1950년 경북 김천 출생. 경북대 국문과 및 동 대학원 졸업. 동아일보 신춘문예 시 당선(1973), 동아일보 신춘문예 문학평론 당선(1989). 시집 《개밥풀》, 《물의 노래》 등 15권 발간. 분단 이후 최초로 백석 시인의 작품을 정리하여 《백석시전집》(창작과비평사, 1987)을 발간하고 민족문학사에 복원시킴. 평론집 《잃어버린 문학사의 복원과 현장》 등 각종 저서 53권 발간. 신동엽창작기금, 김삿갓문학상, 시와시학상, 정지용문학상 등을 받음. 영남대학교 명예교수, 계명문화대학교 특임교수.

❶

지난 세월을 돌이켜보노라니 덧없는 광음(光陰)은 강물처럼 흘러갔다. 시인 백석(白石, 1912~1995)의 삶과 작품을 떠올려볼 때 더욱 그러하다. 1980년대 후반까지만 하더라도 백석이란 이름은 결코 입에 담아선 안 될 금기어였다. 북으로 간 시인이란 이유 때문이다. 하지만 1987년 내가 펴낸 《백석시전집》(창작과비평사)이 출간되면서 백석의 시작품에 대한 인기와 반향은 나날이 올라만 갔다.

우리 민족문학사가 잃어버린 시인의 작품을 다시 되찾았다는 감격을 알리며 저널리즘의 반응이 우선 뜨거웠고, 백석의 시작품을 연구 분석하는 논문과 비평들이 잇달아 쏟아졌다. 젊은 시인들은 습작기에 가장 큰 영향을 받았던 시인이 백석이라 고백하였다. 시 창작에 백석의 스타일이나 율격의 호흡, 문체 적 방법론을 수용해서 자신의 작품세계를 펼쳐가는 문학인들도 늘어갔다.

잊을 만하면 여기저기서 그간 알려지지 않았던 백석의 시작 품이나 서간, 글귀 등이 새로 발굴되어 세간의 화제를 불러일 으켰다. 백석의 시작품에다 곡을 붙이고 노래를 만들어 오로지 백석의 시작품으로 음반을 내고 콘서트를 개최한 대중음악인 (김현성, 백자)도 출현했다. 백석의 모든 작품을 다시 정리한《백 석시전집》,《백석전집》등의 다양한 출간도 봇물처럼 이어졌 다. 백석의 동화시(童話詩)에다 예쁜 그림을 붙여서 아동도서로 출간하는 사례들도 잦았다.

가히 현재 한국 문단은 봇물 같은 백석 시인의 성세(聲勢)라 해도 좋을 만한 형국이다. 시인의 이름조차 거론하지 못하던 시절이 있었음에 비해볼 때 지금은 고등학교 교과서에도 작품 이 수록되고 수능시험에도 자주 출제가 되는 명망 높은 대표 시 인 반열에 올랐다. 시인 안도현은 백석의 행적을 샅샅이 탐색 궁리하여《백석평전》(다산북스, 2014)을 발간하고 독자들로부터 뜨거운 반응을 얻었다. 급기야 멋쟁이 시인과 기생의 사랑을 다룬 뮤지컬〈나와 나타샤와 흰 당나귀〉(우란문화재단 개발 프로 그램, 2016)까지 무대에 오르게 되었고 강필석, 오종혁, 이상이,

정인지, 최연우 등 젊은 실력파 배우들이 열정적 연기를 펼쳐 관객들의 갈채를 받았다. TV 다큐멘터리, 라디오 드라마 등으로도 백석 테마가 다수 제작된 사례까지 있으니 여기에 달리 더 무엇을 보태리요. 이젠 옛 시인과 기생의 사랑 이야기를 영화로 제작하는 일만 남았다. 무릇 백석은 우리에게 무엇인가? 그의 문학이 머금고 있는 힘의 실체가 무엇이기에 이토록 우리 곁에서 줄곧 활발하게 작용하고 분출하며 우리 삶을 달아오르게 하고 있는가?

자, 이만하면 이제 가히 백석학(白石學)이란 독립된 용어도 가능해진 시기에 다다른 것이 아닐는지. 백석의 작품과 정신세계를 바탕으로 이루어지는 모든 창작, 공연, 발표, 토론, 세미나, 학술대회, 저널리즘을 활용한 백석 테마의 프로그램 제작, 다양한 응용과 변형, 문화적 융합과 재창조의 가시적 성과 및 그에 대한 총체적 분석과 연구의 흐름을 일러 우리는 백석학이라 칭하고자 한다. 백석학이 하나의 독립된 학문으로서 당당히 자리를 잡을 수 있는 여건이 형성된 것이다. 시인 안도현은 이런 분위기에 크게 격려 고무되어 가까운 시일에 '백석학연구회'를 조직하고 연구자와 독자가 함께 참여하는 독특한 학회를 발족하자는 제의를 했다.

이런 전반적 추세는 단절되지 않고 최근까지도 이어지고 있으니 그것은 우리 앞에 모습을 드러낸 백석과 그의 애인 자야를 다룬 장편소설이 바로 그것이다. 이 소설을 완성 발표한 작가는 이승은! 우리에겐 비록 생소한 이름이나 일찍부터 백석의 시작품과 관련 자료들을 읽고 궁리 성찰의 시간을 거듭했다고 한다. 그는 원고뭉치를 들고 나를 찾아왔다. 그러고는 최초의 《백석시전집》 발간으로 문학사에서 백석문학 복원의 물꼬를 튼 장본인에게 자기 작품에 대한 견해를 듣고 싶다는 뜻을 밝혔다. 불감청(不敢聽)일지언정 고소원(固所願)이라, 스스로 백석학 자료를 안고 찾아왔으니 이 얼마나 반갑고 흐뭇한 일인가. 안도현 시인의 《백석평전》만 하더라도 일단 완성된 원고를 나에게 가장 먼저 보내어 감수를 요청했던 기쁨과 영광의 추억이 아직도 가슴에 선연한데 이번엔 백석 테마의 장편소설까지 대면하게 되었으니 그 즐거움은 작품을 읽으며 줄곧 회심의 미소를 짓도록 하였다.

특히 작가 이승은의 경우 백석 시인을 사랑했던 김자야 여사의 회고록 《내 사랑 백석》(문학동네, 1995)을 읽은 감동의 파장을 안으로 굳게 다지며 그 과정에서 솟구쳐 오른 창작의 충동을 오래도록 모색하고 기획하였다. 그러한 과정의 끝에서 드디어 이를 장편소설로 집필하려는 결심을 갖게 되었다고 하니 얼마나 갸륵한 일인가. 그 기나긴 몰입의 시간 끝에 마침내 작품의 완성이라는 획기적 결실을 이룩하게 되었다는 고백은 삶과 대상에 임하는 작가의 진지한 자세와 성실성을 엿보기에 충분하였다.

8·15 해방과 더불어 동시에 시작된 분단 체제는 국토와 민족의 분단만이 아니라 문학사의 분단까지 초래하였다. 이로 말미암아 야기된 삶의 혼란과 더불어 창작 풍토의 무질서는 실로 암담하기 짝이 없었다. 분단 체제의 특성상 워낙 금기와 제약이 많았던 터라 창작 풍토에서 삶과 인간의 문제가 전혀 배제된 채 관념과 허상만 남아 있는 위선, 가식, 비겁성이 주류를 차지하고 있었다. 나의 경우 6·25 전쟁 시기에 태어나 청년기까지 시대사의 아픔과 상처가 남긴 불구적(不具的) 성향을 제대로 인식조차 못한 채 그것을 문학의 모든 것으로 알며 흡입하고 살아왔던 것이다.

대학 국문과를 다니면서 시 창작의 열병이 들었다. 당시 내가 다니던 경북대학교 국문과에는 김춘수(金春洙, 1922~2004) 시인이 교수로 재직하고 있었다. 창가에 개나리꽃이 만발했던 어느 해 봄날, 시인은 강의실에 들어와 현대문학사 강좌의 교재를 조연현(趙演鉉, 1920~1981)의 《한국현대문학사》로 지정했다. 막상 구입해보니 세로쓰기로 편집된 두툼한 단행본이었는데, 생경한 한자가 그대로 노출되어 단번에 읽어 내려가기가 결코 수월하지 않았다. 1960년대 후반으로 볼 때 현대문학사와 관련된 균형 잡힌 저술들이 별반 없을 적이었다. 기껏해야 백철(白鐵, 1908~1985)의 《조선신문학사조사》와 한참 뒤에 나온 정한숙(鄭漢淑, 1922~1997)의《현대한국문학사》등이 전부였다. 백철의 책은 두 권으로 서로 다른 시기에 발간되었는데, 전편과 후편으로 구성되었다. 출판사 이름이 백양당(白陽堂)과 수선사(首善社)로 기억이 나고 전편이 책의 장정도 아담하면서 읽기에 매우 흥미로운 부분들이 많았다.

일제의 폭압적 통치에서 풀려난 직후 우리의 현대문학사 저술은 별반 이렇다 할 게 없었다. 좌파 평론가로 활동하다 전향했던 회월(懷月) 박영희(朴英熙, 1901~1950)가 어느 잡지에 연재했던 글을 모아《현대문학사》로 단행본을 낸 것이 있었지만 주목할 만한 내용이 없었다. 이병기(李秉岐, 1891~1968)와 백철 선생이 공동으로 저술한《국문학전사(國文學全史)》란 책이 있었지만 평범한 대학교재 수준을 뛰어넘지 못하였다. 분단문학사의 맹점과 모순을 용기 있게 격파하고 극복하려는 학자 비평가들이 전혀 없었던 것도 학문의 절대적 빈곤성 중 하나이다. 하지만 백철의 저서는 열거식 서술이라는 비판도 제기되었으나 어느 잡지에 발표되어 호평을 받았던 연재물로 거기선 분단문학사에서 볼 수 없는 꽤 많은 인물과 자료들을 직접 대면할 수 있었다.

여기서 나는 백석이란 시인의 이름과 작품의 일단(一端)을 처음으로 대면하였다. 대체로 20세기 초반, 소멸되어가는 농촌의 풍경과 유소년 시절의 추억을 다룬 작품들이었는데 신선한 충격으로 다가왔고, 이어서 또 다른 작품들까지 찾아보고 싶은 충동을 느꼈다.

백철의 책에 비해 조연현의 문학사는 오로지 반공주의적 시각으로 서술되었을 뿐만 아니라 일제강점기 말 친일문학에 대한 서술은 단지 '암흑기의 문학'이란 짧은 표현으로 대충 뭉뚱그리며 건너뛰고 있었다. 나중에 알게 된 사실이지만 조연현 자신이 일제강점기 말 덕전연현(德田演鉉)이란 창씨명(創氏名)으로 활동했던 친일 계열이었으므로 그 항목에서 자신감을 갖고 집필할 수 없었을 것이다. 서술 방식도 몹시 건조하고 단조로운 저작(著作)이라는 생각이 들었다.

김춘수 교수 자신도 이 책을 막상 교재로 지정은 해놓고 교재를 활용한 강의는 거의 진행하지 않았다. 수강생들에게는 각자 열심히 읽어보라는 공허한 메시지만 날렸다. 한 학기 종강이 가까울 무렵, 그때까지 나아갔던 진도는 1920년대를 미처 벗어나지 못한 지점에서 머뭇거렸다. 이에 따라 책의 나머지 부분은 당연히 새 것 그대로 깔깔한 상태의 미개척 분야였다.

이런 여건 속에서 학부를 마치고 대학원 진학으로 이어졌는데 그때는 내가 동아일보 신춘문예 시 당선으로 문단에 데뷔했던 1973년이다. 대학원 강의는 요즘처럼 수강생도 많지 않았고, 고작 한둘에 불과해서 담당교수는 주말에 대구 시내 다방이나 선술집 탁자에서 만나 편리하게 진행하는 경우가 많았다.

당시 김춘수 시인은 대구 중구 동성로의 금맥다방, 세르팡다방이 아지트였는데 특히 세르팡 마담에게 호감을 갖고 있었다. 고전문학 전공의 이재수(李在秀) 교수는 당신이 즐겨 가시던 시내의 허름한 목로주점이 강의실이었다.

다방과 선술집에서 했던 대학원 강의 내용은 대개 당신들이 살아온 세월의 험난했던 기억과 그 편린, 그 와중에서도 창작의 길이나 국문학을 선택해서 즐거움을 느꼈던 추억들, 당신들이 이룩한 논저나 성과에 대한 자화자찬이 대부분이었다. 하지만 세월이 지나서 보니 그 내용이 나름대로 귀한 가르침이었다는 생각이 든다.

일찍 수업을 마치면 하릴없이 대구시청 주변의 길가 좌우에 즐비하던 고서점을 순회하면서 빛바랜 장정의 문학서적들, 시집, 소설집, 평론집, 수필집 등을 닥치는 대로 사 모으던 간서치(看書痴)로서의 고지식한 집념이 지금도 신선하게 떠오른다.

사실 문학사 강의에서 우리가 배운 것은 별로 없었다. 강의도 교재도 극히 제한된 문학인들의 활동에 대한 언급 정도였고, 분단 과정에서 북으로 떠나간 문학인들의 경우는 무조건 배제 대상이었다. 궁금해서 그에 관한 질문을 해보지만 그런 금단의 영역에 왜 궁금증을 가지느냐는 반문이 돌아오기가 일쑤였다. 그뿐만 아니라 그것은 문학이 아니거나, 문학 이전의 상태에 불과하니 아예 관심을 갖지 않는 것이 신상에 이로울 것이라는 핀잔 섞인 답변만 돌아왔다.

대학도서관 서가에 꽂힌 영인본을 두루 살피다 보면 이름 석 자 중 어느 한 글자를 ○나 × 표시로 가린 경우가 자주 눈에 띄곤 했는데 그게 바로 정지용(鄭芝溶), 김기림(金起林), 이찬(李燦), 조벽암(趙碧岩), 조명암(趙鳴岩), 박세영(朴世永), 안회남(安懷南), 김남천(金南天), 이기영(李基永), 이원조(李源祚), 이태준(李泰俊), 설정식(薛貞植), 임화(林和), 이북명(李北鳴) 등이었다. 사라진 국문학자들로서는 김태준(金台俊), 김재철(金在喆), 이명선(李明善), 고정옥(高晶玉), 정형용(鄭亨容) 등의 이름이 눈에 띄었다.

그들은 왜 북쪽을 선택해서 올라갔던 것일까? 그들의 이름을 기호로 가리는 은폐 현실이 참 어설프고 안타깝게 느껴졌다. 무슨 밀교의 비밀스런 경전이라도 몰래 보는 듯이 내 가슴속에서는 그 이름들의 작품과 행적에 대한 불같은 궁금증이 활활 타올랐던 것이다.

1960~70년대 대구의 고서점들, 이를테면 남구서림, 문흥서점 등 여러 곳에서 그나마 옛 문학사 관련 자료들을 풍부하게 대면할 수 있었던 것은 학자, 문인 등 책을 사랑했던 인사들이 전쟁 과정에서 피난 내려올 때 사랑했던 소장 도서에 대한 애착을 차마 끊지 못해 그 무거운 책 보따리를 등에 지고 힘든 걸음으로 대구까지 허겁지겁 갖고 왔기 때문일 터이다. 그러다 양식이 떨어지니 아끼던 책들을 불과 쌀 한 됫박과 바꾸지 않았을

까 한다. 그 덕분에 당시 수집했던 귀한 문학사 자료들을 아직도 많이 갖고 있고, 이것은 뒷날 우리 문학사가 잃어버린 분단시대 매몰문학인(埋沒文學人)들의 전집을 속속 발간할 때 크나큰 도움을 주었다.

❸

대학원 졸업 후 교수가 되어 강단에서 본격적인 문학사 강의를 하고 논문도 쓰며 학자로서의 삶을 살아가던 1980년대 중반, 나는 마음속에서 백석 시인의 작품세계에 대한 그리움을 불현듯 일으켰다. 그것은 당시 시작품들의 난삽하고 경박한 풍토에 대한 저항과 반발심 때문이었다. 영인본으로 제작된 옛 신문, 잡지, 간행물들을 찾아 헤매 다니며 백석의 이름자를 발견하기 위해 나는 혈안이 되었다. 백(白)이라는 활자만 보고서도 반색하여 이를 확인하면 어김없이 평론가 백철이거나 소설가 백신애(白信愛, 1908~1939)였다. 아주 드물게 백석의 시작품을 찾아내었거나 작은 글귀의 흔적이라도 확인하게 되면 그날의 쾌재는 말로 형언할 길이 없었다.

이렇게 몇 해가 지나게 되니 어느덧 가랑잎처럼 흩어진 백석 시인의 작품은 파일에 하나둘씩 모이기 시작했고, 어느 틈에 100여 편을 헤아리게 되었다. 그것을 다시 시기별로 정리하여 찬찬히 음미하는 감격은 무어라 표현할 수 없는 기쁨, 즐거움,

설렘뿐만 아니라 슬픔과 애잔함으로도 이어졌다.

외우(畏友) 이시영(李時英) 시인이 1980년대 후반 창작과비평사 편집장으로 근무할 적에 나는 이 작품을 벗에게 보내었다. 창비의 실질적 대표자였던 백낙청(白樂晴) 선생은 자신의 집안인 수원 백씨 문중에서 배출된 시인을 다루었다며 웃는 얼굴로 반색하였다. 《백석시전집》은 이렇게 해서 세상에 빛을 보게 되었고, 매몰된 문학사의 흙더미에서 최초의 삽질로 파 일구어 일정한 성과를 이룩한 이 책을 통하여 백석문학 연구는 비로소 본격화되었다. 말하자면 이 책을 필두로 분단시대 민족문학사에서 수십 년 동안 어이없이 매몰되어 사라졌던 백석문학을 다시 복원시키는 감동적 계기를 마련했던 것이다. 이 얼마나 기쁜 일이며 국문학자로서 자부심을 가질 만한 일인가.

전집이 발간되자 언론계의 반향은 실로 대단했다. 신문이란 신문마다 대서특필이었고, 우리 문학사가 잃어버린 한 시인의 생애와 작품을 되살렸다며 칭찬이 쏟아졌다. 작고한 원로 시인으로 1930년대의 대표적 모더니스트 중 한 분이었던 우두(雨杜) 김광균(金光均, 1914~1993) 시인은 모필(毛筆)로 쓴 친필 서간을 보내어 식민지시대 광화문 거리를 걸어가던 백석 시인의 멋쟁이 풍모를 추억하며 나의 활동을 격려하고 칭찬했다.

전집이 발간되던 그해 겨울, 때마침 동아일보 신춘문예 예심 요청까지 들어와서 몹시 분망하였다. 서울에 거처가 없던 나는 불광동 무악재 부근 언덕배기에 살던 작가 김성동(金成東)의 신혼집 방 한 칸을 빌려 자리를 마련했다. 신문사 문화부에서는 광화문우체국에서 빌려온 여러 개의 소포 행낭에 수천 편 작품을 가득 담아 와서 방바닥에 쏟아놓았다. 산더미처럼 우람한 높이의 그 작품들을 나는 수일 밤낮에 걸쳐 심사에 골몰해야만 했다. 말이 신춘문예 심사였지 진행 경과는 너무도 체계가 없었고 원시적이었다.

한 해가 가기 전 12월 초만 되면 신문사마다 신춘문예 공모 마감이 이루어지고, 저마다 청운의 큰 뜻을 품고 보내온 작품들은 폭포처럼 쏟아졌다. 이에 따라 신문사 문화부에는 일련번호가 매겨진 커다란 플라스틱 쓰레기통을 여러 개 준비해두고 봉투를 뜯어 장르를 확인한 뒤 거기다 각각 던져 넣는 것이다. 시 장르가 가장 분량이 많았다. 그 일을 맡은 사람들은 주로 신문사에서 허드렛일을 돕는 사환이나 알바생들이었다. 그 붐비는 와중에서 시조가 시로, 시가 시조로, 동화가 시로, 심지어는 소설이 시 작품으로 서로 뒤죽박죽 섞여 던져지는 경우가 있었다. 투고자로서는 참 억울하고 분통 터질 노릇이겠지만 자신의 작품이 관리자 실수로 다른 통에 잘못 들어간 것을 전혀 모르는 채 신년호 발간 무렵까지 당선 통지를 목을 빼어 기다렸을 것이다.

이렇게 겪는 심사 작업은 즐거운 작품 읽기가 아니라 거의 악전고투에 가까울 정도로 가혹한 노동 수준이었다. 온 삭신이 작품 읽기의 고통으로 일그러지고 거의 주리를 틀리다시피 되었을 즈음 나는 뜻밖에 한 통의 전화를 받았다. 지긋한 연륜이 느껴지는 그녀의 목소리는 품격을 갖춘 화법으로 나의《백석시전집》발간에 대한 노고를 치하하며, 이에 대한 감사를 표시하는 것이었다. 사실은 자기가 진작부터《백석시전집》발간을 추진했었으나 여건의 미비로 지금껏 뜻을 이루지 못했는데, 내가 그 소망을 대신 성취해주었다고 말했다. 나는 황급히 백석 시인과 가족 되시냐고 물었다. 그랬더니 보다 긴 이야기는 직접 만나서 하자며 빠른 시일에 상면하고 싶다는 뜻을 밝혔다. 신춘문예 예심을 부랴부랴 끝내고 함께 심사에 참여했던 김광규(金光圭) 시인과 찻집에서 만나 다시 최종 선정 작품을 결정한 뒤 동아일보 문화부로 넘겼다. 그러고는 드디어 홀가분한 자유의 몸이 되었다. 나는 묘령의 할머니를 방문하기 위해 주소를 들고 곧바로 찾아갔다.

4

한강 다리가 눈앞에 바로 내려다보이는 서울 용산구 동부이촌동, 빌라맨션이라는 이름의 4층에 위치한 아파트였다. 크기가 약 70여 평은 넘어 보이는 넓은 주거 공간이었는데, 유유히 흐르는 노들강이 그대로 내려다보여 전망이 썩 좋았다. 거실에는 각종 삼층장, 반다지 등 고졸(古拙)한 각종 목물(木物)로 채워져 있었고, 방 안에는 사군자를 그린 석재(石齋) 서병오(徐丙五, 1862~1935)의 열두 폭 병풍이 둘러져 있었다. 아담한 체구의 할머니는 배자(褙子)를 곁들인 비단 치마저고리를 입고 은은한 미소를 머금은 얼굴로 나에게 악수를 청했다. 그러고는 소파에 마주 앉아서 이런저런 방담을 나누었다.

그날 첫 대면을 통해 알게 된 사연은 할머니가 1930년대 서울의 조선권번 출신 기생이었다는 사실, 그리고 함흥에서 거주하던 시절 백석 시인을 운명적으로 만나 이후 3년 동안 함께 동거했던 이야기들, 그리고 숨바꼭질하듯 사랑의 갈등과 아픔을 겪으며 혼돈의 세월을 보내다가 험한 시간의 격동 속에서 마침내 영별(永別)의 아픔을 겪은 이야기들 등이었다. 지금 생각해도 20대 청춘 남녀의 대담한 사랑과 동거 생활은 얼마나 위험천만하고 짜릿한 애정 행각이었을까. 대저 그것이 남녀유별과 봉건적 인식이 엄존하던 1930년대를 배경으로 이루어진 것이었으니 새삼 두 사람은 사랑의 선각자였다는 생각마저 든다.

할머니의 호적상 본명은 김영한(金英韓). 1916년 서울 종로구 관철동 출생으로 무난한 가정이었으나 부친의 별세 이후 힘겨운 가정을 떠나 권번으로 들어갔고, 기생 수업을 받게 된다. 조선정악전습소(朝鮮正樂傳習所) 학감(學監)이던 금하(琴下) 하규일(河圭一, 1867~1937) 선생의 문하생으로 여창가곡, 궁중무용, 정재(呈才) 등 여러 전통국악의 바탕을 두루 섭렵하고 당당한 기생으로 활동하였다. 또한 문학적 재능이 있어서 틈틈이 수필을 썼는데, 이것이 파인(巴人) 김동환(金東煥, 1901~?)의 눈에 띄게 되어 그가 운영하던 대중잡지 《삼천리》에 두 편의 수필을 발표하기도 한다. 한 편은 밤늦게 가족들에게 줄 감귤 봉지를 안고 추운 겨울밤 골목길을 가다가 미끄러져서 감귤이 온통 쏟아진 광경을 다룬 것이고, 다른 하나는 만주국 마지막 황제였던 부의(溥儀, 1906~1967)가 1930년대 후반 서울을 다녀갔을 때 요정에서 그를 직접 영접했던 인상기이다.

스승 하규일 선생이 기명을 지어주었는데 진수무향(眞水無香)에서 집자를 한 진향(眞香)이었다. 이 밖에도 김숙(金淑)이란 또 다른 이름을 쓰기도 해서 이름이 왜 그리도 많으냐는 나의 물음에 자신은 한국의 마타 하리(Mata Hari, 1876~1917)처럼 살고 싶었다는 야릇한 술회를 한 적도 있다. 그것은 다양한 교제와 인맥을 쌓아온 자야 여사에게 어떤 정치적 역할이 주어지지 않았을까 짐작하게 해주는 부분이기도 하다. 자야(子夜)란 이름은 시인 백석과 함께 동거하던 시절, 시인이 당시(唐詩)를 읽은 뒤에 이백(李白)의 시에 등장하는 여인의 이름으로 직접 붙여준 것이어서 특별한 애착이 간다고 했다.

나는 자야 여사와 그날 첫 만남 이후로 약 10여 년간 매우 각별하게 지냈다. 전화로 다정한 안부를 서로 묻고 자주 초청을 했었다. 내가 주로 찾아갔고, 자야 여사도 내 우거(寓居)를 가끔 다녀갔다. 서울올림픽 개막식이나 모스크바 필하모닉 공연 등 큰 행사나 볼거리가 있을 때는 미리 입장권을 구해놓고 나를 초청했다. 맛깔스런 서울 토박이 음식을 장만해놓고 일부러 다녀가라는 정겨운 전화를 걸어오기도 했다. 식탁에 마주 앉아 맛있는 반찬을 젓가락으로 집어 일일이 숟가락에 올려주기도 했다. 그 친절을 백석 시인께 못다 한 정성의 표시로 받아달라는 말까지 했다. 저녁시간이면 마주 앉아 백석 시인과 관련된 여러 추억담을 장강대하(長江大河)로 펼쳐놓느라 자정이 넘는 줄도 몰랐다. 옛 추억으로 흥이 달아오르면 반다지 속에 감춰놓았던 위스키를 꺼내 와서 직접 권하며 아득한 세월의 강을 한참이나 타임머신을 타고 노를 저어 상류로 올라갔다.

함흥에서 백석 시인을 만나던 시절, 후미진 북방의 차디찬 지방 도시에서 시인과 기생이 뜨거운 사랑을 나누던 애틋한 추억들, 토닥토닥 어김없이 찾아오던 사랑 싸움, 시인이 사랑을 선택하느라 함흥의 직장까지 사직하고 서울로 옮긴 이야기, 서울 청진동 집에서 한 쌍의 비둘기처럼 도란도란 사랑을 속삭이던 이야기, 함대훈(咸大勳), 정근양(鄭槿陽), 허준(許俊) 등 시인의 다정한 문단 친구들이 찾아와 왁자지껄 흉허물 없이 함께 어울려 놀던 이야기들, 시인이 돌연 만주행을 제안하면서 점차 둘 사이가 멀어지게 된 이야기 등등 얼마나 많고도 많은 이야기를 가슴속에서 갈무리해오다가 이제야 폭포처럼 쏟아놓았던가.

그 주옥같은 이야기들을 좁은 흉중(胸中)에 꽁꽁 다지며 간직해오느라 얼마나 힘든 시간이 많았으리요?

❺

이런 귀한 이야기들을 그냥 듣고 흘려보내기란 하나하나가 너무 아깝고 소중한 문화사적 자료였다. 그래서 내가 제의하기를 긴긴 밤 잠 오지 않을 때 백석 시인에게 보내는 편지를 쓰라고 했고, 자야 여사는 그것을 흔쾌히 받아들였다. 그날 이후로 매주 한 차례씩 편지가 날아왔다. 어떤 주에는 두 차례나 보내오기도 했다. 편지에는 대화에서 못다 한 이야기들이 깨알 같은 정성으로 기록되어 있었다. 그 많은 편지들을 펼쳐놓고 컴퓨터에 한 글자씩 옮겨 시간적 순서에 따라 재배열한 뒤 다시 깁고 다듬어 발간한 것이 자야 여사의 회고록 《내 사랑 백석》(문학동네, 2011)이다.

사실 내가 가장 궁금했던 것은 백석 시인과 헤어지고 난 뒤그녀의 가파른 행적과 삶이다. 그때가 일제강점기 말이었고, 자야 여사는 여전히 기생 신분을 지니고 있었으며, 그 험난한 세월 속에서 8·15 해방을 맞았을 터이다. 보다 구체적인 당시의 이야기를 캐물으면 아무리 취중일지라도 정색하며 입을 다물었다. 차마 내색할 수 없는 아프고 쓰라린 악몽의 기억들이 많았으리라 짐작된다. 해방 후에도 여전히 출중한 해어화(解語

花)의 하나로 미군정기의 중요 인물들, 이를테면 한민당의 인촌(仁村) 김성수(金性洙, 1891~1955), 고하(古下) 송진우(宋鎭禹, 1890~1945), 부통령을 지냈던 장면(張勉, 1899~1966) 등등과 어울리며 친밀한 교분을 나누었던 듯하다.

이승만 정권이 출발하면서 고위 정객이었던 모씨(某氏)와 인연을 갖게 되었고, 마침내 작은 살림을 차려 소실로 들어갔다. 모씨는 기생 진향과 함께 지내면서 장중보옥(掌中寶玉)처럼 아끼고 사랑했다. 이튿날 하게 될 연설문 원고를 진향이 직접 다듬었다. 모씨가 방 안을 뒷짐 지고 거닐며 구술(口述)로 외우면 진향은 이를 원고로 옮겼고, 다시 외우게 해서 고칠 곳을 손질하였다. 이렇게 여러 해를 살다가 서로 헤어지게 되었을 때, 모씨는 작별을 아쉬워하며 진향에게 특별한 선물을 주었다. 그것이 현재의 길상사(吉祥寺)가 된 성북동의 7,000평 규모 부동산이다. 그곳은 서울 도심에 위치하면서도 마치 천연요새와도 같이 산골짜기 하나를 온통 차지하고 있다. 계곡에는 맑은 개울물이 쉼 없이 흘러내린다.

자야 여사에게 들었던 비화(秘話)를 정리하면 다음과 같다.

현재 사찰이 위치한 그곳은 원래 조선 말기 어느 친일 부호이자 고위직을 지낸 관리의 별장이었다고 한다. 나라가 일제에게 패망하자 친일 인사는 그곳을 조선총독부에 헌납했고, 총독부에서는 비밀스런 안가(安家)로 사용하였다. 일본의 왕족이나 정객들이 조선을 방문할 때 여러 날 묵어가는 은밀한 장소였다. 8·15 해방 후 그곳은 다시 미군정청 관할로 넘어가 미군 첩보기관(CIC)이 설치되었다고 한다. 필시 백범(白凡) 김구(金九, 1876~1949) 선생이 머물던 경교장(京橋莊), 이승만이 집무를 보던 경무대(景武臺, 지금의 청와대) 등을 도청하고 정보를 수집하는 감시기관이었을 것이다.

미군정 3년이 끝나고 자유당 정부가 이를 인수하게 되었을 때 정부의 상당한 책임자였던 모씨는 이 부동산 문서를 개인적으로 소지하고 있다가 첩실(妾室) 진향에게 이별의 정표로 재산권을 넘겨준 것이다. 이만큼 격동기의 국유재산 관리는 이렇게도 어설프고 부정확했던지라 실소마저 자아내게 한다. 모씨는 이 등기문서를 주면서 밥을 굶는 일이 있을지라도 잘 지니라며 신신당부했다고 한다.

이후 6·25 전쟁이 일어나자 진향은 부산으로 피난길을 떠났다. 당시 백철 선생이 재직하던 중앙대학교 영문과에 입학해서 공부하던 중이었는데 부산으로 옮겨가서도 요정을 운영하며 전시연합대학에 나가 강의를 들었다고 한다(이에 대해서는 시인 고은이 쓴《1950년대》서술 부분 참조). 자야, 즉 김진향은 그 난세의 격동 속에서도 성북동의 이 부동산을 소중하게 지니고 있다가 마침내 1970년대부터 요정을 열었고, 명칭을 대원각(大苑閣)이라 하였다. 진주 출생의 대중음악 작곡가 이재호(李在鎬,

1919~1960)의 부인 김모 여인과 평소 의형제처럼 지냈는데 그
녀에게 대원각을 대리자로서 관리하도록 하였다. 하지만 워낙
큰 규모라 유지비를 감당하기 어려웠고 요정 경영도 항시 부실
하였다. 그리하여 진향은 혼자서 감당하기 벅찬 이 재산을 처
음엔 사회에 환원할 생각을 가졌다. 대학에 기증하려다가 여러
이유로 사정이 여의치 않자 이곳을 종교기관으로 탈바꿈할 계
획을 갖게 되었다. 그 배경에는 진향 자신이 자주 말했던 화법
으로 '내 남루한 영혼을 속죄하기 위해서'라고 그 이유를 솔직
히 밝힌 바 있다. 그렇게 해서 선택된 인물이 불교계의 승려 법
정(法頂, 속명 박재철, 1932~2010)이었다.

승려와 여러 차례에 걸쳐 대면을 가졌지만 진향은 선뜻 기증
의 확신을 갖지 못하였다. 이 과정에서 상담 차 사찰로 가는 그
녀를 따라 송광사(松廣寺)를 다녀온 적이 있다. 그렇게 여러 해
동안 마음을 정하지 못하고 번복을 거듭하던 끝에 마침내 헌납
으로 가닥이 기울게 되었고, 이 소식은 다음 날 조간신문에 즉
각 대서특필되었다.

그날 이후로 나는 자야, 즉 기생 진향을 일부러 찾지 않았다.
여러 신문이나 여성 잡지 등 저널리즘에서 다루어지는 한 기생
의 부동산 헌납을 해설하는 과정에서 백석 시인과의 사랑은 마
치 하나의 장식품처럼 반드시 따라다녔다. 시인이 만약 살아서
이 경과를 낱낱이 지켜보았다면 얼마나 착잡하고 만감이 교차

했을까 생각하였다. 시인 백석과의 사랑을 몽매간에도 잊지 못하며 살아왔다고 진향은 스스로 입버릇처럼 술회해왔다. 그럼에도 불구하고 정작 시인을 위해 그녀가 마음을 쓴 정성이란 고작 백석문학상 기금 정도에 불과했기 때문이다. 인터넷에 떠돌아다니는 길상사 관련 기사들을 읽어보면 거의 사실에서 벗어난 조작되고 왜곡된 부박한 내용들로 윤색되어 있다.

이와 관련하여 허다한 곡절과 사연들이 있지만 이제 와서 달리 그 무엇을 세세히 피력할 까닭이 있으며, 또 그것을 낱낱이 분별하여 무엇하리요. 모름지기 세속의 실체란 본뜻과 전혀 상이하게 포장되고 꾸며져서 마치 그것이 정설인 양 시간 속을 유유히 흘러가는 것이다. 세상에 알려진 표면적 사실은 결코 진실이 아닌 경우가 허다히 존재한다는 냉엄한 진실만 소스라치게 깨달았을 뿐이다.

1987년 《백석시전집》이 발간된 이래로 무려 30여 성상(星霜)이 강물처럼 흘러갔다. 그동안 백석 시인과의 사랑으로 세간에 화제를 뿌렸던 기생 진향도 세상을 떠났고, 막대한 부동산을 시주받았던 승려도 이미 속진(俗塵)을 떠났다. 길상사에는 기생 진향의 흔적만 한쪽 귀퉁이에 쓸쓸히 남아 있고, 속 모르는 대중들은 법당 앞에서 두 손을 모으고 있다. 마치 아무 일도 없었던 듯이 소용돌이와 화제의 물결은 다시 잔잔해지고, 세월은 또 그렇게 덧없이 흘러갔다.

1999년으로 기억된다. 백석 시인이 1995년 83세까지 생존해
있었다는 새로운 사실이 뉴스로 알려졌다. 1960년대 초반 북한
문단의 중심에서 숙청되어 머나먼 자강도의 해발 800미터 산촌
마을에서 초라한 양치기로 고달픈 생애를 보낸 시인의 극심한
곤고(困苦)의 세월이 눈앞에 어른거렸다. 자신의 시전집이 1987
년 서울에서 발간되었다는 사실도 모른 채 머나먼 북녘 후미진
산골 오두막에서 쓸쓸하게 살다가 세상을 떠났다는 보도를 접하
게 되니 야릇한 연민과 애달픔이 밀려와서 가슴이 아렸다.

그러고는 잇달아 떠오른 생각은 한 시인의 고결함과 신산(辛
酸)했던 생애, 기생 진향의 곡절 많은 삶과 엄청난 부동산 헌납,
그리고 한 승려와의 상관성은 전혀 형성되지 않을 뿐 아니라 관
련이 없다는 점이다. 시인과 기생, 승려 셋을 반드시 함께 엮으
려는 세간의 시도는 얼마나 비속하고 무리한 엮어내기인가. 백
석 시인이 생존 시에 이 재산 헌납의 사실과 배경을 만약 알았
다면 얼마나 그 물질주의의 저급성에 침을 뱉고 냉소했을 것인
가? 그뿐만 아니라 거기서 내 이름을 즉시 빼라고 대성일갈(大
聲一喝)하며 못마땅해했을 것이다.

백석 관련 여러 저술들이 속속 출간되는 저간(這間)의 흐름
속에서 이번에 작가 이승은이 발표한 장편소설《나와 나타샤
와 흰 당나귀》는 고유의 문화사적 의미를 지니고 있다. 이 소설
은 애독자들의 특별한 사랑을 받는 백석의 시 〈나와 나타샤와

흰 당나귀〉를 표제로 삼았다. 작품의 전개와 구성은 시인과 사랑을 나누었던 기생 진향의 시각으로 그녀의 삶, 백석 시인과의 시간성을 세밀하게 추적해 들어간다. 백석 테마 소설 작품으로서는 말 그대로 최초이다. 백석학의 관점에서도 이 작품은 일정한 의미와 가치성을 담보한다. 더욱 놀라운 것은 작가 이승은이 아직까지 문단에 특별한 작품 발표 경력이 없는 신진이며 무명작가라는 사실이다. 그런데도 막상 읽어보면 마치 저널리즘의 문체를 방불하게 하는 간결성, 깊은 울림이 있는 문장으로 방대한 세월의 분량을 거뜬히 정리 압축해내는 지혜와 끈기, 냉철함을 끝까지 잃어버리지 않는다.

어디까지나 소설의 형식과 구성으로 형성된 문학적 재구(再構, reconstruction)의 체계를 갖추고 있으므로 이 작품을 통해서 우리는 1930년대와 일제강점기 말이라는 근현대사의 새로운 통찰과 경험을 갖게 된다. 작품 속에서 다루어지는 실제 역사적 인물들의 구체적 활동과 경과는 상당 부분 작가적 상상력과 직관력에 기초하여 축조된 것이다. 모든 문학작품은 아무리 유익한 내용을 다루고 있다 할지라도 일단은 흥미를 유발시키는 드라마틱한 요소를 갖추고 있어야 한다.

놀라운 것은 작가가 시인 백석과 기생 진향의 생애, 그리고 그들의 시대에 대한 전반적 서술 과정을 통하여 매우 진진한 흥미와 기대를 지속적으로 유발시키고 있다는 점이다. 한 대목을 읽고 나면 그다음 부분에 대한 강렬한 흥미와 호기심으로 이어지도록 자연스럽게 독자들을 이끌어간다. 그것은 마치 독자들과 함께 백석, 진향의 발자취가 남아 있는 한국 근현대 문화사의 여러 유물과 유적지를 직접 이동해 다니며 친절하게 소개하는 문화해설사의 포즈이기도 하다. 작품의 총체적 구성에서 풍겨나는 근현대 시기의 문화적 양상과 효과는 마치 눈앞에 펼쳐지는 한 편의 파노라마를 보는 듯한 가슴 설레는 감동마저 느끼게 한다.

이런 점에서 이 작품은 독립적 소설로서도 물론 의미가 있을 터이지만 한 편의 영화로 제작되어도 손색이 없는 매우 잘 짜인 상상력과 예술적 미덕을 지니고 있는 것으로 평가된다. 백석 시인을 장편소설 장르를 통해 다시 만나게 되니 백석학 선행연구자(先行硏究者)의 한 사람으로서 가슴 뿌듯하고 흐뭇하다. 독자 여러분은 소설 속에서 백석 시인과 호젓이 만나 그의 인간적 풍모와 문학적 감수성까지 두루 경험하게 되는 기회를 갖게 되었다. 시인과 기생의 애틋한 사랑! 1930년대를 중심 배경으로 펼쳐지는 한국 근현대의 시간성과 공간성을 실감나게 재현하며, 독자들로 하여금 정감 넘치는 민족적 삶의 온기와 애환을 두루 체득하도록 터전을 마련해준 작가 이승은의 정성 어린 노력에 다시금 격려와 박수를 보낸다.

| 참고로 한 책 |

* 이 소설은 백석의 연인이었던 김영한 여사의 《내 사랑 백석》(김자야 에세이, 문학동네, 1995)을 참조하였다.
* 금하 하규일 선생에 대한 이야기는 《善歌 河圭一 先生 略傳》(김진향 편자, 도서출판 예음, 1993)을 참조하였다.
* 당시의 문단 상황의 이모저모는 《백석평전》(안도현 지음, 다산북스, 2014)을 참조하였다.
* 백석 시는 《백석 시 바로읽기》(고형진 지음, (주)현대문학, 2006)를 참조하였다.
* 예이츠에 대한 이야기는 《슬픈 아일랜드 마법사 예이츠의 초월시학》(김철수 지음, 경북대학교 출판부, 2012)을 참조하였다.
* 테스에 대한 이야기는 《테스》(토마스 하디 지음, 김민정 옮김, 청목 스터디북, 2000)를 참조하였다.

* 백석의 여인이었던 자야 김영한은 서울 성북동에 삼청각, 청운각과 더불어 3대 요정이라고 하는 '대원각'을 경영했다. 1970년대 후반까지 거물 정치인과 기업인들이 이 요정을 드나들었다. 1996년 대원각이 들어선 7,000여 평의 땅을 법정 스님에게 시주했고, 1년 뒤에 사찰 길상사가 완공되었다. 1997년 김영한은 백석 연구자 이동순 교수의 주선으로 창작과비평사에서 '백석문학상'을 제정했다. 1999년 자야 여사는 여든세 살로 세상을 떠났다.(안도현, 《백석평전》, P.420)

아나키스트 박열과 운명의 연인 가네코 후미코,
영화에서는 볼 수 없는 그들의 처절한 사랑과 투쟁의 기록!
미친 사랑으로 일본 열도를 뒤흔들다!
책이없는마을

아나키스트 박열

손승휘 지음 | 소설 | 140×210 | 264쪽 | 13,000원

아나키스트 박열, 일본의 제국주의를 통렬히 조롱하다!

이 소설은 박열과 가네코 후미코의 반천황제 투쟁을 세 가지 시선으로 바라보는 독특한 형식을 취하고 있다. 1부는 가네코 후미코가 바라보는 박열, 2부는 박열 자신의 사상과 행동을 직접 서술하는 형식으로 간토대지진까지를, 3부는 재판에서 두 사람의 변론을 맡은 일본의 인권변호사 후세 다쓰지의 관점으로 바라보면서 아나키스트 박열의 투쟁과 그의 연인 가네코 후미코, 그리고 당시 일본의 아나키스트들의 활약을 그리고 있다.

붉은 꽃 나혜석

정규웅 지음 | 소설 | 140×210 | 336쪽 | 13,000원

평생 자유를 열망했으나 세상은 냉혹했다

불운했던 시대에 자신의 예술을 꽃피운 나혜석. 누구보다도 당당할 것 같았던 나혜석의 삶은 시대가 수용하지 못할 연애사건으로, 한 여자로서 그리고 예술가로서 모든 삶의 조건들이 부정되었다.

이 소설에서는 나혜석이 일본에 유학하던 시절의 실재 인물인 '사토 야타'라는 젊은 일본 화가가 등장하는데, 그는 나혜석을 극진히 사랑한 나머지 나혜석에게 권총을 들이대고 결혼을 강요했던 인물이다. 또 다른 등장인물은 지금 이 시대를 사는 한국의 젊은 여성화가 진여희, 그녀는 가공의 인물이다. 그녀는 1백 년이라는 시차를 뛰어넘어 나혜석의 삶을 추적함으로써 그녀가 그렸던 그림, 그녀가 썼던 글을 다시금 되새겨보게 한다.

꼬마 철학자

알퐁스 도데 지음 | 이재형 옮김 | 정택영 드로잉 | 소설 | 128×188 | 464쪽 | 15,800원

알퐁스 도데가 들려주는 어느 한 아이의 이야기

감수성과 시정 넘치는 문체, 따뜻한 인간성에 바탕을 둔 글로 유명한 알퐁스 도데의 자전적 성장소설. 주인공 다니엘 에세트가 어른으로 성장해가는 과정을 밀도 있게 묘사한 작품이다. 부유한 유년 시절에서 경제적 어려움을 겪는 사춘기를 거쳐, 혹독한 사랑의 시련을 겪으며 성인으로 성장하기까지의 과정을 진솔하게 담아내고 있다. 주인공 다니엘의 순수한 열정이 빚어낸 가슴 저린 이야기들이 인간에 대한 따뜻한 애정과 쓸쓸하고도 냉정한 현실과 대비되면서 깊은 감동을 불러일으킨다.